MINA GOLD

DAS LEUCHTEN DER *Insel Blumen*

ROMAN

PENGUIN VERLAG

Penguin Random House Verlagsgruppe FSC® N001967

1. Auflage 2021
Copyright © 2021 by Penguin Verlag, München,
in der Penguin Random House Verlagsgruppe GmbH,
Neumarkter Straße 28, 81673 München
Umschlag: Bürosüd, München
Dieses Werk wurde vermittelt durch die
Literaturagentur Dorothee Schmidt
Umschlagmotiv: www.buerosued.de
Redaktion: Susann Rehlein
Satz: Uhl + Massopust, Aalen
Druck und Bindung: GGP Media GmbH, Pößneck
Printed in Germany
ISBN 978-3-328-10471-1
www.penguin-verlag.de

Dieses Buch ist auch als E-Book erhältlich.

*Ein Gärtner ist anders als die andern,
und das kommt von unserem Umgang
mit Blumen.*

Mercè Rodoreda

Prolog

Es war ein stürmischer Abend auf der kleinen Insel. Das dunkle Nordmeer toste an die Strände, und die Wipfel der Kastanien auf dem Platz neben der Fischbude bogen sich im Wind. Umgeben von wirbelnden Blättern, lief eine Gestalt durch die Gassen der Altstadt. Sie stemmte sich gegen die Böen, die ihr immer wieder den Schal von den Schultern zerrten. Es war spät, und die Frau unter dem Schal war müde. Die kleinen Läden rechts und links von ihr warteten dunkel und verlassen auf den Morgen. Das Schaufenster eines blauen, efeuüberwachsenen Hauses aber war hell erleuchtet, und der warme Schein, der auf das Kopfsteinpflaster fiel, zog sie an, ließ sie näher treten und durch die Scheibe spähen.

Hinter einer blauen Theke stand eine junge Frau und tippte etwas in die Ladenkasse. Ihre Stirn war konzentriert zusammengezogen, und soeben wischte sie sich gedankenverloren eine schwarze Haarsträhne aus dem Gesicht. Neben ihr auf der Theke saß eine blonde Frau im Schneidersitz und aß etwas, das wie eine Lakritzstange aussah. Sie redete gestikulierend auf die Schwarzhaarige ein, die immer wieder abwesend nickte.

Die Frau auf der Straße kannte die beiden. Sie kannte auch die blaue Theke und die alte Ladenkasse.

Plötzlich kam ein sehr kleiner und sehr dicker brauner Hund aus dem hinteren Teil des Ladens getrottet, gefolgt von einem hochgewachsenen weißblonden Mann in einem karierten Hemd. Der Mann trat hinter die schwarzhaarige Frau und schlang die Arme um sie. Als er sie hochhob und ihren Nacken küsste, lachte sie und versuchte ihn abzuwehren, und auch wenn die Frau vor der Scheibe das Lachen nicht hören konnte, so wusste sie doch genau, wie es klang. Fröhlich und warm, das Lachen einer glücklichen Frau. Der Mann ließ sie wieder los und trat nun zu der blonden Frau, die seine Schwester sein musste, denn sie war genauso groß und gutaussehend wie er. Er entwand ihr die Lakritzstange und stopfte sie sich grinsend in den Mund, woraufhin sie ihn spielerisch in den Bauch boxte. Der kleine Hund bellte und drehte sich freudig im Kreis.

Die Frau auf der Gasse trat näher, ihre Nase berührte nun beinahe die Scheibe. Um ihren Mund lag ein bitterer Zug, sie biss so fest die Zähne zusammen, dass ihre Lippen zu einem weißen Strich wurden. Blumen über Blumen standen in dem Raum, verteilt in Eimern und arrangiert in Töpfen und Gestecken. Hinter der Theke quoll eine Pinnwand fast über von Bestellzetteln und Listen. Im Hinterzimmer sah sie ein Feuer im Ofen lodern. Sie nahm all dies in sich auf und spürte einen dunklen Stachel, der sich in ihr Herz bohrte. Aber auch einen anderen Schmerz, der sogar noch tiefer saß und ihr sehr vertraut war.

Plötzlich sah die schwarzhaarige Frau von der Kasse auf. Ihre Blicke trafen sich, und die Frau auf der Gasse trat einen Schritt zurück. Hastig drehte sie sich um, zog den Schal enger um ihren Körper und machte sich wieder auf ihren einsamen Weg durch die dunkle Stadt. Bald war sie zwischen den Häusern verschwunden, und nur noch der Wind heulte über die kleine Gasse.

1

»Dieser Dackel ist zu dick!«

Anna seufzte und vergrub die Hände in den Jackentaschen. Wie oft sie sich das in letzter Zeit schon ange-
hört hatte. »Das weiß ich auch«, sagte sie.

»Er schleift am Boden.«

»Mama!«

»Ich sag ja nur. Schließlich ist er mein einziger Enkel.
Ich mache mir Gedanken.«

Anna rollte mit den Augen. »Er ist eben winzig, da
nimmt man schnell zu. Er braucht nur ein bisschen Fitness.«

»Mit *ein bisschen Fitness* ist es da nicht mehr getan,
Anna. Irgendwann kriegt er Herzverfettung, willst du
das vielleicht?«

Wieder seufzte Anna. Warum konnte ihre Mutter
nie lockerlassen. Immer musste sie auf einem Thema so
lange herumreiten, bis sie ihr Gegenüber vollkommen
zermürbt hatte. »Natürlich nicht«, grummelte sie. »Ich
weiß, er ist pummelig, aber ...«

»Pummelig ist da gar nichts! Fett, Anna, der Hund
ist fett. Sieh den Tatsachen ins Auge. Er schaut aus wie
eine Stopfente.«

»Psst. Er hört dich doch!« Anna blickte auf Harry

hinunter. Als er mit treuem Blick zu ihr hochsah, wölbte sich sein kleiner Nacken in drei Ringen. Wenn ihre Mutter nur nicht so offensichtlich recht hätte mit ihrer Kritik. Das machte es schwierig, ihr zu widersprechen. Die meisten Menschen in Annas Umfeld hatten inzwischen begriffen, dass Harrys Übergewicht bei ihr ein äußerst empfindliches Thema war, und vermieden es tunlichst, sie darauf anzusprechen. Aber Gloria Fischer neigte nicht dazu, Konflikten aus dem Weg zu gehen.

Im Gegenteil.

Sie sprang ihnen mit wehendem Seidenschal in die Arme.

»Ich widerspreche dir ja gar nicht!«, beschwichtigte Anna, weil sie wusste, dass ihre Mutter nicht klein beigeben würde, ehe sie Besserung gelobte.

Gloria ging darauf nicht ein, lächelte aber dünn zum Zeichen, dass sie die Wahrhaftigkeit von Annas Einsicht anzweifelte. »Na, mein Schatz, kommst du mal zu deiner Oooomi?«, säuselte sie dann und hockte sich hin, woraufhin ihr Harry freudig in die Arme sprang und ihr wild übers Gesicht leckte.

»Huch. Nein! Aus! Pfui!« Entsetzt drückte sie seine Schnauze weg. Harry verfing sich mit den Vorderpfoten in ihrem bunten Schal, und Anna sah mit verschränkten Armen dabei zu, wie ihre Mutter vergeblich versuchte, ihn daraus zu entwirren und gleichzeitig von ihrem Gesicht fernzuhalten. »Nun hilf mir eben!«, schnauzte Gloria sie an.

Anna pflückte Harry wortlos von ihr ab und setzte ihn auf den Boden zurück.

»Fett *und* unerzogen!«, beschwerte Gloria sich und richtete ihre Bluse.

»Du wolltest doch, dass er zu dir kommt«, verteidigte Anna ihren Dackel.

»Meine Kritik galt ja auch nicht ihm. Er kann nichts dafür. Die Schuld trägt immer das Frauchen. Du lässt ihn ja sogar in deinem Bett schlafen, was ihn nebenbei bemerkt nicht nur verzieht, sondern auch höchst unhygienisch ist.«

»Du hast ihn eben *über dein Gesicht lecken lassen*!«

Diesen Einwand überging ihre Mutter. »Hier auf der Insel ist es wahrscheinlich nicht so leicht, jemanden zu finden, aber ich kenne in Hamburg eine Trainerin. Die hat die Dogge von Inge trainiert, du weißt schon, Inge aus der Galerie. Die mit den Krampfadern. Jedenfalls hat die Trainerin Inges Dogge dazu gekriegt, auf Kommando einfach umzufallen. Boom!« Sie hob den Zeigefinger, zielte und blies imaginären Rauch vom imaginären Colt. »Toter Mann! Und dieser Hund konnte vorher nicht mal ›Sitz‹! Ich sage dir, das tut vielleicht einen Schlag, wenn so ein Riesenvieh plötzlich umkippt. Die würde Harry bestimmt einen Trainingsplan zusammenstellen. Vielleicht solltest du auch auf Lightkost umstellen. Ich werde Inge nach der Nummer dieser Trainerin fragen.«

»Fein, wenn du magst.« Einfach aufgeben und so tun, als würde sie kooperieren, das war der einzige Weg, um Gloria zu entkommen.

»Rufst du sie dann auch an?«

»Na sicher, Mama.«

»Anna!«

»Ich rufe sie an, auf jeden Fall!« Wenn am St. Nimmerleinstag die Hölle zufriert, fügte sie in Gedanken hinzu und lächelte ihre Mutter an. »Es liegt ja nicht nur an mir, die ganze Insel füttert ihn mit durch!« Anna hob hilflos die Arme. »Niemand kann ihm widerstehen, von der Bäckerin bekommt er Streuselkuchen, bei Luuk holt er sich Brot aus dem Schweinetrog, bei Tom kriegt er Küchenabfälle, und Roos gibt ihm immer ...« Sie brach ab und erstarrte. »... Roos hat ihm immer ...« setzte sie an ... Aber sie konnte nicht weitersprechen.

Einen Moment hatte sie es tatsächlich vergessen, hatte vergessen, dass Roos nicht mehr lebte.

Sofort milderte sich der strenge Ausdruck in Glorias Gesicht. »Ach Annakind«, sagte sie. »Komm her!« Sie nahm ihre Tochter in den Arm, und Anna presste ihr Gesicht an den Hals ihrer Mutter und atmete den vertrauten Geruch ihres Parfums ein, das sie viel zu süß fand und doch irgendwie liebte.

Anna und ihre Mutter standen in Den Burg vor Annas kleinem Blumenladen. Über ihnen am Himmel schrien ein paar Möwen, und die Luft roch nach Salz. Der Wein, der sich um die blaue Fassade bis zum Schindeldach hinaufrankte und in den letzten Wochen die Farbe eines Sonnenuntergangs angenommen hatte, ließ allmählich die Blätter fallen. Im Laubwerk zeigten sich bereits erste Lücken. Der Herbst hatte sich auf die Insel geschlichen, ohne dass sie ihn richtig wahrgenommen hatte, und nun machte er sich genauso heimlich wieder aus dem Staub. Das kleine Schaufenster mit der Aufschrift *Planten un Blomen* war dunkel, und der Laden wirkte verlassen. Traurig, dachte Anna, als sie ihn betrachtete. Er sieht traurig aus.

Auch im reetgedeckten Haus nebenan brannten keine Lichter. Aber Anna vermied den Blick dorthin. Ihr bemaltes Schild über der Tür, auf dem Harry hinter einer Ranunkel hervorschaute, knarzte leise im Wind. *Anna und die Blumen*, dachte sie wehmütig, als sie es betrachtete. Plötzlich durchfluteten sie die Erinnerungen. Es schien doch erst ein paar Tage her, dass sie das Schild bemalt hatte, im Hinterzimmer ihres damals noch mitten in der Renovierung steckenden Ladens. Jeden einzelnen Pinselstrich hatte sie voller Hoffnung und Vorfreude gesetzt, das Schild war ihr vorgekommen wie das Symbol für ihren Neuanfang.

Natürlich war alles nicht erst ein paar Tage sondern viele Monate her, aber es erschien ihr nur ein Augenblick vergangen zu sein. Ein Herzschlag, und alles war anders. Ein ganzer Sommer nur noch Erinnerung. Ein Leben einfach zu Ende.

Einen Moment schloss Anna die Augen, als sie an Roos dachte und ihren plötzlichen, unerwarteten Tod. Wie anders wäre alles verlaufen, wäre Roos nicht gewesen, ihre alte Nachbarin aus dem Reethaus, die sie schon an ihrem ersten Tag im Laden kennenlernte, als Harry durch den Zaun ausbüchste und zu ihr auf die Veranda lief, wie er es im Laufe des kommenden Sommers Hunderte Male tun würde. Roos war ihre Rettung gewesen, nicht nur für den Laden, sie war auch die erste Freundin, die Anna auf der Insel fand. Niemanden hatte sie damals gekannt. Allein hatte sie die vielen ersten Nächte in ihrer Küche auf dem alten Hof ihrer Großeltern gesessen, hatte dem Knacken des Ofens, dem Heulen des Windes und dem Flüstern der Vergangenheit gelauscht und sich gefragt, ob sie hier jemals ankommen würde. Ihre Großeltern waren schon lange tot, der Bruijnshof, auf dem sie als Kind so viele goldene Sommer verbrachte, hatte viele Jahre leer gestanden. In den ersten Wochen hatte es sich angefühlt wie ein Geisterhaus voller Erinnerungen, die ihr wie stumme Schatten folgten, wo auch immer sie hinging. Sie hatte geglaubt, damit umgehen zu können, dass sie hier vor beinahe zwanzig Jahren an einem trügerisch friedlichen Sommertag ihre Schwester Anouk verloren hatte. Ihr Tod war bis heute nicht aufgeklärt worden.

Doch Anouk war noch immer hier.

Anna hatte es sofort gespürt. Ihre Schwester streifte nachts durch das dunkle Haus, versteckte sich im Garten, flüsterte ihr im Schlaf Erinnerungen ins Ohr. Anna hörte Anouk im Klang des Windes, sah sie im Schäumen der Wellen, fand sie im Geschmack der Erdbeeren ihrer Großmutter. Bald waren die Träume gekommen und mit den Träumen schließlich jene seltsamen Ereignisse der letzten Monate, die sie auch jetzt noch erschaudern ließen, wenn sie daran dachte.

Hier, im hellen Licht des Tages, mit Harry und ihrer Mutter an ihrer Seite, schien ihr das alles jedoch seltsam unwirklich. Neblige Erinnerungen, von denen man nicht genau wusste, ob sie jemals Wirklichkeit gewesen waren.

Wenn Gloria in der Nähe war, wagten die Geister der Vergangenheit sich ohnehin seltener hervor. Wahrscheinlich hatte ihre Mutter beizeiten gelernt, sie in Schach zu halten. Ihre laute Stimme übertönte das Flüstern in den Ecken, und ihr Parfum vertrieb alle anderen Gerüche, die Erinnerungen in Anna hätten wecken konnten, wie den Duft von frisch gebackenem Kuchen, der sie nun immer unwillkürlich traurig machte, weil sie ihn so stark mit Roos verband.

Wenn Anna allein war, fiel es ihr seit Roos' Tod schwer, unbeschwert zu sein. Es war einfach zu viel Schlimmes passiert. Beinahe fühlte sie sich nun genau wie damals, als sie neu auf der Insel angekommen war. Schon nach wenigen Tagen hatte sie alles hinschmeißen und abreisen wollen. Wenn sie jetzt darüber nachdachte, war es Ironie des Schicksals: Wären Karin und Simon nicht gewesen, sie hätte sicher ihre Zelte hier abgebrochen und wäre reumütig zurückgekehrt nach Hamburg. Doch zu schwer wog der Schmerz, den die beiden ihr zugefügt hatten. Karin, ihre beste Freundin, und Simon, ihre große Liebe. Niemals würde sie darüber hinwegkommen, dass die beiden sie miteinander betrogen hatten. Nur eines war ihr damals klar gewesen: Wenn sie überhaupt eine Chance haben wollte, musste sie weg aus Hamburg, weg aus Deutschland, weg von den beiden, die ihr alles genommen hatten; ihr Vertrauen, ihre Lebensfreude, ihre Sicherheit und letztlich ihr Zuhause.

Verrückt war es ihr in jenen ersten Tagen erschienen, ihr Vorhaben, ihr großer Traum: auf Texel ein Blumencafé zu eröffnen. Als sie mit ihrem roten Ford gen Norden geknattert war, mit nichts als ein paar Koffern und der treuen Unterstützung ihres Dackels Prince Harry im Gepäck, war sie noch optimistisch gewesen. Doch die ersten Zweifel kamen bereits auf der Überfahrt mit der Fähre, als die Erinnerungen an früher sich mit dem Kreischen der Möwen vermischten und die Vergangenheit die Gegenwart zu übertönen drohte. Aber Aufgeben war letztlich keine Option gewesen. Ihr Großvater hatte immer gesagt, dass sie eines Tages zurückkehren würde. Anna war ein Inselkind, und Inselkinder kamen immer zurück. Sie konnten gar nicht anders.

Und so war sie hier gelandet.

Und auf dem kleinen grünen Fleck im Nordmeer hatte der aufregendste Sommer ihres Lebens auf sie gewartet.

Allerdings war es nicht nur der aufregendste Sommer gewesen, sondern auch ein Sommer voller Dramatik, voller Selbstzweifel, voller dunkler Stunden und Einsamkeit.

Ihre Mutter schien zu sehen, dass sie in Gedanken gerade ganz weit weg war, denn sie lächelte plötzlich, hob fragend eine Augenbraue und winkte ihr zu. »Wo bist du?«

Anna schüttelte nur den Kopf. »Hier!«, erwiderte sie. Aber sie konnte nicht verhindern, dass die Erinnerungen weiter auf sie einströmten.

Im Rückblick war kaum zu glauben, was alles passiert war in diesen wenigen Monaten, nach ihrer Flucht aus Hamburg, ihrem Neuanfang auf Texel, jenen Monaten, in denen der Bruijnshof und der Laden langsam zu ihrem Zuhause wurden. Bereits als sie das Schild mit den Blumen fertig gemalt hatte, war alles anders gewesen. Sie hatte Roos kennengelernt, ihre alte Nachbarin, die sich im Reethaus neben dem Laden ihre Einsamkeit mit Kuchenbacken und Gärtnern vertrieb. Harry hatte sie zusammengeführt. Von der ersten Sekunde an hatte der kleine Dackel sich in die alte Dame verliebt – und sie sich in ihn, sodass eine ganz besondere Freundschaft zwischen den beiden entstand, die Anna manchmal ein wenig eifersüchtig gemacht hatte. Aber eigentlich war es ihr genauso gegangen; auch sie hatte Roosalinda Van der Meer vom ersten Augenblick an in ihr Herz geschlossen. Die alte Dame hatte ihr oft beim Renovieren Gesellschaft geleistet und sich gefreut, dass wieder Leben in das verlassene Haus nebenan kam. Und mit ihren berühmten Van-der-Meer-Kuchen hatte sie den Laden schließlich vor dem Untergang bewahrt.

Dann hatte Anna sich auf der Insel eine neue Physiotherapeutin gesucht, da die neue Hüfte, die ihr vor Kurzem eingesetzt worden war, noch Probleme bereitete. So war die wunderschöne, warmherzige, taffe Britt in ihr Leben getreten, die beste Physiotherapeutin, die sie je hatte, und außerdem rasch einer der wichtigsten Menschen in ihrem Leben, eine Freundin, mit der sie alles teilen konnte, so wie sie früher mit Karin alles geteilt hatte. Und mit Britt war Ole gekommen,

Britts riesiger weißblonder Bruder. Tierarzt, Handwerker, Fischer und unerschütterlicher Optimist in einem, hatte er mit seinem ganz eigenen Charme sofort Annas Gefühle durcheinandergerüttelt.

Als sie an Ole dachte, musste Anna lächeln. Doch ein Blick zu Roos' Haus hinüber, das dunkel und verlassen dastand, genügte, um das Lächeln wieder zu vertreiben.

Von Anfang an hatte ein Unbekannter versucht, Anna das Leben auf der Insel so schwer wie nur möglich zu machen. So viele seltsame, erschreckende Dinge waren passiert, dass ihr das Ganze im Nachhinein vorkam wie eine Schauergeschichte. Viele hatte sie verdächtigt, doch irgendwann hatte sie herausgefunden, wer dahintersteckte: Sem, ein alter Schulfreund ihrer Schwester, und Roos' Enkelsohn. Dann war Roos gestürzt, und dabei hatte sich herausgestellt, dass sie schwer krank war – und dass Sem etwas mit Anouks Tod und nun auch mit Roos' Sturz zu tun hatte. Als Anna ihn zur Rede stellte, war es zu einer Auseinandersetzung gekommen. Er hatte sie angegriffen und bewusstlos geschlagen. Ole hatte sie in letzter Sekunde gerettet und sich dabei schwere Verletzungen zugezogen.

Roos war gestorben, ohne noch einmal aufzuwachen. Sie hatte ihnen nicht mehr sagen können, was wirklich passiert war, und hatte Anna mit ihren ganzen ungeklärten Fragen alleine gelassen. Seitdem war alles anders. Manchmal schien es ihr, als habe sich selbst die Insel verändert. Die letzten Wochen hatte sie wie in einem Nebel verbracht. Ob sie jemals herausfinden würden, wie alles zusammenhing? Sem war im Gefängnis, Roos war gestorben, und das Rätsel um Anouks Tod schien präsenter und gleichzeitig verworrener denn je. Und nun stand nicht nur der Laden, sondern auch Anna mal wieder vor einem Neuanfang.

Seufzend blickte sie auf das knarzende Schild. Sie wusste nicht, wie lange sie noch durchhalten würde. Seit der Auseinandersetzung mit Sem wartete sie jeden Tag darauf, dass ihre Kündigung im Briefkasten lag, dass er und seine Mutter Femke sie rausschmeißen würden. Schließlich gehörte ihnen das Haus. Anna hatte jeden Cent und unzählige Arbeitsstunden in die Renovierung und Eröffnung gesteckt. Wenn sie den Laden verlor, hatte sie auf der Insel keine Zukunft mehr.

Jeden Morgen, wenn sie die Post holte, hatte sie Magenschmerzen. Immer, wenn das Telefon klingelte und auf dem Display eine unbekannte Nummer erschien, zitterten ihre Hände ein wenig, wenn sie abnahm. »Du musst einfach mit ihr reden, es gibt keine andere Möglichkeit!«, sagte Ole beinahe jeden Tag. Aber sie traute sich nicht. Was, wenn sie dadurch alles noch schlimmer machte? Wenn sie die Kündigung so erst heraufbeschwor.

Wenn sie den Laden doch kaufen könnte! Aber das traurige Schaufenster, vor dem sie gerade standen, sprach Bände. Momentan kamen so wenige Kunden, dass sie gerade einmal die Miete zusammenbekam. Die Hoffnung, das kleine blaue Haus irgendwann ihr Eigen zu nennen, rückte mit jedem schlechten Verkaufstag weiter in die neblige Zukunft, und an ihre Stelle drängelten sich Sorgen um die Gegenwart. Lange würde sie die Flaute, die nach Roos' Tod eingesetzt hatte, nicht überstehen können. Nachdenklich kickte sie mit dem Fuß einen kleinen Stein beiseite. Wie es wohl weitergehen würde mit *Anna und die Blumen*?

Ihre Mutter neben ihr schien im selben Moment den gleichen Gedanken zu haben. Auch sie blickte mit schief gelegtem Kopf nach oben und sah auf das Bild. »Es wird jetzt alles ein bisschen anders werden«, sagte sie leise. »Sicher wird die erste Zeit nicht leicht. Aber du schaffst das! Du schaffst alles, Annakind!«

Anna lächelte. Nicht oft bekam sie von Gloria Zuspruch. Sie legte den Arm um ihre Mutter und drückte das Gesicht trostsuchend in ihre Windjacke.

Anna hatte sich ein paar Tage Urlaub genommen. Ihre Eltern waren zu Besuch auf der Insel, und sie wollte ihnen genug Zeit widmen. Wenn sie den ganzen Tag im Laden stand und nicht als Puffer fungieren konnte, hatte sie außerdem Angst, die beiden könnten sich auf dem Hof gegenseitig niedermetzeln.

Ihre Eltern waren nicht einfach so gekommen. Sie waren zu einem Gespräch auf die Polizeiwache bestellt worden, wo der mit dem Tod ihrer Schwester betraute Kommissar sie über die neuesten Ermittlungen aufklären wollte. Nur deshalb waren ihre Eltern beide gleichzeitig zu Besuch, was Anna normalerweise unter allen Umständen vermieden hätte.

Heute hatte sie mit ihrer Mutter einen Spaziergang durch die Stadt gemacht und ihr den Laden gezeigt. Gloria war nun schon fünf Tage auf der Insel, und langsam begann Anna, ihre Abreise herbeizusehnen.

»Wo bleibt er nur?«

»Er kommt sicher gleich.«

»Er macht das absichtlich, er weiß ja, wie es mich aufregt.«

Anna hatte in den letzten Tagen so viel mit den Augen gerollt, dass sie schon Angst hatte, ihr Gesicht würde irgendwann so stehen bleiben. »Wie wäre es dann, wenn du ihm entgegenspielst und dich einfach mal *nicht* aufregst?«

»Das könnte ihm so passen!«

»Er ist gerade mal fünf Minuten zu spät.«

»Verteidige ihn nicht auch noch!«

Plötzlich bimmelte es hinter ihnen, und als Anna sich erschrocken umdrehte, kam ihr Vater auf einem Fahrrad die Gasse entlanggeholpert. So ungewohnt war es, ihren distinguierten Akademikervater auf einem Rad sitzen zu sehen, dass sie nicht anders konnte, als laut zu lachen. Etwas steif und sichtlich ungeübt, aber fröhlich winkend, kam er ihnen entgegen und machte eine Vollbremsung vor seiner Ex-Frau, die pikiert zur Seite hopste und so tat, als wäre er eine Gefahr für Leib und Leben. »Oh Gott! Also wirklich. Pass doch auf, Horst!«

»Entschuldige Gloria, mit dem Rücktritt komme ich noch nicht so richtig klar.« Er stieg umständlich ab, umarmte Anna und gab seiner Ex-Frau einen Luftkuss auf die Wange, den sie mit saurer Miene erwiderte.

Die beiden hatten sich in der letzten Zeit ein wenig zusammengerauft – Anna hatte den Verdacht, dass es ihr zuliebe geschah – und es bisher sogar auf dem Hof zusammen ausgehalten, ohne sich die Köpfe einzuschlagen. Sie hatte aber auch alles dafür getan, sie zu trennen, war mit ihrem Vater jeden Tag um die Nordspitze spaziert und hatte ihre Mutter aus dem Haus gelockt, so oft sie konnte, mit ihr einen Wollworkshop und eine Käseverkostung gemacht und sie zu Yoga am Strand gezwungen, was aber angesichts der nassen Kälte, die gerade auf der Insel herrschte, nur mäßig gut angekommen war. Ihr Vater hatte anscheinend ihren heutigen »Frauennachmittag«, wie er es mit seltsamer Betonung nannte, genutzt, um ein wenig im Alleingang die Insel zu erkunden. Er hatte eine frische Röte auf den Wangen, und seine Augen blitzten aufgeregt.

»Ist das etwa ein Motor?«, fragte Gloria jetzt verächtlich und deutete auf einen Kasten, der hinten am Fahrrad hing.

Annas Vater nickte. »E-Bike«, verkündete er stolz. »Beschleunigt von null auf vierzig in zwanzig Sekunden.«

»Na, wer's braucht... Deinem Bauch würde ein nicht ganz so rentnerhaftes Sportgerät besser tun.«

Horst überging den spitzen Ton mit einem gutmütigen Lächeln. »Komm, hüpf auch mal drauf.« Er hielt Gloria das Rad hin, die entsetzt zurückwich.

»Wie bitte?«

»Es ist großartig, ich bin nur so durch die Dünen gefegt. Gegenwind? Kein Problem, das Baby hat eine Turbofunktion! Hat sich fast angefühlt wie damals die Motorroller in Italien. Weißt du noch, an der Amalfiküste?«

Überraschenderweise lächelte Annas Mutter plötzlich. »Als du die Fischvergiftung hattest und ich den Sonnenbrand, mit dem ich ins Krankenhaus musste.«

Er nickte. »Trotzdem unser bester Urlaub, oder?«

»Das war er wirklich. Wir hatten diese kleine Wohnung direkt über dem Hafen, und jeden Morgen haben wir den Fischern zugesehen, wie sie die Boote ausladen.« Gloria hatte sich zu Anna umgedreht, und ein träumerischer Ausdruck lag auf ihrem Gesicht. »Man ist aufgewacht vom Schreien der Möwen, und dann gab es frischen Kaffee und Bomboloni, das sind diese herrlichen Krapfen mit Cremefüllung, weißt du? Gibt es nur in Italien. Ich habe vier Kilo zugenommen in dem Urlaub.«

»Stand dir aber ausgezeichnet!« Ihr Vater zwinkerte seiner Ex-Frau zu, und Anna sah mit Entsetzen, dass ihre Mutter verlegen lächelte und sich eine leichte Röte auf ihre Wangen stahl.

»Alles war immer voller Möwen, wegen der Fischerboote. Eine hat deinem Vater aufs Hemd gekackt.« Sie lachte. »Wir haben jeden Abend in dem kleinen Restaurant unten im Haus gegessen. Irgendwann hatten sie die Vorspeisen schon bereit, wenn wir hereinkamen.«

»Vorzüglicher Service!« Auch ihr Vater lächelte vor sich hin. »So was findet man in Deutschland nicht.«

Anna beobachtete die beiden misstrauisch. Das passierte manchmal, diese gemeinsamen Ausflüge in die Vergangenheit, bei denen ihre Eltern plötzlich nicht mehr erbitterte Gegner waren, sondern zu ihrer alten Verbundenheit zurückfanden und sich an die Zeit erinnerten, in der sie vernarrt ineinander gewesen waren.

Sie liebten sich noch immer, das wusste sie. Beide fragten Anna ständig über den jeweils anderen aus und taten dann so, als wären sie eigentlich nicht im Mindesten interessiert, und ihre Mutter hasste die Freundin ihres Vaters mit einer Leidenschaft, die nur mit tiefster, grünster Eifersucht zu begründen war.

»Damals ist deine Schwester entstanden, wusstest du das?«, fragte ihre Mutter.

Plötzlich schlug die Stimmung um. Ihr Vater sah mit einem seltsamen Ausdruck im Gesicht zu Boden, und auch das Lächeln auf Glorias Gesicht erstarb.

Anna fühlte ein Ziehen in der Brust. »Nein, wusste ich nicht, und ich muss es mir auch nicht unbedingt vorstellen, danke«, sagte sie lachend und versuchte, die Unbeschwertheit zu retten, die eben noch die Unterhaltung getragen hatte.

»Wann ist noch mal der Termin?«, fragte ihr Vater mit belegter Stimme und räusperte sich. Sie alle wussten ganz genau, wann der Termin war, die letzten Tage waren von seinem drohenden Schatten überlagert gewesen, wie von einem nahenden Gewitter, das den Horizont verdunkelte.

»Morgen um fünf«, sagte Anna leise, und er nickte. Ihre Mutter tupfte sich die Augen.

»Nur der Wind!«, lächelte sie, als Anna sie besorgt ansah.

»Wir schaffen das!« Plötzlich nahm ihr Vater Gloria in die Arme, die einen Moment erschrocken die Augen aufriss und dann seine Umarmung erwiderte und ihn so fest an sich drückte, dass Anna wegschauen musste, weil sie das Gefühl hatte, jeden Moment in Tränen auszubrechen.

Ihre Eltern lösten sich voneinander, ihr Vater räusperte sich und spielte an der Gangschaltung herum, und ihre Mutter fummelte ein Taschentuch aus ihrer Jacke und schnäuzte sich, mit einem traurigen Lächeln in Richtung Anna.

»Hört mal, ihr zwei, es kann nichts passieren morgen!« Ihr Vater sah plötzlich entschlossen und fast ein bisschen wütend aus. »Anouk kommt nicht mehr zurück, was auch immer sie herausfinden. Ich weiß, dass es sich gerade so anfühlt, als würde alles noch einmal von vorne losgehen, aber das stimmt nicht. Jetzt geht es nur darum, dich so gut wie möglich zu schützen und diesem irren Typen Einhalt zu gebieten!«, sagte ihr Vater und sah Anna an.

Sie nickte. »Er ist ja im Gefängnis.«

»Und da wird er hoffentlich auch bleiben, bis er verrottet!« Horst schlug mit einer Hand auf den Lenker, sodass die Klingel leise bimmelte.

»Papa!«

»Was denn?«

»Es steht doch gar nicht fest, dass er wirklich etwas damit zu tun hatte.«

»Aber Anna, er hat es so gut wie zugegeben! Das hast du selber gesagt. Außerdem hat er dich krankenhausreif geschlagen«

»Na ja, ich …« Sie stockte. Es war schwer zu erklären. Sie hatte in den letzten Wochen immer wieder über Sems Worte nachgedacht, hatte sie im Kopf hin und her gewälzt und versucht, einen Sinn daraus zu ziehen. Dass sie das Bewusstsein verloren hatte nach dem Gespräch, war nicht hilfreich, sie konnte nicht ganz sicher sein, sich richtig zu erinnern, auch wenn sie eigentlich das Gefühl hatte, jedes einzelne Wort von ihm noch zu höre: *Deine schöne Schwester mit dem schwarzen Haar wie Schneewittchen, und den Sommersprossen und den Augen, die aussahen wie die Wellen an einem stürmischen Sommertag.* »Ich bin mir nicht sicher, wie er es gemeint hat«, sagte sie schließlich. »Er weiß etwas, das steht fest. Aber er wirkte so... verzweifelt. Und als ich ihn gefragt habe, also *direkt* gefragt, was er meinte, als er von Anouk gesprochen hat, da war dieser seltsame Ausdruck in seinem Gesicht. Es wirkte fast, als sei er... traurig über ihren Tod.«

Ihre Mutter gab ein ersticktes Geräusch von sich. Für Gloria war es besonders schwer gewesen, zu akzeptieren, dass die Femke und ihr Sohn etwas mit dem Tod ihrer Tochter zu tun hatten. Die Femke hatte jahrelang Glorias hilfsbedürftige Mutter gepflegt, sie war in ihrem Elternhaus ein und aus gegangen, sie hatte auf Anna aufgepasst, als sie nach dem Anruf von der Polizei im Krankenhaus waren und mit gebrochenen Herzen nach Hause kamen. Gloria selbst hatte ihr diese Verantwortungen überlassen, und nun musste sie damit leben, dass sie eventuell eine Mörderin in ihr Haus gelassen hatte.

»Also, was ist? Probieren wir nun diesen Seetangburger, von dem du immer sprichst und vor dem ich mich ein bisschen fürchte?«, fragte Annas Vater.

Sie nickte. »Am besten schließt du dein Rad irgendwo an. Für wie lange hast du es ausgeliehen?«

»Zwei Tage. Dachte, ich mache Nägel mit Köpfen. Ich kann dem Inselkäse einfach nicht widerstehen, und Regina klagt schon so lange über meine Figur. Muffin Top nennt sie das. Hast du das schon mal gehört, was soll das überhaupt sein?«

Anna hatte Harry in den Korb gehoben, der vorne auf das E-Bike montiert war, und ging nun langsam neben ihrem Vater her, der das Rad über das Kopfsteinpflaster schob. »Ja, das sind die Speckröllchen, die über den Hosenbund quellen wie Muffinteig über den Rand der Papierform!«, erklärte sie lachend.

Ihre Mutter hatte sich bei ihr untergehakt und schmunzelte jetzt mit spitzem Mund. »Die kriegst du mit ein bisschen Radeln nicht weg, Horst. Vor allem nicht, wenn du nur oben drauf sitzt und die Turbofunktion die Arbeit machen lässt. Ich sage schon seit Jahren, du sollst dich wieder beim Tennis anmelden. Irgendwann ist es zu spät, und Regina verlässt dich für einen fitteren Kollegen.«

»Ach was, sie liebt meine Kurven«, erwiderte ihr Vater unbeeindruckt. »Außerdem habe ich überlegt, mit Yoga anzufangen«, setzte er hinzu, und Anna verschluckte sich an ihrem Kaugummi.

2

Die Polizeiwache von Texel war ein hässlicher Neubau am Rande der Hauptstadt Den Burg. Eine zerstreut wirkende Sekretärin, die sie aber neugierig musterte, nachdem sie erklärt hatten, warum sie da waren, führte sie den Gang entlang zu einem verglasten Büro. Anna hatte das Gefühl, hier schon einmal gewesen zu sein, auch wenn sie sich nicht erinnern konnte, dass ihre Eltern sie jemals mitgenommen hatten. An einem großen Holztisch saß Hauptkommissar Sanders, den Anna noch verschwommen von früher kannte, neben ihm ein Mann Mitte vierzig, mit rotem Bart. Beide tranken Kaffee und waren in ein Gespräch vertieft. Sobald er sie durch die Schreibe gewahrte, stand Sanders auf, und als sie eintraten, umarmte er zu Annas Überraschung zuerst ihre Mutter und dann ihren Vater, dem er auf den Rücken klopfte, als wären sie alte Freunde, die sich lange nicht gesehen hatten. Ihr wurde schlagartig klar, wie viel sie damals nicht mitbekommen hatte. Sie war noch so jung gewesen, dass ihre Eltern alles, was die Ermittlungen anging, so gut wie möglich von ihr abgeschirmt hatten. Aber anscheinend hatte sich so einiges abgespielt, von dem sie nichts wusste.

»Gloria, Horst. Wie lange ist das her? Schön, euch wiederzusehen, auch wenn ich mir natürlich andere Umstände gewünscht hätte.« Sanders deutete auf die bereitgestellten Stühle. »Anna!« Er lächelte und schüttelte auch ihr die Hand. »Ich erinnere mich noch gut an dich!«

Anna konnte das leider nicht erwidern, sie wusste gerade mal seinen Namen. Aber sie mochte ihn sofort, er wirkte ehrlich und klug, genau wie man sich einen Hauptkommissar vorstellte. Nur hatte das auch nicht geholfen, den Tod ihrer Schwester aufzuklären. Aber anscheinend nahmen ihre Eltern ihm nicht übel, dass es auch nach so vielen Jahren noch keine Spur gab. Er wirkte wie ein Mann, der alles in seiner Macht Stehende getan hatte und mit sich im Reinen war. Manche Fälle, dachte Anna, als sie sich setzte, konnten vielleicht einfach nicht gelöst werden.

Auch der rothaarige Mann stand nun auf und schüttelte ihnen die Hände. Sanders stellte ihn als Kommissar Neeson vor. »Cold Cases«, fügte er hinzu, und sie sahen sich überrascht an.

Er nickte. »Wie ihr sicher wisst, ist die Gesetzeslage in unserem Land etwas anders als bei euch. In Deutschland verjährt Mord nicht, hier jedoch schon. Trotzdem ist es nicht so, dass wir nach Ablauf der Fristen einfach aufhören zu suchen. Wann immer es neue Hinweise gibt, wird gefahndet. Dass Anouk die deutsche Staatsangehörigkeit hatte, erleichtert die Sache. Bei einem solchen internationalen Fall gäbe es eventuell die Chance, die Verjährung auszusetzen. Außerdem wissen wir ja auch nicht mit Sicherheit, dass sie einem Gewaltverbrechen zum Opfer gefallen ist, auch wenn einiges darauf hindeutet. Langer Rede kurzer Sinn«, er lächelte Anna beruhigend zu, die erschrocken zusammengezuckt war, »die neuen Hinweise haben mich dazu veranlasst, Unterstützung in Den Haag anzufragen. Ich möchte euch keine falschen Hoffnungen machen, es ist sehr gut möglich, dass niemals jemand zur Verantwortung gezogen werden kann. Aber ich bin persönlich der Meinung, dass wir trotzdem nicht aufgeben sollten. Neeson hier wird sich der Sache annehmen.«

»Aber, warum kannst du das denn nicht selbst machen?«, fragte Gloria erschrocken.

Sanders schien die Frage erwartet zu haben. »Weil ich sechsundsechzig bin!«, erwiderte er ruhig. »Es wird Zeit, das Ruder abzugeben, ich gehe im Sommer in Pension. Außerdem bin ich kein Cold Cases Spezialist. Neeson hier schon!« Er deutete auf seinen Kollegen, der ihnen ruhig entgegenblickte. »Er ist nun seit vier Jahren bei den Cold Cases. Er hat den Seilmord in Den Haag aufgeklärt, ihr habt vielleicht davon gehört.«

Sie nickten alle, denn sie kannten den blutigen Fall aus den Zeitungen. Annas Mutter schien etwas beruhigter und musterte Neeson neugierig, wenn auch noch misstrauisch. Er begegnete ihrem Blick und hielt ihm stand. Anna fand das gut. Man durfte sich von ihrer Mutter nicht einschüchtern lassen.

Neeson räusperte sich und lehnte sich ein wenig im Stuhl vor. Er hatte eine tiefe Stimme und einen merkwürdigen Akzent, den Anna nicht einordnen konnte. »Wir haben in den Niederlanden in jeder Polizeiregion eine Cold-Cases-Einheit«, erklärte er. »Ich habe darum gebeten, mit diesem Fall betraut zu werden. Er hat mich schon immer ... wie soll ich sagen ... fasziniert.« Annas Vater runzelte bei diesen Worten die Stirn, aber Neeson sprach schnell weiter. »Es geschehen nicht oft Verbrechen auf der Insel. Ich bin hier aufgewachsen, und auch wenn ich jetzt nicht mehr dauerhaft hier lebe, so ist es mir eine Herzensangelegenheit.«

»Wenn Sie nicht hier leben, wie wollen Sie dann an dem Fall arbeiten?«, fragte Annas Vater.

»Ich bin vorübergehend hierher versetzt. Das wird oft so gehandhabt, wir haben eben nicht überall geschulte Leute vor Ort. Erst mal für einen begrenzten Zeitraum, in dem ich hoffentlich mit den Ermittlungen vorankomme. Danach wird ausgewertet und neu entschieden, ob wir weitermachen.«

Ihr Vater nickte. »Also wenn Sie nichts herausfinden, dann wird der Fall wieder vergessen?«, fragte er ohne direkten Vorwurf, aber mit einer tief sitzenden Verbitterung in der Stimme.

»Er wird niemals vergessen«, widersprach Neeson so nachdrücklich, dass Anna überrascht aufblickte und auch ihr Vater nichts mehr erwiderte, sondern sein Gegenüber interessiert musterte. »Ich kann Ihnen nur versichern, dass ich mein Möglichstes tun werde. Es wird schwierig, sicher. Nach so langer Zeit ist es immer schwierig. Aber es gibt neue Entwicklungen, neue Wege, die wir noch nicht gegangen sind.« Er schlug ein Notizbuch auf und drückte ein paar Mal mit dem Daumen auf seinen Kuli, sodass es leise klackte. »Wie lange sind Sie noch auf der Insel?«, frage er und sah erst Annas Mutter, dann ihren Vater an.

»Bis übermorgen«, antworteten beide gleichzeitig.

Er nickte und machte sich eine Notiz. »Ich möchte mit Ihnen Einzelgespräche führen. Wann immer es

Ihnen passt. Es wird eine Weile dauern, also planen Sie bitte ein wenig Zeit ein.« Er sah Anna an. »Wir zwei können auch einen späteren Termin ausmachen, Sie laufen mir ja nicht weg.«

Sie fand die Formulierung etwas seltsam, nickte aber. »Das stimmt.«

»Gut, wann würde es ihnen passen, Gloria?«

Er verabredete sich mit ihren Eltern für den nächsten Tag und mit Anna zu einem Treffen in der kommenden Woche. Als sie sich von den Beamten verabschiedet hatten und wieder draußen waren, standen sie einen Moment etwas verloren auf dem Parkplatz herum.

»Nun, das ist vielleicht gar nicht schlecht.« Ihr Vater rieb sich erschöpft die Stirn. »Ich mag Sanders, aber man muss es ja einmal aussprechen, viel erreicht hat er nicht.«

Gloria stimmte ihm zu. »Ich hatte denselben Gedanken. Es ist seltsam, dass er nicht mehr der Verantwortliche sein wird, aber wir können es nicht ändern, und Neeson wirkt zumindest ... entschlossen.«

Ihr Vater nickte. Dann wandte er sich Anna zu. »Also, morgen Abend lernen wir ihn dann endlich richtig kennen, deinen Schweden?«, fragte er, und Anna zuckte kurz zusammen, weil sie mit den Gedanken ganz weit weg gewesen war.

»Äh, ja sicher!«, bestätigte sie. Innerlich stöhnte sie auf. Das hatte sie für einen Moment ganz vergessen.

Ihre Eltern und Ole waren sich noch nicht begegnet. Das Letzte, worauf sie Lust hatte, war ein steifes Abendessen mit ihren verfeindeten und momentan sichtlich aufgewühlten Eltern und ihrem neuen Freund. Sie hatte

Angst, wie sich ein solches Zusammentreffen auf ihre Beziehung auswirken würde, die sie zwar eigentlich als stabil einschätzte, die aber nichtsdestotrotz noch zu neu war, um schon so auf den Prüfstand gestellt zu werden. Sie würden sich aus der Perspektive ihrer Eltern sehen, die immer alles genau wissen wollten und zu viele Fragen stellten. Fragen, über die sie und Ole selbst noch nicht gesprochen hatten, da war sie sicher.

3

»Ich dachte, Sie sind Handwerker!« Gloria ließ überrascht ihr Glas sinken.

Ole lächelte. »*Du*, bitte. Und na ja, die Annahme liegt nahe, schließlich habt ihr mich ja kennengelernt, als ich Annas Laden renoviert habe. Aber nein. Ich bin Handwerker, aber nur, wenn ich kein Tierarzt bin.«

»Also warum hast du das denn nicht erzählt?« Empört wandte Gloria sich an ihre Tochter.

»Ich dachte irgendwie, das hätte ich bereits.« Anna zuckte die Schultern. »Wir haben ja nicht so oft gesprochen in letzter Zeit, und wenn, dann ging es um andere Dinge …«

»Wirklich, Anna, das hättest du ja nebenbei einmal erwähnen können.«

Anna tauchte gerade ein Stück Weißbrot in eine kleine Pfütze grün-goldenes Olivenöl. »Tut mir leid!« Genervt nahm sie einen Schluck von ihrem Eistee.

»Gloria, es ist doch klar, dass sie anderes im Kopf hatte.« Ihr Vater legte seiner Ex-Frau beruhigend eine Hand auf den Arm, und sie warf ihm einen wütenden »Nun-tu-nicht-so-verständnisvoll«-Blick zu.

»Du bist also Tierarzt, das ist ja mehr als interessant. Hast du eine eigene Praxis?«, fragte Horst dann, an Ole gewandt.

»Noch nicht, ich bin momentan eher auf Dackel spezialisiert.« Ole zwinkerte Anna zu, die sich in ihrem Stuhl zurücklehnte und dabei zusah, wie ihre Eltern ihn in die Mangel nahmen und ihn ausquetschten, als säße er auf der Anklagebank. Er schlug sich gut, wenn er auch ab und zu ins Straucheln kam, als er zum Beispiel nicht erklären konnte, warum er sich für ein Haus verschuldet hatte, obwohl er alleinstehend war, und warum er so lange nach seinem Studienabschluss noch keine eigene Praxis hatte. Allerdings ließ mit der Zeit die Intensität des Kreuzverhörs nach. Fast konnte sie dabei zusehen, wie ihre Eltern sich entspannten. Das Lachen wurde lauter, die Unterhaltung flüssiger, und ihr Vater bestellte eine zweite Flasche Wein.

Ole hatte sie eingewickelt.

Ich hätte auf seinen Charme vertrauen sollen, dachte Anna und lächelte in sich hinein, während sie einen Bissen von ihrer gefüllten Paprika nahm. Sie saßen bei Tom im Strandpaal und schauten zu, wie der glühende Ball der Abendsonne langsam in den schäumenden Wellen versank.

Tom hatte sich selbst übertroffen und ein richtiges kleines Büfett vor ihnen aufgebaut. Sein bester Tisch war für sie eingedeckt gewesen, und er hatte sich strikt geweigert, ihnen die Speisekarten zu überlassen. »Lehnt euch einfach zurück!«, hatte er gesagt und verschwörerisch gelächelt. Gloria hatte ein wenig protestiert, es war nicht ihre Art, sich vorschreiben zu lassen, was sie zu essen hatte, aber nach ein paar klaren Worten, die Anna in ihr Ohr zischte, hatte sie sich grummelnd gefügt und schien nun mehr als zufrieden mit der Auswahl, die Tom ihnen aufgetischt hatte. Außerdem hatte er ihr die Jacke abgenommen und den Stuhl zurückgezogen, und Anna hatte genau gesehen, dass ihre Mutter die Aufmerksamkeit genoss.

Als sie schließlich ihre Eltern in ein Taxi verfrachtet hatten und im Auto Richtung Stormvogel fuhren, Oles Haus in den Dünen, war Anna erschöpft wie schon lange nicht mehr, aber auch von jener beschwipsten Glückseligkeit erfüllt, die man nur bekommt, wenn ein drohendes Übel plötzlich abgewendet war und die Erleichterung darüber zusammen mit dem Alkohol ein beinahe schwereloses Gefühl der Zufriedenheit in einem auslöste. Es waren anstrengende Tage gewesen. So schön es auch war, ihre Eltern bei sich zu haben, die angespannte Situation zwischen den beiden und noch dazu der mehr als bedrückende Grund, aus dem sie diesmal auf der Insel waren, hatten dazu beigetragen, dass sie unter einer Daueranspannung litt, die nun langsam, Tröpfchen für Tröpfchen, von ihr abperlte. Die Gespräche mit Kommissar Neeson am Nachmittag hatten ihre Eltern zusätzlich aufgewühlt, und sie hatte dem Abend mit wachsendem Unmut entgegengesehen. Nun wusste sie nicht mehr, wovor sie eigentlich solche Angst gehabt hatte.

»Du bist einfach toll!«, sagte sie, und Ole sah sie verwundert an.

»Das klingt, als hättest du das gerade erst gemerkt.«

»Es ist mir heute Abend noch einmal ganz deutlich geworden«, sagte sie und lehnte sich im Sitz zu ihm rüber, sodass sie ihn küssen konnte. Eigentlich hatte sie nur einen kurzen Schmatzer beabsichtigt, aber er roch so gut, dass sie gleich an seinem Hals hängen blieb.

Ole grunzte verzückt. »Ist da jemand vielleicht leicht angetrunken?« fragte er lächelnd und fuhr fast in den Graben, als Anna plötzlich sanft zubiss.

»Vielleicht leicht«, lachte sie, und er schubste sie auf ihre Seite zurück. »Wenn du nicht an einem Baum enden willst, hörst du damit lieber sofort auf«, brummte er.

Im Stormvogel angekommen, wollte keiner von ihnen den Abend schon beenden. Sie waren so gut gelaunt, dass sie in der Küche ein paar Songs zu den Klängen aus Oles altem Radio tanzten, in Socken über den Holzboden schlitterten und sich dabei gegenseitig in Showeinlagen überboten, bei denen Schneebesen und Kochlöffel als Mikro fungierten. Aber weil Harry, von ihrer ausgelassenen Stimmung angesteckt, irgendwann anfing, wie verrückt zu bellen, sich im Kreis drehte und im Übermut versuchte, in ihre Hosenbeine zu beißen, beschlossen sie, doch lieber ins Wohnzimmer überzusiedeln. Ole holte Scheite aus dem Schuppen und entfachte ein Feuer im Kamin, während Anna Rotwein aufwärmte und eine Prise Nelken und Zimt hinzugab.

Als das Feuer knisterte und der Schein der Flammen das offene Gebälk des Wohnzimmers rot erglühen ließ, holten sie ihre Bettdecken und setzen sich auf den Teppich. Ole schob die Terrassentür auf, damit sie die Wellen hören konnten, deren Schall hier in besonders stillen Nächten über die einsame Heide wanderte.

Harry sprang auf Annas Bauch und kuschelte sich dort ein, Anna lehnte sich an Oles Brust und zog die Decken über sie drei. So saßen sie eine ganze Weile einfach da, lauschten dem Feuer und den Wellen, während das Licht des Leuchtturms über die Wände geisterte und aus ihren Tassen der Dampf aufstieg.

Obwohl durch die offene Tür eisige Winterluft zu ihnen hereindrang, die nicht mal die Flammen erwärmen konnten, genoss Anna jede Sekunde. Der Geruch nach Salz, Rotwein, Holzfeuer und Kälte war eine betörende Mischung. »Ich könnte ewig hier so sitzen!«, sagte sie leise und drückte Oles Hand, die warm auf ihrem Bauch lag.

»Ich auch«, brummte er, und sie hörte, dass er lächelte. »Wusstest du eigentlich, dass ich genau das von Anfang an so an dir mochte?«

»Meinen Nacken?«, fragte Anna erstaunt, denn er hatte gerade begonnen, langsam ihren Hals abzuküssen. Ole schnaubte belustigt, und sein warmer Atem kitzelte sie im Ohr.

»Den natürlich auch. Aber ich meinte, dass du in einer eisigen Winternacht den Wellen zuhören willst.

Dass es dir nicht zu kalt oder zu ungemütlich ist. Dass du diese Dinge genauso magst wie ich.«

Auch Anna musste lächeln und drehte sich vorsichtig zu ihm um, damit sie Harry nicht weckte, und küsste ihn. »Wir passen schon ganz gut zusammen, was?«, fragte sie neckisch, und er nickte.

»Weißt du übrigens, von wo aus man die Wellen auch ganz wunderbar hören kann?« Ole hatte jetzt ein listiges Funkeln in den Augen. »Vom Schlafzimmer!«

»Ach, was du nicht sagst, das ist mir ja noch gar nicht aufgefallen!« Anna verschränkte die Hände in seinem Nacken, damit sie ihn besser küssen konnte. »Das musst du mir unbedingt zeigen!«

»Zu Befehl!« Ole sprang auf und schaffte es, sowohl Anna als auch Harry in einem Schwung hochzuheben, sodass Anna erschrocken aufkreischte und sich an seinen Hals klammerte.

»Oh, mein Kreuz! Harry muss unbedingt auf Diät gesetzt werden!«, stellte Ole fest und schaukelte sie beide prüfend in seinen Armen hin und her, als wolle er ihr genaues Gewicht bestimmen.

»Nein, das bin ich. Ich habe heute viel zu viel Pasta gegessen!«, sagte Anna gut gelaunt und biss ihn ins Ohr, während sie mit einer Hand Harry festhielt, der irritiert knurrte und versuchte, auf ihrem Bauch das Gleichgewicht zu halten.

»Ach so, verstehe. Na schauen wir mal, ob ich es bis nach oben schaffe!«

»Ich bin da ganz zuversichtlich!«, lachte sie. »Aber weißt du, ich kann auch selber laufen!«

»Ja, aber so ist es doch viel romantischer. Heb mal eben noch die Decken auf, die brauchen wir!«, befahl Ole und kippte sie in seinen Armen nach unten, sodass sie nach den Decken angeln konnte. Genau in diesem Moment sprang Harry bellend auf, stieß Anna unsanft die Pfoten in den Magen und sprang über ihr Gesicht hinweg auf den Boden. Anna zappelte erschrocken, und als Antwort ließ Ole sie fallen. Sie landete mit einem dumpfen Rumms auf den Decken. Harry schoss bellend zur offenen Tür hinaus, wo er anscheinend gerade ein paar Gänse oder Enten gehört hatte, die er nun unbedingt vertreiben musste.

»Aua!« Anna lachte und rieb sich den Hintern.

»Tschuldigung, aber du hast so gezappelt!« Ole ging zur Tür und schob sie zu. »Ist vielleicht ohnehin besser, wenn er kurz draußen bleibt!«, sagte er zwinkernd. Harry hatte die Angewohnheit, immer dazwischen zu gehen, wenn sie sich näherkamen, sodass sie ihn ziemlich oft ins Bad sperren mussten.

»Ja. Und bleiben wir doch auch einfach hier, jetzt lieg ich ja schon mal!«, sagte Anna und streckte die Arme nach Ole aus.

»Gute Idee, mein Rücken hat auch schon gefährlich geknackt!« Ole grinste und warf sich mit einem Satz auf Anna und den Deckenhaufen. Sie wich kreischend aus, doch er zog sie in seine Arme.

4

Am nächsten Tag brachte Anna ihre Eltern zur Fähre, und das Gefühl der schwerelosen Erleichterung des Vorabends, das zuvor leider parallel mit Abnahme des Alkoholpegels gesunken war, stellte sich wieder ein. Sie liebte ihre Eltern, aber einer alleine war schon anstrengend. Beide zusammen waren schlicht und einfach zu viel des Guten.

Als das Schiffshorn blies und das Wasser um den Anlegesteg schäumte, winkte Anna glücklich den vielen Leuten an Bord, unter denen sich irgendwo Horst und Gloria befanden, wahrscheinlich schon in den nächsten Streit vertieft, und dachte, dass doch gerade eigentlich alles ganz gut aussah. Der Besuch war überstanden, der Fall Anouk war an einen Kommissar übergeben worden, der sich sicherlich gewissenhaft darum kümmern würde, und ihre Eltern hatten Ole kennengelernt und sie nicht blamiert. Augenscheinlich fanden sie ihn sogar toll. »Ein wenig unorthodox für einen Tierarzt, aber generell reizend«, waren die abschließenden Worte ihrer Mutter gewesen, und Anna fand, dass es das genau traf.

Auf dem Nachhauseweg kaufte sie ein und holte zwei große Pizzen mit Ananas und Brokkoli von Mario, der ihr wie immer eine Gratis-Tüte Knoblauchbrot und eine Flasche Wein obendrauf legte. Nicht zum ersten Mal fragte sie sich, womit ihm Ole damals so aus der Patsche geholfen hatte, dass der Pizzabäcker ihm und seinen Freunden noch Jahre später das Essen hinterherwarf. Aber die beiden waren, was diese Sache anging, seltsam verschwiegen, und so bohrte sie nicht nach und freute sich einfach über ihr Knoblauchbrot.

Als sie Giovanni, ihren Ford, in die Einfahrt des Hofes lenkte, blockierte ihr ein Postauto den Weg. Auf der Motorhaube saß ein junger Mann und rauchte eine Zigarette. Als er die Reifen knirschen hörte, drehte er sich um.

Anna kurbelte die Scheibe herunter.

»Na wunderbar, dass Sie kommen. Hab mir gedacht, ich rauch schnell eine, vielleicht hab ich ja Glück, und es taucht noch wer auf«, rief er. Er blies weißen Rauch aus der Nase, kramte dann im Auto herum und hielt ihr schließlich einen Umschlag hin. »Hab 'n Einschreiben!«

Anna kritzelte verwundert aus dem Autofenster hinaus ihre Unterschrift auf sein elektronisches Pad und setzte dann zurück, damit er aus der Einfahrt fahren konnte. Der Brief sah wichtig aus, offiziell. Sie warf ihn auf den Beifahrersitz und blickte ihn misstrauisch an. Sie würde mit dem Öffnen noch bis nach der Pizza warten, denn sie hatte so ein Gefühl, dass er nichts Gutes verhieß. Wann bekam man schon jemals offizielle Post, in der etwas Positives stand. *Notariskantoor Mesmann*, stand auf dem Absender.

»Ein Notariat… seltsam«, murmelte sie und nahm beim Aussteigen den Brief in den Mund, um die Hände freizuhaben. Sie klemmte sich die Pizzakartons unter den Arm, packte Knoblauchbrot, Wein und ihre Handtasche obendrauf und nahm die Einkaufstüte unter den anderen Arm, damit sie nicht zweimal laufen musste. Als sie abschloss, ließ ein lautes Bellen sie zusammenzucken, dem gleich darauf ein Winseln folgte. »Oh nein, Harry. Tut mir leid, ich hab dich ganz vergessen.« Sie wuchtete die Pizzen auf das Autodach und befreite Harry, der beleidigt an ihr vorbeischoss und zum Nachbarhof rannte.

»Hey, es gibt gleich Abendessen!«

Er ignorierte sie und hielt auf den Hühnerpferch zu.

»Okay, eine halbe Stunde. Aber frag erst, ob sie Zeit zum Spielen haben!«, rief Anna und belud sich erneut mit ihren Einkäufen. »Und du musst heute auch baden!«

Der Postmann, der gerade bei ihrem Nachbarn Luuk etwas eingeworfen hatte, sah sie stirnrunzelnd an, als er in sein Auto stieg. Er schien zu denken, dass sie eine ziemlich ordentliche Meise hatte.

In der Küche ließ sie Pizzen und Tüten auf das rote Samtsofa fallen und riss noch im Stehen den Brief auf. Plötzlich konnte sie keine Sekunde länger warten. Mit gerunzelter Stirn überflog sie den Inhalt. Dann griff sie zum Handy.

»Ich habe ein Einschreiben von einem Notar bekommen«, rief sie ohne Begrüßung ins Telefon.

»Ich auch!«, antwortete Ole verwundert.

»Was, und da rufst du mich nicht sofort an?«

»Habe ich, du bist nicht rangegangen!«

»Oh.« Anna sah auf das Handy und bemerkte jetzt erst die zwei verpassten Anrufe.

»Ups. Tut mir leid, nicht gehört. Was steht in deinem drin?«

»Eine Vorladung zur Testamentseröffnung von Roos«, sagte er, und sie konnte an seiner Stimme hören, wie sehr er sich darüber wunderte.

»Bei mir auch! Ist das nicht seltsam? Sie hat ein Testament? Und anscheinend sind wir darin erwähnt. Aber warum erfahren wir das erst jetzt? Ihre Beerdigung ist doch schon Wochen her.«

»Ich verstehe es auch nicht.« Ole klang so ratlos, wie sie sich fühlte. »Vielleicht dauert es, so etwas zu regeln. Ich habe damit keine Erfahrung. Ich schätze, wir werden hingehen müssen und es herausfinden.«

»Ja.« Anna hatte ein mulmiges Gefühl. »Es bringt wohl nichts, sich jetzt verrückt zu machen. Wann kommst du? Ich habe Pizza geholt.«

»Oh.«

»Was?«

»Ich habe auch Pizza geholt.«

»Ernsthaft? Da hätte Mario ja ruhig mal einen Ton sagen können.«

»Er traut wahrscheinlich jedem von uns zu, locker zwei Pizzen zu schaffen, und hat sich nicht groß gewundert.«

»Ja, das würde es erklären«, lachte Anna und legte auf.

5

Wie immer, wenn sie die Tür zum Laden öffnete und der Geruch nach altem Holz und Blumen in ihre Nase drang, überflutete Anna ein seltsames Gefühl. Den verrosteten Schlüssel ins Schloss zu stecken, die kleinen Glöckchen über der Tür bimmeln zu hören, als Erstes die Kaffeemaschine anzuschmeißen und den Ofen zu befeuern, das alles war noch vor ein paar Wochen wie Nachhausekommen für sie gewesen. Ein kleines Ritual, auf das sie sich jeden Morgen gefreut hatte.

Nun versetzte ihr allein der Anblick des Hauses, in dem sich ihr Blumenladen befand, einen Stich ins Herz.

Früher war der Laden ihr kleines Refugium gewesen. An die Theke gelehnt einen Espresso zu trinken, über die Blüten nach draußen auf die kleine Gasse zu blicken, wo Anton im Schnapsladen seine Flaschen sortierte und Leentje frischen Streuselkuchen in die Bäckertheke legte, hatte ihr ein Gefühl von Wärme und Geborgenheit verliehen. Sie gehörte dazu, sie war ein Teil der kleinen Stadt, ein Teil der Insel. Und Roos nebenan zu wissen, nur darauf zu warten, dass sie anrufen oder an die Scheibe des Hinterzimmers klopfen würde, um einen Tee mit ihr zu trinken oder neuen Kuchen zu bringen, hatte dazu beigetragen, dass sie sich hier endlich zu Hause und nicht mehr einsam fühlte.

Anna seufzte tief. Sie stand an ihrem Pflanztisch, aber ihre Hände ruhten schon seit beinahe zehn Minuten bewegungslos auf einem Strauß Levkojen. Traurig sah sie sich um. Die knarzenden Dielen und der kleine, mit Eis überzogene Hinterhof, der bollernde Ofen, Harry in seinem Körbchen… der Laden hätte in diesem Moment gar nicht gemütlicher sein können. Und doch fühlte es sich falsch an, fremd. Als habe sich etwas Unsichtbares verschoben und die Welt aus den Angeln gerückt. Plötzlich war sie wieder einsam hier, auf der kleinen Insel inmitten des dunklen, kalten Meeres. Nicht nur Roos' Tod, auch die Tatsache, dass der Laden Sem gehörte, dass er ihn ihr jederzeit wegnehmen konnte, trug dazu bei, dass sie sich hier nicht länger sicher fühlte.

Außerdem wusste sie genau, dass sie auf der Insel gerade Gesprächsthema Nummer eins war, dass die Menschen über sie flüsterten, sie beobachteten. Niemand wusste genau, was geschehen war, aber alle wussten, dass Anna mit Roos' Tod und Sems Verhaftung zu tun hatte. Die Gerüchteküche brodelte.

Sie blickte auf ihre Hände und griff dann entschlossen nach der Blumenschere. Auch wenn sie nicht wusste, wie es weitergehen sollte, noch hatte sie einen Laden. Sie würde die Zähne zusammenbeißen und sich dem stellen, was auf sie zukam.

Nur war das leichter gesagt als getan.

Sie hatte sich solche Mühe gegeben, alles herbstlich zu dekorieren, überall Kerzen aufgestellt, Kürbisse ausgehöhlt und bepflanzt und Tannenzapfen an die Decke gehängt. Blumen über Blumen warteten in ihren Eimern auf ein neues Zuhause. Bereits seit über einer Stunde hatte sie geöffnet, aber es waren bisher kaum Kunden hereingetröpfelt, und fast alle hatten nur über Roos sprechen wollen.

Aber Anna konnte nicht über Roos sprechen.

Deswegen war sie freundlich gewesen, hatte jedoch auch jeden Versuch einer längeren Konversation sofort abgeblockt. Viele meinten es gut, die meisten aber waren einfach nur neugierig.

Sie legte die Schere wieder hin, ging zu Harry, bückte sich und streichelte ihm über den Bauch. Er lag auf dem Rücken neben dem Feuer und schnarchte leise. Als er sie spürte, öffnete er ein Auge, leckte ihr liebevoll über die Hand und schlief sofort wieder ein. »Ich wäre auch gerne so sorglos wie du!«, flüsterte sie. Dann ging sie nach vorne zur Theke und schmiss die Kaffeemaschine an. In einer Stunde würde Britt sie zur Mittagspause abholen, und heute Abend wollten sie mit Ole und seinen Eltern Viola und Henk zusammen im Stormvogel Käsefondue machen. Es war also nicht *alles* anders. Sie hatte noch ihre Freunde, sie hatte Ole und seine laute, lustige Familie, sie hatte den Stormvogel und den Bruijnshof, Harry, ihren Garten daheim und ihre Blumen.

Erst mal einen Kaffee, dachte Anna und roch an den duftenden Bohnen. Kaffee macht alles besser.

Eine Woche später kehrte sie abends müde nach Hause zurück. Der kleine weiße Bruijnshof, den Anna einst von ihren Großeltern gerbt hatte, war umgeben von knorrigen Apfelbäumen und nebligen Wiesen. Dunkel und verlassen lag er da, mit seinem Reetdach und dem schiefen Schafstall, und wie so oft wünschte sie sich, dass jemand hinter den Fenstern auf sie wartete, so wie früher. Nur auf dem Hof nebenan brannte Licht, aber ihr Verhältnis zu Luuk war sehr abgekühlt. Sie grüßten sich noch, wechselten manchmal ein paar Worte über den Zaun. Sie brachte nach wie vor ihre Gemüsereste zu seinen Wollschweinen und Harry lief fast jeden Tag rüber, um mit den Hühnern zu spielen, aber mehr wollte Anna vorerst nicht zulassen. Zwar teilten sie sich das Sorgerecht für Enie, Annas halbes Huhn, das Luuk ihr damals zum Einzug geschenkt hatte, aber Enie machte ohnehin meist ihr Ding, wanderte zwischen den Höfen hin und her, wie sie lustig war, und brauchte nicht viel Erziehung. Das war auch besser so, denn seit den Geschehnissen im letzten Jahr fand Anna, dass eine gesunde, höfliche Distanz ihr und Luuk gut tat.

Als Anna die Haustür aufschloss und das Licht anknipste, nahm sie sofort den altvertrauten Geruch nach Steinen, Kalk und Schafwolle wahr, der zwischen den Wänden hing. Heute schien der Geruch noch ein wenig stärker, ihr Gefühl beim Eintreten ein wenig wehmütiger als sonst.

Wahrscheinlich, weil sie gerade der Vergangenheit begegnet war.

Sie kam von ihrem Gespräch mit Kommissar Neeson, und obwohl es gut verlaufen war, hatte es sie doch stärker mitgenommen als erwartet. Sie warf ihre Handtasche in die Ecke neben der Treppe, zog die Schuhe aus und tapste in die Küche, wo sie sich auf das rote Samtsofa ihrer Großeltern fallen ließ, das sie gleich nach ihrem Einzug neben den Kamin geschoben hatte.

Das Feuer war aus, aber sie hatte keine Energie, es an-
zuschüren.

So erschöpft hatte sie sich schon lange nicht mehr gefühlt. Der Tag war ihr ewig erschienen. War es wirklich
erst heute Morgen gewesen, dass sie hier am Tisch mit
Harry zusammen Croissants und Porridge gefrühstückt
hatte? Den ganzen Vormittag über hatte sie den Laden
geputzt, das Fenster neu dekoriert, Sträuße gebunden,
die niemand kaufte, und auf Kunden gewartet, die nicht
kamen. Den Rest des Tages hatte sie von früher erzählt,
was auf bestimmte Weise anstrengender gewesen war
als all die körperliche Arbeit zuvor. Sie spürte eine tiefe
Sehnsucht nach einem Teller Spaghetti und einer heißen
Dusche. Und vielleicht einer Fußmassage. Für mindestens zwei dieser drei Wünsche brauchte sie aber eine
andere Person, denn sie war viel zu müde, um noch Nudeln zu kochen, und ihre Füße selber zu massieren, war
auch keine verlockende Aussicht. Leider war das Haus
leer. Nicht mal Harry war da, den hatte sie bei Britt
gelassen, um in Ruhe mit Kommissar Neeson reden zu
können, und nun herrschte eine seltsame Stille um sie
her. Aber eigentlich war sie froh, dass sie seine wuse-
lige Lebhaftigkeit jetzt nicht erwidern musste. Duschen
werde ich gerade noch schaffen, dachte sie, stand wieder auf und schleppte sich die knarzende Treppe hinauf
in den ersten Stock. Dort gab es mehrere Zimmer,
aber Anna benutzte nur eines. Seit ihrem Einzug hier
bewohnte sie das alte Schlafzimmer ihrer Großeltern.
Inzwischen hatte sie ihm ein neues Gesicht verpasst,
die dunklen alten Möbel hellblau angemalt, geblümte

Vorhänge aufgehängt und einen Lesesessel ans Fenster gestellt. Nun erinnerten einzig die Porträts auf der Kommode daran, wer hier einst gelebt hatte. Das niedrige Badezimmer mit den Holzdielen, der Blümchentapete und den türkisfarbenen Kacheln sah hingegen noch immer genauso aus wie früher. Hier fühlte sie sich immer, als wäre sie für einen Augenblick aus der Zeit gefallen, war wieder als kleines Mädchen den Sommer über hier auf dem Hof. Sie knipste die kleinen Lampen über dem Spiegel an und betrachtete einen Moment ihr erschöpftes Gesicht. Nein, sie war kein Kind mehr und dies war kein unbeschwerter Sommerbesuch. Dies war die Gegenwart.

Und momentan wollte sie am liebsten vor ihr davonrennen.

Als sie unter dem heißen Strahl stand und die Augen schloss, merkte sie, wie sehr sie das Gespräch aufgewühlt hatte.

Ole wollte mitkommen, Neeson wiederum hatte darauf bestanden, sie alleine zu treffen. »Die Menschen öffnen sich mehr, wenn niemand dabeisitzt, vor dem sie vielleicht Hemmungen haben«, hatte er am Telefon gesagt. »Ich führe solche Gespräche grundsätzlich unter vier Augen.«

»Aber ich war ja gar nicht dabei damals, ich weiß nichts, was Sie nicht auch wissen«, war ihr Einwand gewesen.

»Seien Sie sich da nicht zu sicher!«, hatte er gesagt und das Telefonat beendet.

»Warum sollte ich nicht mitkommen, ich war schließlich damals auch auf der Insel, vielleicht weiß ich ja auch was Nützliches!« Ole war empört gewesen. »Was will der denn mit dir besprechen, das ich nicht hören darf?«

Sie hatte ihm schließlich versprochen, sich mit dem Kommissar bei Tom im Strandpaal zu treffen, wo der »ein Auge auf das Ganze haben konnte«, wie Ole es ausdrückte. Er selbst hatte sich widerwillig damit abgefunden, sie »nur« hinzufahren. Aber natürlich hatte er es nicht dabei belassen und war dann doch mit hineingekommen, wo er Neeson, der schon an einem Tisch am Fenster saß und gedankenverloren auf das Wasser starrte, unverhohlen misstrauisch musterte und ihm dann so viele Fragen stellte, dass Anna ihm irgendwann den Ellbogen in die Seite rammte.

»Ole!«

»Was?«

»Musst du nicht was erledigen?«

»Nicht dass ich wü…«

»Raus jetzt!«, befahl sie streng, und sie sah, wie Neeson ein Grinsen unterdrückte.

Schließlich war Ole widerwillig gegangen, hatte aber an der Theke noch lange mit Tom geflüstert. Beide hatten ihnen immer wieder finstere Blicke zugeworfen, und Tom war danach im Verlaufe des Gesprächs so oft an ihren Tisch gekommen, um zu hören, ob alles in Ordnung war, dass Anna irgendwann auf dem Weg zur Toilette zu ihm in die Küche ging und ihn beiseitenahm.

»Er ist hier, um zu helfen. Ole hat das irgendwie in den falschen Hals gekriegt, ich weiß nicht, was er dir gesagt hat, aber Neeson ist in Ordnung. Ich brauche keinen Babysitter.«

Tom hatte ihr einen unbeeindruckten Seitenblick zugeworfen und dann den Bunsenbrenner angeschmissen, um ein paar Schalen Crème Caramel eine knackige Kruste zu verpassen.

»Ich mache hier nur meine Arbeit, Meisje«, sagte er. Er nannte sie immer liebevoll »het Meisje aus Deutschland«, das Mädchen aus Deutschland.

»Machst du nicht. Du schnüffelst.«

»Quatsch, ich schnüffele höchstens am Nachtisch. So und jetzt raus hier, du hast kein Haarnetz an!«

Er schob sie aus der Küche und kam mit an den Tisch, wo er sich auf ihre Stuhllehne stützte. »Noch einen Kaffee?«, fragte er. Nicht unfreundlich, aber auch nicht in seinem gewohnt charmanten Wirts-Ton.

»Bin versorgt, danke«, antwortete Neeson ruhig.

Tom machte keinerlei Anstalten zu gehen. »Und, schon was rausgefunden?«, fragte er.

Wenn Neeson genervt war, ließ er es sich nicht anmerken. »Noch nicht.«

Tom nickte. »Hätte mich auch gewundert.«

»Tom!« Anna wandte sich peinlich berührt zu ihm um.

»Meine ja nur. Ist ja schließlich schon 'ne Weile her. Über 'ner Tasse Kaffee wird er den Fall sicherlich nicht lösen. Sollten Sie nicht draußen sein und … ich weiß nicht … arbeiten?«

Um Neesons Mund zuckte es, aber er blieb höflich, was Anna ihm hoch anrechnete.

»Arbeit hat viele Gesichter.« Er zeigte zu einem Tisch etwas weiter links, wo eine Frau schon seit geraumer Zeit versuchte, die Aufmerksamkeit der Kellnerin zu erhaschen, die an der Bar lehnte und auf ihr Handy starrte. »Vielleicht sollten Sie dieses Gespräch einmal mit Ihrem Personal führen…«

Tom sah hinüber zu der Frau, und sein Gesicht verfinsterte sich. »Sandra!«, bellte er, und die Bedienung zuckte zusammen, versenkte ihr Handy in der Schürze und beeilte sich, zu der Frau zu laufen.

»Wie dem auch sei.« Tom räusperte sich. »Wenn du was brauchst, rufst du!«, sagte er zu Anna, und es war klar, dass er nicht das Essen meinte. Er klopfte ihr auf die Schulter und verschwand wieder in der Küche.

»Tut mir leid.«

Neeson schüttelte den Kopf. »Die meisten Menschen sind misstrauisch, was die Polizei angeht. Sie mögen es nicht, wenn man rumschnüffelt.«

»Du schnüffelst doch nicht rum. Das weiß er auch. Ich verstehe nicht, dass er so komisch ist.« Neeson hatte ihr von Anfang an das Du angeboten, ihr aber gesagt, dass niemand ihm beim Vornamen nannte, sondern alle immer nur Neeson sagten, was sie prompt übernommen hatte.

»Doch, ich schnüffele. Das ist nun mal mein Job.«

»Ja, aber du schnüffelst ja *für* uns!«

»Genau das ist es, was die meisten Leute nicht so ganz zu verstehen scheinen. Besonders auf Inseln sind die Menschen verschlossen. Sie reden nicht gerne, die Gemeinschaft ist enger als auf dem Festland. Wenn man nicht von dort kommt oder zumindest jemanden kennt, hat man keine Chance.« Er trank einen Schluck Kaffee. »Zum Glück bin ich ja von hier.«

»Ja … Vielleicht müssen wir Tom das noch mal sagen.«

Er lächelte wieder. »Ich fürchte, in diesem Fall macht das keinen Unterschied. Aber es ist gut, dass du hier so viele Freunde hast. Sie passen auf dich auf. Das ist beruhigend, besonders nach den jüngsten Vorkommnissen. Du solltest es ihnen nicht übel nehmen.« Neeson legte ein kleines Gerät auf den Tisch. »Ist es dir recht, wenn ich das Gespräch aufzeichne? So kann ich dir entspannter zuhören. Ich werde mir trotzdem ein paar Notizen machen, aber das sind nur Gedanken, die ich festhalten will.«

Anna war überrascht, aber schließlich nickte sie.

»Gut, dann erzähl einfach von vorne. Alles, was dir in den Kopf kommt. Ich habe Zeit.«

Und Anna erzählte. Die allgemeinen Fakten kannte er natürlich, sogar wesentlich besser als sie, wie ihr schnell klar wurde. Aber heute ging es um *ihre* Perspektive, darum, wie sie das Ganze erlebt hatte. Mit stockender Stimme, dann bald immer flüssiger, berichtete sie von damals, von jenem Sommer, den sie seitdem zu vergessen versuchte und der doch immer in ihren Gedanken war, von jenem Moment im Erdbeerbeet, als der Schrei ihrer Mutter über die Wiesen hallte. Von jenem Tag, an dem man ihre Schwester Anouk tot in den Dünen von Texel gefunden hatte und sich ihrer aller Leben für immer veränderte. Vom letzten Jahr, wie sie auf die Insel gekommen war, von ihrem Laden, von Sem, Roos' Unfall, ihrem Tod, den ganzen merkwürdigen Dingen, die geschehen waren, und schließlich von jenem Tag in Femkes Küche, an dem alles endete.

Neeson hörte aufmerksam zu, unterbrach sie nur, wenn er etwas nicht verstand. Anna fühlte sich in seiner Gegenwart seltsam wohl. Es war ein gutes Gefühl, die Verantwortung abzugeben. Nun war er zuständig, und sie konnte ein wenig aufatmen, endlich nahm jemand die Sache in die Hand. Sie merkte erst jetzt, wie alleine sie sich gefühlt hatte mit dem Ganzen, wie überfordert sie gewesen war.

Nachdenklich betrachtete sie ihn, während er sich Notizen machte. Er hatte Sommersprossen und wirkte wie ein Mann, der viel nachdachte und selten lachte. Einen Ehering sah sie nicht. Dafür aber bläuliche Schatten unter seinen Augen, die darauf schließen ließen, dass ihm der Job viel abverlangte.

»Warum bist du bei den Cold Cases gelandet«, fragte sie, und er blickte überrascht auf. Seine Hand, die eben noch übers Papier geflogen war, hielt inne. »Ist das nicht viel weniger spannend als die ... *frischen* Verbrechen?« Ihr fiel kein besseres Wort ein.

Er lächelte milde. »Es ist eine ganz andere Arbeit. Ruhiger, ja. Aber dafür auch anspruchsvoller.«

Als sie ihn weiter fragend ansah, sagte er: »Man kümmert sich, wenn alle anderen aufgegeben haben. Man arbeitet gegen das Vergessen an. Und manchmal gegen die Kollegen, die natürlich nicht immer begeistert sind, wenn man einen Fall löst, an dem sie sich zuvor die Zähne ausgebissen habe.«

Das war ein neuer Gedanke, den Anna erst verarbeiten musste. »Kommissar Sanders?«, fragte sie erschrocken, aber er winkte ab. »Sanders ist anders.«

Sie nickte. So hatte sie den Hauptkommissar auch eingeschätzt.

»Ich glaube, das Problem ist, dass man damals davon ausging, dass es ein Außenseiter war. Nichts hatte darauf hingewiesen, dass sie den Täter kannte. Ein Zufallsverbrechen, wie es leider viel zu häufig geschieht. Irgendein Tourist oder ein Zeitarbeiter. Vielleicht auch einfach ein tragischer Unfall. Durch die neuen Erkenntnisse sieht der Fall vollkommen anders aus. Deswegen rolle ich ihn nun ja auch neu auf.« Er sah sie lange nachdenklich an. »Ich stelle dir jetzt eine Frage, und ich will, dass du sie so schnell wie möglich beantwortest, ohne nachzudenken, intuitiv sozusagen, rein nach Bauchgefühl.

Sie nickte überrascht. »Schieß los.«

»Glaubst du, dass Sem Anouk getötet hat?«

Anna durchzuckte ein kleiner Schreck. »Nein«, erwiderte sie dann, so schnell, dass sie selbst überrascht war.

Neeson zog die Augenbrauen hoch. Auch er hatte anscheinend nicht mit einer so eindeutigen Aussage gerechnet. »Warum nicht?«

»Ich…« Diese Frage war schon schwerer zu beantworten. »Es ist nur so ein Gefühl. Ich glaube, dass er etwas weiß. Vielleicht war er dabei. Oder er weiß, wer es war. Oder es war ein Unfall. Aber ich glaube nicht, dass er sie töten wollte. Er war in sie verliebt.«

Neeson nickte langsam. »Liebe ist häufig ein Motiv.«

»Ja. Aber sie waren noch so jung. Und es war doch kein...«, sie stockte und holte tief Luft. »Es war doch kein Sexualverbrechen.« Das Wort schwang in der Luft und veränderte die Atmosphäre des Gesprächs.

Neeson schüttelte den Kopf. »Nein, den Befunden nach nicht. Aber wer weiß, was sich abgespielt hat und wozu es noch hätte kommen können...«

Als Anna sich jetzt das Shampoo aus den Haaren wusch und an das dachte, was Neeson gesagt hatte, überlief sie trotz des heißen Wassers ein kalter Schauer. Einen Moment stand sie da und wischte mit dem Finger gedankenverloren kleine Muster auf die beschlagenen Fliesen. Nicht zum ersten Mal dachte sie, dass sie es vielleicht gar nicht so genau wissen wollte. Das, was damals passiert war.

Die nagende Ungewissheit war schrecklich, natürlich. Aber mit den Jahren hatte sie sich daran gewöhnt, mit ihr zu leben. Sie fühlte sich an wie eine alte Verletzung, die so vertraut geworden war, dass man sie nur noch manchmal spürte. Wenn sie mit Gewissheit herausfanden, dass der Tod ihrer Schwester kein Unfall, sondern ein Verbrechen gewesen war – würde ihnen allen dieses Wissen vielleicht sogar mehr schaden als nutzen? Besonders, wenn man den Täter dann eventuell nicht einmal mehr belangen konnte?

6

Anna saß auf der Bank vor dem Haus des Notars und
wartete. Ganz gegen ihre Gewohnheit war sie eine
halbe Stunde zu früh dran. Bei sehr wichtigen Terminen
plante sie immer extra Zeit ein, die sie dann meistens
damit verbrachte, sich darüber zu ärgern, nicht später
gekommen zu sein. Gedankenversunken nippte sie an
ihrer Thermosflasche. Nicht mal der Kaffee schmeckte
heute. Sie fühlte sich bedrückt, traurig beinahe, und
konnte nicht so genau sagen, warum. Sie hatte schlecht
geschlafen, düstere Träume hatten sie heimgesucht wie
so oft in letzter Zeit. Roos war da gewesen und auch
Anouk. Aber als sie aufgewacht war, hatte sie nur noch
den Geschmack des Traumes auf der Zunge und ein
paar neblige Bilder im Kopf. Als sie nun darüber nachdachte, beschlich sie wieder das seltsame Gefühl, das
sie gehabt hatte, als sie die Augen aufschlug. Ein unru-
higes, nagendes Gefühl. Als habe sie etwas Wichtiges
vergessen, das gerade noch greifbar gewesen war und
nun am Rande ihrer Wahrnehmung verschwamm. Sie
seufzte leise. Eigentlich war es ein herrlicher Herbsttag.
In den engen Gassen raschelte buntes Laub auf dem
Kopfsteinpflaster, der Himmel war klar, und die Luft
schmeckte nach Salz. In dem Städtchen herrschte reges
Treiben, der Markt war nicht weit, und die Menschen
schlenderten mit gefüllten Körben und Jutebeuteln an
ihr vorbei. Manche aßen Poffertjes, holländische Mini-
Pfannkuchen, andere hatten Tüten mit frisch gebacke-

nem Kibbeling in den Händen. Der köstliche Geruch nach gebratener Butter und Puderzucker lag in der Luft und vermischte sich mit dem des Bratfischs, aber sie verspürte keinen Hunger, nur einen seltsamen Druck im Magen, als stände ihr eine schwere Prüfung bevor, für die sie nicht ausreichend gelernt hatte.

Plötzlich kam ein Fahrrad um die Ecke geschossen und klingelte fröhlich.

»Du?« Anna riss die Augen auf.

Britt trug zur Abwechslung mal nicht ihre rosa Teddyjacke sondern eine dunkle Hose und ein Jackett, das viel zu dünn war für das kalte Wetter. Die blonden Haare hatte sie im Nacken zu einer Schnecke gedreht, und sie sah aus, als würde sie in New York in einer Anwaltskanzlei arbeiten und gleich ein paar Sekretärinnen feuern, weil sie den falschen Kaffee gebracht hatten.

»Was machst du denn hier?«, fragte Anna verblüfft und umarmte ihre Freundin.

»Wir haben einen Termin.« Britt war außer Atem vom Fahrradfahren, und ihre Wangen gerötet. »Puh, ist das kalt.«

»Was? Sag bloß, du wurdest auch …«

»Ja!« Britt lächelte verlegen. »Ich bin so dämlich, der Brief lag schon ewig auf meinem Küchentisch. Es war sogar ein Einschreiben, aber du kennst mich ja …«

Anna seufzte. »Du hast ihn nicht aufgemacht?«

Britt hatte die Angewohnheit – die Anna im Übrigen sehr gut nachvollziehen konnte –, offizielle Post, die nach Rechnungen, Finanzamt oder ähnlich Unerfreulichem aussah, wochenlang ungeöffnet herumliegen zu lassen und nicht einmal auf den Absender zu schauen. Irgendwann fasste sie sich dann ein Herz, setzte sich an den Schreibtisch, riss alle nacheinander auf und bezahlte in einem Schwung die Rechnungen – und Mahnungen. Meistens hatte sie an diesem Tag ziemlich schlimme Laune.

»Deswegen hatte ich heute Morgen die verpassten Anrufe von dir?« Als Anna aus der Dusche gekommen war, hatte ihr Handy hektisch geblinkt, aber aus Angst, sich in ihrem Zeitplan zu verzetteln, hatte sie es erst ignoriert und dann natürlich vergessen. »Tut mir leid, ich war so nervös, ich dachte ich melde mich später. Stell dir vor, du hättest ihn nicht rechtzeitig geöffnet.«

»Hab ich nicht.« Schuldbewusst biss Britt sich auf die Unterlippe. »Der Notar hat mich gestern kontaktiert, weil von mir keine Terminbestätigung kam. Ich habe so getan, als hätte ich den Brief nicht bekommen.«

»Schäm dich, also hast du es auf Alfred geschoben?« Anna mochte den betagten Briefträger von Den Burg. Ab und zu trank er im Stehen einen Espresso im Laden, und sie plauderten über die Insulaner und ihre Eigenheiten. Von Alfred hatte sie erfahren, dass ihr Laden und auch Roos' rätselhafter Tod zum Hautgesprächsthema der Insel geworden waren.

»Ich weiß, ich bin furchtbar. Aber ich konnte doch schlecht sagen, dass der Brief wahrscheinlich in einem Riesenhaufen ungeöffneter Umschläge neben dem Toaster liegt, oder?«

»Britt, du musst dieses System noch mal überdenken! Ich glaube, es bewährt sich nicht.«

»Ich weiß. Brauchst du mir nicht zu sagen.« Sie zupfte mit schuldbewusster Miene ihre Haarschnecke zurecht und steckte eine verirrte Nadel fest.

In diesem Moment fuhr Ole in seinem Jeep vor. Er hupte fröhlich und parkte mitten vor dem Haus.

»Äh, ich glaube nicht, dass du da stehen bleiben kannst«, begrüßte Britt ihn.

»Es ist Dienstag, Claudi hat frei. Heute gibt es keine Knöllchen. Außerdem bin ich Arzt…« Er warf die Tür hinter sich zu, gab Anna einen kratzigen Kuss und hob Britt zur Begrüßung einmal kurz in die Luft, wie er es schon seit eh und je machte.

»Trotzdem ein bisschen dreist, ihnen einfach die Tür zuzuparken«, sagte sie und strampelte sich frei. »Außerdem bist du kein Arzt, du bist momentan gar nichts. Bestenfalls eine Aushilfe.«

»Superlaune heute, was, Schwesterchen? Schön, ich parke um.« Er rollte mit den Augen, schwang sich wieder hinters Steuer und fuhr dreißig Zentimeter vor, sodass er jetzt nicht mehr ganz vor der roten Tür parkte, sondern nur noch halb. Anna und Britt schauten ihm kopfschüttelnd zu.

»Also, gibt's schon was Neues?«, fragte er, als er erneut ausstieg und den Jeep zweimal blinken ließ. »Alles klar?«, fragte er dann ernster, als er Anna ins Gesicht sah. »Du bist blass. Geht es dir nicht gut?«

»Na ja, ein schöner Termin ist es nicht, oder?«, fragte sie und versuchte trotzdem, ein wenig heiterer auszusehen.

»Nein!«, er schüttelte den Kopf. »Gut, dass wenigstens ER nicht da sein wird.« Ole hatte Sem seit ihrer Auseinandersetzung nicht mehr beim Namen genannt.

»Das hoffe ich zumindest.«

»Anna, sie haben es uns zugesichert. Sonst würde ich dich da doch nie hingehen lassen.« Sie runzelte bei dieser Wortwahl ein wenig die Stirn, aber sie wusste, wie er es meinte.

»Seine Mutter wird wohl da sein, oder?«, fragte Britt, als sie gemeinsam zur Tür gingen, und sah sich um, als erwartete sie, die Femke jeden Moment die Straße heraufkommen zu sehen. Britt trug hohe Schuhe und verfing sich im Kopfsteinpflaster, sodass sie kurz strauchelte. Anna hielt sie am Arm fest, und Ole packte sie unterstützend im Nacken.

»Ich weiß es nicht. Ich weiß eigentlich gar nichts, ich hab da angerufen, aber die wollten nichts sagen. Erst, wenn wir alle hier sind. Deswegen bin ich ja so nervös!« Als Anna es aussprach, merkte sie noch einmal, wie aufgeregt sie war.

Britt nahm ihre Hand und drückte sie. »Keine Sorge. Es ist Roos. Was soll schon passieren? Ich wette, sie hat sich irgendwas Lustiges für uns ausgedacht. Vielleicht hat sie noch alte Backbücher, die sie uns vererben will.« Sie lachte aufmunternd.

»Ihre Rezepte und die schönen Rosen habe ich doch schon. Geld hatte sie jedenfalls nicht, sonst hätte sie ja nicht für mich Kuchen backen müssen. Und ihr Haus geht an ihre Kinder. Ich weiß also wirklich nicht, was hier heute rauskommen soll«, sagte Anna zweifelnd.

»Lass Roos mal machen!« Ole lächelte ihr aufmunternd zu. In diesem Moment kam viel zu schnell ein Auto um die Ecke geschossen. Es bremste abrupt ab, und sie traten alle drei erschrocken einen Schritt nach hinten. Am Nummernschild erkannten sie, dass es ein Leihwagen war. Er fuhr jetzt langsam an ihnen vorbei, und Anna schluckte, als sie sah, wer darin saß. »Das ist Theodor!«, raunte sie den anderen zu.

Der Wagen hielt genau vor Oles Jeep, aber der Mann stieg nicht aus, sondern blieb am Steuer sitzen und zog sein Handy aus der Tasche. Der Block in Annas Magen wurde noch schwerer. »Mit dem habe ich nicht gerechnet, ich dachte, er sei wieder zurück in Australien«, flüsterte sie.

Das erste und einzige Mal hatte sie Roos' Sohn Theodor auf der Beerdigung seiner Mutter gesehen. Er hatte sie damals zwar ignoriert, aber aus der Ferne unaufhörlich gemustert, was angesichts ihres zerschundenen Äußeren auch nicht überraschte. Ihre Auseinandersetzung mit Sem war erst wenige Tage her gewesen, und Ole und sie trugen noch die Spuren im Gesicht. Trotzdem fand sie, dass er sich anders hätte verhalten müssen. Schließlich waren seine Schwester und sein Neffe dafür verantwortlich, dass sie fast gestorben wäre. Hätte er da nicht zumindest auf sie zukommen müssen? Aber sie war nicht sicher gewesen, was genau er wusste und inwieweit er sie vielleicht für das Geschehene mitverantwortlich machte. Immerhin war Sem ihretwegen verhaftet worden. Sie war damals zu durcheinander und benebelt gewesen, um länger über ihn nachzudenken. Außerdem wusste sie, dass Roos sehr unter der

Funkstille zu ihrem Sohn gelitten hatte, und war ihm gegenüber deswegen voreingenommen gewesen. Wer ließ schon seine alte, kranke Mutter einfach allein und kümmerte sich nicht um sie?

Ihr wurde bewusst, dass sie Angst davor hatte, was passieren würde, wenn Theodor aus dem Auto ausstieg. Sie warf Ole einen verstohlenen Seitenblick zu. Er hatte die Brauen zusammengezogen, und sie sah, wie es hinter seiner Stirn arbeitete. Gerade wollte sie ihn beruhigend am Ärmel fassen, als hinter ihnen die Haustür aufging.

»Frau Fischer? Nordin und Nordin?« Ein sympathischer älterer Mann mit blauer Brille und Vollbart winkte ihnen gut gelaunt zu. »Bitte, treten Sie doch ein!« Unter einer Wolljacke trug er ein gelb-braun kariertes Jackett, und Anna bemerkte lächelnd, dass in seinem rechten Ohr ein goldener Stern blitzte. Plötzlich fühlte sie sich ein wenig entspannter. Das war jedoch vorbei, als sie ins Zimmer trat und die Femke sah, die auf einem Stuhl saß und ihre Tasche umklammert hielt. Sie wirkte nervös, sah bleich aus. Als sie eintraten, stand sie hastig auf. Sie schien auf Anna zugehen zu wollen, hielt sich dann aber im letzten Moment zurück und setzte sich stattdessen wieder, der Kopf hochrot, der Blick unsicher im Raum umhereilend. »Hallo«, sagte sie, und ihre Stimme war nicht mehr als ein Hauch.

Anna tat sie in diesem Moment fast ein wenig leid. Sie grüßte verhalten zurück, Ole und Britt nickten nur knapp.

Nun kam auch Theodor herein. Er schüttelte die Hand des Notars und setzte sich neben seine Schwester. Ole, Britt und Anna ignorierte er vollkommen.

»So, Sie kennen sich ja bereits?« Der Notar hatte hinter dem Schreibtisch Platz genommen und wies nun mit einem auffordernden Lächeln auf die drei freien Stühle davor.

»Ja, wir kennen uns!«, bestätigte Ole vielsagend und mit leichter Provokation in der Stimme. Anna sah, wie die Femke noch röter wurde und Flecken auf ihrem Hals auftauchten. Sie blickte zu Boden, die Tasche immer noch fest umklammert.

Anna warf Ole einen warnenden Blick zu und setzte sich, wobei sie unauffällig ihren Stuhl ein wenig von der Femke und ihrem Bruder wegrückte. Ihr fiel auf, dass Theodor sie verstohlen musterte. Es herrschte eine seltsame Spannung im Zimmer, während alle mit den Stühlen scharrten und es vermieden, einander anzusehen.

Der Notar faltete die Hände auf dem Schreibtisch. Er schwieg, bis er sicher war, dass alle Augen auf ihn gerichtet waren. Dann räusperte er sich feierlich.

»Wie Sie wissen, sind wir heute hier versammelt, um den Nachlass von Frau Roosalinda Van der Meer zu regeln. Frau Van der Meer hat bereits lange vor ihrem Tod von ihrer Krankheit gewusst. Und auch wenn sie letztendlich nicht direkt an deren Folgen verstarb, wusste sie doch, dass sie nicht mehr allzu lange zu leben hatte. Sie hat mich daher bereits vor einiger Zeit kontaktiert, um ihre Angelegenheiten zu regeln. Dann hat sie mich vor ein paar Monaten erneut kontaktiert. Weil sie ein paar Änderungen in ihrem Testament vornehmen lassen wollte, die alle hier Anwesenden«, er machte eine Geste in den Raum hinein, »betreffen. Sie sind heute hier, weil Ihnen Frau Van der Meer etwas hinterlassen hat. Neben den materiellen Angelegenheiten hat sie außerdem für jeden von Ihnen ein paar persönliche Worte hinterlegt, und es war ihr Wunsch, dass ich diese laut und in Anwesenheit aller verlese. Ist jemand im Raum damit nicht einverstanden?«

Theodor brummelte etwas Unverständliches, aber als der Notar fragend eine Augenbraue hochzog, schüttelte er den Kopf zum Zeichen, dass der Mann fortfahren sollte.

Anna war tief berührt. Sie hatte nicht damit gerechnet, dass persönliche Worte von Roos vorgelesen werden würden. Nervös krallte sie ihre Fingernägel in den Sitz.

»Ich beginne zunächst mit ihrer allgemeinen Botschaft und widme mich dann jedem Einzeln.«

Der Notar räusperte sich, holte einen der zartrosa Bogen, die Roos immer für ihre Briefe benutzt hatte, aus einer Hülle und begann zu lesen. Als seine ersten Worte erklangen, hatte Anna das Gefühl, Roos' Anwesenheit im Raum zu spüren.

Meine Lieben,

nun erreichen euch also Nachrichten aus dem Jenseits. Ist das nicht ein seltsamer Gedanke? Wenn

ihr das hier lest – oder hört, denn ich bin sicher,
Herr Mesmann wird euch meine Nachricht vorle-
sen, so ist es zumindest ausgemacht – bin ich nicht
mehr da. Ich habe mich damit arrangiert. Wer
weiß, vielleicht habe ich mich ja auch bereits per-
sönlich von euch verabschiedet, und all das hier
ist im Grunde unnötig. »Wir wissen doch schon
Bescheid, was soll das jetzt noch, Roos«, werdet
ihr denken. Wahrscheinlicher ist es aber, dass euch
mein Tod unvorbereitet getroffen hat. So wollte
ich es, und ich hoffe, dass es auch so passiert ist.
Nehmt mir das nicht übel. Es ist doch besser,
wenn man die Zeit, die einem noch bleibt, nicht
mit Trübsal verschwendet. Ich hoffe, dass wir
noch ein paar Jahre zusammen haben, aber wenn
mich das Leben eines gelehrt hat, dann, dass es
unberechenbar ist. Außerdem werden die Schmer-
zen schlimmer. Ich möchte kein Mitleid, aber so
versteht ihr vielleicht, dass es für mich auch eine
Erlösung sein wird.

Ich möchte mich hiermit von euch verabschie-
den. Ich bin mir sicher, dass es nicht für immer ist.
Und wer weiß, vielleicht werde ich ja ein wenig
spuken, dann sehen wir uns schon früher wieder,
als euch lieb ist. Wenn ihr nachts ein Knacken
hört, sitze ich vielleicht neben eurem Bett und sehe
euch beim Schlafen zu. Oder ich schleiche mich
in eure Küchen und schütte noch ein wenig mehr
Eierlikör in den Kuchenteig, wenn ihr gerade nicht
hinschaut.

Der Notar lächelte, und die Tränen, die Anna gerade noch zurückblinzeln musste, wurden ihr nun von einem lauten Pruster auf die Wangen getrieben, den sie nicht zurückhalten konnte. Sie lachte und weinte gleichzeitig und auch die anderen schmunzelten, und Britt tupfte sich die Augen.

Aufgrund meiner besonderen Familienverhältnisse und der Vorkommnisse in letzter Zeit habe ich mich vor Kurzem dazu entschieden, die Aufteilung meines Erbes selbst in die Hand zu nehmen. Ich hoffe, dass ihr, meine Kinder, es versteht und ihr, Anna, Ole und Britt, euch über diese Entscheidung freuen werdet. Ich habe sie nicht leichtfertig getroffen, und ich vermute, dass sie vor allem dir, Theo, vielleicht nicht gefallen wird. Aber ich bitte dich, meinen Willen zu respektieren.

Vergesst mich nicht, aber denkt auch nicht zu viel an mich, das verschwendet nur Zeit. Und wenn ich eines gelernt habe, dann wie wichtig Zeit ist. Man sollte sie mit der Gegenwart verbringen und mit Freude auf die Zukunft, nicht mit Trauer um die Vergangenheit. Es reicht vollkommen, wenn euch der Duft nach frischem Kuchen ab und zu ein Lächeln aufs Gesicht zaubert, weil ich dann für einen kleinen Augenblick wieder bei euch bin.

In Liebe, eure Roos.

Der Notar sah von dem Blatt auf. »Im Folgenden werde ich an Sie einzeln gerichtete Nachrichten verlesen.«

»Moment mal!« Theodor hatte sich auf dem Stuhl angespannt nach vorne gesetzt. »Habe ich das richtig verstanden? Meine Mutter hat ihr Erbe aufgeteilt? Ich dachte, es ginge um Kleinigkeiten. Sentimentalitäten, Bücher oder so etwas. Wir sollen unser Erbe mit Fremden teilen?« Er sah sich entrüstet um, als wolle er im Raum um Zustimmung werben, besann sich dann und blickte nur seine Schwester an. Die sah zu Boden.

Der Notar nickte. »Das verstehen Sie richtig«, sagte er kühl. Anna wurde er gleich noch sympathischer, als sie merkte, dass auch er Theodor offenbar nicht mochte.

Der lachte ungläubig. »Wir haben in diesem Land eine gesetzlich geregelte Erbfolge.«

»Da haben Sie recht, Herr Van der Meer. Diese tritt aber nur in Kraft, wenn ein Erblasser ohne letztwillige Verfügung verstirbt. In einem solchen Fall würde der Nachlass tatsächlich nach den Regelungen der Erbfolge aufgeteilt werden und Ihnen, den Kindern der Verstorbenen, zustehen.« Als er Annas Blick traf, zwinkerte er. Überrascht stutzte sie und war sich im selben Moment sicher, sich das nur eingebildet zu haben. »In diesem Fall ist es jedoch anders. Frau Van der Meer hat sich dazu entschlossen, ein Testament zu verfassen, und es liegt somit eine *gewillkürte* Erbfolge vor.« Er räusperte sich. »Wir haben es mit einem notariell beglaubigten Testament zu tun, das sie selbst handschriftlich verfasst hat. Bevor Sie also Einwände erheben, würde ich vorschlagen, dass wir zunächst die Worte Ihrer Mutter verlesen?«

Theodor presste die Lippen zusammen und nickte widerwillig. Er schien nur mit äußerster Anstrengung ruhig zu bleiben.

»Gut!« Der Notar tauschte seine blaue Brille wieder gegen eine kleine schwarze aus und sortierte die vor ihm liegenden Blätter. »Wir beginnen mit Ihnen, Herr Nordin« Ole zuckte zusammen, und Anna legte ihm die Hand aufs Bein, die er sofort ergriff und dann sehr fest drückte, als der Notar mit klarer Stimme zu lesen begann.

Mein lieber Ole,

du hast mir das Meer zurückgegeben, und dafür werde ich dir ewig dankbar sein. Unsere windigen, salzigen Runden um die Nordspitze haben mir mehr bedeutet, als du dir vorstellen kannst. Ich denke, dass du vielleicht an meinem alten Auto Freude finden wirst. Ewo hat es geliebt wie ein Kind, seine Zuneigung zu dem Blechkasten war mir manchmal ein Dorn im Auge, aber ich konnte mich dennoch nie davon trennen. Das Auto steht in der Garage, dort kannst du es abholen. Ich danke dir für deine Freundschaft und deine Zeit. Ich weiß, dass meine Anna und du zusammen glücklich sein werdet. Ich habe ihr immer gesagt, dass du einer von der guten Sorte bist.

In Liebe und Freundschaft,
deine Roos

Ole blinzelte und starrte dann wie betäubt geradeaus. Der Notar gab ihm ein paar Sekunden, und als er nicht reagierte, schob er ihm behutsam ein Blatt Papier zu, auf dem ein Schlüssel lag. Er räusperte sich. »Nehmen Sie das Erbe an?«, fragte er sanft.

Ole nickte. »Ja«, sagte er mit rauer Stimme. »Ja, natürlich.«

Auch Anna saß da wie erstarrt. Roos hatte diese Zeilen geschrieben, bevor sie und Ole ein Paar geworden waren. Als noch nicht einmal sie selbst etwas von ihren Gefühlen für ihn wusste. Roos hatte sie von Anfang an behutsam, aber hartnäckig in seine Richtung geschupst, das wurde ihr jetzt bewusst. Auf ihre ganz besondere Art hatte sie gespürt, dass Anna und Ole zusammengehörten.

Der Notar lächelte Ole zu, der sich jetzt unauffällig mit der Handfläche über die Augen fuhr, und wandte sich dann an Britt, die trotz ihres sorgfältigen Makeups bleich wirkte, als habe sie Angst vor dem, was ihr bevorstand.

»So, nun zu Ihnen, Frau Nordin.« Der Notar lächelte wieder, aber Britt zupfte ohne aufzusehen die ganze Zeit an einer Strähne, die sich aus ihrer kunstvollen Frisur gelöst hatte. Anna hätte sie gerne in den Arm genommen.

Meine liebe Britt,

ich weiß, dass du mit dem Gedanken spielst, von der Insel fortzugehen. Tu das nicht, es gibt kei-

nen besseren Ort. Nur hier riecht der Wind richtig, und nur hier haben die Wiesen das richtige Grün. Die Insel bleibt in einem drin und zieht einen zurück, du würdest dich dein Leben lang nach ihr sehnen. Und ich weiß, dass man dich hier schmerzlich vermissen würde. Und nicht nur, weil niemand so gut massiert wie du.

Natürlich verstehe ich deine Sorge – hier hat man wenig berufliche Aussichten und die Mieten sind hoch. Deswegen habe ich mir etwas überlegt: Ich vermache dir und Anna mein Haus. Ihr könnt zusammen darin wohnen oder es verkaufen. Wie auch immer ihr euch entscheidet, es gehört euch. Dann hast du hier immer ein Zuhause oder genug Geld, um dir eines zu kaufen.«

Britt stand der Mund offen, so verblüfft war sie über die Nachricht. Der Notar brach ab, als plötzlich Theodor aufsprang und ihm wütend ins Wort fiel. »Mein Elternhaus soll einer Fremden vermacht werden? Ich habe mich wohl verhört. Sie glauben doch nicht, dass Sie damit durchkommen.«

Anna und Britt warfen sich erschrockene Blicke zu. Anna spürte, wie Ole sich neben ihr anspannte, und zog ihre Hand weg, weil er sie in seinem Zorn beinahe zerquetschte.

Aber der Notar war solche Szenen offensichtlich gewohnt. »Bitte beruhigen Sie sich, Herr Van der Meer. Ich würde gerne den letzten Willen Ihrer Mutter in Ruhe verlesen«, sagte er streng. Sein freundliches Lä-

cheln war verschwunden. »Ich bitte Sie um den ange-
messenen Respekt. Hinterher ist genug Zeit zur Diskussion.«

Theodor starrte ihn ungläubig an, dann setzte er sich
schnaubend und zischte seiner Schwester zu: »Hast
du das gewusst?« Die Femke schüttelte ängstlich den
Kopf, und der Notar räusperte sich erneut. Er blickte
Theodor über den Rand seiner Brille hinweg so lange
schweigend an, bis dieser wütend nickte.

»Gut. Ich fahre fort.«

*Am schönsten wäre es, wenn ihr den Zaun einreißt
und das Café erweitert, dann können künftig alle
meine Rosen sehen. Ewo und ich haben uns jahrelang abgerackert mit den Beeten, und so wären
die krummen Rücken nicht umsonst gewesen. Blumen sind schließlich dafür da, bewundert zu werden. Aber wie auch immer ihr euch entscheidet,
bitte seid gewiss, dass es mir recht ist. Ich bin nicht
mehr da, ihr sollt euer Leben so leben, wie es euch
passt, und nicht auf den Willen einer alten Schach-
tel achten, zumal einer, die schon lange unter der
Erde liegt. Auch dir danke ich für die gemeinsame
Zeit. Ich wäre als junge Frau gerne mehr so gewesen wie du, so lustig, ehrlich und taff, aber ich
habe mich wohl nie getraut.*

*In Liebe und Freundschaft,
deine Roos*

Britts Augen hatten sich mit Tränen gefüllt, während Herr Mesmann vorgelesen hatte. Sie schniefte leise.

»Nehmen Sie das Erbe an?«, fragte der Notar wieder, im selben sanften Ton wie zuvor bei Ole.

Britt sah Hilfe suchend zu Anna. Auch Anna wusste nicht, wie sie reagieren sollte. Die Nachricht hatte sie vollkommen unerwartet getroffen.

Sie hatte ein Haus geerbt?

In ihren Ohren klingelte es. Verstohlen warf sie einen Blick in Richtung Theodor, der Britt und sie anstarrte und kurz davor zu sein schien, dazwischenzufahren.

Wieder lächelte der Notar, dessen beruhigende Präsenz Anna gut tat. Trotzdem konnte sie vor lauter Verwirrung keinen klaren Gedanken fassen.

»Nun, kein Grund zur Eile. Ich lese erst einmal weiter«, sagte Herr Mesmann.

Er wandte sich an Anna, und nun verstand sie, warum Britt vorhin so käsig ausgesehen hatte. Auch sie war plötzlich schrecklich nervös.

Meine Anna,

wenn du nicht schon ein Café hättest, würde ich dir meines vermachen. Ich war dort immer so glücklich. Aber es steht schon unglaublich viele Jahre leer und ist nun genauso alt und verfallen wie ich. Deswegen bekommst du mit Britt zusammen das Haus. Mein wichtiges Erbe hast du ja bereits, mein Rezeptbuch. Ich muss dir nicht sagen, was die letzten Monate mir bedeutet haben. Du und Harry,

*ihr seid meine Familie geworden. Was hätte ich ge-
macht, wenn ihr nicht plötzlich in meinem Garten
aufgetaucht wärt? Ich hätte weiter einsam in meinem leeren Haus gesessen und der Stille gelauscht.
Aber dann seid ihr gekommen. Meine Mittags-
schläfchen mit Harry, unsere Kuchenpläuschchen
im Laden – sie haben mich die Schmerzen vergessen lassen. Plötzlich hatte ich wieder einen Grund,
morgens aufzustehen. Ich habe wieder gelacht. Ihr
habt mich noch einmal aus der Stille herausgeholt.
Das werde ich euch niemals vergessen. Du hast
mir oft erzählt, dass du deine Schwester auf der
Insel noch spürst, dass du dich ihr hier nahe fühlst.
Vielleicht wird es auch mit mir so sein. Ich hoffe
es sehr!*

*In Liebe auch an meinen Harry,
eure Roos*

Der Notar sah galant woanders hin, als Anna sich die
Augen trocknete. Sie bemerkte, dass die Femke sie erstaunt anstarrte, als sähe sie plötzlich eine vollkommen
neue Person in ihr.

Herr Mesmann erkannte offensichtlich, dass sie gerade nicht würde antworten können, denn er sprach weiter, ohne sie zu fragen, ob sie das Erbe annehmen würde.

»Frau Van der Meer hat auch noch einige Worte an
ihren Enkel Sem geschrieben, da dieser heute aber nicht
persönlich anwesend sein kann…«, er räusperte sich
vielsagend, »werde ich sie nicht laut verlesen. Ich fahre

nun fort mit der Botschaft an ihre Nachkommen, an Sie, Herr Van der Meer, und Sie, Frau Hansen.«

Meine Kinder,

ich bin voller Hoffnung, dass wir vor meinem Tod doch noch einmal zueinanderfinden. Aber in diesem Moment, in dem ich hier sitze, an dem großen Esstisch, an dem wir früher so oft gemeinsame glückliche Stunden verbracht haben und den ich in den letzten Jahren kaum anschauen konnte, weil er mich immer daran erinnerte, was ich verloren habe, ist die Situation leider eine andere. Natürlich sollt auch ihr nicht leer ausgehen. Meiner lieben Tochter, Femke Hansen, und meinem Sohn Theodor vermache ich hiermit alle meine finanziellen Besitztümer sowie den Grundbesitz im Waalderweg 7.

Anna wusste, dass dies das alte Café sein musste. Obwohl sie es jedes Mal lange betrachtete, wenn sie zum Friedhof ging, ja wie magisch angezogen wurde von seinem Anblick, hatte sie keine Ahnung gehabt, dass es noch immer in Roos' Besitz war.

Ich bin zuversichtlich, dass ihr meine Beweggründe verstehen könnt. Meine Femke. Ich weiß, dass auch du unter unserer Trennung leidest, und ich weiß, dass du aus Liebe zu deinem Sohn handelst. Auch ich liebe ihn sehr. Deswegen verstehe

*ich dich, auch wenn ich selber anders entschieden
hätte. Sei versichert, dass ich dir nichts nachtrage,
auch wenn mich die Trennung von euch sehr ge-
schmerzt hat, habe ich immer gewusst, dass du
nicht anders handeln konntest.*

*Theodor, ich weiß nicht, was passiert ist, warum
du hier weg musstest und dich von uns ferngehalten hast, aber dein Vater und ich waren immer so
stolz auf dich, auch wenn du es vielleicht nicht
sehen wolltest. Ich hoffe, dass du irgendwann zur
Insel zurückfindest. Sei versichert, du wurdest hier
schmerzlich vermisst.*

*Ich liebe euch sehr, aber das wisst ihr.
Eure Mutter*

Nachdem der Notar fertig gelesen hatte, herrschte angespannte Stille im Raum. Niemand sprach, niemand
bewegte sich. Anna warf einen Seitenblick auf Theodor und die Femke, die versteinert dasaß. Sie hatte
die Hände zusammengepresst, und alle Farbe war aus
ihrem Gesicht gewichen. Auch Theodor sah erschüttert aus. Anna merkte zu ihrer Überraschung, dass er
anscheinend mit der Rührung kämpfte, denn er presste
sich plötzlich die Daumen in die Augenwinkel und blinzelte heftig. Ein paar Sekunden saß er verkrampft da,
dann senkte er die Hände und holte tief Luft.

»Ich brauche wohl nicht noch einmal zu erklären,
dass ich dieses Testament auf gar keinen Fall akzeptieren werde!« Er hatte die Hände zu Fäusten geballt und

auf dem Tisch abgestützt. Zwar glänzten seine Augen vor ungeweinten Tränen, aber er wirkte kämpferisch. Als er sich vorlehnte, konnte Anna eine Ader an seinem Hals pulsieren sehen.

Der Notar zuckte nicht mit der Wimper. »Wenn es zu Streitigkeiten innerhalb der Erbgemeinschaft kommt, werde ich mich vorerst mit diesen auseinandersetzen. Sollte es zu keiner Einigung kommen, muss ich die Justizbehörde einschalten, und ein Richter wird entscheiden. Sie müssten dann eine Klageschrift einreichen. Sie haben als direkter Angehöriger der Erblasserin die Möglichkeit, einen Pflichtanteil zu beanspruchen. Ich muss Ihnen jedoch sagen, dass dieser im vorliegenden Fall durch den geerbten Geldanteil bereits getilgt scheint. Ganz einfach ist dies natürlich so pauschal nicht zu beantworten, dazu müssten erst das Haus und die anderen Besitztümer geschätzt werden. Dies wird zeitaufwendig und auch nicht billig. Aber wenn Sie darauf bestehen, kann dies selbstverständlich veranlasst werden.«

»Da können Sie Gift drauf nehmen, dass ich darauf bestehen werde.« Theodors Augen waren dunkel vor Wut.

»Theo, beruhige dich! Wir können das doch später besprechen.« Die Femke legte ihm behutsam die Hand auf den Arm, aber er schüttelte sie brüsk ab. »Dass dir das alles wieder egal ist, war ja klar, Fem«, fauchte er, und sie zuckte zusammen. »Aber ich lasse mir nicht einfach so mein Zuhause wegnehmen. Mutter war doch gar nicht mehr zurechnungsfähig. Sie war sicher nicht in der Lage, ein solches Testament aufzusetzen, und diese... diese...«, er suchte nach einem Wort und spie es dann aus, »... diese *Erbschleicher* haben sich an eine unschuldige alte Frau herangemacht, um sie zu manipulieren und Geld aus ihr herauszupressen. Ich kenne solche Leute, so was liest man doch immer wieder in...«

Er kam nicht dazu weiterzusprechen, denn Britt, Anna und Ole waren gleichzeitig aufgesprungen und riefen laut durcheinander.

»Wir würden niemals...«

»Roos war unsere Freundin, wie können Sie es wagen...«

»Wir wussten gar nicht, dass sie Geld besitzt...«

»Du mieser, kleiner...«

»Ole!«

In diesem Moment ertönte ein lauter Schlag. Der Notar hatte einen Holzhammer genommen und damit auf den Schreibtisch gehauen. Sie drehten sich alle gleichzeitig erschrocken zu ihm um.

Er lächelte. »Ein Geschenk meines Vaters. Er war Richter in Den Haag. Internationaler Gerichtshof.« Mit dem Daumen fuhr er über den glänzenden Hammer. »Durchaus nützlich, auch für einen Notar.« Dann wurde sein Gesicht wieder ernst. »Setzen Sie sich!«, sagte er in einem Ton, der keinen Widerspruch duldete. Sie alle setzten sich, sogar Ole, wenn auch widerwillig und mit wütendem Gesicht, und Anna dachte, dass der Notar viele Talente hatte – er hätte auch einen hervorragenden Hundetrainer abgegeben.

»Herr Van der Meer. Ich kann Ihre Aufregung durchaus nachvollziehen, sie ist jedoch kein Grund, Ihre Miterben zu beleidigen. Ich kann Ihnen versichern, dass diese Menschen hier«, er deutete auf Anna, Ole und Britt, »zu Ihrer Mutter über lange Zeit ein inniges und freundschaftliches Verhältnis gepflegt haben. Sie können sicher sein, dass Ihre Mutter ihnen aus freiem Willen das Erbe überschrieben hat. Ich habe das Testament persönlich mit ihr notariell beglaubigt und kann bezeugen, dass sie keinerlei Zwang oder Druck unterstand und bei klarem Verstand war.«

»Zwang vielleicht nicht, aber wer weiß, wie sie manipuliert wurde«, rief Theodor.

»Wir haben sie nicht manipuliert!«, zischte Anna. Ihr reichte es jetzt. »Wir waren einfach für sie da. Wir waren ihre Freunde. Sie hatte niemanden. Roos war ganz alleine, sie hat es selber in ihrem Brief gesagt. Sie haben sich doch überhaupt nicht um sie gekümmert. Sie war krank, und Sie haben sie nie angerufen, von Besuchen ganz zu schweigen, jahrelang haben Sie einander nicht gesehen. Also erzählen Sie mir nichts über Roos, Sie haben sie doch gar nicht mehr gekannt!« Sie hatte erst wütend und schnell geredet, aber beim letzten Satz erstickten plötzlich Tränen ihre Worte, und sie brach ab.

Theodor schnappte nach Luft, schien aber keine Erwiderung zu finden, sondern sah Anna nur an. Seine Augen waren immer noch wütend zusammengezogen, aber anscheinend hatte sie einen Nerv getroffen, denn er feuerte nicht zurück, sondern legte eine Hand an die Stirn, als hätte er plötzlich starke Kopfschmerzen.

»Sie war meine Mutter«, sagte er schließlich leise, und Anna war überrascht von dem Gefühlswechsel. »Und ich wusste nichts von ihrer Krankheit.«

Die Femke hatte den Schlagabtausch mit weit aufgerissenen Augen verfolgt, die Hände immer noch um die Tasche geklammert. Aber bei Annas letzten Worten hatte sie schuldbewusst zu Boden geblickt. »Sie hat recht!«, flüsterte sie jetzt, und mit einem Mal blickten alle zu ihr. Das schien sie noch nervöser zu machen, die Flecken an ihrem Dekolleté traten inzwischen so deutlich hervor, dass es aussah, als habe sie Scharlach. Aber sie schluckte hörbar und sagte dann lauter. »Anna hat recht. Wir haben uns nicht um sie gekümmert.« Dann wandte sie sich ihrem Bruder zu. »Ich werde das Testament nicht anfechten. Und, Anna...«, sie blickte Anna nicht an, sondern sah auf einen Punkt irgendwo neben ihrem Ohr. »Ich wollte schon lange zu dir kommen, aber ich habe mich nicht getraut. Es tut mir so leid, was passiert ist. Du weißt nicht, wie leid! Du musst sicher Angst haben um den Laden, aber wir wollen dir nicht schaden, niemand will das, auch wenn du das sicher nicht glauben kannst.« Sie redete schnell und fahrig und konnte Anna immer noch nicht in die Augen schauen. »Wenn du das willst, bekommst du einen unbefristeten Mietvertrag. Du kannst bleiben, solange du willst. Das sind wir dir schuldig.«

»Allerdings...« raunte Ole neben ihr, und Anna verpasste ihm einen kleinen Tritt.

»Ich... danke. Das ist... danke.« Anna wusste nicht, was sie sagen sollte. Die Erleichterung, die sie fühlte, war so groß und so unerwartet, dass es ihr die Sprache verschlug. Die Femke nickte schüchtern.

»Dich haben sie also auch schon eingewickelt. Das ist so typisch, du warst schon immer so … naiv.« Seine Schwester nahm Theodors Worte ohne Reaktion hin, auch wenn ihr Gesicht versteinerte. »Du willst also das Haus, in dem wir aufgewachsen sind, einfach weggeben?«

Schließlich seufzte die Femke. Ihrem Gesicht sah man an, wie viel Kraft sie das Gespräch kostete. »Wir brauchen es nicht, Theo. Ich habe mein Haus, du hast mehr Geld, als gut für dich ist. Du hast selbst hundert Mal gesagt, dass du nicht auf die Insel zurückkehren wirst. Mutter hat es so gewollt, Anna und Britt waren offensichtlich wichtig für sie. Warum ist dir das ein Dorn im Auge?«

»Weil ich doch …« er brach ab und fuhr sich mit der Hand durch die schütteren Haare. Dann wandte er sich an den Notar. »Wie steht es mit den Dingen im Haus. Sind die auch im Erbe miteingefasst?«

Der Notar nickte. »Ja, alles im Haus und auf dem Grundstück geht an Frau Fischer und Frau Nordin.«

Theodor wurde bei diesen Worten weiß wie eine Wand. »Aber ich kann doch sicher … Es sind persönliche Gegenstände in dem Haus. Meine Kindersachen … Ich muss doch …«, stotterte er.

»Ihre Mutter hat alle Gegenstände, von denen sie dachte, dass Sie sie gerne wiederhaben möchten, bereits in meine Obhut gegeben. Ich werde Ihnen diese nach unserem Gespräch unverzüglich aushändigen. Darüber hinaus, fürchte ich, gehört, was sich noch im Haus befindet, von heute an Frau Fischer und Frau Nordin.«

»Aber ... ich war doch gestern noch im Haus ... das ist doch lächerlich; darf ich es ab jetzt nicht mehr betreten, oder was wollen Sie damit sagen?«

»Mit Verlesung des Testaments tritt das Erbe in Kraft, und das Haus ist für Sie nicht länger zugänglich, und ich muss Sie bitten, mir Ihre Schlüssel auszuhändigen. Ich denke jedoch, dass ...«

»Also das ist doch unfassbar!«

»Herr Van der Meer, von uns aus können Sie selbstverständlich jederzeit in das ...« Anna hatte angesetzt, beruhigend auf Theodor einzusprechen, aber er fuhr ihr einfach über den Mund.

»Ich lasse mir doch nicht von zwei Kindern verbieten, mein eigenes Elternhaus zu betreten!«, zischte er, an den Notar gewandt.

»Kinder?« Anna und Britt sahen sich an. Britts Augen funkelten jetzt gefährlich. Sie räusperte sich laut. »Meine Freundin hier, die, wie Sie bei näherem Hinsehen feststellen werden, kein Kind ist, sondern eine erfolgreiche Unternehmerin, wollte Ihnen gerade anbieten, dass Sie jederzeit in das Haus zurückkehren dürfen, um Ihre Sachen zu holen, Herr Van der Meer.« Anna nickte. »Aber *Ihr kindisches Verhalten* hat uns gerade eines Besseren belehrt. Sie wollen Streit? Bitteschön. Ich trete das Erbe an. Und ich untersage Ihnen hiermit jeglichen Zugang zu dem Haus.« Britt lächelte so freundlich, als habe sie eben jemandem zum Geburtstag gratuliert, aber ihre Stimme war eiskalt.

Anna sah sie bewundernd an. Dann sagte sie. »Ich schließe mich an!«

Sie konnte aus dem Augenwinkel sehen, wie Ole neben ihr übers ganze Gesicht feixte.

Theodor stand auf und nahm seinen Mantel. »Wie ihr wollt. Aber ich sage euch eines: In dieser Angelegenheit ist das letzte Wort noch nicht gesprochen. Ich bin nicht so leicht kleinzukriegen wie meine Schwester. Mich manipuliert ihr nicht.« Und er ging mit schnellen Schritten aus dem Zimmer und warf die Tür hinter sich zu.

Der Notar sah im kopfschüttelnd nach, schien aber nicht sehr beindruckt von seinem stürmischen Abgang. Er räusperte sich und blätterte in seinen Unterlagen. »Dem ist nicht mehr viel hinzuzufügen, würde ich sagen! Eine Sache wollte ich aber noch erwähnen, Frau Van der Meer hat bereits vor ihrem Tod eine großzügige Spende an das hiesige Tierheim angeordnet, im Namen eines gewissen ... äh ...« Er blätterte und schmunzelte dann. »Prince Harry.«

Ole lachte leise, und Anna und Britt sahen sich verwundert an.

»Mir wurde gesagt, dass es sich dabei um Ihren Dackel handelt, Frau Fischer?« Der Notar blickte Anna an und seine Augen blitzen mit seinen Ohrring um die Wette.

»Genau. Ich habe ihn zu Hause gelassen, weil ich nicht wusste, wie Sie zu Hunden stehen. Aber wenn ich gewusst hätte, dass er auch ein Erbe ist, hätte ich ihn natürlich mitgebracht. Er besitzt eine Fliege für besonders offizielle Anlässe, die er schon ewig nicht getragen hat.«

Der Notar lachte. »Nun, sollten wir uns ab jetzt öfter sehen, was ich nicht hoffe, dann bringen Sie ihn ruhig mit. Ich habe einen Staffordshire Terrier. Sie heißt Daisy. So, und nun müsste ich noch von jedem von Ihnen eine Unterschrift bekommen, und dann würde ich die heutige Sitzung für beendet erklären.«

Schweigend und wie betäubt stolperten sie auf die Gasse hinaus. Dann redeten alle auf einmal los.

»Ich glaube es einfach nicht«, rief Britt und breitete Halt suchend die Arme aus, weil sie schon wieder strauchelte. »Diese bescheuerten Schuhe! Anna, wir haben ein Haus geerbt!« Sie fiel ihr um den Hals.

»Ich weiß!« Anna fühlte sich ein bisschen schwindelig.

»Roos, die alte Gaunerin.« Ole lächelte. »Da geht man stundenlang am Strand spazieren, und sie hört nicht auf zu plappern, aber vergisst, nebenbei zu erwähnen, dass sie haufenweise Häuser und Autos zu vererben hat.«

»Vielleicht hatte sie den Verdacht, dass ich sie nur eingestellt habe, damit sie mit Appletartje und Streuselkuchen ihre Rente ein wenig aufbessern kann, und wollte nicht, dass wir wissen, dass sie eigentlich gar kein Geld braucht.«

»Ich glaube, sie hat einfach nicht viel über so was nachgedacht.« Britt hatte ihr Fahrrad vom Laternenmast geholt und trat nun ihrem Bruder freundlich gegen das Schienbein. »Fährst du mich heim? Ich bin ein bisschen zittrig.«

Ole trat grinsend zurück. »Klar, schmeiß es hinten rein.«

Er öffnete die Heckklappe vom Jeep und verstaute das Rad im Kofferraum. »Und du?«, fragte er, an Anna gewandt. »Gehst du in den Laden.«

Anna nickte. Das hatte sie eigentlich vorgehabt, aber jetzt gerade war sie so durcheinander, dass sie sich nicht vorstellen konnte, Bestellzettel durchzuschauen und Eimer auszuwaschen. »Oder … ich glaube, ich geh erst mal 'ne Runde ans Meer. Muss meinen Kopf sortieren. Es kommen ja sowieso keine Kunden.«

Ole nickte. »Ich würde dich ja begleiten, aber ich muss zu meinem Vater. Soll ich dein Rad auch hinten reinwerfen und dich irgendwo absetzen?«

»Nein danke, die frische Luft wird mir guttun, und ich muss ja noch Harry holen!«

»Wollen wir heute Abend auf unser großes Erbe anstoßen?« Britt war immer noch ganz aus dem Häuschen, sie hüpfte auf der Stelle auf und ab. Für sie bedeutete diese überraschende Wendung der Dinge wesentlich mehr als für Anna, die ja bereits den Hof ihrer Großeltern besaß, und man sah ihr an, wie die Emotionen in ihr brodelten. Nun konnte sie auf der Insel bleiben, in der Nähe ihrer Familie und Freunde, und musste nicht aufs Festland ziehen, wo die Mieten billiger und die Jobs zahlreicher waren. Sie würde in Kürze ihre Wohnung, in der sie schon ewig lebte, verlieren, weil die Vermieter das Haus verkauften, und hatte sich mit dem

Gedanken getragen, Texel zu verlassen und auf dem Festland ein neues Leben zu beginnen. Eigentlich hatte sie das aber nie gewollt.

Als Ole und Britt losgefahren waren und Anna sich gerade auf den Weg zum Laden machte, wo ihr Fahrrad stand, sah sie, wie die Femke vorsichtig aus dem Haus des Notars trat und sich umsah, als fürchtete sie, sie noch dort anzutreffen. Anna blieb stehen und blickte ihr nach, wie sie mit gebeugtem Kopf davoneilte. Sie sah nicht aus wie eine Mörderin. Sie sah aus wie eine gebrochene Frau, der man alle Hoffnung genommen hatte.

7

Am Abend trafen sie sich mit Oles Eltern und ein paar Freunden im alten Pfannkuchenhaus von De Cocksdorp – einer von Annas Lieblingsorten auf der Insel. Sie feierten ihr unerwartetes Erbe. Es wurde ein fröhlicher Abend, voller Lachen und Vorfreude auf die Zukunft. In den Fenstern brannten Kerzen, um den Schornstein heulte der Nordwind, und der Regen, der auf das Dach prasselte, ließ sie alle noch ein wenig enger zusammenrücken. Oles Vater spendierte Rotwein für alle, und bald hatten sie glühende Wangen, und ihr Lachen ließ die anderen Gäste immer wieder aufblicken und sich fragen, was diese kleine Gesellschaft wohl so ausgelassen stimmte. Anna konnte es selbst nicht so genau sagen, aber irgendetwas war mit ihnen passiert. Ein klein wenig war es fast, als wäre Roos wieder da, säße zwischen ihnen und hörte ihnen zu. Die persönlichen Nachrichten von ihr hatten dem schlimmen Geschehen der letzten Zeit eine andere Färbung gegeben, sie konnten nun alle ein wenig mehr damit abschließen, waren gelöster und weniger bedrückt. Roos hatte sie mit ihren Geschenken aufgefordert, nach vorne zu blicken, wieder glücklich zu sein.

Ihnen die Erlaubnis gegeben, wieder zu lachen.

Und es war, als hätten sie alle nur darauf gewartet.

Anna saß zwischen Henk und Viola, Oles Eltern, und spürte, wie sie das erste Mal seit langer Zeit wieder das Gefühl hatte, richtig atmen zu können. Als Viola fragte, wie es mit Annas Laden weitergehen würde, wurde Anna klar, dass sie das selbst nicht wusste. Sie hatte den Gedanken seit Wochen vermieden, hatte einfach gearbeitet wie bisher, nur ohne Roos und die Kuchen. Aber sie musste es sich eingestehen: Das funktionierte nicht. So konnte es nicht weitergehen. Von Tag zu Tag kamen weniger Kunden, und es tat gut, nicht mehr zu schweigen, nicht mehr so zu tun, als wäre alles in Ordnung, wenn es doch überhaupt nicht in Ordnung war. Henk und Viola hörten ihr aufmerksam zu, als sie sich alles von der Seele redete, nickten besorgt und versuchten, mit ihr zusammen Pläne zu schmieden.

»Dass du dir keine Sorgen um den Mietvertrag mehr machen musst, ist schon mal super. Aber du solltest jetzt umdenken. Es muss eine neue Attraktion her, etwas, was den Kundenstrom aufrechterhält«, sagte Viola nachdenklich.

»Ja … aber was nur? Ich bin Floristin, ich kann nichts anderes«, sagte Anna. »Die Kuchen waren ja nicht mal geplant, ich wollte eigentlich immer bloß Blumen und Kaffee anbieten. Dass ich Roos kennengelernt habe, war ein glücklicher Zufall. Sonst hätte ich vielleicht schon vor Monaten schließen müssen.«

»Die Insulaner sind stur, das war schon immer so!«, sagte Henk, leerte sein Glas und winkte der Kellnerin, damit sie eine neue Flasche brachte. »Aber wenn man sie erst mal überzeugt hat, sind sie einem treu ergeben! Ich habe Kunden, die schon seit über dreißig Jahren in meine Praxis kommen und mich sogar aus dem Urlaub anrufen.«

Anna schob traurig einen Rest Pfannkuchen auf dem Teller hin und her und malte mit ihrer Gabel Muster in den dunklen Sirup. »Ja. Ich dachte, wir hätten sie schon überzeugt, aber so langsam merke ich, dass das nicht stimmt. Sie sind nicht wegen mir gekommen sondern wegen Roos.«

»Dann musst du sie eben jetzt von dir überzeugen!« Viola legte ihr einen Arm um die Schulter und drückte sie kurz an sich. »Das schaffst du schon, Anna. Wer könnte dich nicht mögen. Du wirst sehen, es ist nur eine vorübergehende Flaute. Die Leute sind verunsichert wegen der ganzen Geschichte. Es war ja auch schlimm, und keiner weiß so genau, was wirklich passiert ist. Wer sollte ihnen das Zögern verdenken. Aber warte nur ab, sie werden schon wiederkommen!«

Anna lächelte ihr dankbar zu. Viola war immer positiv und dachte nach vorne, kein Wunder, dass aus ihrem

Sohn Ole ein so optimistischer, gut gelaunter Mensch geworden war.

Henk nickte und klopfte ihr ebenfalls auf die Schulter. »Genau. Und zur Not backst du eben selber!«

Als Anna an diesem Abend zum Einschlafen ihren Kopf in Oles Armbeuge schmiegte, war sie sicher, dass vielleicht alles doch irgendwie wieder gut werden würde. Henks Worte hallten in ihr nach, und auch wenn sie immer noch nicht wusste, wie es weitergehen würde, hatte sie neuen Mut geschöpft. Es war schön, Menschen um sich zu haben, die an einen glaubten und die wollten, dass man Erfolg hatte.

Im Stormvogel schlief sie immer am besten. Oles Haus, eine uralte umgebaute Schafscheune, die allein inmitten von Wiesen und Wassergräben stand wie eine winzige, vergessene Burg, hatte eine beruhigende Wirkung auf sie. Hier roch es nach Holz und Kaminfeuer, nach den Kräutern der Dünen und ganz leicht nach Schaf und Heu. Hier fühlte sie sich sicher und weniger von der Vergangenheit verfolgt als auf dem Hof. Andererseits spürte sie hier auch nicht die Verbundenheit zu ihrer Familie. Auf dem Bruijnshof sah sie ihren Großvater durch den Garten gehen, wann immer sie aus dem Küchenfenster blickte, sie spürte die ruhige Präsenz ihrer Großmutter neben sich, wenn sie das Feuer im Kamin schürte oder Kartoffeln fürs Abendessen schälte. »Nicht so dicke Schalen schneiden, Anna, du musst das Messer sanft führen und sie dabei drehen«, meinte sie dann immer zu hören und lächelte in sich hinein. Es würde schwer werden, das eines Tages aufzugeben. Britt und sie hatten noch nicht so richtig darüber gesprochen, was sie nun mit dem Haus machen würden, das sie geerbt hatten, aber Anna wusste, dass sie ohnehin nicht für immer auf dem Bruijnshof bleiben konnte. Der Plan war gewesen, ihn zu renovieren und eines Tages zu verkaufen. Die Wiesen und die kleinen Ställe konnte sie nicht bewirtschaften, das Anwesen war einfach zu groß für eine Person. Ole hatte seinen Stormvogel in jahrelanger Arbeit eigenhändig umgebaut und renoviert. Er liebte ihn über alles und würde daher nicht zu ihr ziehen. Außerdem stand ihr Nachbar Luuk schon in den Startlöchern und wartete nur darauf, dass sie sich entschloss zu verkaufen. Und Luuk war wirklich der geeignetste Anwärter, den man sich vorstellen konnte. Er würde den Bruijnshof nicht nur erhalten, sondern ihn wieder zum Erblühen bringen. Sein Sonnenhof nebenan war wesentlich größer und moderner, aber Anna hatte den besseren Boden und die wunderbaren alten Apfelbäume, und er träumte seit Jahren davon, die beiden Grundstücke zusammenzuführen. Zwar hatte er sie persönlich sehr enttäuscht, als sie herausfand, dass er ihr seine Ehe verheimlichte, während sie sich trafen, und außerdem schon einen Architekten für ihren Hof beauftragt hatte, ohne überhaupt mit ihr zu sprechen, aber so waren die Menschen eben, sie machten Fehler. Und im besten Fall entschuldigten sie sich hinterher und versuchten, mit Nachbarschaftshilfe und Geschenken alles wiedergutzumachen. Auch wenn ihr Verhältnis inzwischen so distanziert war, Anna wusste, dass sie keinen Besseren für das Haus ihrer Großeltern finden würde.

Sie drückte das Kissen platt und seufzte leise. Sie war zerrissen zwischen der Vergangenheit und der Gegenwart, zwischen ihrem alten und ihrem neuen Zuhause, zwischen der Anna, die sie sein wollte, und der Anna, die sie war. Karin und Simon … Inzwischen dachte sie nicht mehr oft an die beiden. An den Betrug. Aber jahrelang waren sie die wichtigsten Menschen in ihrem Leben gewesen, und manchmal, ganz manchmal, beim Gemüseschnippeln oder wenn sie abends vor dem knackenden Feuer saß, hatte sie plötzlich ihre Stimmen im Ohr, oder ihre Gesichter tauchten in den Flammen auf. »Vergessen, Frau Fischer!«, flüsterte sie dann immer und dachte schnell an etwas anderes. »Einfach vergessen!«

Es gab so vieles, was sie jetzt erst mal verdauen musste, so viele Neuigkeiten, so viel zu planen und überdenken, und gerade wollte sie es einfach genießen, sich leicht und schwer gleichzeitig zu fühlen.

Leicht im Herzen und schwer im Magen.

So satt wie an diesem Abend war sie schon lange nicht mehr gewesen. Der Wein ließ die Welt zusätzlich ein wenig verschwimmen, machte ihre Lider schwer und brachte ihre Gedanken zum Tanzen.

Lange lag sie wach. Das Licht des Leuchtturms huschte über das Dach des Stormvogels und ließ Schatten über die Wände geistern. Durch das verglaste Schrägdach beobachtete sie den Mond, der über den Dünen von De Slufter langsam dem Morgen entgegenwanderte, und lauschte auf Oles Atem, der immer ruhiger wurde, während sein Körper im Schlaf zu glühen begann, genau wie der kleine Körper von Harry, der sich warm und weich gegen ihre Knie presste. Ich schaff das schon, war das Letzte, was sie vor dem Einschlafen dachte. Wir schaffen das.

Wenig später schlug sie die Augen auf. Das Zimmer war noch dasselbe, und doch war alles anders. Sie fröstelte. Irgendwas stimmte nicht.

Als das Licht des Leuchtturms über die Wände fuhr, sah sie es.

In der Ecke, in den Schatten neben der Tür, saß Roos. Sie hatte sich zusammengekauert, die Knie angewinkelt, war klein wie ein Kind. Ihre weißen Haare leuchteten um ihr Gesicht.

Anna erstarrte, ihr ganzer Körper kribbelte plötzlich. Das Licht verschwand. Nun war das Zimmer wieder in vollkommene Dunkelheit getaucht, und ein paar endlose Momente lag Anna reglos da und wartete.

Das konnte nicht sein, sie träumte!

Als das Licht wiederkam, war Roos noch immer da. Anna sah, dass sie weinte, aber zugleich auch lächelte. »Roos!«, sagte Anna und stand auf, aber als sie auf die alte Frau zugehen wollte, verschwamm der Raum plötzlich, wurde länger und länger, die Wände dehnten sich, Roos war nun ganz winzig, am Ende eines langen Tunnels, über dem der Mond leuchtete. »Warte!«, rief Anna verzweifelt. Sie drehte sich um und sah Ole im Bett liegen. Auch er schien auf einmal weit weg, verschwand immer tiefer in der Dunkelheit. Sie wollte nach ihm greifen, aber im nächsten Moment war da Simon. Er stand unten vor dem Haus und sah zu ihr hoch. Als sie auf ihn zuging, drehte er sich plötzlich um und rannte davon.

Etwas berührte sie an der Hand. Als sie mit einem leisen Schrei hochfuhr, saß Harry neben ihr und leckte ihr das Gesicht ab. Er winselte leise, und sie zog ihn an sich und vergrub ihr Gesicht in seinem Fell.

»Hey!«, sagte Ole leise. Schlaftrunken richtete er sich auf und schlang die Arme um sie.

»Ich hab schlecht geträumt!«, flüsterte Anna, und er nickte und hielt sie fest. »Ich auch«, sagte er in ihr Haar, und sie spürte seinen warmen Atem am Hals. Lange saßen sie einfach da. Anna wollte nicht zurück zu dem Traum. Sie hielt sich wach, auch wenn ihr immer wieder die Augen zu fielen. Irgendwann hörte sie an Oles leisem Schnarchen, dass er wieder einge-schlafen war. Aber sie blieb neben ihm sitzen, bis sich die ersten Sonnenstrahlen über De Muij zeigten. Dann schlief auch sie ein.

8

»Hoi, Pa!« Ole stieß mit der Schulter die Hintertür zur Praxis seines Vaters auf, in den Armen eine riesige Kiste mit magenfreundlichem Dosenfutter für Katzen. Er wuchtete sie auf den Stahltisch und gab dann Irmine, der Tierarzthelferin, die hier schon gearbeitet hatte, als er noch ein kleiner Junge gewesen war, einen schmatzenden Kuss auf die Wange. »Steht dir super, das Lila!«

»Ach du!« Irmine wurde rot und fasste sich verlegen in die auberginefarbenen Locken.

»Doch, wirklich, passt perfekt zur Brille.«

»Alter Schleimer!« Oles Vater, der gerade mit zusammengekniffenem Auge über dem Mikroskop hing, stand auf, um seinen Sohn zu begrüßen. Er trug einen weißen Kittel überm Seemannspullover und hatte die Brille auf den Kopf geschoben, sodass seine Haare wirr in die Luft standen.

Sie klopften sich zur Begrüßung auf den Rücken.

»Na, bringst du Nachschub?«

»Wie bestellt!« Ole tippte sich an die imaginäre Mütze. »Heutzutage bin ich nicht nur Fischer, Handwerker und Tierarzt, sondern auch noch Lieferjunge.«

»Du bist eben vielseitig begabt.«

»Eine Krux«, seufzte Ole. »Jeder auf der Insel braucht meine Hilfe.«

Henk Nordin bedachte seinen Sohn mit einem warmen Schmunzeln. Er war um einiges kleiner als Ole, und niemand, der seine dunklen Haare und die schwarzen Augen sah, hätte jemals vermutet, dass der riesige, weißblonde junge Mann von ihm abstammen könnte. Genau wie seine Schwester hatte Ole hauptsächlich die Gene seiner schwedischen Mutter abbekommen. Wenn man die beiden Männer aber lachen hörte, wusste man sofort Bescheid. Ole hatte denselben dröhnenden Bass wie sein Vater.

»Hier, sieh dir das mal an.« Henk setzte sich wieder auf seinen Hocker und rollte damit an das Mikroskop, unter dem auf einer kleinen Glasplatte ein gelber Tropfen schimmerte.

Ole trat näher. »Was ist das?«

»Sag du es mir!«

Ole runzelte die Stirn. Er war sich nicht sicher, ob sein Vater ihn testen wollte, oder ob er tatsächlich seinen Rat brauchte. Er stützte sich mit den Armen auf dem Tisch ab und kniff nun seinerseits ein Auge zu, um durch die schmale Röhre zu schauen.

»Und, was sagst du?«, fragte Henk.

»Hm.« Ole sah ein paar Fäden in dem schleimigen Stoff, die dort nicht sein sollten. »Sieht mir nach Lungenwurm aus«, murmelte er.

Henk nickte seufzend. »Ja, mir auch.«

»Ein Seehund?« Ole sah auf.

»Ja. Nicht nur einer. Sie haben mir heute Morgen die Proben des Bronchialschleims rübergebracht.«

»Vom Ecomare? Aber die haben doch ihren eigenen Arzt.« Ecomare war das Naturkundemuseum der Insel, das auch eine Seehund-Aufzuchtstation beherbergte.

»Eine Ärztin haben sie, um genau zu sein. Ja, aber die hat sich ein Bein gebrochen. Und nun ist ihnen auch noch ihre Meeresbiologin ausgefallen. Familiensache. Keiner weiß genau, wann sie wiederkommt. Sie haben gestern einen Neuzugang reingekriegt, der alle Symptome aufweist, und ein anderer wird gerade in den Dünen aufgesammelt. Hatte Blut an Nase und Maul. Wenn ich nicht so viel zu tun hätte, wäre ich selber hingefahren, aber so haben sie mir die Probe gebracht.« Er seufzte wieder und sah seinen Sohn dann forschend an.

»Aha. Und warum genau erzählst du mir das?«, fragte Ole, der den Blick seines Vaters genau kannte und schon wusste, was jetzt kommen würde. Er verschränkte die Arme vor der Brust.

»Tja, wo du doch so vielseitig einsetzbar bist... Könntest du dir eventuell vorstellen...«, begann sein Vater.

»Och Pa!« Ole stöhnte auf.

»...dort für ein paar Wochen einzuspringen?«

Ole blinzelte verdutzt. Er hatte gedacht, dass sein Vater ihn bitten würde, hinzufahren und die Lungen der Seehunde abzuhorchen. Mit einer so verantwortungsvollen Aufgabe hatte er nicht gerechnet.

»Was?«, fragte er verwirrt.

»Es wäre nur ein Zeitvertrag, du springst ein, bis sie jemanden gefunden haben oder bis die Biologin wiederkommt. Ist auch nicht Vollzeit, sie haben ja Pfleger da. Du würdest nur die Ärztin ersetzen. Ich würde solange hier in der Praxis weitermachen, und die Übergabe verschieben wir, bis du dort fertig bist. Das gibt mir dann auch noch etwas Zeit mit allem... du weißt ja.«

Ole wusste genau, was er meinte. Die Übergabe der Praxis vom Vater an den Sohn war schon lange geplant und etliche Male verschoben worden. Immer kam etwas dazwischen, angeblich schaffte Henk es vor lauter Arbeit nicht, die notwendigen Schritte einzuleiten, und Ole hatte den Verdacht, dass es ihm schwerer fiel, als er vor sich selbst zugeben wollte, endgültig mit seinem alten Leben abzuschließen und in den Ruhestand überzugehen. Ihm persönlich spielte das in die Hände, denn er fürchtete sich heimlich vor dem geregelten, verantwortungsvollen Dasein als Praxisinhaber. Ole mochte die Freiheit, die er momentan hatte. Er konnte beinahe jeden Tag surfen, mal bei Anna, mal bei sich übernachten, mit dem Campingbus lostuckern, wann immer er wollte, und musste niemandem Rechenschaft ablegen. Auch die raue Arbeit auf dem Fischerboot mit seinen Kumpels hatte ihren ganz eigenen Charme. Das frühe Aufstehen, die Gerüche, die derben Späße, die harte Arbeit, die einen jeden Muskel im Körper spüren ließ, nicht zu vergessen der Zusammenhalt auf dem Boot, die durchzechten Nächte nach einem guten Fang. Es war eine eigene Welt, die er nicht verlieren wollte. Und die vielen Handwerksaufträge, die er immer wieder annahm, um sich zu finanzieren, machte er leidenschaftlich gern und hätte nichts dagegen gehabt, noch ein paar Jahre weiter vor sich hin zu werkeln. Aber viel Geld brachten die kleinen Zeitvertreib-Jobs nicht. Er hatte sich mit Kauf und Umbau des Stormvogels bei seinen Eltern verschuldet und wusste, dass er nicht ewig von Job zu Job tingeln konnte. Es war auch nicht so, dass er sich nicht auf die Praxis freute, aber wenn er sich seinen Vater so ansah, der mit der Arbeit kaum hinterherkam, zweifelte er manchmal an seiner Entscheidung. Anna hatte schon recht gehabt, mit ihrer Reaktion damals. Er war nicht so, wie man sich einen traditionellen Tierarzt vorstellte. Wenn er das Ganze also noch ein wenig hinauszögern konnte, indem er ein paar Seehunde auf Lungenwürmer untersuchte, würde er sich diese Chance nicht entgehen lassen.

Er seufzte. »Würde dir das helfen?«, fragte er und sagte vorerst nichts davon, dass er gerade beschlossen hatte, sowieso einzuwilligen.

Henk lehnte sich auf seinem Hocker zurück, bis er an die Platte des Behandlungstischs stieß, und überkreuzte die Arme hinter dem Kopf. »Es würde vor allem den Seehunden helfen«, sagte er trocken. »Ich hoffe, da kommt keine Epidemie auf uns zu, mit diesen Würmern. Aber mir käme es nicht ungelegen, ja.«

Ole nickte. »Na, ich fahr mal rüber und schau mir die Sache an«, seufzte er ein wenig theatralisch. »Mal sehen, was sie sagen. Ich kann ihnen gleich den Befund bringen, wenn du willst.«

»Ich habe schon angerufen. Sie müssen schließlich aufpassen mit der Quarantäne.«

»Du hast also gewusst, was es ist?«

Henk grinste. »Ich muss ja sicher sein, dass meine Nachfolge auch weiß, was sie tut.« Er stand auf und klopfte ihm gutmütig auf die Schulter. »Übrigens kannst du gleich Stuhlproben entnehmen, wenn du schon mal hinfährst.«

»Ich sag doch, einmal Aushilfe, immer Aushilfe!« Britt grinste ihren Bruder an, der ihnen soeben von seiner neuen Stelle erzählt hatte. Ole verdrehte ihr als Antwort den Arm auf den Rücken und piekte sie in die Seite, bis sie vor Lachen japste.

»Heute haben es alle auf mich abgesehen!«, brummte er, als sie sich mit einem Stoß in seine Rippen von ihm befreit hatte.

»Och, du Armer. Also ich finde es ganz toll, dass du jetzt Seehundedoktor wirst!« Anna gab ihm einen Kuss, und er sah sie finster an.

»Das nennt sich ›Veterinärmediziner mit dem Fachgebiet Wildtiermanagement‹«, sagte er.

»Seehunddoktor, sag ich ja.« Anna grinste. »Darf ich dann mal mitkommen und sie streicheln?«

Ole hob in einer Geste der Verzweiflung die Hände gen Himmel. »Man kann die nicht streicheln, das sind wilde Jagdtiere mit messerscharfen Zähnen, die sich nicht an Menschen gewöhnen sollen«, stöhnte er.

»Ach, leben die nicht immer da? Da streunen doch jeden Tag tausende Besucher durch.«

»Die Alten und Behinderten leben immer da, ja. Alle anderen werden geimpft und gesund gepflegt, aber von den Besuchern ferngehalten und bleiben nur dort, bis wir sie wieder auswildern können.«

»Hörst du, wie er schon von ›wir‹ spricht, der große Wildtier-Zoologe?« Britt zwinkerte Anna verschwörerisch zu.

»Na dann streichele ich eben einen Alten und Behinderten, das ist doch wunderbar!«, sagte Anna, an Ole gewandt, der wieder stöhnte und seine Jacke nahm.

»Also mir reicht's, ich gehe jetzt zu Kai in die Kneipe, wo man mir den nötigen Respekt zollt«, verkündete er.

»Ja, aber auch nur weil du ein Fass ohne Boden bist!«, sagte Britt trocken, und er warf entrüstet die Tür hinter sich zu.

9

Als Anna die Tür zu Roos' reetgedecktem Häuschen aufschloss und in den Flur trat, wusste sie von der ersten Sekunde an, dass etwas nicht stimmte. Ihr Blick fiel auf den Schrank neben dem Telefontischchen. Seine Türen standen offen, der Inhalt lag verstreut auf dem Boden davor.

»Seltsam.« Ole und Britt hatten hinter ihr das Haus betreten. Nun standen sie im Flur und sahen sich verblüfft um. »Wie sieht es denn hier aus?« Britt ging mit schnellen Schritten Richtung Wohnzimmer, blieb im Türrahmen stehen und gab einen Laut des Entsetzens von sich. »Kommt schnell her!«

Der Raum sah aus, als hätte eine Bombe eingeschlagen. Überall lagen Dinge verstreut, alle Schränke waren geöffnet und offensichtlich durchwühlt worden.

Schon vor einer Weile hatten sie vom Notar die Schlüssel bekommen, zusammen mit der Nachricht, dass die alten Schlösser ausgetauscht worden waren und sie damit nun die alleinige Verfügungsgewalt hatten. Aber es war das erste Mal, dass sie das Haus betraten. Sie hatten sich gleich nach der Testamentsverlesung darauf geeinigt, dass sie es zusammen tun wollten. Doch dann hatten sie alle Termine gehabt, Britt musste arbeiten, Ole wurde auf dem Boot gebraucht, und sie hatten es immer weiter aufgeschoben. Ein bisschen hatten sie sich wohl auch davor gefürchtet, wie es sein würde, das Haus zu betreten und kein Leben darin vorzufinden. Kein flackendes Kaminfeuer im Wohnzimmer, keinen Kaffeeduft, der aus der Küche wehte. Keine Roos, die ihnen entgegenkam und sie aus blitzenden Augen anstrahlte, um sie dann gleich mit einer Köstlichkeit aus ihrem Backofen zu verwöhnen.

»Das gibt es nicht!« Mit trockenem Mund sah Anna sich um. »Hier wurde eingebrochen!«

»Sieht ganz danach aus. Aber der Fernseher ist noch da. Und die antiken Kerzenständer.« Ole deutete perplex auf den Kaminsims.

»In der Küche waren sie auch!« Mit aufgerissenen Augen sah Britt um die Ecke.

Sie rannten nacheinander die Treppe hinauf. Auch hier bot sich ihnen das gleiche Bild. Das Haus war systematisch durchwühlt worden. Es wirkte, als habe jemand in großer Eile oder Wut nach etwas gesucht und sich dabei nicht darum geschert, welches Chaos er anrichtete. Anna lief ins Schlafzimmer und zog die Kommode auf. »Roos' Schmuck ist noch da!« Verdattert nahm sie das kleine, mit Muscheln besetzte Kästchen heraus. Eine silberne Uhr, ein paar Broschen, Perlenohrringe und zwei goldene Ketten lagen ineinander verschlungen im samtenen Futter. »Es war ganz oben in der Schublade. Nicht zu übersehen. Das verstehe ich nicht, wenn man einbricht, nimmt man so was doch mit.«

»Vielleicht ist es nicht viel wert?« Britt lugte über ihre Schulter.

Ole nahm ihr das Kästchen ab, hob prüfend die goldenen Ketten hoch und wog sie in der Hand. »Ich würde sagen, die sind echt. Und die Perlen auf jeden Fall auch. Viel wert ist es sicher nicht, aber ein wenig bekommt man dafür schon.« Er schüttelte den Kopf. »Das ergibt keinen Sinn.«

»Vielleicht haben sie nach etwas anderem gesucht.«

»Oder ...«

»Oder was?«

Ole sah Anna und Britt nachdenklich an und blickte sich dann im Raum um. Hier hielt das Chaos sich in Grenzen, aber der Kleiderschank war geöffnet, und die Kleider waren beiseitegeschoben worden, sodass die Rückwand offen vor ihnen lag.

»Theodor«, sagte er grimmig.

Anna hatte diesen Gedanken auch schon gehabt, aber er schien ihr absurd. Der reiche, distinguierte ältere Herr sollte hier eingebrochen sein und wie ein kleines Kind in einem Wutanfall die Sachen seiner verstorbenen Eltern auf den Boden geschleudert haben, nur damit sie sich ärgerten? Als sie das zu bedenken gab, nickten die beiden. »Es klingt seltsam, aber ich finde keine andere Erklärung«, sagte Ole.

Plötzlich fiel ihr etwas ein. »Das kann gar nicht sein! Theodor ist wieder in Australien. Neeson hat es mir erzählt, er musste wohl gleich nach der Testamentsverlesung zurück. Neeson konnte vorher noch kurz mit ihm reden. Dabei ist aber nichts rausgekommen, *er* weiß von nichts, kannte Anouk nicht, ist empört, dass *er mit der Sache in Verbindung gebracht wird* ... bla, bla, bla.« Sie verdrehte die Augen. »War ja klar, dass er das sagen würde. Er hat aber angekündigt, dass sein Anwalt sich mit uns in Verbindung setzen wird. Er war es also nicht. Außer, er kam direkt nach der Verlesung des Testaments hierher. Aber das macht auch keinen Sinn, wisst ihr noch, er hat doch gesagt, dass er am Tag vorher erst im Haus war.«

»Vielleicht war er wütend und wollte uns einfach eins reindrücken!«, gab Ole erneut zu bedenken, aber Britt und Anna schüttelten den Kopf.

»Nie im Leben!«

»Theodor war es nicht, das kann ich mir einfach nicht vorstellen. Es sein denn ...« Langsam ließ Anna sich aufs Bett sinken. »Es sei denn, er hat etwas gesucht. Findet ihr nicht, dass es danach aussieht? Er hat schließlich nicht einfach alles auf den Boden geworfen. Die meisten Sachen liegen noch, wo sie waren. Er hätte ja auch einfach alles runterfegen können, wenn es ihm nur darum gegangen wäre, möglichst viel Chaos anzurichten. Aber nur die Schränke wurden durchwühlt. Und nichts fehlt, zumindest nichts Offensichtliches.«

Britt lehnte sich mit dem Hintern an die Kommode und verschränkte die Arme vor der Brust. »Aber was kann er gesucht haben? Was wäre plötzlich so wichtig? Er war doch vorher im Haus, warum hat er es da nicht einfach in aller Ruhe gesucht, ohne alles kaputt zu machen?«

Anna schüttelte den Kopf. »Ich weiß nicht. Aber vielleicht sah er vorher dazu keinen Grund, weil er davon ausgegangen ist, dass ihm das Haus ohnehin gehört. Und als er erfahren hat, dass er es plötzlich nicht mehr betreten darf, hat er Panik bekommen.«

»Oder es war die Femke.«

Sie alle sahen sich an. Das war ein völlig neuer Gedanke.

»Aber sie war so unbeteiligt bei der Testamentsverlesung. Als wäre es ihr vollkommen egal, was mit dem Haus passiert«, warf Britt ein. »Sie wirkte auch irgendwie eingeschüchtert. Ich kann mir nicht vorstellen, dass sie wie eine Furie hier durch die Zimmer fegt und Chaos verbreitet!«

»Vielleicht hat sie sich verstellt, um keine Aufmerksamkeit auf sich zu ziehen.«

Anna seufzte. »Ich rufe jetzt Neeson an. Meint ihr, wir sollten Anzeige erstatten?«

»Natürlich!«, riefen beide wie aus einem Mund, und Anna seufzte erneut. Schon wieder würde sie die Inselpolizei rufen müssen. Eigentlich konnten sie gleich eine Direktleitung zu ihrem Handy verlegen lassen.

»Ich fasse es nicht!« Ole zog an der schwarzen Abdeckplane, und wie im Film stand plötzlich ein glänzender weißer Mercedes vor ihnen. »Ein Oldtimer!« Sein Gesicht trug den Ausdruck absoluter Verzückung. Sie standen in Roos' Garage, zu der sie nach langem Suchen den Schlüssel in einem Honigglas in der Küche gefunden hatten, und begutachteten Oles Erbanteil, während sie auf die Polizei warteten, die gesagt hatte, sie kämen in drei bis vier Stunden – schließlich sei es nicht dringend, da nichts entwendet wurde, und sie hätten auch noch anderes zu tun. Anna hatte die letzte Aussage als persönliche Spitze gegen sich empfunden und entrüstet aufgelegt. Aber ein bisschen nachsehen konnte sie es ihnen schon. Immerhin waren sie in den letzten Monaten durch sie gut beschäftigt gewesen, der tote Hahn in ihrem Bett, die eingeworfene Ladenscheibe, dann die Auseinandersetzung mit Sem und seine anschließende Verhaftung.

Andächtig lief Ole jetzt um das Auto herum. Sanft strich er mit dem Finger über die Motorhaube, dann ging er in die Hocke und besah sich die Reifen. Er war anscheinend sprachlos, denn er sagte kein Wort. Anna hatte ihn noch nie so erlebt, und es brachte sie ein bisschen aus der Fassung. Sie hatte nie verstanden, was man an Autos so toll finden konnte. Schließlich waren doch alle mehr oder weniger gleich. Vier Räder, ein Lenkrad, ein Motor … mehr als fahren konnte das Ding hier auch nicht, was war denn so wahnsinnig toll daran, dass Ole es ansah, als wäre es ein fliegender Teppich aus dem Märchen, mit einer betörenden Frau obendrauf. Anna merkte, dass sie eifersüchtig wurde, so sehr strahlten seine Augen. Eifersüchtig auf ein Auto. So tief war sie gesunken.

»Fang nicht an zu sabbern, okay?«

»Ich kann nichts versprechen. Siehst du diese Felgen?« Er hatte die Tür geöffnet, und sich hinter das Steuer gesetzt. »Komm, wir weihen es ein!«

»Was?«

»Ich meinte, wir fahren eine Runde. Obwohl, dein Gedanke ist auch nicht sch…«

»Nie im Leben kriegst du mich da rein. Das Ding wurde doch seit fünfzig Jahren nicht gefahren. Das explodiert dir unterm Hintern weg. Du musst es erst untersuchen.«

»Untersuchen.« Er lachte. »Du meinst durchchecken.«

»Was auch immer man tut, um es vorm Explodieren zu bewahren.«

»Es ist top in Schuss, das sieht man. Da explodiert nichts.«

»Du hast doch nicht mal unter die Motorhaube geschaut!«

Mit einem leicht genervten Seufzer zog Ole an einem Hebel unterm Lenkrad und öffnete die Motorhaube. Dann beugte er sich hinein. »Sieht alles gut aus. Ich schau mal nach dem Öl und dem…«

»Ja, mach das. Ich geh wieder rein. Mir ist kalt.«

»Aber willst du nicht…?« Überrascht blickte er über die Haube zu ihr rüber.

»Nein, danke. Später vielleicht.«

»Alles klar!« Sein Kopf war schon wieder verschwunden.

»Soll ich was zu essen bestellen?«

»Hm, was? Ach, ich habe gerade keinen Hunger, danke!«, murmelte er abwesend.

Anna starrte die weiße Haube an. Keinen Hunger? Hatte sie da gerade richtig gehört?

»Du hast *keinen Hunger*?«

»Hm?«

»Du willst nichts essen?«

»Ja, ja, mach das«, murmelte er.

»Du hörst ja gar nicht zu!«

»Was?« Er sah verwirrt auf.

»Ach nichts.«

»Okay, bis später.«

»Dämlicher Blechkasten«, murmelte Anna, als sie ins Haus ging.

10

»Es ist anders, irgendwie. Ich kann es nicht genau erklären. Sie wartet auf etwas, glaube ich.«

»Kannst du diesen Eindruck näher beschreiben?« Die Stimme aus Annas Computer war warm und verständnisvoll.

»Wenn ich früher von ihr geträumt habe, was nicht so oft vorgekommen ist, war es immer verschwommen, unklar. Ich wachte auf und wusste, dass sie da gewesen war, aber ich konnte mich nur an Schemen erinnern, an dieses Gefühl, dass meine Schwester ganz nahe war. Es war schön, auch wenn es beim Aufwachen jedes Mal ein bisschen so war, als würde ich sie wieder verlieren. Aber dann, als ich auf die Insel gekommen bin und diese ganzen verrückten Sachen angefangen haben. Sie wissen schon…« Die Frau auf dem Bildschirm nickte und schob mit dem Zeigefinger ihre Brille nach oben. »…da haben sich meine Träume verändert. Sie wurden bedrohlich. Ich bin manchmal schweißgebadet aufgewacht. Ich hatte das Gefühl, sie belauert mich, bedrängt mich, will irgendetwas von mir, das ich ihr nicht geben kann.« Anna erinnerte sich an damals, an jenen ersten Traum von ihrer Schwester Anouk, als sie um das dunkle Haus geschlichen war, in die Fenster gestarrt hatte, unbedingt zu ihr hineinwollte. Sie erinnerte sich an ihre Angst.

»Sie ist meine Schwester, und doch habe ich mich damals vor ihr gefürchtet.«

Ein kratzendes Geräusch war zu hören, als die Frau sich Notizen machte.

»Und wie ist es jetzt, momentan? Du hast vorhin angedeutet, dass sich die Träume wieder verändert haben?«

Anna nickte. »Ja. Seit Roos tot ist, träume ich von ihr. Von Roos, meine ich. Sie ist ständig da, läuft hinter mir her, sitzt neben mir im Auto, wartet vor der Dusche, steht nachts neben meinem Bett.«

»Hast du Angst vor ihr?«

Anna schüttelte den Kopf. »Nein, es ist Roos. Sie ist genau wie immer, niemand könnte vor ihr Angst haben. Aber ich habe das Gefühl, dass sie unruhig ist. Sie will mir etwas sagen, und ich weiß nicht, was. Oft kann ich mich beim Aufwachen nicht genau erinnern, nur dieses Gefühl bleibt. Dieses Gefühl, dass etwas nicht stimmt.«

Wieder das Kratzen auf dem Papier. Anna wartete geduldig und beobachtete den verlaufenen Lidschatten ihrer Therapeutin, der durch den Computerbildschirm in einem seltsamen Neongrün leuchtete.

»Hast du eine Idee, womit das zusammenhängt?«

»Na ja, offensichtlich mit Sem. Er ist ihr Enkel, er hat angedeutet, dass er oder seine Mutter etwas mit Anouks Tod zu tun hatten. Bevor Roos gestorben ist, ist sie nie wieder richtig aufgewacht, wir konnten uns nicht verabschieden, sie konnte mir nicht mehr sagen, was sie mir hatte sagen wollen. Ich ... glaube nicht, dass sie etwas Konkretes über Anouks Tod wusste. Aber sie hat sich hin und her gewälzt und meinen Namen gesagt. Irgendwas beschäftigte sie bis in den Tod hinein.«

»Und Anouk?«, fragte Frau Hartstein jetzt und sah zu ihr auf, sodass das Grün auf ihren Lidern nicht mehr zu sehen war. »Ist sie nicht mehr da, in deinen Träumen?«

Anna runzelte die Stirn, es war schwer zu erklären. »Sie ist da, und sie ist doch nicht da. Sie ist im Hintergrund, verstehen Sie, was ich meine?«

»Nicht genau, nein.«

»Ich fühle sie, ich weiß, dass ich von ihr träume, aber sie agiert nicht im Traum. Sie redet nicht, sie ist einfach da ... ihre Präsenz ist spürbar. Wie ein Schatten. Sie wartet.«

»Und hast du immer noch Angst vor ihr?«

»Nein!«, sagte Anna bestimmt. »Ich glaube, ich hatte nie wirklich Angst vor ihr, ich habe nur nicht gewusst, wie ich das Ganze interpretieren soll.«

»Du hast also das Gefühl, dass deine Schwester auf etwas wartet und dass Roos dir etwas sagen will?«, fragte ihre Therapeutin und hielt ihr Gesicht jetzt so nahe an den Bildschirm, dass Anna einen Leberfleck auf dem rechten Nasenflügel sehen konnte.

»Ja, genau. So kommt es mir manchmal vor. Aber dann wieder ... ach, ich weiß auch nicht. Es ist alles so verwirrend.«

Frau Hartstein nickte und lehnte sich in ihrem Stuhl nach hinten, sodass nun ihre Hände riesig wirkten, die auf der Tastatur ruhten. »Es ist gut, dass du mich angerufen hast, Anna. Du hast wunderbare Fortschritte erzielt, seit wir uns das letzte Mal gesehen haben, aber das war viel, was du in letzter Zeit durchgemacht hast. Sehr viel. Die existenziellen Ängste wegen des Ladens. Roos' unerwarteter Tod. Sems Angriff. Und obendrauf das alte Trauma, die Geschichte mit deinem Freund, das Bein. So was schafft man nicht alleine.«

Anna nickte traurig. Wenn man es so zusammenfasste, war es ein Wunder, dass sie noch nicht in einer Gummizelle saß.

»Ja, die Sache mit dem Laden belastet mich doch mehr, als ich gedacht hätte«, gab sie zu. Die Wahrheit war, dass es ihr seit Wochen schlaflose Nächte bereitete. Nun wusste sie zwar, dass niemand kommen und sie rausschmeißen würde, was eine große Erleichterung war. Aber schriftlich hatte sie das nicht. Und seit Roos' Tod blieben die Kunden aus. Es war, als mieden die Leute den Laden noch mehr als nach ihrer Ankunft auf der Insel. Damals, nach der Eröffnung, hatte sie es wahnsinnig schwer gehabt und bereits nach wenigen Wochen darüber nachgedacht, wieder zu schließen, weil die Insulaner sie offensichtlich boykottierten. Viele hier waren durch die zunehmende Übernahme der Insel durch große Konzerne und Ladenketten gegenüber Fremden, die ein Geschäft auf der Insel eröffnen wollten, generell feindlich eingestellt. Mit Roos' Unterstützung aber, die in Den Burg früher selbst viele Jahre ein Café hatte und für ihren hausgemachten Kuchen noch immer berühmt war, hatte sie die Herzen und Mägen schließlich für sich gewinnen können. Eine Weile hatte das Geschäft so gebrummt, dass sie schon heimlich von einem zweiten Laden träumte. In Den Burg standen einige wunderschöne alte Stadthäuser zum Verkauf, und sie hatte sich bereits in eines verliebt. Wann immer sie vorbeiging, presste sie die Nase gegen die Scheibe, bewunderte die hohen Stuckdecken, die alten Dielen und den gemauerten Kamin. Und nun... Natürlich wurden im Winter immer wenig Blumen gekauft, die Auswahl war generell nicht so bunt und vielfältig. Aber jetzt fielen ihre Verkaufsschlager, die Torten und Kuchen, komplett weg. Niemand konnte so backen wie Roos, ihre Kuchen waren auf der Insel legendär gewesen. Die Menschen standen Schlange für ihre Mohn-Nougat-Cointreau-Doppeldecker-Torte oder den Himbeerbaiser-Bienenstich mit Eierlikörüberzug. Für Anna kam es nicht infrage irgendwelches Ersatzgebäck im Laden anzubieten und zu hoffen, dass die Kunden sich damit zufriedengeben würden. Das wäre ihr einfach falsch erschienen. Roos konnte man nicht ersetzen.

Aber auch mit Original-Van-der-Meer-Gebäck wäre es den Winter über schwierig geworden, denn der Laden hatte schlicht und einfach nicht genügend Sitzgelegenheiten. Im Sommer hatten sie Stühle im Innenhof aufgestellt, und sie hatte eigentlich geplant, im Hof eine Feuerstelle aufzumachen und den Kuchen dort zu servieren, wie auf dem Weihnachtsmarkt. Diese Pläne würde sie nun nicht verwirklichen können.

»Ich schlage vor, wir skypen einmal wöchentlich? Erst mal … fünf Sitzungen?« Frau Hartstein sah fragend zu ihr auf. »Was hältst du davon? Und dann sehen wir, wie sich die Dinge entwickeln.«

»Ja, gerne.« Anna schrieb die Termine in ihren Kalender, und auch die Therapeutin machte sich eine Notiz, sodass es kurz still war in der kleinen Küche.

»Gut, dann sprechen wir uns nächsten Mittwoch? Ich mache mir inzwischen Gedanken und stelle ein paar Achtsamkeitsübungen für dich zusammen, die dich ein bisschen beruhigen werden und dir wieder Fokus geben, alles klar?« Frau Hartstein lächelte aufmunternd. »Wir müssen uns auf das Positive in deinem Leben konzentrieren.«

»Ja, das klingt nach einer guten Idee.«

»Gut, dann hören wir uns nächste Woche. Grüß Harry von mir, ich vermisse den Kleinen!«

»Oh, er ist hier! Moment!«

Anna hob Harry aus seinem Körbchen und ließ ihn kurz den Bildschirm beschnüffeln. Frau Hartstein gurrte begeistert, dann winkte sie zum Abschied, und sie legten auf. Anna klickte das schwarze Fenster weg. Schließlich klappte sie mit einem Seufzer den Laptop zu. Sie fühlte sich leer und erschöpft. »Sollte man nach einer Therapiesitzung nicht eigentlich besser drauf sein?«, fragte sie Harry, der noch auf ihrem Schoß saß und nicht zu verstehen schien, wo die nette Frau plötzlich abgeblieben war, die ihm früher immer Hundekekse gegeben hatte, wenn sein Frauchen bei ihr auf dem Sofa lag und sich stundenlang in Taschentücher schnäuzte. Er winselte leise den Computer an. »Sie kommt nächste Woche wieder, dann kannst du mit ihr reden!«, erklärte Anna ihm, und er leckte ihr als Antwort über den Hals.

11

Die Probleme mit dem Laden wurden immer drückender. Es kamen einfach keine Kunden mehr. Manchmal schien es Anna, als hüllte eine dunkle Wolke sie ein. Sie bekam kaum Luft, konnte sich über nichts richtig freuen, weil die Existenzangst alles überlagerte.

Nichts ließ sie unversucht. Eifrig dekorierte sie das Schaufenster immer wieder um, ließ sogar, gegen ihre Überzeugung, Blumen aus Afrika und Südamerika einfliegen, die um diese Jahreszeit eigentlich nicht in die Läden gehörten. Doch die Pracht vertrocknete in den Eimern, weil niemand sie kaufte. Wenn sie nicht mehr gut genug zum Verkauf waren, nahm sie sie mit nach Hause und verteilte sie auf dem Bruijnshof. Bald standen auf jedem Fenstersims und sogar auf der Treppe Blumen in Marmeladengläsern und Vasen, in mehr oder weniger vertrocknetem Zustand. Wenn sie abends den Laden zuschloss, brachte sie oft ein kleines Gesteck zu Leentje und Anton hinüber und manchmal drehte sie mit dem Rad eine kleine Runde am Pinienheim vorbei, der Altersresidenz, in der ihre Großmutter Ada ihre letzten Lebensjahre verbracht hatte, und brachte kleine Sträuße für die Bewohner, die sie ein bisschen aufheitern sollten. Und Roos brachte sie natürlich auch immer Blumen, so viel sie konnte. Das Grab sollte bunt sein, solange sie auf der Insel lebte, das hatte sie sich fest vorgenommen, egal zu welcher Jahreszeit. Eine ganze Woche lang band sie abends am Kaminfeuer in ihrer Küche herbstliche Kränze aus Tannenzweigen, verzierte sie mithilfe einer Heißklebepistole mit kleinen Figuren und getrockneten Blüten und versuchte sich mit einem Stand auf dem Wochenmarkt. Aber auch dabei kam nicht viel rum, das Wetter war schlecht, die Touristen blieben in ihren warmen Häusern, und die Insulaner beäugten unter ihren Kapuzen hervor Annas Ware und kauften dann doch Fertigkram bei der Konkurrenz. Zu allem Überfluss schaffte sie es, sich mit der Heißklebepistole, die Ole ihr ohnehin nur sehr ungern überlassen hatte, versehentlich einen Fliegenpilz aus Holz an den Daumen zu kleben, den sie nur unter viel Hautverlust wieder abbekam. Die rote Stelle erinnerte sie in den kommenden Wochen immer wieder an ihre Niederlage.

Es war, als würde ein Fluch über dem Laden liegen. Langsam gingen ihr die Ideen aus, und auch ihr Kontostand, der sich über den Sommer gut erholt hatte, schrumpfte bedenklich. Sie wusste nicht, wie es weitergehen sollte.

Das hieß, eigentlich wusste sie es schon.

Bereits ein paar Mal hatte sie das Rezeptbuch hervorgeholt, das Roos ihr hinterlassen hatte. Aber sie war Floristin, keine Bäckerin. Der Laden beanspruchte schon so viel ihrer Zeit, sie konnte nicht nach der Arbeit den ganzen Abend backen. Außerdem war es ihr immer falsch vorgekommen. Roos war nicht zu ersetzen und ihre Kuchen auch nicht.

Aber mittlerweile sah sie ein, dass sie umdenken musste. Eine ganze Weile schon reifte eine Idee in ihr. Anfangs war es nur ein flüchtiger Gedanke gewesen, ein » Wäre es nicht toll, wenn ... «. Aber dann begann die Idee, langsam Gestalt anzunehmen. Es begann, in Anna zu kribbeln, sie spürte bereits die kreative Energie, bekam Lust darauf, sich kopfüber hineinzustürzen und anzufangen, zu werkeln. Nur wusste sie nicht, ob es realistisch war, ob sie es verwirklichen konnte, ob sie sich nicht zu viel vornahm und ihr Scheitern nur noch beschleunigen würde.

Dass Neeson mit seinen Ermittlungen nicht voranzukommen schien, verhalf ihr auch nicht unbedingt zu mehr Sicherheit. Die Erleichterung, die sie empfunden hatte, als er mit dem Fall betraut wurde, wich langsam neuer Unsicherheit. Er hielt sie telefonisch auf dem Laufenden, kam auch ab und zu vorbei, um ihr seltsame Fragen zu stellen oder von Gesprächen zu berichten, die er mit Zeugen von damals geführt hatte. Aber nichts davon schien ihn auch nur ein kleines Stückchen näher an die Lösung der Rätsel zu bringen. Sem lehnte es ab, mit ihm zu sprechen, Theodor war in Australien, und die Femke war, wie er ihr erzählte, so eingeschüchtert, dass sie ihn zwar zum Tee ins Haus bat, wenn er bei ihr auftauchte, dann aber allen Fragen auswich und nur über unverfängliche Themen sprechen wollte.

Anna sah in seinen Augen, dass er auf der Stelle trat und nicht weiterwusste, und das belastete sie mehr, als sie zugeben wollte. Hätte sie doch nie Hoffnungen in ihn gesetzt! Das Nichtwissen machte ihr schlechte Laune, infizierte alle Bereiche ihres Lebens wie eine unsichtbare Krankheit. Anna war jede Sicherheit abhandengekommen. Ole war geduldig wie immer, er wusste, was sie durchmachte, und fing sie mit so viel Verständnis auf, dass sie manchmal meinte, einfach in Tränen ausbrechen zu müssen, weil sie jemanden wie ihn nicht verdient hatte. Aber trotz seiner scheinbar unendlichen Geduld merkte sie, dass auch an ihm das Ganze nicht unbemerkt vorüber ging. Er war nachdenklicher als sonst, in sich gekehrter, traf sich oft mit Kai und seinen Kumpels vom Schiff, blieb abends lange weg, erzählte ihr nicht immer, wo er hinging und was er machte. Sie wusste, dass er Ablenkung brauchte und die Zeit mit seinen Freunden genoss, weil er dort abschalten konnte. Aber immer öfter ertappte sie sich dabei, dass sie auf seinen Anruf wartete, sich fragte, was er gerade machte, und mit einer nagenden Unsicherheit im Bauch dasaß, die sie von ihrer Beziehung mit Simon nicht kannte. Damals war alles so sicher gewesen, so verlässlich. Aber Ole war anders. Die Frauen liefen ihm scharenweise hinterher, und obwohl sie keinerlei Anlass dazu hatte, machte sie das manchmal nervös. Ihre Beziehung war noch so neu und von Anfang an so belastet gewesen. Sie wusste, dass er tiefe Gefühle für sie hatte. Daran zweifelte sie keinen Moment. Aber ob diese Gefühle reichten, um all den Ballast auszugleichen, den sie mitbrachte? Vielleicht bin ich ihm einfach zu viel, dachte sie oft. Er wollte eigentlich keine ernste Beziehung mehr, und nun hat er mich, mit den ganzen Problemen, den Geheimnissen, den Bedrohungen. Sicher will er manchmal einfach sein altes unbeschwertes Leben zurück.

Sie plagte sich mit so vielen Zweifeln herum, dass sie nachts nicht mehr richtig schlief. Die Träume wurden schlimmer, immer häufiger schreckte sie auf und meinte, eine Präsenz im Zimmer zu spüren, die davonhuschte, sobald sie die Augen aufschlug, aber ein seltsames Gefühl hinterließ, ein Knistern in der Luft, einen kühlen Hauch, der die Haut an ihren Armen zum Prickeln brachte. Oft saß sie auf der Bettkante, lauschte Oles und Harrys ruhigem Atem und horchte in das stumme Haus hinein. Du drehst langsam durch, Frau Fischer, dachte sie dann, kuschelte sich an Oles warmen Rücken und versuchte, wieder einzuschlafen. Manchmal gelang es ihr, oft lag sie bis zum Morgengrauen wach und wartete.

Worauf, wusste sie selber nicht.

Nach einer besonders schlimmen Nacht ging sie eines Tages statt in den Laden an den Strand. Sie hatte Sehnsucht nach der tiefen, dunklen Stille des Meeres, die sie immer beruhigte. Die blaue Weite, das kannte sie schon, hatte die Macht, ihre Probleme zu schrumpfen, sie handlicher zu machen, überschaubar. Deshalb kam sie oft hierher, wenn ihr alles zu viel wurde.

Dort, im Windschatten des Leuchtturms, setzte sie sich in die Dünen und grübelte. Lange ließ sie den Wind über sich streifen, Sand durch ihre Finger rinnen, und ihre Augen blickten nachdenklich in die Ferne. Obwohl der Kaffee, den sie sich vor ihrem Spaziergang bei Tom im Paal in ihre Isolierflasche gefüllt hatte, kochend heiß war, schaffte er es gerade mal, ihre Lippen zu erwärmen.

Sie trank in kleinen Schlucken. Wie immer hatten die donnernden Wellen, das Gekreische der Möwen und das Lied des Windes eine hypnotisierende Wirkung auf sie, und obwohl ihr bald eiskalt war und sie dringend pinkeln musste, wollte sie nicht aufstehen, sondern noch ein bisschen länger im Bann der See verweilen. Harry hatte sich unter ihre Jacke gekuschelt, sodass zumindest ihre obere Magengegend gewärmt wurde, doch wenn sie sich nicht bald bewegte, würde man sie hier loskratzen müssen. Aber sie wollte nicht nach Hause gehen, ohne zu einem Entschluss gekommen zu sein. Sie wünschte sich wie so oft eine weise Frau oder eine Hellseherin an ihre Seite, die ihr die Zukunft vorhersagen konnte. Nicht viel, sie wollte ja nicht alles wissen. Nur ein bisschen in die richtige Richtung geschubst werden, das wäre schön. Dass sie nicht immer alles alleine entscheiden musste. Oft fand sie, dass das am Erwachsensein das Schwierigste war – die vielen Entscheidungen.

Plötzlich hatte sie einen Gedanken, der ihr in seiner Einfachheit geradezu wie eine Offenbarung vorkam. Sie musste nicht mehr alleine entscheiden! Sollte es vielleicht nicht einmal.

Entschlossen griff sie zum Handy.

»Ich brauche deinen Rat.«

»Natürlich brauchst du den«, sagte Ole großmütig, ohne zu wissen, worum es sich handelte. Sie konnte hören, dass er gerade etwas kaute.

Anna schüttelte lachend den Kopf.

»Also, wobei benötigt die Dame in Not meinen geschätzten Beistand? Und warum bibberst du so?«

»Ich bin am Meer, und es ist kalt. Ich brauche mehr Kunden.«

»Ich weiß. Aber Blumenläden sind leider nicht unbedingt mein Spezialgebiet ...«

»Ist mir klar. Aber ich muss darüber nachdenken, wie es weitergeht. Ich brauche den Kuchen zurück.«

»Du willst, dass ich für dich backe?«

»Um Gottes willen! Bist du wahnsinnig!«

Ole gab einen beleidigten Laut von sich. »Gut, ich gebe zu, vielleicht nicht die nächstliegende Idee. Dann willst du selber backen?«

»Ja. Na ja. Nicht Unbedingt. Ich habe da eine Idee«, sagte Anna vorsichtig. »Hast du Zeit für einen Kaffee, ich würde das gerne besprechen, ohne mit den Zähnen zu klappern.«

»Wenn es zu dem Kaffee was zu essen gibt, auf jeden Fall, ich bin am Verhungern.«

»Du isst doch gerade!«

»Ich snacke!«

Anna lächelte. »Also schön, dann in zwanzig Minuten an der Fischbude?«

»Bin unterwegs!«, erwiderte Ole. »Wenn ich mich

verspäte, bestell mir schon mal Pommes und Kibbeling. Und ein Fischbrötchen. Oder nein, besser zwei!«, fügte er hinzu und legte auf.

12

»Ein bisschen Licht wäre nicht schlecht. Damit ich sehe, wenn die Ratten sich an mich anschleichen.«

Ole lenkte den Strahl der Taschenlampe in ihre Richtung und leuchtete ihr direkt ins Gesicht.

»Ah! Willst du, dass ich erblinde?« Anna rieb sich die tränenden Augen. »Was ist das, ein Laserstrahler?«

»Das ist eine vollkommen normale, allerdings leicht aufgepimpte Taschenlampe, die ich vom Boot gestohlen habe.« Ole drückte stolz einen Knopf an der Lampe, und sie begann zu flimmern. »Mit Discofunktion.«

Anna blinzelte, dann nahm sie ihm energisch die Lampe ab und schaltete sie wieder um. »Gib her. Ich brauche mein Augenlicht noch.«

Im Schein des weißen Strahles sahen sie sich um. Sie standen in der kleinen, verfallenen Wohnung über dem Laden, die Anna in eine Backstube umfunktionieren wollte. So zumindest lautete der Plan.

Was sie jetzt sah, ließ in ihr allerdings starke Zweifel an dem Vorhaben aufkommen. Die Wohnung war älter und schäbiger, als sie sie in Erinnerung hatte. Die schiefe Kommode, mit der irgendwann jemand die Tür von innen verbarrikadiert hatte (jemand, dachte sie jetzt, das war nicht *jemand*, das war Sem!), hatte Ole unter viel Geächze an die Wand geschoben. Hinter dem kaputten Schrank im Wohnzimmer schaute die winzige grüne Tür hervor, die ins Nachbarhaus hinüberführte. Jemand hatte den Schrank davorgeschoben, aber Anna und Ole hatten sie schon bei ihrem ersten Rundgang damals entdeckt. Sie mochte diese Tür nicht, die wie für Zwerge gemacht schien und manchmal in ihren Albträumen vorkam. Sicher war damals Sem wirklich hier oben gewesen, hatte sie belauscht und beobachtet. Und sicher war er dort hineingekommen. Sie schauderte. Im Nachbarhaus hatten sie nachgefragt, angeblich war nie jemand auf dem Dachboden gewesen, in den die Tür führte. Keiner hatte einen Schlüssel. Aber Anna wusste, dass das nicht stimmen konnte.

Ole hatte schon vor Wochen einen Riegel an der Tür angebracht. Niemand konnte hindurchkommen.

Trotzdem machte ihr die Tür Angst.

Ein Schauer fuhr ihr über den Rücken. »Irgendwie fühle ich mich hier immer, als wäre ich an einem Ort, an dem ich nicht sein sollte.« Langsam ging sie im Raum umher und sah sich um. Etwas an der Wand links neben dem Fenster zog ihre Aufmerksamkeit auf sich. Sie trat näher. In das alte Holz war ein kleiner Buchstabe geritzt worden. Ein A, drum herum ein Herz.

Sie stockte.

Das hat nichts mit mir zu tun, dachte sie, als sie merkte, wie die feinen Härchen in ihrem Nacken sich aufstellten. Ein Zufall, nichts weiter.

Dennoch wurde ihr mit einem Mal ganz kalt. Sie

dachte an die Geräusche, die sie letztes Jahr manchmal von hier oben gehört hatte. An den seltsamen Abend, als sie noch lange im Laden gearbeitet und Harry plötzlich verrücktgespielt hatte, sich wie ein Wahnsinniger aufführte, die Treppe hinaufrannte und etwas hinter der Tür anknurrte.

Aber der Buchstabe war verblasst, das Holz alt und angelaufen. Sie streckte die Hand aus und fuhr einmal sanft mit der Fingerspitze über das A. Dann drehte sie sich entschlossen um.

Sie würde nichts sagen. Es hatte nichts zu bedeuten.

»Das riecht hier so seltsam!«, bemerkte sie stattdessen und bemühte sich, ihre Stimme unbekümmert klingen zu lassen.

Ole ging zu einem der Fenster und schob den Riegel nach unten. Er rüttelte ein wenig daran, und schließlich gab es knirschend nach. »Das ist die abgestandene Luft, und dazu kommen wahrscheinlich auch Dünste aus dem Teppich. Der lebt ja schon fast. Den müssen wir auf jeden Fall rausreißen, damit du das nicht einatmest.«

Anna nickte. »Und sonst? Was, denkst du, muss gemacht werden? Ich brauche es hier nicht schön, es muss nur irgendwie funktional sein.«

Ole stand geduckt da und sah sich prüfend um. »Der Rest sieht eigentlich gut aus. Wenn wir nicht entdecken, dass unter dem Teppich der Boden fault, muss gar nicht viel verändert werden. Ein, zwei große Tische rein, einen Herd hier in die Ecke, die Tapeten würde ich runterkratzen. Vielleicht können wir diese Wand rausnehmen, die scheint mir nachträglich eingebaut.« Er klopfte prüfend gegen das Blumenmuster, und ein hohles Geräusch erklang. »Jup. Holz. Das ist gut, dann machen wir einen einzigen, großen Raum draus, was meinst du? So wird es heller und praktischer für dich, und du musst nicht hin und her rennen.«

Anna fand diesen Vorschlag gut. »Super. Wenn wir entdecken, dass der Boden fault, ist sowieso alles vorbei, dann kann ich den Laden gleich schließen, weil mir bald die Decke auf den Kopf bröckelt.«

Ole nickte. »Wäre nicht so ideal. Glaube ich aber nicht. Alles andere ist ein Kinderspiel. Wenn es nicht aussehen muss wie aus dem Katalog, habe ich das in zwei Wochen geschafft. Drei Maximum.«

Anna schlang die Arme um seinen Hals, wozu sie sich auf die Zehenspitzen stellen musste. »Du bist einfach so praktisch.« Sie gab ihm einen Kuss. Ole roch nach Salz, Farbe und ein klein wenig nach Holzfeuer, und einen Moment drückte sie ihre Nase genießerisch in sein kratziges altes Flanellhemd. »Mein hauseigener Handwerker. So was sollte jeder haben.«

Er sah streng auf sie herab. »Moment mal. Wer sagt, dass ich umsonst arbeite?«

Sie blinzelte überrascht. »Was? Du willst aus deiner Freundin Geld herauspressen? Wo ich doch komplett arm und pleite bin und vollkommen auf dich angewiesen!«

Ole lachte schallend. »Na, dann will ich mal nicht so sein. Du kannst das in Naturalien abstottern.«

»Naturalien?« Anna zog eine Augenbraue hoch.

»Genau!«

»Du meinst wohl Futtermittel für dich?«

»Nicht genau das, was ich gemeint hatte, aber auch akzeptabel. Doch ich dachte eher an so was hier…« Er hob Anna hoch, setzte sie vor sich auf die Tischplatte und küsste sie. Seine Lippen waren rau und zart zugleich, und sie schlang die Beine um seine Hüfte und zog ihn noch näher an sich heran, während ihre Hände unter sein Hemd fuhren. Als sie sich nach einer Weile etwas außer Atem wieder voneinander lösten, sagte Ole: »Ich hab eine viel bessere Idee! Vergiss den Kuchen, wir bauen uns hier ein kleines Liebesnest!«

Anna gluckste. »Wir haben meinen Bauernhof und dein Haus ganz für uns allein. Plus deinen Jeep, den Campingbus und zur Not auch meinen Ford. Man sollte meinen, das reicht für diese Zwecke!«

Er schmunzelte und küsste sie auf den Hals. »Ja, aber hier hat es so was Verbotenes! Ich könnte hier auf dich warten, und wenn du gerade keine Kunden hast…«, brummte er und wanderte mit der Zunge langsam zu ihrem Ohr hinauf.

»Okay, ich verstehe schon, in welche Richtung du denkst«, sagte sie lachend und schob ihn sanft von sich weg, weil sein Bart sie kitzelte. »Das wäre wirklich eine gute Idee, um auch noch das letzte bisschen meines Rufes auf der Insel zu ruinieren!«

Er legte bedauernd den Kopf schief. »Man wird ja noch träumen dürfen«, sagte er, und Anna lehnte sich an ihn und verschränkte die Hände in seinem Nacken. »Bevor wir hier groß planen, muss ich sowieso erst mit ihr sprechen«, murmelte sie in sein Hemd hinein.

»Unsere Freundin Femke? Willst du es nicht lieber heimlich machen? Wer soll das schon merken?« Ole zwirbelte ihr Haar, zog ihren Kopf zurück, und sein Mund fuhr wieder ihren Hals hinab. Sie versuchte sich aus seinem Griff zu befreien, aber er hielt sie fest.

»Hör auf, das kitzelt so!«, protestierte sie lachend. »Habe ich auch erst gedacht, aber das ist mir zu riskant. Wenn sie Nein sagt, können wir immer noch überlegen. Eigentlich gehört das Haus sowieso Sem, glaube ich. Zumindest hat er das damals gesagt. Ihn frage ich bestimmt nicht, aber vielleicht kann sie ja was bewirken.«

Ole löste sich von ihrem Hals und nickte jetzt grimmig. »Auf jeden Fall schuldet die Alte dir was. Und zwar ordentlich. Wenn sie auch nur einen Funken Anstand im Leibe hat, geht sie auf deine Bitte ein.«

»Das ist es ja gerade, was so schwer einzuschätzen ist. Bevor das alles passiert ist, hätte ich auf jeden Fall gewettet, dass sie ein anständiger Mensch ist«, sagte Anna nachdenklich, während jetzt sie mit der Hand unter Oles Hemd und seinen Rücken hinauffuhr, was ihm ein genießerisches Grunzen entlockte. »Nervig, klar, aber doch keine skrupellose Verbrecherin. Sie hat sich immer gut um meine Großmutter gekümmert, wir haben ihr da wirklich vertraut. Und jetzt weiß ich einfach nicht mehr, wie ich sie einschätzen soll. Aber bei der Verlesung des Testaments kam sie mir wie ein Häuflein Elend vor, dir nicht auch?«

»Ja, sie wirkte nicht wie eine Verbrecherin. Trotzdem, ich traue ihr nicht über den Weg. Du planst doch hoffentlich nicht, persönlich mit ihr zu sprechen, oder? Das geht auf keinen Fall.«

»Nein, ich werde sie anrufen. Ich will dieses Haus nie wieder betreten!«

13

So schnell, wie Anna gehofft hatte, ließen sich ihre Pläne dann aber leider doch nicht umsetzen. Es scheiterte anfangs schon daran, dass sie die Femke nicht erreichte. Zwar hatte sie einen Anrufbeantworter, aber Anna scheute sich davor, auf das Band zu sprechen. Sie stellte sich dann jedes Mal vor, wie ihre Stimme durch das Haus hallen würde, und legte schaudernd auf. Persönlich bei ihr vorbeizugehen, traute sie sich aber auch nicht. Da es ihr jedes Mal Magenschmerzen bereitete, Femkes Nummer zu wählen, und sie dann verkrampft und voller Furcht vor einer Konfrontation dem Tuten lauschte, versuchte sie es immer seltener. Eigentlich wusste sie selbst nicht, wovor sie Angst hatte. Sem war nicht da, er würde nicht abnehmen. Der versprochene unbefristete Mietvertrag war ihr nur wenige Tage nach der Testamentsverlesung von der Maklerin überbracht worden, die Femke hatte sich entgegenkommend und freundlich gezeigt. Aber Anna traute der Sache nicht. Das letzte Mal, als sie im Haus der Femke war, wäre sie beinahe gestorben. Sie hatte das nicht vergessen, und auch wenn es ihr Sohn und nicht die Femke selbst gewesen war, der ihr das angetan hatte, so hatte diese doch bis zuletzt zu ihm gehalten, hatte sich geweigert, gegen ihn auszusagen, und ihn immer in Schutz genommen. Nein, man sollte ihr nicht zu sehr vertrauen, da war Anna sich sicher.

Da Ole aber durch die Lungenwurmepidemie, die leider auf der Insel ausgebrochen war, jede freie Minute bei den Seehunden verbrachte, hätte er momentan ohnehin keine Zeit gehabt, sich ihrem Umbauprojekt zu widmen. Von früh bis spät war er in den Dünen und im Wattenmeer unterwegs und versorgte erkrankte Tiere. So selten hatten sie sich die ganzen letzten Monate nicht gesehen. Meist kam er nachts todmüde nach Hause, schlang herunter, was sie ihm auf den Küchentisch gestellt hatte, und war schon eingeschlafen, ehe Anna sich schlaftrunken zu ihm umdrehen und ihm einen Kuss geben konnte. Sie versuchte, ihm so gut es ging zu helfen, wusch seine Wäsche, brachte ihm Lunchpakete vorbei, kaufte ein und sagte kein einziges Wort, auch wenn sie während der besonders schlimmen Zeit manchmal das Gefühl hatte, wieder Single zu sein. Endlich konnte sie ihm etwas von seiner Fürsorge zurückgeben, und auch wenn sie ihn sehr vermisste, wusste sie, dass es nur eine Phase sein würde, und wartete geduldig darauf, ihn irgendwann nicht mehr mit den Seehunden teilen müssen.

Sie beschlossen gemeinsam, ihre Pläne für den Laden erst mal auf das neue Jahr zu verschieben.

Die Weihnachtszeit kam, und auch die kleine Insel

in der Nordsee war in Lichterglanz und Festtagsstim-
mung gehüllt. Anna dekorierte den Laden mit Stech-
palmenzweigen und Misteln und hängte so viele rote
Kugeln und Lichterketten ins Schaufenster, dass die
Menschen staunend vor dem Laden stehen blieben und
Fotos machten. Als saisonale Besonderheit bot sie einen
Glühpunsch mit Kirschen, Lebkuchengewürz und Eierlikör an, nach dem der ganze Laden duftete und den
man nun statt des Cappuccino trinken konnte. Aber im
Winter kamen nicht viele Gäste. Der Laden war einfach
zu klein, und sie hatte kaum Sitzmöglichkeiten. Nach
ein wenig hin und her Überlegen, kaufte sie einen großen Feuerkorb und stellte ihn in den Hinterhof, ließ
sich von Oles Kumpel Kai ein paar Holzklötze zurecht-
hacken und drapierte Schaffelle darüber. Dann hängte
sie ein Schild vor die Tür. *Weihnachtspunsch am Win-
terfeuer – Aufwärmen im Hinterhof.* Das würde zumindest ein paar Touristen anlocken. Zum Glück war der
Winter auf der Insel nie sehr kalt. Außerdem kaufte sie
ein Waffeleisen und kochte Kirschkompott. So konnte
sie etwas zu essen anbieten, wenn es auch die Van-der-
Meer-Kuchen nicht ersetzen würde. Es half ein wenig,
gleich am ersten Tag, saß eine Familie bei ihr am Feuer,
die Kinder aßen Waffeln und versuchten, Harrys Fell
mit Lametta zu dekorieren, die Eltern tranken Punsch
und wollte gar nicht gehen, als es Zeit war, den Laden
zu schließen. Im Laufe der Zeit kamen auch viele ihrer
Bekannten und Freunde vorbei, um das Feuer zu be-
staunen und sich kurz aufzuwärmen, einen Punsch mit
ihr zu trinken und eine Waffel zu essen. Aber der stete

Kundenstrom, der den Sommer über den Laden und vor allem den Hinterhof bevölkerte hatte, blieb aus. Immerhin hatte sie neuen Mut gefasst. Ihre Pläne für den Ausbau reiften. Im neuen Jahr würde sie die Femke noch einmal anrufen, und dann konnte es hoffentlich direkt losgehen.

Zu Heiligabend fuhr Anna nach Hamburg. Zwar fühlte sie sich nicht besonders festlich – irgendwas war komisch an diesem Weihnachten, vielleicht weil es ihr erstes auf der Insel war, vielleicht weil diese besinnliche Zeit ohne Roos eigentlich gar nicht mehr denkbar war. Aber sie konnte sich auch nicht vorstellen, ihre Eltern nicht zu sehen und ihren traditionellen Bummel über den historischen Weihnachtsmarkt am Hamburger Rathausplatz ausfallen zu lassen. Ole war traurig, dass sie fuhr, aber wie immer unterstützte er sie und erzeugte keinerlei Druck. Zumal sie versprach, ihm Lebkuchen und Zuckernüsse mitzubringen. Die Einladung, Weihnachten bei den Nordins zu feiern, hatte sie schweren Herzens ausgeschlagen. Sie mochte Oles Eltern sehr gerne – seine laute und schöne Mutter, seinen ruhigen, gutmütigen Vater – die ihr beide das Gefühl gaben, eine wundervolle Bereicherung für die Familie zu sein. Aber Weihnachten ohne ihre Eltern kam nicht in Frage, auch wenn sie gerne mit den Nordins nach alter schwedischer Tradition um den Christbaum getanzt wäre. Sie hatten ihr erzählt, dass Ole dabei als Kind so regelmäßig den Baum umstieß, dass seine Mutter irgendwann schweren Herzens auf Plastikkugeln und Elektrokerzen umgestiegen war.

Zuhause in Hamburg backte sie Plätzchen mit ihrer Mutter, die diesen denkbar ungelegensten Anlass nutzte, das Thema Enkelkinder zur Sprache zu bringen. Zum Glück hatten sie gerade eine Flasche Prosecco geköpft, und Anna leerte seufzend ihr Glas in einem Zug.

»Schön, ich werde Harry sagen, dass er dir nicht mehr reicht«, drohte sie dann scherzhaft mit erhobenem Schneebesen.

»Oh nein, bitte nicht. Harry kann doch so nachtragend sein«, flehte ihre Mutter kichernd.

»Da sagst du was. Letztens hat er eine geschlagene Stunde nicht mit mir geredet, weil ich es gewagt habe, den Hund einer Kundin zu streicheln. Gut, es war auch ein Dackel. Da ist er besonders empfindlich«, lachte Anna, und dann vergaßen sie das Thema wieder. Manchmal konnte sogar ihre Mutter sensibel genug sein um zu verstehen, wenn sie nicht über etwas reden wollte.

Sie ging Kaffeetrinken mit ein paar alten Freundinnen, deren Gegenwart sie aber so sehr an Karin und ihr altes Leben erinnerte, dass sie froh war, als sie wieder in die S-Bahn stiegen, und bummelte mit ihrem Vater und dessen Freundin Regina durch die Stadt. Dabei ließ sie sich von Horst ein sündhaft teures Halsband für Harry aufschwatzen, dass er ihr unbedingt kaufen wollte, als sie es in einem Schaufenster erspähten. »Mit GPS. Das ist doch sagenhaft, da kann er nie wieder verloren gehen!«

»Ich weiß nicht, wird er da nicht verstrahlt oder so was?«, gab Anna zu bedenken.

»Ach was!« Ihr Vater winkte ab. »GPS hast du doch heute in jeder zweiten Jacke eingenäht.«

»Das will ich aber nicht hoffen.«

»Ist doch praktisch, vielleicht kannst du ihn dann über Google Maps orten!«

Sie las drei Bücher, guckte alle Weihnachtsfilme, die es bei Netflix gab, und aß so viel Stollen, dass sie irgendwann ihre Yogahose dauerhaft anbehielt. Heiligabend verbrachte sie mit ihrer Mutter und den ersten Feiertag mit ihrem Vater und Regina. Silvester schließlich feierten sie alle zusammen, bei Käsefondue und Brettspielen – Anna hatte sich das zu Weihnachten gewünscht, und ihre Eltern hatten seltsamerweise zugestimmt –, und trotz ein paar spitzer Bemerkungen ihrer Mutter, die daraufhin ein paar Ellbogenstöße von Anna einstecken musste, wurde es ein fröhlicher und behaglicher Abend. Aber obwohl sie eigentlich länger hatte bleiben wollen, sehnte sie sich an Neujahr so sehr nach dem Meer und ihrem Laden, nach Ole, dem Hof und ihrem gewohnten Alltag, dass sie Harry in den Ford packte und losknatterte, zurück in Richtung Norden.

Als sie auf der Insel ankam, empfing sie nicht nur ein leicht depressiver Ole, der sie offensichtlich sehr vermisst hatte, sondern auch eine seltsam bedrückende Neujahrsstimmung. Es war ruhig in dem kleinen Städtchen, als würden die Häuser und ihre Bewohner Winterschlaf halten. Morgens war die Welt zu Eis erstarrt, und tagsüber schmolz es, und ein unaufhörliches Tropfen erfüllte die Welt, das Anna manchmal bis in ihre Träume verfolgte.

Als um den vierten Januar herum Tauwetter und beständiger Nieselregen einsetzten, war es tagelang nur grau vor den Fenstern. Die Sonne kam gar nicht mehr zum Vorschein, und sogar das Meer verlor seine blaue Färbung und wurde zu einer wütenden dunklen Masse, die von den Neujahrsstürmen aufgepeitscht wurde. Anna fühlte sich wie in einer nassen Blase gefangen. Auf dem Hof war es schrecklich zugig, sie hatte immer eine rote, laufende Nase und trank so viel Tee, dass sie ständig aufs Klo rennen musste. Irgendwie war alles erstarrt in der grauen Januartristesse. Eine seltsame Spannung schien in der Luft zu liegen, als würde die Insel auf etwas warten, das nicht geschah.

Sie und Ole hatten es sich angewöhnt, mindestens einmal in der Woche vor dem Abendessen zum Spazierengehen nach Oosterend zu fahren, Annas Lieblingsdorf. Der kleine Ort im Inneren der Insel war wie aus der Zeit gefallen. Winzige, uralte Häuser schmiegten sich aneinander, und kleine Kopfsteinpflastergassen vermittelten den Eindruck, man wäre in ein Märchen gestolpert. Hier konnte man besser als in jedem anderen Ort in die großen Fenster schauen, die, wie in Holland üblich, keine Vorhänge hatten. Besonders am frühen Abend war jedes Haus hell erleuchtet, und wenn man sich unauffällig verhielt und langsam vorüberschlenderte, bekam man Einblicke in fremde Leben, die einem sonst verborgen blieben. Ole nannte Annas Neugier auf fremde Häuser und Wohnungen gerne ihr

»Spanner-Gen«, das sie seiner Meinung nach von Gloria geerbt hatte, die ihre Nase überall reinsteckte, wo sie nicht hingehörte, und auch Ole des Öfteren schamlos über seine Ex-Freundinnen ausfragte. Anna nannte es »Interesse an meinen Mitmenschen«. Sie hatte schon immer gerne gesehen, wie Menschen wohnten. Wie sie eingerichtet waren, wie sie ihre Zeit daheim verbrachten. Wenn sie zufällig jemanden dabei sah, wie er sich eine Tasse Tee machte, gerade Nudeln abgoss oder im Schlafanzug durch das Haus wanderte, dann gab ihr das ein wohliges Gefühl der Verbundenheit.

In Oosterend hatte sie ein paar Lieblingshäuser, die sie regelmäßig besuchte. Das winzige Backsteinhaus links neben der Kirche zum Beispiel, das aussah wie ein englisches Cottage, das jemand zu heiß gewaschen hatte. Jeden Abend loderte dort ein Feuer im Kamin. Oft saß das Paar, das dort wohnte, zusammen und trank eine goldene Flüssigkeit aus kleinen Gläsern, in denen sich der Schein der Flammen spiegelte. Manchmal strickte sie, manchmal las er die Zeitung, aber oft saßen sie einfach beisammen und redeten oder schwiegen und sahen ins Feuer. So will ich sein, wenn ich einmal alt bin, dachte sie dann. So wollen wir sein.

Am Ende des Ortes bot das reetgedeckte Haus einer Familie stets ein leicht chaotisches Bild. Die Einrichtung war bunt zusammengewürfelt, überall hingen selbst gemalte Bilder, Spielzeug lag herum, und in einem Aquarium blubberten bunte Fische vor sich hin. Anna mochte das friedliche Chaos. Das Ikea-Haus, nannte sie es, denn es strahlte jene Wohlfühlatmosphäre aus, die man auch immer bekam, wenn man die kleinen Wohnecken in dem Möbelgeschäft betrachtete und sich vorstellte, darin zu leben. Außerdem war ein Großteil der Einrichtung eindeutig schwedischen Ursprungs.

An einer dunklen Ecke in der Nähe der Kirche stand ein ganz besonderes kleines Haus. Es ragte so weit vor, dass die Straße einen Bogen darum machen musste. Die Fenster waren meist düster, nur der schwache Schein des Fernsehers flimmerte auf den Asphalt hinaus. Die alte Frau, die dort lebte, war immer allein. Sie saß in ihrem Sessel, auf dessen Rückenlehne ein Spitzendeckchen drapiert war, und nur ihre weißen Locken ragten über den Rand hinweg. Nichts in dem Zimmer schien jemals bewegt oder benutzt zu werden, alles stand stets an dem Platz, an dem es auch in der Woche vorher gestanden hatte. Das Zimmer wirkte unbewohnt und einsam.

Anna musste jedes Mal dem Drang widerstehen, an die Scheibe zu klopfen und der Frau zuzuwinken. »Ich sehe dich«, wollte sie sagen, »ich weiß, dass du einsam bist.« Aber natürlich tat sie es nie. Sie stand immer eine Weile hinter dem Sessel, dessen Lehne dem Fenster zugewandt war, und blickte auf die weißen Locken. Wenn sie weiterging, warf sie einen Blick zurück und sah das Profil der alten Dame, die wie hypnotisiert auf den Bildschirm starrte und ihn gleichzeitig nicht zu sehen schien. Das Haus hinterließ immer ein Gefühl der Leere in Anna. Danach gingen sie meistens bei der chaotischen Ikea-Familie vorbei, damit sie sich ein wenig wärmer fühlte, ein wenig lebendiger. Sie wusste nur zu gut, dass Stille manchmal sehr laut werden konnte.

14

Anna hatte Kommissar Neeson schon lange nicht mehr gesprochen und war dementsprechend auch nicht über etwaige neue Erkenntnisse zu den Ermittlungen informiert. Oft schon hatte sie sich vorgenommen, ihn anzurufen und nachzufragen, dann aber immer wieder gedacht, dass er sich sicher melden würde, wenn es Neuigkeiten gab.

Und schließlich stand er kurz nach ihrer Rückkehr plötzlich bei ihr im Laden.

»Schweinekalt ist das!«, sagte er zur Begrüßung über das Bimmeln der Ladenglocke hinweg und rieb sich die roten Hände. »Frohes Neues!«

Anna lächelte. »Ebenso! Möchtest du einen Punsch zum Aufwärmen? Leg doch ab und setz dich. Ich hab noch ziemlich viel übrig, und jetzt will das Zeug ja niemand mehr.«

Er hockte sich hin, um Harry zu begrüßen, der ihn misstrauisch beschnupperte, dann aber für ungefährlich zu befinden schien und zärtlich seinen Daumen annagte. »Warum nicht. Wenn du einen mittrinkst«, nickte er. Im hinteren Teil des Ladens bollerte der kleine Ofen tapfer vor sich hin. Neeson trat ans Feuer und hielt seine Hände gegen die Glasscheibe, hinter der die Flammen tanzten. »Ah, endlich taue ich wieder auf!«

Anna nahm einen Krug ihres Glühzauber-Punsches aus dem Kühlschrank und roch prüfend daran. Aber er enthielt so viel Zucker, dass er nicht verderben würde und sie ihn wahrscheinlich nächstes Weihnachten noch anbieten könnte. »Magst du auch eine Waffel?«, fragte sie.

Er lehnte dankend ab, und Anna erhitzte den Punsch, während er sich umsah.

»Läuft der Laden?«

»Na ja, es könnte schlechter sein.«

Er drehte sich mit fragendem Gesicht zu ihr um.

»Könnte auch besser sein«, gab sie zu. »Winter ist nicht so die Zeit fürs Blumengeschäft.«

Er nickte verständnisvoll. Als sie ihm den Punsch reichte, von dem heiße Duftschwaden aufstiegen, lächelte er dankbar. Anna fiel wieder auf, wie müde er aussah. Müde und traurig. Sie dachte, dass es für ihn bestimmt nicht leicht war – alleine auf der Insel, auf der Jagd nach den Geistern der Vergangenheit, die alles taten, um vor ihm davonzulaufen. Mit einem Anflug von Mitgefühl fragte sie sich, wie er wohl Weihnachten verbracht hatte, und dachte mit plötzlicher Dankbarkeit an die zwei behaglichen Feste im Kreise ihrer zerrütteten, aber liebevollen Familie. Dann fiel ihr ein, dass er ja von der Insel stammte. Ob er hier noch Verwandte hatte? Sie hätte ihn gerne danach gefragt, traute sich aber aus irgendeinem Grund nicht.

»Also, was führt dich in meine bescheidene Hütte?«, fragte sie stattdessen und nahm einen Schluck Punsch.

Sie hatten sich an einen der kleinen Tische gesetzt, und er blickte gerade gedankenverloren aus dem Fenster in den Hof, wo ein paar hungrige Spatzen die Körner aufpickten, die Anna ihnen hingestreut hatte.

Harry stand an der Scheibe und sah ihnen hypnotisiert zu. Immer mal wimmerte er leise und legte eine Pfote ans Glas, aber er wusste, dass er keine Chance hatte, zu ihnen nach draußen zu gelangen.

»Gibt es was Neues? Zu dem Fall?«

Er schüttelte den Kopf. »Nicht viel, leider. Deshalb bin ich hier. Du sollst ihnen ein Haus hinstellen.«

»Was?« Anna blinzelte verwirrt.

»Den Vögeln. Ist nicht gesund für sie, wenn das Futter so hingestreut wird.«

»Oh, das wusste ich nicht. Dann werde ich Meisenknödel aufhängen.«

Er nickte wieder und sah dann auf seine Tasse. »Ich hab einen kleinen Anschlag auf dich vor«, sagte er mit einem Mal.

Plötzlich hatte sie ein dumpfes Gefühl im Magen. »Ach ja?«, fragte sie misstrauisch.

Er seufzte und fuhr sich mit der Hand über den roten Bart. »Ich stecke fest. Komme nicht weiter, man läuft bei dem Fall ständig gegen Wände. Deswegen brauche ich deine Hilfe.«

»Okay…«, sagte Anna alarmiert. »Was soll das genau heißen?«

Er fackelte nicht lange mit der Antwort. »Du sollst für mich spionieren. Ich brauche dich als Lockvogel.«

Sie schnappte nach Luft. »Du meinst doch nicht, ich soll…«

Er schüttelte schnell den Kopf. »Sem erst mal nicht, nein. Ich war schon zwei Mal bei ihm im Gefängnis. Er redet viel, aber nicht über die Sache. Ist unmöglich, gerade etwas aus ihm rauszubekommen. Ich dachte an seine Mutter.«

»Die Femke?« Anna riss erschrocken die Augen auf. »Ich soll bei ihr spionieren?«

»Mit ihr reden sollst du, mehr erst mal nicht. Und dabei die richtigen Fragen stellen. Es ist alles ganz harmlos«, beruhigte er sie und legte ihr schnell eine Hand auf den Arm. »Ich kann mir vorstellen, dass das beängstigend für dich ist, irgendwie steckt sie ja mit drin, wir wissen eben nur nicht, wie genau. Aber ich glaube, dass es wirklich helfen könnte.«

Anna sah ihn unsicher an. Ihr war plötzlich kalt, obwohl sie so nahe am Ofen saß. »Ich soll also einfach… zu ihr hingehen und sie ausfragen?«

»Na ja, ganz so wird das wohl nicht funktionieren. Ich dachte, du könntest sie um ein versöhnendes Gespräch bitten. Ihr sagen, dass du dich mit der ganzen Sache unwohl fühlst und gerne reinen Tisch machen würdest, um der alten Verbundenheit der Familien willen. Das kauft sie dir sicher ab. Und wenn sie dann ins Reden kommt… schubst du sie in die richtige Richtung.«

»Hm«, machte Anna. »Ich weiß nicht. Was, wenn was schiefgeht dabei?«

»Dann rufst du mich an, und ich komme sofort!«

»Und was, wenn ich nicht mehr in der Lage bin, dich anzurufen?« Vor Annas innerem Auge blitzten plötzlich Bilder auf. Bilder, sie sie am liebsten sofort wieder verdrängt hätte. Blut auf den Fliesen, Oles klaffende Wunde, Sems verzweifeltes Lachen, Femkes weißes, lebloses Gesicht. Als sie sich das letzte Mal in dieser Küche befunden hatte, hätte sie niemanden mehr zu Hilfe holen können. Und sie hatte nur ganz knapp überlebt.

Neeson schien zu wissen, was sie dachte. »Es wird nichts passieren!«, sagte er, und einen Moment war Anna gewillt, seiner tiefen, ruhigen Stimme zu glauben.

»Das kann niemand garantieren!«, erwiderte sie dann aber und schüttelte den Kopf.

Er nickte. »Also sagst du Nein?«, fragte er und nahm einen Schluck Punsch.

»Nein, das nicht...« Nervös fuhr Anna sich durch die Haare. »Gibt es nicht eine Möglichkeit, das Ganze sicherer zu machen? Könntest du mich nicht... verkabeln oder so?«

Überrascht stellte er seine Tasse ab. »Verkabeln?« Er dachte einen Moment nach. »Ja, das ginge schon. Es ist natürlich ein größeres Risiko, denn falls sie es entdeckt, wär sie sicher nicht erfreut.«

»Aber es ginge theoretisch?«

Er wirkte plötzlich enthusiastisch. »Eigentlich ist das gar keine schlechte Idee. So kann ich alles direkt mithören und muss mir dann später nichts zusammenreimen. Und vier Ohren hören mehr als zwei!«

»Also, ich weiß immer noch nicht.« Anna war gar nicht wohl bei dem Gedanken. Andererseits, was sollte sie machen? Er war auf die Insel gekommen, um ihr zu helfen, und er wusste nicht weiter.

Sie pustete in ihre Tasse und nahm nachdenklich einen Schluck. »Ich kann es versuchen«, sagte sie zögerlich. »Aber ich glaube nicht, dass sie überhaupt mit mir reden wird«, gab sie zu bedenken. »Allerdings müsste ich ohnehin mit ihr sprechen. Ich plane eine kleine Umbauaktion im Laden und wollte sie um Erlaubnis bitten. Bei der Verlesung des Testaments hatte ich das Gefühl, dass sie mir gegenüber nicht feindselig eingestellt ist.«

Neeson wirkte plötzlich ganz lebhaft. »Na, das ist doch wunderbar. Der perfekte Vorwand, um ins Gespräch zu kommen, und wir mussten ihn nicht mal erfinden. Einen Versuch ist es auf jeden Fall wert. Und nach allem, was ich über sie gehört habe, ist sie ein Plappermaul und noch dazu einsam. Das ist immer eine gute Mischung. Mir wollte sie rein gar nicht sagen. Aber bei dir sieht die Sache bestimmt anders aus.«

»Nur über meine Leiche!« Ole schrie beinahe, so aufgebracht war er, und Anna zuckte erschrocken zusammen. »Ich wusste, er ist ein Idiot. Ich wusste, er würde Ärger machen. Ich wusste, er zieht dich da mit rein. Was denkt der sich, dieser blöde Bullenheini!«

Sie wollte etwas Beruhigendes sagen, aber Ole ließ sie gar nicht zu Wort kommen. »Verkabeln, dass ich nicht lache. Und er sitzt schön weit weg im sicheren Auto und lässt dich seine Arbeit machen!« Er schlug mit der Hand auf den Tisch, und eine Banane fiel aus der Obstschale und klatschte auf die Fliesen.

Anna hob sie auf und legte sie zurück. Dann seufzte

sie und lehnte sich gegen die Arbeitsplatte. »Es ist doch nur die Femke. Sem ist ja nicht da. Es ist ja nicht wie letztes Mal, als er mich…«

»Ja, aber wenn sie mit drinsteckt?«, unterbrach Ole sie ungehalten. »Anna, willst du wirklich alleine zu einer Frau ins Haus gehen, die vielleicht dabei war, als deine Schwester ermordet wurde?«

So deutlich hatten sie die Wahrheit noch nie ausgesprochen, und Anna wurde bei seinen Worten ein wenig flau im Magen. »Sie war nie im Leben dabei, das kann ich mir einfach nicht vorstellen«, widersprach sie. »Sie weiß etwas, ja, sicher… aber…«

»Ja, und wenn sie etwas weiß, dann steht für sie einiges auf dem Spiel. Dann fühlt sie sich bedroht durch die Schnüffelei dieses Kommissars, der schon seit Wochen auf der Insel ist und Fragen stellt, verstehst du das nicht? Und Menschen, die sich bedroht fühlen, sind gefährlich.«

»Er hört doch die ganze Zeit mit. Er kann jederzeit einschreiten, wenn etwas passiert.«

»Und wenn er nicht schnell genug ist?«

»Ich… dann… ich… also… ich weiß ja auch nicht.« Anna hob hilflos die Arme. »Aber ich muss das machen, verstehst du das nicht?«

»Nein, das verstehe ich nicht!«, sagte Ole stur. »Und ich verbiete es!«

Anna stutzte verdutzt. »Du… äh… *verbietest* es? Wie bitte?« Empört funkelte sie ihn an. »Das habe ich jetzt nicht wirklich gehört, oder?«

»Na ja…« Er schaute, peinlich berührt von seinem

emotionalen Ausbruch, zu ihr hoch. »Du weißt, was ich meine.«

Anna zog die Augenbrauen hoch. »Weiß ich das?«

»Ich bin jedenfalls strikt dagegen. Absolut, vollkommen, strikt dagegen. Es ist eine Schwachsinnsidee.«

Anna holte tief Luft. »Ich habe ihm schon gesagt, dass ich es mache«, gestand sie. »Wenn es deine Schwester wäre, würdest du es auch tun, und das weißt du.«

Ole sah sie an, einen Moment lang wirkte er beinahe traurig. Er seufzte, dann schlug er noch mal mit der Hand auf den Tisch, dass Anna zusammenzuckte. »Ach, scheiße!«, sagte er wütend.

Anna nickte langsam. »Ja. Es ist scheiße. Aber ich mache es trotzdem.«

15

Anna schlich im Schlafanzug die Treppe hinunter. Er war eine hellblaue Leihgabe von Roos und ihr an Armen und Beinen ein ganzes Stück zu kurz. Gähnend betrat sie die kleine Holzküche. Es war Sonntagmorgen, Ole schlief noch. Weil sie selbst schon seit geraumer Weile wach an die Decke gestarrt hatte, war sie irgendwann aus dem Zimmer geschlichen. Sie wollte Kaffee aufsetzen und nach etwas Essbarem suchen.

Am Vorabend waren sie ausgegangen, hatten zufällig ein paar Freunde von Ole getroffen und waren beim Dartspielen in einer kleinen Den Burger Kneipe hängen geblieben. Weil keiner von ihnen mehr fahren konnte und es sich außerdem im Rausch des Abends, wie ein kleines Abenteuer anfühlte, hatten Anna und Ole kurzerhand beschlossen, die Nacht in Roos' Haus zu verbringen.

Wie immer, wenn Anna abends etwas getrunken hatte, konnte sie nicht lange ausschlafen. Sie hatte dann einen fahlen Geschmack auf der Zunge, wälzte sich die ganze Nacht unruhig hin und her und war meist schon im Morgengrauen wach, weil ihr Magen sich flüssig anfühlte. Außerdem war nun noch hinzugekommen, dass es seltsam war, in diesem ihr fremden Haus zu sein. Sie hatte lange wach gelegen und darüber nachgegrübelt, dass es nun ihr gehörte. Ole konnte wie immer nichts erschüttern, die vielen Schnäpse, die er in der Nacht zuvor gekippt hatte, trugen nur dazu bei, dass er im Schlaf friedlich vor sich hin lächelte. Als sie aufgestanden war, hatte Harry auf seinem Bauch gelegen.

Über dem Garten hing noch der letzte Nebeldunst. Sie schob das Fenster auf und lächelte, als sie die Tauben hörte, die unter dem Reetdach gurrten. Roos hatte ihr oft erzählt, wie sehr sie es liebte, morgens aufzuwachen und als erstes die Tauben zu hören. »Fast wie im Märchen«, hatte sie immer gesagt, und Anna verstand nun, was sie meinte. Sie atmete tief ein und aus und genoss die frische Morgenluft. Es fühlte sich nach Sonntag an. Sie würde Kaffee machen und vielleicht eine Zeitung kaufen. Leider hatten sie durch den spontanen Entschluss, hierher zu kommen, nun nichts fürs Frühstück besorgt, aber Anna hegte die Hoffnung, dass im Tiefkühlfach noch so einige Überraschungen zu finden waren. Und wenn nicht, würde sie schnell nach gegenüber zu Leentje gehen und Streuselkuchen kaufen.

Der Strom war nach Roos' Tod nicht abgestellt worden, auch die Heizung lief weiter, um das Haus den Winter über vor Witterungsschäden zu schützen, und so war es nun fast, als wäre die Zeit dazwischen nie gewesen. Als wäre alles wie immer.

Anna kochte Kaffee. Eine Weile lehnte sie einfach an der Theke, hörte dem Blubbern zu, dachte an alles und nichts und atmete den vertrauten Geruch nach Honig und Gewürzen ein, der noch immer in Roos' Küche hing. Als der Duft des frischen Kaffees ihn zu überlagern begann, öffnete sie das Eisfach und lächelte. »Wusste ich doch, dass ich euch hier gesehen habe!« Wie ein Geschenk von Roos lagen dort mehrere Beutel gefrorenes Gebäck. Anna schwankte kurz zwischen Mohnbrötchen und Zimtschnecken, zog dann Letztere hervor und öffnete den Beutel.

Misstrauisch beäugte Anna den Toaster. Elektrische Geräte waren ihr generell feindlich gesonnen. Und dieses Vorkriegsmodell sah aus, als würde es in Flammen aufgehen, sobald man den Stecker in die Dose steckte.

»Wenn ich einfach daneben stehen bleibe und die ganze Zeit darauf starre, dann kann ja eigentlich nichts schiefgehen«, sagte sie laut in den leeren Raum hinein. Vorsichtshalber füllte sie eine Vase mit Wasser und platzierte sie neben dem Toaster, damit sie sofort einschreiten konnte, wenn tatsächlich etwas zu brennen begann.

Dann presste sie die aufgeschnittenen Schneckenhälften in die Schlitze und drückte den Schalter nach unten. Sie waren ein wenig zu dick für die Spalten und sie musste sie mit der Handfläche energisch hineindrücken. Als der Toaster ein lautes Klicken von sich gab, sprang sie mit einem Satz zurück, aber die Schnecken waren in das schwarze Innere gesaugt worden, aus dem jetzt ein Brummen entstieg und bald darauf ein warmer Geruch nach Zimt und karamellisierendem Zucker. »Hmm.« Genießerisch sog Anna die Luft ein. »Das scheint geklappt zu haben.«

»Wonach riecht es denn hier?« Ole kam in Boxershorts und T-Shirt in die Küche, schnupperte und rieb sich die Augen. Dann schlang er die Arme um Annas Hüften und presste seine Nase in ihren Nacken. »Köstlich. Bist das du?«

»Aua!« Anna kniff ihn in den Arm, als er seine Zähne in ihren Hals grub, und befreite sich aus seinem Griff. »Ich bin nicht essbar! Und seit wann rieche ich nach Zimt und Butter?«

»Schon immer!«, sagte Ole und versuchte, sie wieder zu fassen, aber sie wich ihm aus. »Butter vielleicht nicht, aber Zimt ganz sicher. Und Apfel. Ein bisschen auch nach Kokos. Und manchmal Schokolade.«

»Du spinnst!« Anna beugte sich lächelnd in den Kühlschrank und betrachtete den kläglichen Inhalt. Nur ein paar Gläser und Dosen standen noch darin. Die Femke hatte alles Verderbliche schon lange ausgeräumt, und nun war nichts mehr übrig, außer ein paar Essiggurken, Ketchup und eingelegter roter Bete. Sie seufzte. Sie hätten gestern doch noch einkaufen gehen sollen.

»Toffee. Ganz sicher. Toffee und Kardamom. Und manchmal auch Kakao.« Ole setzte träumerisch seine Aufzählung fort. »Lakritz. Und Mandarine.«

»Du bist so verfressen, es ist unglaublich. Ich rieche doch nicht nach Lakritz!«

»Man riecht seinen eigenen Geruch nicht«, sagte Ole. Er schwang sich auf die alte Holztheke und griff nach der Kaffeekanne. »Du kannst es also nicht wissen.«

»Ach ja?« Anna ging zu ihm, lehnte sich an ihn und schlang nun ihrerseits ihre Arme um ihn. Sie schnupperte an seinem Shirt. »Also du riechst nach… Meer. Und Holz. Und Farbe.« Sie fuhr mit der Nase seinen Arm hinab, und er betrachtete sie verzückt. »Und nach warmer Bettwäsche. Und…« sie schnupperte intensiver und runzelte die Stirn. »Und… irgendwie… nach Maiglöckchen!« Überrascht sah sie auf. »Hast du mir etwas zu sagen?«

»Maiglöckchen?« Ole blickte sie entsetzt an. »*Maiglöckchen?*«

»Ja!« Anna packte sein Shirt und presste ihre Nase so tief hinein, dass Ole grunzte, weil ihn ihr Atem kitzelte. »Kein Zweifel.«

»Also mit deinem Geruchssinn stimmt ganz eindeutig etwas nicht. Ein Mann wie ich soll nach Maiglöckchen riechen?«

Anna zog eine Augenbraue hoch. »Ein Mann wie du? Was ist denn bitte *ein Mann wie du?* Ein besonders männlicher Mann, oder was willst du damit sagen?«

»Ganz genau!« Er schob sie von sich weg und trank einen Schluck Kaffee. »Maiglöckchen«, brummelte er in seine Tasse. »Maiglöckchen. Ich glaub, es hackt.«

»Deine Männlichkeit steht aber auf wackeligen Füßen, wenn sie von ein bisschen Maiglöckchenduft bedroht wird.« Sie nahm ihm die Tasse ab, lehnte sich gegen ihn und trank ebenfalls einen Schluck. »Außerdem kann ich das Geheimnis lüften. Ich wette, du hast Roos' Duschgel genommen.« Plötzlich riss sie entsetzt die Augen auf. Neben Oles Maiglöckchenduft hatte sich ein intensiver Brandgeruch in ihre Nase gestohlen. Sie rannte zum Toaster, aus dem bereits Rauchfäden aufstiegen. »Mist, Mist, Mist!«, heulte sie. »Der Schalter hat sich verkeilt, sie sind zu dick. Was musst du mich auch immer ablenken. Ich wollte hier stehen und ihn die ganze Zeit über anstarren, und dann kommst du mit deinem Lakritz, und jetzt sieh dir das an.«

»Verzeihung, dass ich atme!« Ole war hinter sie getreten, um den Schaden zu begutachten. Plötzlich packte er ihren Arm und riss ihn grob nach oben. »Bist du verrückt?«

Anna hatte eine Gabel genommen, um damit die verbrannten Schnecken aus den Schlitzen herauszustochern.

»Du kannst doch nicht eine Gabel in den Toaster stecken!«, rief er wütend und verdrehte ihr den Arm, sodass sie die Gabel ins Spülbecken fallen ließ. Dann zog er mit finsterer Miene den Stecker aus der Dose. »Das will ich nie wieder sehen, hast du gehört? Das ist lebensgefährlich. Das musst doch sogar du wissen!«

Anna rieb sich den verdrehten Arm. »Brüll mich nicht an, ich wollte nur die Schnecken rausziehen, ich hätte sie schon nicht ganz nach unten gestoßen. Und was bitte meinst du mit *sogar du*? *Sogar du*, obwohl du so blöd bist?«

Ole lugte in den Toaster und ignorierte ihre Frage. »Die kann man noch retten. Wir schaben das Schwarze ab, ein bisschen Marmelade, und dann geht das schon«, sagte er, jetzt wieder mit normaler Stimme.

»Wir haben keine Marmelade«, brummte Anna. »Und ich will eine Antwort.«

Er seufzte und gab ihr einen Kuss auf die Stirn. »Sogar du, liebreizendes Geschöpf, das nahezu perfekt ist, aber sich eben mit Elektrik nicht auskennt. Praktisches, vernünftiges oder auch logisches Denken ist dir nun mal fremd. Das ist ja nichts Schlimmes. Man kann es dir nicht vorwerfen. Ein Gendefekt. Du kannst nichts dafür, und es macht dich meistens nur noch liebenswerter. Bloß nicht, wenn es gefährlich wird. Ich muss dich vor dir selbst schützen und in solchen Situationen streng sein, sonst lernst du es ja nicht und grillst uns irgendwann alle, in deiner Schusseligkeit.«

Anna wollte etwas erwidern, aber gerade da kam Harry in die Küche. Vorwurfsvoll blickte er sie aus verquollenen Augen an. Der Dackel hasste es, wenn sie aufstanden, ohne ihn zu wecken und er sie nach dem Aufwachen erst suchen musste. Er gähnte herzhaft, warf ihnen einen Blick zu, der eindeutig sein Missfallen kundtat, und ließ sich ohne Begrüßung neben der Heizung auf den Boden fallen.

»Na Alter, auch schon wach?« Ole kniete sich neben ihn und kraulte ihm den Bauch, woraufhin Harry genießerisch die Augen mit den Pfoten bedeckte und grunzte. »Du hast Glück, uns lebendig anzutreffen. Genauso gut könnten hier jetzt zwei schwarzverkohlte Häufchen Asche liegen.«

Anna trat ihm in den Hintern. »Lass ihn in den Garten, er muss sein Geschäftchen machen!« Mit spitzen Fingern fischte sie die heißen Schnecken aus dem Toaster. Ole hatte recht. Unten waren sie schwarz, aber wenn man das Verbrannte abkratzte, konnte man den oberen Teil einwandfrei essen.

»Du kannst mal im Keller gucken, vielleicht hat Roos da noch Marmelade stehen!«, sagte sie über die Schulter. »Ich wette, da ist alles voll mit Eingemachtem. Ich toaste inzwischen den Rest.«

»Gute Idee. Aber du gehst in den Keller, und ich toaste. Nach dem, was ich da eben gesehen habe, lass ich dich nie wieder alleine Essen zubereiten. Dir wär glatt zuzutrauen, einen Elektrobrand mit Wasser zu löschen«, fügte er hinzu und hob die Vase hoch.

»Das habe ich getrunken!«, sagte Anna hastig.

»So, so. Na, ich will es dir mal glauben. Und wie löscht man noch mal einen Elektrobrand?« Ole schob sich zwischen sie und die Küchenablage und sah sie herausfordernd an.

»Äh … mit … einem Tuch?«, fragte Anna.

Ole grunzte. »Ist das eine Frage oder eine Antwort?«

»Eine Antwort?«, fragte sie. Er verdrehte stöhnend die Augen. »Du wirst uns irgendwann alle umbringen!«

Seufzend nahm Anna ihre Strickjacke vom Stuhl, ging in den Flur und zog sich Gummistiefel über den Schlafanzug. »Übertreiber«, murmelte sie und öffnete die Kellertür, die sich unter der Treppe befand.

»Schrei, wenn du da unten von irgendwas angegriffen wirst!«, rief Ole gut gelaunt.

»Diese Schnecken sind besser unangebissen, wenn ich wieder hochkomme!«, gab sie zurück.

»Selbstverständlich sind sie das!«

Anna hörte an dem Schmatzen zwischen den Worten, dass er bereits kaute. »Ich beeile mich mal lieber, sonst kann ich doch noch zum Bäcker gehen«, murmelte sie und stieg die Stufen hinunter.

Im Keller war es dunkel und roch nach feuchten Steinen. Holländische Häuser waren schon klein, holländische Keller aber waren geradezu mikroskopisch winzig. Anna musste den Kopf einziehen, als sie die Stufen hinabging. Sie war noch nie hier unten gewesen, hatte bei ihrem ersten Rundgang im Haus, nachdem sie erfahren hatte, dass es nun zur Hälfte ihr gehören würde, nur von oben einen Blick hineingeworfen und dann schaudernd die Tür wieder zugezogen. Keller mochte sie nicht besonders.

Hier müssen Sie auch noch entrümpeln, Frau Fischer, dachte sie nun, als sie sich vorsichtig durch den Raum bewegte, dessen Boden beinahe flächendeckend zugestellt war. An den Wänden standen eingestaubte Regale, manche ragten auch in seltsamen Winkeln in den Raum hinein und sahen so aus, als hätte sie jemand nur kurz hier abstellen wollen, die Sache dann aber aus den Augen verloren. »Jetzt weiß ich auch, wie sie mit diesen Minihäusern zurechtkommen. Sie lagern einfach alles, was oben nicht reinpasst, untendrunter«, murmelte Anna. Als ihr Blick suchend durch den Raum schweifte, blieb er an einem Regal voller staubiger Gläser hängen, das in der gegenüberliegenden Ecke stand.

»Wusste ich es doch!« Triumphierend ging sie darauf zu und stieß in der nächsten Sekunde gegen eine Kiste. Ein heißer Schmerz schoss durch ihren Fuß, und sie schnappte erschrocken nach Luft. Der Zeh pochte so stark, dass sie den Gummistiefel abschüttelte und sich den Fuß rieb. Dabei hüpfte sie jammernd auf und ab.

Plötzlich verlor sie das Gleichgewicht. Sie kippte zur Seite, und ehe sie wusste, wie ihr geschah, prallte sie schon gegen das Regal. Ihre Hände ruderten hilflos durch die Luft, bekamen ein Glas zu fassen und hielten sich daran fest, und obwohl Anna, schon während es passierte, wusste, wie sinnlos es war, sich an einem Glas festzuhalten, krallte sie sich daran, als ginge es um ihr Leben. Eine Sekunde dachte sie, sie hätte ihr Gleichgewicht wiedergefunden.

Dann kippte das Glas.

Sie stürzte zu Boden, während sie es noch mit beiden Händen umklammerte, und hatte das Gefühl, dass ein lautes Beben das Haus erschütterte. Sie war gerade auf den Steinen aufgeschlagen, als ihr klar wurde, dass sie wohl das Regal umgerissen hatte. Sie krümmte sich zusammen und warf die Arme über den Kopf. Es knallte, um sie herum prasselten Gläser auf den Boden, eines traf sie an der Schulter und eines am Rücken, aber der erwartete vernichtende Aufprall des Regals auf ihren Körper blieb aus. Voller Erleichterung sah sie, dass es zwar gekippt war, das danebenstehende es aber auf halbem Weg aufgehalten hatte, sodass es nun schief dagegen lehnte. Es standen sogar noch Gläser intakt auf den Brettern, wenn es auch wirkte, als könnte der kleinste Lufthauch sie ebenfalls auf den Boden befördern. Um Anna herum und auf ihr drauf lagen zerbrochene Einmach- und Marmeladengläser, und ihr Inhalt hatte sich überall verteilt. Ein beißender Geruch nach Kohlsalat und vergorenen Früchten lag in der Luft.

»Anna? Was war das?« Ole kam polternd die Treppe heruntergestürzt. Als er sie auf dem Boden liegen sah, hielt er erschrocken inne.

Anna war noch zu bedröppelt, um zu antworten. Vorsichtig zupfte sie ein paar Scherben von ihrem Schlafanzug. Ole kletterte schnell über das Gerümpel und kniete sich neben sie. »Alles okay mit dir?«, fragte er besorgt. »Harry, aus! Sofort nach oben!«, brüllte er im selben Atemzug, so laut, dass sie erschrocken zusammenzuckte. Harry war Ole nachgekommen und hatte unverzüglich angefangen, Eingemachtes vom Boden zu lecken. Als er so wütend angeschrien wurde, zuckte auch er zusammen und folgte dann tatsächlich mit einem leisen Winseln Oles ausgestrecktem Zeigefinger, der ihn zurück nach oben schickte. »Hoffentlich hat er keine Scherbe erwischt«, brummte Ole und wandte sich wieder Anna zu. Sie lag noch immer auf dem Boden, wagte nicht, sich zu bewegen, und machte innerlich vorsichtig eine Bestandsaufnahme. Ihr Zeh pochte, ihr Rücken und ihre Schulter ebenfalls. Außerdem hatte sie sich den Kopf gestoßen.

Aber das war ihr egal.

Sie atmete tief ein, schloss die Augen und spannte dann ihr Bein an. Als sie fühlte, wie ihre Hüfte reagierte, atmete sie erleichtert aus. Sie wackelte mit den Zehen und winkelte das Knie an. »Nichts passiert!«, verkündete sie endlich, und Ole stieß ebenfalls erleichtert die Luft aus. Ihre neue Hüfte war zwar nicht empfindlich, Hinfallen aber war trotzdem ein Risiko. »Ich bin auf das Bein gefallen, aber ich habe mich wohl instinktiv abgerollt.«

Ole richtete vorsichtig das Regal wieder auf und fing ein Glas auf, das ihm entgegenrutschte. Dann zog er Anna hoch, und sie stand wackelig auf. »Wie hast du das nur geschafft?«, fragte er und zog eine Scherbe aus ihren zerzausten Haaren.

»Na ja, es war dunkel, und hier ist alles vollgestellt. Klar falle ich da hin!«, sagte Anna. »Ich hab ja gesagt, du sollst in den Keller gehen!«

»Aber wenn ich gegangen wäre, hättest du in der Zeit das Haus abgefackelt!«, rief Ole.

»Ja, wahrscheinlich«, sagte Anna traurig und hielt sich an ihm fest, während sie in ihren Gummistiefel schlüpfte. »Aber hey, wenigstens habe ich die Marmelade gefunden!« Triumphierend hielt sie das eine Glas hoch, an dem sie sich die ganze Zeit festgehalten hatte.

»Ich auch!« Ole zeigte ihr das Glas, das er gerade vor dem Absturz bewahrt hatte. »Aprikose & Rosenblüte«, stand in Roos' Handschrift auf dem Etikett.

Wenig später saß Anna mit einem Handtuch um den Kopf und in einem alten Nachthemd von Roos in der Küche. Sie hatte sich die Haare waschen müssen, denn nicht nur Marmelade sondern auch der Saft eines wahrscheinlich seit Jahren vor sich hin gärenden Einmachglases hatte sich in ihnen verteilt, und trotz des Maiglöckchenshampoos hatte sie auch jetzt noch das Gefühl, unangenehm nach saurem Rettich zu riechen. Ihr Fuß lag mit einem Eisbeutel auf dem kleinen Zeh auf einem Stuhl, und Ole reichte ihr gerade einen Becher Kaffee, in dem die Körner tanzten.

»Danke!« Sie nahm einen tiefen Schluck und seufzte. »Es tut mir leid. Ich kann einen friedlichen Sonntagmorgen ganz schnell verderben«, sagte sie.

»Es ist doch alles gut gegangen. Na ja, fast«, setzte er mit einem Blick auf den Eisbeutel hinzu und küsste sie auf den Handtuchturban. »Aber du hast mir schon einen Schreck eingejagt. Daran muss ich mich wohl gewöhnen. Wer eine Frau Fischer liebt, läuft immer Gefahr, der Katastrophe ins Auge zu blicken. Aber ich werde Konsequenzen ziehen und alle Leute in deiner unmittelbaren Nähe dazu zwingen, einen CPR-Kurs zu belegen. Ich habe das dringende Gefühl, so was könnte uns noch nützlich werden.« Er sagte noch irgendwas von Mund-zu-Mund-Beatmung, die er mal an einem Schaf durchgeführt hatte, aber Anna hörte nicht richtig zu, seine Worte hatten sie zu sehr durcheinandergebracht.

Sie hatten sich noch nie direkt gesagt, dass sie sich liebten. Das mussten sie auch nicht, es war ohnehin klar. Als sie zusammengekommen waren, hatte es keine Zeit der Eingewöhnung gegeben, keine Dates, keine Unsicherheiten und Diskussionen über die Zukunft oder darüber, wie sie sich das Ganze vorstellten. Sie waren einfach zusammen gewesen, Schluss, Aus. Natürlich hatten die besonderen Umstände damals das ihre dazu beigetragen. Sie gehörten beide nicht zu der Sorte Mensch, die sich ständig ihre Gefühle bekunden mussten. Sie nannten sich auch nicht Schatz und sagten sich am Telefon, wie sehr sie sich vermissten. So waren sie einfach nicht, und Anna hatte das auch nie gestört, aber es brachte sie doch jedes Mal ein wenig aus der Fassung, wenn Ole, beiläufig wie eben, klarstellte, dass er sie liebte.

Ich liebe ihn auch, dachte sie, und sie musste lächeln, als sie den nächsten Schluck Kaffee trank. Sogar sehr. Und plötzlich schien es ihr wie die schönste Sache der Welt, dass sie hier mit ihm sitzen durfte, an diesem ganz normalen, etwas unglücklich verlaufenen Sonntagmorgen, mit Kaffee und Zimtschnecken, stinkenden Haaren und einem pochenden Fuß. Sie lebte, es ging ihr gut, außer blauen Flecken und anhaltendem Rettichgeruch war nichts passiert. Es war ein kleines Abenteuer, über das sie noch lange lachen würden und von dem sie später ihren Enkeln erzählen konnten. Der Morgen, an dem Oma im Keller fast von Einmachgläsern erschlagen worden wäre. Als ihr klar wurde, was sie soeben ersonnen hatte, riss sie erschrocken die Augen auf, dann lächelte sie noch breiter. An Kinder dachte sie nun wirklich noch nicht, aber anscheinend konnte sie sich vorstellen, mit Ole welche zu bekommen. Ist ja interessant, Frau Fischer, dachte sie und trank einen Schluck. Das war ein neuer Gedanke, an den sie sich erst gewöhnen musste, aber sie mochte es, wie er sich anfühlte. Warm und kitzelig und voller Spannung auf die Zukunft. Er verursachte ein Ziehen in ihrem Bauch.

»Was grinst du denn so, hast du vielleicht eine Gehirnerschütterung?«, fragte Ole und musterte sie besorgt. Er nahm ihr Kinn und drehte ihr Gesicht ins Licht. »Du siehst ein bisschen käsig aus!«

Anna seufzte und befreite sich aus seinem Klammergriff. »Ich dachte gerade an dich!«, sagte sie. »Es war ein durchaus romantischer Gedanke, aber das ist nun vorbei, vielen Dank!«

»Ich frage ja nur. Man muss mit so was vorsichtig sein, und da du dich nur selten normal verhältst, kann ich ja nicht wissen, ab wann es gefährlich wird!«

Sie gab ihm einen Klaps auf den Oberschenkel, dann schnappte sie sich eine Zimtschnecke, schmierte Marmelade drauf und biss hinein. »Wenigstens die Marmelade war noch gut!«, sagte sie. Beim Kauen schmerzte ihre Schädeldecke ein wenig, da, wo sie sich gestoßen hatte, aber sie ignorierte es und aß weiter. »Schmeckt ja köstlich!«

Ole, der bereits das halbe Glas Aprikosenmarmelade leergelöffelt hatte, nickte. »Wir müssen sie in Ehren essen«, sagte er ernst und hielt inne, als sei ihm gerade klar geworden, dass er die Marmelade bisher nicht richtig gewürdigt hatte. Dass sie nicht mehr oft in ihrem Leben etwas würden essen können, das Roos gekocht hatte.

Sie sprachen nicht oft über Roos oder Sem und das, was geschehen war. Oles sonniges Gemüt verbot es ihm ohnehin, sich lange mit traurigen Gedanken rumzuplagen, aber Anna wusste, dass die Fassade ein wenig bröckelig geworden war. Vor ihr tat er meist so, als wäre nichts geschehen, doch die letzte Zeit war auch an ihm nicht spurlos vorbeigegangen. Er war abwesender als sonst, blickte oft lange Zeit ins Leere, und zwei Mal war er verschwitzt aus Albträumen hochgefahren und danach aufgestanden und erst im Morgengrauen wieder ins Bett gekommen. Als sie ihm einmal nachgegangen war, hatte er am Küchentisch gesessen und auf den dunklen Kamin gestarrt. Sie hatte ihn kurz umarmt und war dann wieder ins Bett geschlichen. Er verarbeitete die Dinge auf seine Weise und sie auf ihre. Manchmal hatte sie das Gefühl, dass es besser wäre, zusammen zu trauern, über das zu reden, was geschehen war. Aber vielleicht stimmte das auch nicht. Es gab Situationen in denen Reden nicht helfen konnte. Man musste einfach abwarten und die Zeit ihre Arbeit verrichten lassen. Auch Anna hatte sich verändert. Sie war ängstlicher geworden, unruhiger. Es war schwer gewesen, zu verstehen, dass ihr jemand Böses wollte.

Im Grunde war Anna immer sicher gewesen, dass Anouks Tod ein Unfall gewesen war. Menschen töteten keine kleinen Mädchen. Nicht wirklich, nicht auf Texel, nicht in ihrer Welt. In ihrer Welt waren die Menschen gut. Fehlerbehaftet, natürlich, aber nicht böse und hinterhältig. Sie schauderte, als sie darüber nachdachte. Sie hatte zum ersten Mal wirklich und wahrhaftig verstanden, dass das Böse tatsächlich existierte. Es war immer so weit weg gewesen, in anderen Ländern, anderen Leben. Versteckt zwischen Buchseiten, anonymen Zeitungsartikeln und Radioberichten. Es war immer anderen passiert, war immer im Hintergrund geblieben. Man musste vorsichtig sein, klar, aber wirklich Grund zur Angst gab es nicht. Das hatte sich nun verändert. Sie schlief unruhiger, hatte schlechte Träume, fühlte sich oft beobachtet, verfolgt. Zwei Mal schon hatte sie Ole mitten in der Nacht geweckt, weil sie sicher war, Einbrecher im Haus zu hören, und einmal hatte sie ihn panisch angerufen, weil abends über ihr im Laden die Decke knackte und sie sicher war, dass Sem dort oben war, sich versteckte, sie belauerte.

Sie wusste, dass immer noch viel geredet und spekuliert wurde. Auf der Insel passierte nie etwas Ungewöhnliches. Und nun gab es gleich zwei große Ereignisse, die mit ihrer Familie zu tun hatten. Das Gerede war ihr eigentlich ziemlich egal, aber sie musste sich langsam etwas einfallen lassen, um das Geschäft wieder anzukurbeln. Die Van-der-Meer-Kuchen, die bisher ihr größter Erfolgsschlager und Magnet für die Inselleute gewesen waren, mussten ersetzt werden. Sie wusste mittlerweile, dass sie selbst anfangen musste mit dem Backen, sie wusste nur nicht genau, wie. Schließlich hatte Roos schon Monate vor ihrem Tod Anna das Buch mit ihren Rezepten geschenkt. Wenn sie jetzt an den lauen Sommerabend dachte, als sie zusammen im Garten gesessen hatten, überkam sie jedes Mal ein seltsames Gefühl. Roos hatte damals schon gewusst, dass sie sterben würde. Und sie hatte das Wissen mit niemandem geteilt, hatte sich nicht helfen lassen, wollte niemandem zur Last fallen. Anna hatte so oft in den letzten Wochen darüber nachgedacht, was gewesen wäre, wenn sie von der Krankheit ihrer Freundin gewusst hätte.

Aber sie kannte die Antwort.

Sie hätte Roos geschont, wo es nur ging. Nie im Leben hätte sie sie gefragt, ob sie in ihr Geschäft mit einsteigen wollte. Und sie hätte Roos damit um eine bereichernde, aufregende Zeit gebracht, die die alte Frau aus ihrer Einsamkeit geholt und sie glücklich gemacht hatte. Roos hatte ihre Entscheidung bewusst getroffen, und es war sicherlich eine weise Entscheidung gewesen. Aber trotzdem … Das Ende ohne Abschied quälte Anna. Und nicht zuletzt die Sorge um die Zukunft.

Ole kam schnaufend aus dem Keller, wo er die Scherben aufgekehrt hatte. Er trug einen alten Koffer im Arm. »Der hat hinter dem Regal in der Wand gesteckt«, rief er und warf mit dem Fuß die Tür hinter sich zu.

Anna stand verdutzt auf. »In der Wand gesteckt?«, fragte sie. »Was meinst du denn damit?«

»Da ist ein Loch in der Wand. Sieht aus wie eine alte Kohlenschütte. Das Regal stand davor. Der ist ziemlich schwer.« Er wuchtete den Koffer auf den Küchentisch.

Staub rieselte davon herunter, und Anna verzog das Gesicht, als sie den mumifizierten Körper einer riesigen schwarzen Spinne entdeckte, der, in einen Kokon eingewebt, am Griff des Koffers festhing. »Mach sofort dieses Monster da weg!« rief sie und wich einen Schritt zurück.

Ole stutzte, dann sah auch er die Spinne. Das Wechselspiel der Gefühle auf seinem Gesicht ließ Anna laut loslachen. »Sag bloß, du hast Angst vor Spinnen?«

»Na, du doch auch!«, verteidigte Ole sich. Er war tatsächlich ein wenig blass um die Nase.

»Ja, schon. Aber du bist groß und stark. Und Tierarzt!«

»Und deshalb darf ich keine Angst vor Krabbeltieren haben?«

»Du darfst natürlich, ich bin nur überrascht.«

»Nur um das klarzustellen, es ist nicht ›Angst‹ per se. Mehr ein ziemlich großer, an Hysterie grenzender Ekel«, brummelte er.

»Nun, dann haben wir jetzt ein Problem. Denn ich kann sie ganz sicher nicht anfassen!«

Ole sah Anna einen Moment leidend an, als ihm klar wurde, was das bedeutete. »Wie wäre es, wenn wir knobeln?«, fragte er dann.

»Ist das dein Ernst?«

»Ich weiß! Wir warten auf Britt! Die hat vor gar nichts Angst. Sie kommt auch schon in… äh…«, er sah auf die Uhr, »…etwa dreieinhalb Stunden.«

Anna warf ihm einen vernichtenden Blick zu. Sie ging zur Spüle und wickelte ihre Hand in mehrere dicke

Lagen Küchenpapier ein. Dann nahm sie einen Kochlöffel und näherte sich vorsichtig dem Tisch. »Wenn sie
sich bewegt, kannst du mich einliefern!«, sagte sie zu
Ole, der bereits einen Sicherheitsabstand zwischen sich
und dem Tisch hergestellt hatte.

»Und mich gleich dazu!«, nickte er ernst. »Einfach ekelhaft, die kann jeder Vogelspinne Konkurrenz
machen.«

Anna angelte vorsichtig mit dem Löffel nach der
Spinnenmumie und hielt dabei den Rest ihres Körpers
so weit von dem Koffer weg wie möglich. Sie hatte
Glück, die Fäden klebten an dem Holz fest, und fast
sofort konnte sie den kleinen Ball hochheben. »Was
mache ich jetzt damit?«, fragte sie überfordert. In
diesem Moment kam Harry in die Küche. Er sah, wie
Anna in seltsamer Position dastand, die Augen panisch
aufgerissen, den Arm weit von sich gestreckt, und bellte
sofort los. Dann lief er auf sie zu, sprang mit einem Satz
in die Luft und biss in den Löffel.

»Harry! Aus!«, schrien Anna und Ole gleichzeitig, in
einer Mischung aus Entsetzen, Panik und Ekel.

»Oh Gott, er hat doch wohl nicht ...«

»... bitte sag mir, dass er nicht kaut!«

»Ich kann nicht hinsehen!«

Anna drehte sich der Magen um, als sie sich vorstellte, wie Harry den dicken Spinnenkörper zwischen
seinen Zähnen zermatschte. Er hatte sich nun knurrend
den Löffel geschnappt und rannte damit aus dem Zimmer. Anna und Ole starrten sich geschockt an. »Ich
kann das nicht!«, sagte Anna verzweifelt.

»Oh Gott, bitte zwing mich nicht dazu, sie ihm aus dem Mund zu puhlen!«, stöhnte Ole.

»Aber er darf sie doch auch nicht essen!«, rief Anna, und von ihren Worten angespornt, rannten beide gleichzeitig aus der Küche und jagten dem Dackel nach, der sich auf Roos' blütenweißes Sofa geflüchtet hatte und dort schwanzwedelnd an dem Holzlöffel kaute.

Sie blieben in sicherem Abstand stehen und beobachteten ihn. »Ich sehe sie nicht, du?«, flüsterte Anna.

»Nein, nichts. Vielleicht hat er sie in einem Happs runtergeschluckt«, flüsterte Ole zurück.

Sie würgte. »Was machen wir jetzt? Und wenn sie noch irgendwo in seinem Fell hängt?«

Schließlich gab Ole sich einen Ruck – wahrscheinlich hatte er das Gefühl, seine männliche Ehre retten zu müssen. »Harry, aus! Gib mir sofort den Löffel!«, befahl er streng, behielt aber den Sicherheitsabstand bei.

Harry, der sofort merkte, dass Ole es nicht ernst meinte, wedelte noch mehr mit dem Schwanz und streckte den Po in die Luft – seine Aufforderung, mit ihm um den Löffel zu ringen. »Lass sofort den blöden Löffel los, hörst du!«, rief Ole. Harry bellte freudig, packte den Löffel und sprang damit im Zimmer umher.

»Harry, sitz!«, rief Anna verzweifelt, aber er bellte noch freudiger und sprang um ihre Füße herum.

Plötzlich packte Ole sie am Arm. »Da ist sie!« Er zeigte auf einen kleinen Punkt auf Harrys Rücken. Die Spinne hing in Harrys Fell fest und wippte im Takt seiner Bewegungen auf und ab.

»Okay, jetzt keine Panik. Du schnappst ihn dir, ich hole das Küchenpapier!«, wies sie Ole an.

»Wie wäre es, wenn wir tauschen?«

»Jetzt sei kein Baby! Los, auf drei!«

Ole nickte konzentriert. Er sah aus, als könne er seinen Ekel nur mit letzter Kraft unterdrücken, aber er widersprach nicht mehr. Er ging auf den Dackel zu, blickte woanders hin und tat so, als würde er ihn gar nicht bemerken, dann sprang er plötzlich los und packte ihn um die Mitte. Dabei passte er sehr genau auf, der Spinne nicht zu nahe zu kommen. »Los, schnell!«, rief er und hielt den zappelnden Harry umklammert.

Anna, die seinem Manöver zugesehen hatte, besann sich auf ihre Aufgabe, spurtete in die Küche und kam gleich darauf mit der Papierrolle zurück. Harry leckte inzwischen glücklich Oles Gesicht ab, der die Augen zusammenkniff und versuchte, seinen Kopf wegzudrehen.

»Seit wann riecht sein Atem eigentlich so nach Fisch?«, knurrte er zwischen zusammengebissenen Zähnen hervor.

»Er kriegt ein neues Futter mit Algen. Gut für den Eisenhaushalt. Und Luuk gibt ihm manchmal Eier ...« Anna ging neben ihm in die Hocke, packte endlich die Spinne, wickelte sie in Küchenpapier ein und warf sie in den Kamin.

Ole ließ Harry los, der sich sofort wieder den Holzlöffel schnappte und begeistert bellte. Mit einem Seufzer ließ Ole sich aufs Sofa fallen, und Anna warf sich auf ihn drauf. »Oh Mann, für heute reicht es mir mit den Abenteuern«, sagte sie. Er vergrub seine Nase in ihrem Haar, und sie lagen einen Moment einfach da und genossen die Stille. »Du riechst nach saurem Rettich«, sagte Ole und schloss die Augen.

»Ich weiß. Oh, wir haben ja noch gar nicht in den Koffer geschaut!« Anna rappelte sich hoch und boxte ihm aufgeregt auf den Bauch. »Los, komm!«

Ole stöhnte und versuchte sie festzuhalten. »Diese Angewohnheit von dir, immer um dich zu hauen, ist wirklich gewöhnungsbedürftig.«

Anna sagte nichts dazu und zog ihn vom Sofa hoch, aber er wehrte sich und ließ sein ganzes Gewicht nach hinten kippen, sodass sie stolperte und lachend auf ihn fiel, wo er sie energisch festhielt. »Kann man nicht einfach mal zwei Minuten entspannen? Wir bleiben jetzt hier. Am Wochenende gehört man auf die Couch!«

Anna grinste. Ole war ein Energiebündel und wollte sonst nie entspannen. »Also schön. Zehn Minuten.«

Harry, der immer mitten ins Getümmel sprang, wenn Anna und Ole sich nahekamen – nicht weil er eifersüchtig war, sondern weil er mitmischen wollte –, hopste auf Annas Bauch und versuchte, gleichzeitig ihre beiden Gesichter abzulecken. Sie drückte ihn von sich weg.

»Puh, du hast recht. Das Futter bekommt ihm nicht.«

»Nein, er riecht wie ein faules Fischbrötchen.«

Nachdem sie eine Weile erschöpft auf dem Sofa gelegen und Harry gekrault hatten, der immer, wenn sie sich küssten, versuchte, ihre Gesichter abzulecken und so mit seinem Todesatem jede aufkommende romantische Stimmung zunichtemachte, gingen sie in die Küche zurück und versuchten, den Koffer zu öffnen. Aber die goldenen Schlösser saßen bombenfest.

»Das gibt's doch nicht!« Anna stocherte mit einem Küchenmesser darin herum, aber sie ließen sich nicht knacken.

Eine halbe Stunde lang suchten sie jede Schublade und jedes Honigglas im Haus ab, aber es war kein Schlüssel zu finden. »Wir könnten ihn einfach aufschneiden!«, schlug Anna schließlich vor, aber Ole verzog das Gesicht. »Diesen tollen alten Koffer? Der war mal teuer, und wenn man ihn ein bisschen säubert, ist er eine richtige Antiquität. Ich krieg den schon noch auf!«

Sie beschlossen, ihn mit auf den Hof zu nehmen und mit dem Werkzeug von Annas Großvater das Schloss zu knacken. Aber dann vergaßen sie ihn erst im Auto, wo er eine Woche liegen blieb und mit Anna über die Insel wanderte. Dann schleifte sie ihn schließlich in den Hausflur, wo er wiederum eine Woche stand und als Schuhablage benutzt wurde. Irgendwann, in einer sonntäglichen Aufräumaktion, trug sie ihn die Kellertreppe hinunter und lagerte ihn dort zwischen, bis Ole es schaffen würde, sich die Schlösser anzuschauen.

16

»Und du bist sicher, dass sie das nicht sehen kann?«

Kommissar Neeson zuppelte schon eine Weile an Annas Oberteil herum, in dem er gerade das kleine

Mikro versteckt hatte, das ihr Gespräch mit der Femke aufzeichnen sollte, und richtete jetzt mit einem prüfenden Blick ihren Kragen. Zusätzlich hatte sie noch einen winzigen Knopf im Ohr, über den sie mit ihm kommunizieren konnte, sollte es notwendig sein. Sie hoffte, dass sie ihn nicht vergessen und gedankenverloren aus ihren Haaren einen Knoten auf ihrem Kopf aufstecken würde, wie sie es oft machte, wenn sie nervös war. Dann wäre der Knopf sofort zu sehen.

»Sie wird dir ja wohl nicht unters Hemd fassen, oder?«

»Das hoffe ich mal nicht!«

Er nickte. »Na also, dann kann auch nichts passieren!«

»Und es wird auch nicht plötzlich überraschend piepsen oder so was?«

Er warf ihr einen vorwurfsvollen Blick zu. »Denkst du, ich bin Anfänger?«

»Ich frage ja nur. Schließlich sitzt du im sicheren Auto und kannst jederzeit abhauen, und ich muss da reingehen.«

Er schnaubte. »Ja genau, wenn was passiert, bin ich sofort weg, du schaffst das schon alleine. Machst du nicht Karate oder so?«

»Yoga. Ich mache Yoga! Das ist so ziemlich das genaue Gegenteil von Karate!«

Er zuckte mit den Schultern und lächelte. »Schön, dann bleibe ich eben. Ich kann Krav Maga. Das ist echt wirkungsvoll. Ein gezielter Schlag, und auch der dickste Brocken liegt auf dem Boden. Du solltest mal Stunden nehmen.«

»Ich überleg's mir«, sagte Anna trocken. »Gebrauchen könnt ich's.«

Er lächelte. »Allerdings. Mach dir keine Sorgen, okay!«, sagte er dann ernst und sah sie an. »Ich bin in zwei Sekunden bei dir, falls etwas passiert. Aber es wird nichts passieren. Alle Fakten sprechen dafür, dass sie zwar irgendwie in die ganze Sache involviert, aber eigentlich harmlos ist.«

»Wenn du es sagst…« Überzeugt war Anna nicht, aber sie hatte zugestimmt, jetzt musste sie da durch.

Sie hatten ein paar Ecken weiter geparkt, damit sie sich in Ruhe vorbereiten konnten und nicht Gefahr liefen, vom Haus aus gesehen zu werden. Nun stieg Anna aus dem Auto, sah sich um und ging auf unsicheren Beinen los. Neeson würde einen Moment warten und dann langsam hinter ihr her fahren und schließlich um die Ecke parken, wo die dichten Büsche des Nachbarhauses das Auto verbargen, er aber alles mithören und im Ernstfall eingreifen konnte. Ihre Hände waren feucht, und sie spürte ihren Puls in ihrem Magen schlagen.

Als Anna das Haus sah, wäre sie am liebsten sofort wieder umgedreht. Das letzte Mal, als sie hier gewesen war, hatte sie in einer Blutlache auf dem Küchenboden geendet. Als sich vor ihrem inneren Auge erneut die dramatischen Szenen von damals abspielten, wurde ihr ein wenig schwindelig. Die Femke, die ohnmächtig auf dem Boden zusammensackte, nachdem ihr Sohn ihr einen Schlag ins Gesicht verpasst hatte. Ole mit blutverschmiertem Gesicht. Und nicht zuletzt das furchtbare

Geräusch, als er Sem die Kellertreppe hinunterstieß und dieser mit einem dumpfen Schlag unten aufkam, den sie niemals vergessen würde.

»Was machen Sie hier eigentlich, Frau Fischer«, murmelte Anna vor sich hin. Sie war sich mittlerweile sicher, dass Ole recht hatte und das Ganze eine absolut bescheuerte Idee war. Zum Glück hatte er heute nicht freibekommen, und sie wusste, dass er die Seehunde nicht alleine lasse würde, obwohl er wahnsinnig wütend gewesen war, dass sie das Ganze auch ohne ihn durchziehen wollte. Eigentlich hatte er darauf bestanden, mit Neeson im Wagen zu warten, wenn sie schon »ihr unglaublich dämliches, unvernünftiges und idiotisches Vorhaben« in die Tat umsetzen musste, aber als Anna die Femke angerufen und um ein Gespräch gebeten hatte, hatte sie diesen Tag vorgeschlagen, und Anna war so erleichtert gewesen, dass sie nicht sofort wieder auflegte, sondern bereit war, sich mit ihr zu treffen, dass sie sofort zusagte.

Doch jetzt bekam sie tatsächlich ernste Zweifel an dem Vorhaben. Vielleicht hätte sie doch besser auf Ole hören und sich nicht auf diese Sache einlassen sollen.

Zumal es ihnen gar nicht wirklich etwas bringen würde. »Auch wenn sie etwas Belastendes sagt, wird eine solche Aufnahme niemals als Beweisstück zugelassen werden«, hatte Neeson verkündet, nachdem er das Mikro positioniert hatte. »Dafür bräuchten wir einen richterlichen Beschluss.«

»Aber warum dann das Ganze?«, hatte Anna erschrocken gefragt.

»Weil wir eine Spur brauchen!«, hatte er gesagt und den Reißverschluss ihrer Jacke hochgezogen. »So, und jetzt los!«

Als Anna den Zeigefinder zur Klingel hob, schien er plötzlich hundert Kilo zu wiegen. Sie horchte in sich hinein, ob es eine dunkle Vorahnung gab, auf die sie hören sollte. Doch die Aufregung überlagerte jede mögliche Intuition. Außerdem hatte sie plötzlich die Klingel gedrückt, ohne es überhaupt zu merken. Sie beschloss, das als Zeichen zu nehmen. Und als wenig später das vertraute rote Haar hinter der Milchglasscheibe auftauchte, beruhigte sie sich ein wenig. In ihrem Kopf war die Femke zu einem gefährlichen Wesen mutiert, das beinahe monsterähnliche Züge angenommen hatte. Genau wie einem nachts im Dunkeln die Dinge viel schlimmer erscheinen, als sie sich morgens beim Aufwachen präsentieren, stimmte auch das Bild der kleinen, müde aussehenden Frau, die ihr die Tür öffnete, nicht mit den Bildern in ihrem Kopf überein, die sich in letzter Zeit über die Erinnerungen von ihr gelagert hatten.

»Anna!«, sagte sie, und der Schatten eines Lächelns huschte über ihr verquollenes Gesicht. »Komm!«

Sie führte sie in die Küche, wo schon geblümte Kaffeegedecke auf dem Tisch standen. Anna durchzuckte erneut die Erinnerung, sie vermied den Blick zur Kellertür. Trotzdem rann in ihrem Kopf dunkles Blut über die weißen Fliesen, und das Krachen des Stuhles auf ihr Bein dröhnte in ihren Ohren. Sie bemerkte, dass eine neue Esszimmergarnitur an die Stelle der alten gerückt war.

»Wo hast du Harry gelassen?«, fragte die Femke.

»Er ist bei einer Freundin, ich würde ihn…« Sie brach ab. Ich würde ihn niemals mit in dieses Horrorhaus nehmen, war, was sie eigentlich gedacht hatte. »So können wir in Ruhe reden«, sagte sie und zwang sich zu einem höflichen Lächeln.

Die Femke nickte zerstreut. »Natürlich. Willst du Kaffee?«

»Sehr gerne, danke!«

Anna achtete darauf, sich dieses Mal so hinzusetzen, dass sie die Tür im Blick hatte und sich niemand anschleichen konnte, wie es letztes Mal passiert war, als urplötzlich Sem hinter ihr aufgetaucht war. Sie wusste, dass er im Gefängnis war, aber trotzdem fühlte sie sich so sicherer.

Die Femke registrierte kommentarlos Annas Platzwahl. Auch sie wusste genau, warum sie sich so hinsetzte. Sie bewegte sich wie in Zeitlupe, goss warme Milch in die Tassen und drapierte Kekse auf eine kleine Silberplatte. Auf Annas Kopfschütteln hin stellte sie den Zucker wieder weg, den sie schon in den Kaffee hatte geben wollen. Die ganze Zeit über sprachen sie kein Wort, und es war klar, dass die Femke es vermied, Anna anzusehen. Schließlich setzte sie sich ihr gegenüber und sortierte ein letztes Mal die Plätzchen auf dem Teller. Anna sah, dass ihre korallenfarbenen Nägel angekaut und splitterig waren. Dann endlich zog die Femke ihre Tasse zu sich heran, hob den Blick und begegnet Annas Augen.

»Also…«, sagte sie. »Ich war überrascht über deinen Anruf. Besonders nachdem mir deine Mutter unmissverständlich klargemacht hat, dass ich mich dir und deiner Familie nie wieder nähern darf. Was ich natürlich vollkommen verstehe.«

»Ja… ich war ehrlich gesagt selbst überrascht«, sagte Anna und lächelte. »Ich hätte mich fast nicht getraut. Und Mama weiß nichts davon, sonst regt sie sich nur auf.«

Die Femke setzte ihre Tasse ab. »Das alles ist so furchtbar. Ich kenne deine Mutter schon mein ganzes Leben, und nun spricht sie nicht mehr mit mir. Ich wollte doch nur nicht… deine Großmutter lag mir so am Herzen, Anna, das musst du mir glauben.« Sie seufzte fahrig und rührte klirrend in der Tasse, von der sie noch keinen Schluck getrunken hatte. »Es tut mir so leid, was alles passiert ist. Sem ist… ich wollte doch nie… Und ich… bin froh über das Testament. Ich konnte es nicht so offen sagen, Theo, du hast ja gesehen, wie er reagiert hat. Er war schon immer impulsiv, wird schnell wütend, genau wie Sem.«

Anna horchte auf. Das Gespräch glitt schneller, als sie gedacht hätte, in die richtige Richtung.

Plötzlich zuckte sie zusammen. *Gut so, halt sie bei der Stange!*

Neesons Stimme war direkt in ihrem Ohr. Anscheinend hatte sie bei seiner Einweisung nicht richtig aufgepasst, denn sie hatte nicht gewusst, dass er auch mit ihr sprechen konnte. Sie saß erstarrt da, aber augenscheinlich hatte die Femke nichts gehört.

»Stehen die beiden sich nahe?«, fragte Anna und trank einen Schluck Kaffee. Tatsächlich hatte sie vorher überlegt, ob sie überhaupt etwas zu essen oder zu trinken von der Femke annehmen konnte. Aber sie würde ihr schon kein Gift in den Kaffee rühren.

Das hoffte sie zumindest.

»Theo und Sem? Überhaupt nicht. Früher ja, als Sem noch klein war, da waren sie ein Herz und eine Seele. Bevor…« Sie brach ab. »Bevor mein Bruder nach Australien gegangen ist. Aber früher war vieles anders. Er hat damals quasi den Kontakt abgebrochen, zu uns allen hier. Wollte ein neues Leben anfangen.«

»Warum das? Hat er sich hier nicht wohlgefühlt?«

»Nein«, die Femke zuckte mit den Schultern und griff nach einem Keks, nur um ihn dann sofort wieder zurückzulegen. »Das war es nicht. Er war schon immer eigenwillig. Die Insel wurde ihm wohl zu klein.« Sie schien nicht weiter über ihren Bruder reden zu wollen, denn sie fragte: »Also, du sagtest am Telefon, dass du etwas mit mir besprechen willst.«

Anna nickte. Dann erklärte sie mit klopfendem Herzen ihren Plan für den Laden. »Weißt du, deine Mutter hat mir ja ihre Rezepte hinterlassen, damit ich weitermachen kann, wenn sie… nicht mehr da ist. Wir würden nicht viel umbauen und ja auch nicht dort wohnen oder so, es wäre nur zum Backen. «

Die Femke hatte ihr aufmerksam zugehört und nickte nun aufgeregt. »Natürlich!«

»Was?« Verdutzt hielt Anna inne. Sollte sie einfach so einwilligen, ohne große Überredung?

»Natürlich kannst du das machen. Theoretisch gehört das Haus Sem, auf dem Papier zumindest. Aber er ist ja … nun mal nicht da. Er muss es auch nie erfahren. Außerdem steht er tief in eurer Schuld. Wir beide stehen in eurer Schuld … ich hätte viel früher eingreifen müssen.« Erschrocken sah Anna Tränen in den Augen der Femke aufsteigen. Einem Impuls folgend, griff sie über dem Tisch nach ihrer Hand und drückte sie. Wenn die Femke nicht eine wirklich raffinierte Schauspielerin war, dann litt sie unter den Geschehnissen und hatte nichts davon gewollt.

Sie schniefte und wischte sich mit einem Küchenhandtuch über die Augen. »Es tut mir leid.«

»Schon gut. Ich weiß, dass das alles schwer für dich ist.«

Die Femke lächelte unter Tränen. »Ich hatte schon Angst, dass alle mich nun hassen!« Sie schluchzte leise. »Mein ganzes Leben wollte ich es immer nur allen recht machen. Und schau, was passiert ist.«

Jetzt! Daumen drauf! Nicht lockerlassen!

Wieder fuhr Anna zusammen und kam mit dem Arm gegen die Kaffeetasse, als Neeson in ihr Ohr zischte.

»Pssst!«, entfuhr es ihr irritiert, und die Femke sah sie überrascht an.

»Was?«

»Äh … bisssst du denn mit Sem in Kontakt?«, fragte Anna ungelenk.

»Er will mich nicht sehen und auch nicht mit mir sprechen«, antwortete die Femke dumpf.

»Oh.«

Die Femke nickte, plötzlich unwirsch. »Dabei bin ich es schließlich, die ... Aber er ist doch mein Sohn, Anna. Ich muss es doch versuchen.«

»Er hat dich vor meinen Augen zusammengeschlagen, Femke. Du warst bewusstlos, musstest ins Krankenhaus. Er hat dich einfach liegen lassen, mit einer stark blutenden Kopfwunde, du warst leichenblass, ich habe kaum deinen Puls gespürt. *Wir* waren es, die den Krankenwagen gerufen haben ...«

Die Femke schüttelte abwehrend den Kopf, fasste sich aber gleichzeitig ins Haar, an die Stelle, wo ihr Kopf gegen die Wand geknallt und aufgeplatzt war. »Er wollte doch nur nicht, dass ich ...«, begann sie, brach dann aber ab.

»Was wollte er nicht?«, fragte Anna sanft, obwohl plötzlich ihr ganzer Körper sich verkrampfte. Sie konnte fast hören, wie Neeson in ihrem Ohr den Atem anhielt.

Die Femke schüttelte den Kopf. »Ach, nichts. Ich sollte nicht über ihn reden, du weißt ja, sie ermitteln jetzt gegen ihn.«

Shit. Unter ihrem Haar fluchte es leise.

»Ich will ja auch nicht, dass du etwas Belastendes über ihn sagst. Das Ganze ist nur so schwer für mich zu verstehen, weißt du?«

Aufgeregt schürzte die Femke die Lippen. »Natürlich. Das muss alles schrecklich auf dich wirken«, rief sie. »Aber es war doch ein Unfall! Und wir können doch nicht ...« Sie brach ab.

Anna starrte sie aus großen Augen an. Das Ticken

der Uhr an der Wand hallte in ihrem Kopf wider. War das gerade ein Geständnis gewesen?

Was? Was ist passiert?, zischte Neeson atemlos.

»Was meinst du damit?«, fragte Anna, und sie hörte, dass ihre Stimme zitterte.

Die Femke war zusammengefahren und hatte erschrocken die Hand über den Mund gepresst. Einen Moment sahen sie sich an, und in der Küche herrschte Stille. Draußen kreischte eine Möwe, und hinter ihnen gurgelte der Wasserboiler.

Langsam ließ sie die Hände sinken, und Anna konnte fast sehen, wie es hinter ihrer Stirn arbeitete. »Nichts. Ich meine natürlich, die ganze Sache hier, mit Sem«, sagte sie.

Anna wusste genau, dass sie das nicht gemeint hatte. Sie war so kurz davor. Sie musste versuchen, etwas aus der traurigen, grauen Frau ihr gegenüber herauszukriegen. »Aber was meinst du mit *Unfall*?«

»Na, dass es so eskaliert ist.« Die Femke riss sich sichtlich zusammen. Sie stand auf, nahm eine Blechdose und begann, die Kekse von der Platte wieder einzuräumen. Plötzlich hielt sie inne. »Oh, entschuldige. Wolltest du noch welche?«, fragte sie verwirrt

Anna schüttelte betroffen den Kopf. Die Femke stand offensichtlich total neben sich. Wie in Trance machte sie weiter.

Anna beschloss, es noch einmal zu versuchen. »Femke«, sagte sie. Und dann, als die Frau nicht reagierte, noch einmal lauter. »Femke!«

Sie zuckte zusammen. »Hm?«, fragte sie und sah

Anna an. Sie lächelte, aber ihr Lächeln hatte etwas seltsam Schiefes. Plötzlich sah Anna zwei kleine Schweißperlen, die neben den Augenbrauen der Femke ihre Wange hinabrollten.

»Du hast doch eben etwas anderes gemeint. Oder nicht? Femke, wenn du etwas weißt, von damals, von meiner Schwester, wenn du weißt, dass es ein Unfall war, dann kannst du uns das doch sagen!«

Die Femke starrte sie an, als habe sie sie geschlagen. »Was redest du denn«, zischte sie.

»Ich ... du weißt genau, was ich meine!«

»Wer hat denn etwas von deiner Schwester gesagt?«

Plötzlich wurde Anna wütend. »Sem. Sem hat etwas von meiner Schwester gesagt. Hier, in dieser Küche. Er hat gesagt, dass du weißt, was damals passiert ist! Tu nicht so, als wüsstest du das nicht mehr!«

»Du verstehst das alles falsch!« Die Femke hob abwehrend die Hände und lächelte wieder auf diese seltsame Weise, die Anna eine Gänsehaut über den Rücken jagte.

»Dann erklär es mir!«

»Du musst jetzt gehen!«

»Was?« Verdattert lehnte Anna sich in ihrem Stuhl zurück.

»Ich habe noch eine Verabredung.«

»Aber ... Femke!«

Mit mechanischer Stimme sagte sie: »Tut mir leid. Es war sehr schön. Wir sollten uns öfter mal wieder sehen.« Sie ging zur Küchentür und hielt sie auf. Anna erhob sich. »Mit deinem Laden, das geht klar, mach dort, was du willst, ich freue mich, wenn du wieder Kuchen backen kannst. Das ist eine schöne Idee.« Die roten Flecken auf Hals und Dekolleté waren wieder da, die Anna schon beim Notar aufgefallen waren. Die Femke sah sie nicht mehr an, plapperte Abschiedsfloskeln vor sich hin und hielt ihr bereits die Haustür auf.

Anna nahm ihre Jacke und ging mit großen Augen an ihr vorbei aus dem Haus. Sie war noch nicht richtig draußen, da wurde die Tür hinter ihr zugedrückt.

»Ich hab's vergeigt!« Anna ließ sich neben Neeson ins Auto fallen und verzog kurz das Gesicht, als ein leichter Schmerz durch ihr Bein zuckte. »Ich bin so dämlich! Ich war kaum zehn Minuten da drin, bevor sie mich rausgeschmissen hat.«

»Nix da, vergeigt, super gemacht«, sagte Neeson, und sie zuckte zusammen, weil seine Stimme nun gleichzeitig brüllend laut in ihrem Ohr und neben ihr auf dem Fahrersitz erklang. »Oh. Nimm den Knopf raus!«

Anna fummelte schnell das kleine Metallteil aus ihrem Ohr und legte es, auf Neesons Nicken hin, auf das Armaturenbrett. Er fuhr los, wendete den Wagen in der Einfahrt eines gelben Hauses, in dem sich sofort eine Gardine bewegte, und lenkte ihn aus der Straße hinaus.

»Aber sie war kurz davor etwas zu sagen!«, nahm Anna das Gespräch wieder auf.

»Sie hat alles gesagt, was ich vorerst wissen muss.«

»Wie meinst du das?«

»Ich habe doch nie damit gerechnet, dass sie direkt ein volles Geständnis abliefert. War ja klar, dass wir, wenn überhaupt, dann nur Andeutungen aus ihr rauskriegen. Aber ich weiß jetzt, dass wir in die richtige Richtung ermitteln. Dass ich weiter bohren muss.« Neeson warf einen prüfenden Blick in den Rückspiegel. »Ich fahre dich heim, da können wir dich in Ruhe entkabeln.«

»Ich hätte nicht so direkt nachfragen sollen, ich habe sie zu sehr unter Druck gesetzt.« Anna war frustriert über sich selbst.

»Sie weiß etwas, Anna. Dafür haben wir nun eine Bestätigung. Ist doch klar, dass sie es uns nicht aufs Brot schmiert. Aber ich werde mir nun diese Familie noch ein wenig näher ansehen als vorher.« Er hielt an einer roten Ampel und rieb sich nachdenklich den Bart. »Mir ist viel geholfen, wenn ich sicher sein kann, dass ich nicht ins Leere ermittle.« Nach ein paar Sekunden Stille fügte er hinzu: »Was weißt du eigentlich über ihren Mann?«

Anna sah ihn überrascht an. »Femkes Mann? Nichts. Er ist schon ewig tot.«

»Hm.« Neeson nickte. »Genau genommen starb er zwei Jahre nach dem Tod deiner Schwester.«

»Ach wirklich? Keine Ahnung, ich habe nur eine ganz verschwommene Erinnerung an ihn.«

»Und Sem hat nie von ihm gesprochen? Ihr habt euch doch öfter getroffen, wart auf dem Flohmarkt. Da hat er ihn nie erwähnt?«

»Nie!«, bestätigte Anna.

»Seltsam«, sagte Neeson nur und legte den Gang ein.

Im Februar rollte dann doch noch eine kalte Winter-
front über die Wiesen und Dörfer. So ungewohnt war
dieses Wetter für die Insulaner, dass fast ein wenig
Ausnahmezustand herrschte. Alle redeten nur über den
Schnee und darüber, dass man nicht mehr gefahrlos
Fahrrad fahren konnte und auch noch die Busse aus-
fielen. Morgens streute Anna mit Leentje und Anton
Salz auf das Kopfsteinpflaster der Burgwinkelgasse,
und Harry bekam plötzlich einen Anfall von verspäte-
tem Winterfellwuchs, das fleckenweise seinen rosigen
Bauch überzog.

Früher hatte Anna den Winter geliebt. Knackige
Kälte, Frost auf den Bäumen, der Geruch von Schnee,
der die Welt verzauberte und alles irgendwie stiller
machte, besonderer. Sie genoss es, sich drinnen ein-
zukuscheln, wenn draußen das Weiß das Kommando
übernommen hatte, liebte das Gefühl, dass die Welt
eine Pause machte und man sich ihr ruhig anschließen
konnte. Alles war weniger dringend, weniger eilig an
Tagen mit Schnee.

Jetzt sah die Sache anders aus.

Der Winter war gefährlich für sie geworden, vereiste
Wege ein Albtraum. Sie traute ihren Schritten nicht
mehr und stöhnte, wenn sie im Radio ankündigten,
dass die Temperaturen unter den Gefrierpunkt sinken
würden. Hinfallen, noch dazu auf vereistem Boden,
durfte nicht passieren! Künstliche Hüften hatten eine

begrenzte Haltbarkeitsdauer. Wenn ihr neues Gelenk vorher schon kaputtging, musste sie wieder operiert werden, wieder neu laufen lernen, wieder in die Reha. Und vor allen Dingen konnte man nur maximal drei Mal im Leben eine solche Operation durchführen lassen, danach war das Gewebe zu stark beansprucht. Normalerweise war das kein Problem, die allermeisten Menschen, brauchten erst ab sechzig aufwärts eine neue Hüfte, die dann gut fünfundzwanzig Jahre halten konnte. Anna plante allerdings, mindestens neunzig zu werden und durfte sich daher keine Unglücke leisten, wenn sie nicht irgendwann im Rollstuhl enden wollte. Zum Glück wurde es auf der Insel normalerweise nicht sehr kalt. Manchmal gefror morgens der Raureif auf den Bäumen und verwandelte sie in weißglitzernde Märchenfiguren, ein Anblick, an dem Anna sich nicht sattsehen konnte, aber richtiger Bodenfrost war selten, Schnee kam kaum je vor. Das war gut so. Ein weiteres Zeichen des Schicksals, dass die Insel richtig für sie war.

Endlich konnte es auch mit dem Umbau losgehen. Zwar war Ole mit den Seehunden immer noch stark eingespannt, aber sie konnten die Epidemie langsam eindämmen, und an seinen freien Tagen begann er mit der Arbeit im blauen Haus. Anna fertigte Skizzen an, besorgte Möbel und Tapeten und übte abends auf dem Hof in ihrer kleinen Küche an den ersten Rezepten. Sie konnte es nicht abwarten, eine prickelnde Vorfreude hatte sie erfasst, ein Gefühl, dass sie schon lange nicht mehr gespürt hatte.

Der Neubeginn rückte in greifbare Nähe.

Mit einem animalischen Grunzen schwang Ole den Hammer gegen die Wand. Ein großer Brocken Putz löste sich zusammen mit einem Brett aus der Decke und fiel ihm auf den Kopf. Er gab einen erschrockenen Laut von sich und schüttelte sich prustend.

Anna war schnell zurückgesprungen, als die Lawine herunter kam. Jetzt stürzte sie besorgt zu ihm hin. »Ist dir was passiert?«

Er spuckte weißen Putz aus und hustete. »Ich habe mich bei dir angesteckt, das ist passiert.« Pikiert klopfte er sich den Staub von der Schulter.

»Wie bitte?«

»Früher ist mir so was nie passiert.«

»Du sagst doch immer, meine Neigung zu Unfällen ist ein Gendefekt. Die sind nicht ansteckend. Das hast du schon selber zu verantworten.« Anna grinste übers ganze Gesicht.

»Was an meinem Leid findest du eigentlich so erheiternd?«, fragte Ole finster.

»Och, ich weiß auch nicht. Es ist einfach schön, mal auf der anderen Seite zu stehen. Welche emanzipierte Frau will schließlich ständig gerettet werden? Ich finde es toll, dass ich jetzt mal dran bin!«

»So? Na so wahnsinnig viel Rettung kriege ich bisher noch nicht mit. Wie wäre es zum Beispiel mit einem Pflaster für meine Wunde hier?« Sorgenvoll betrachtete er im Spiegel über der Kommode seine Stirn.

»Du meinst den winzigen Kratzer da?«

Er warf ihr einen vernichtenden Blick zu. »Also ich sage es jetzt ganz ehrlich: Du eignest dich nicht als Retter. Die wichtigste Eigenschaft, die man mitbringen muss, ist Mitgefühl. Wie oft habe ich schon lächerliche Wehwehchen von dir versorgt und so getan, als wären es lebensgefährliche Fleischwunden?«

Anna lachte, dann holte sie ein Pflaster aus dem Verbandskasten im Bad. Es war rosa, mit kleinen Zootieren drauf, und Ole trug es den Rest des Tages stolz mitten auf der Stirn. Sogar als sie Pizza essen gingen und Anna ihn anflehte, es doch bitte endlich abzunehmen.

»Wann reißen wir eigentlich drüben den Zaun ein?«

Ole legte das Knoblauchbrot, in das er gerade hineinbeißen wollte, wieder auf den Teller zurück und runzelte die Stirn. Sie hatten sich auch am nächsten Tag in der Mittagspause den Staub aus den Haaren geschüttelt und bei Mario vorbeigeschaut, der ihnen heute das Essen komplett geschenkt hatte. »Wer renoviert, braucht Grundlage!«, hatte er fröhlich gesagt und eine Flasche Rotwein dazu gepackt. Nun saßen sie mit Pizzakartons auf den Knien in Roos' Garten. Dick in Jacken eingepackt, genossen sie die ersten Strahlen der noch zaghaften Frühlingssonne und nippten hin und wieder an der Flasche Wein. Anna atmete tief die Luft ein. Sie konnte ihn bereits riechen, den Frühling. Noch versteckte er sich, aber bald würde es losgehen mit den ersten Knospen, dem ersten grünen Gras, dem blauen Himmel und vor allem dem Umbau des Gartens.

»Was ist?«

»Ich frage mich nur, ob du dir da wirklich sicher bist.«

»Wir haben das doch schon besprochen.«

»Ja, aber ich habe noch mal drüber nachgedacht. Möchtest du wirklich jeden Tag Horden von Menschen in Roos' schönem, friedlichem Garten herumlaufen haben? Würde das nicht die … Atmosphäre zerstören. Und was, wenn sie was kaputt machen?«

»Was sollten sie denn kaputt machen?«

»Ich weiß auch nicht, Rosen klauen, Gemüse mitnehmen oder so?« Er zuckte die Achseln.

»Die Inselleute sind eigentlich nicht für kriminelle Neigungen bekannt. Außer einem natürlich …«

»Ja, aber die Touristen!«

»Die kaufen doch eh nicht bei mir.«

»Wenn du erst mal ein berühmtes Gartencafé hast, ändert sich das vielleicht.«

»Ich werde den eventuellen Verlust von ein paar Möhren und Rosen eben hinnehmen müssen. Die eine oder andere Pflanze werden sie schon noch stehen lassen. Der Garten ist ja nur zugänglich, wenn der Laden auf ist. Ich bin dann ohnehin beschäftigt und könnte ihn gar nicht nutzen. Und Britt sagt, dass es ihr nichts ausmacht, solange die Leute nicht auf die Terrasse kommen. Sie arbeitet so viel, dass sie sowieso nie die Sonne zu Gesicht bekommt. Wir haben das genau geplant. Hier oben gibt es eine private Zone. Ich weiß noch nicht genau, wie wir sie abgrenzen, vielleicht mit Blumen oder einer Hecke. Und dann können wir im

Rest des Gartens Stühle und kleine Tische aufbauen, und die Gäste können zwischen den Blumen Kaffee trinken. So wie früher im Van-der-Meer-Café.«

Ole schien nicht überzeugt. »Ein Garten sollte ein Rückzugsort sein. Wenn der Zaun erst mal weg ist, dann kannst du das nicht mehr ändern, dann hast du wirklich jeden Tag fremde Menschen ums Haus schleichen.«

Anna blinzelte überrascht. »Was bist du denn so negativ, das passt überhaupt nicht zu dir.«

Ole brummelte irgendwas Unverständliches. »Ich habe eben gerne meine Ruhe«, sagte er dann lauter.

»Ich weiß, deshalb wohnst du ja auch mitten im Nichts, umgeben von Wassergräben und Gänsehorden.«

»Diese Gänse sind ganz schön laut, das sag ich dir. Mit Einsamkeit und Ruhe ist da nicht viel. Manchmal würde ich am liebsten mit einer Büchse aufs Feld gehen und ihnen ordentlich einheizen.«

Anna lächelte nachsichtig. Ole liebte die Gänse- und Wildentenschwärme, die im Frühling und Herbst die Felder der Insel bevölkerten. »Na, wenn es dir auf deiner Wiese zu voll wird, kannst du jederzeit herkommen, um mal 'ne Auszeit zu nehmen.«

»Eben drum sag ich es ja. Wie soll ich denn in Ruhe sonnenbaden, wenn hier überall Leute rumlaufen?«

»Das stört die bestimmt nicht. Im Gegenteil, das wird ein Kundenmagnet. Wir könnten bestimmte Zeiten einführen, in denen du dich nackt auf der Terrasse präsentierst. Dann ist die Bude voll, und wir nehmen Eintritt.«

»Warum drängt sich mir das Gefühl auf, dass du mich nicht ernst nimmst?«

Anna schluckte einen Bissen hinunter und küsste ihn aufs Ohr. »Kann ich mir nicht erklären.«

19

Bereits zwei Wochen später war die kleine Wohnung über dem Laden so weit fertig, dass Anna anfangen konnte, dort zu backen. Ole wollte zwar im Laufe der Zeit noch einige Dinge ausbessern und verfeinern, aber er musste wieder zu seinen Seehunden, und das Gröbste war geschafft. Nun ging sie nach der normalen Arbeit im Laden nach oben und brütete über Roos' Rezepten, hantierte mit Butter, Eiern, Gewürzen und Glasuren und verzweifelte darüber, dass der Kuchen einfach nicht so schmecken wollte, wie sie es gewohnt war. Anscheinend reichte es nicht aus, die richtigen Rezepte zu haben, man brauchte auch Erfahrung – oder eine Gabe –, vielleicht musste auch der Mond richtig stehen, sie war sich nicht sicher.

Als sie nach einem besonders langen Vormittag, an dem sie geübt hatte, wenn keine Kunden im Laden waren, von der Arbeit mehlverschmiert und frustriert nach Hause kam, um schnell mit Ole zu Mittag zu essen, und den Brief mit dem nun bekannten Siegel der Anwaltskanzlei im Kasten sah, überkam sie sofort ein ungutes Gefühl. Vielleicht war es Intuition, vielleicht einfach Zufall, aber sie wusste in diesem Moment, dass der Umschlag nichts Gutes beinhaltete. Anders als beim letzten Mal riss sie ihn noch in der Einfahrt auf und überflog mit angehaltenem Atem den Inhalt. Dann ließ sie sich langsam auf den großen Stein neben dem Postkasten sinken und starrte auf die Zeilen.

»Ich hab einen Brief bekommen.«

Ole zog eine Augenbraue hoch. Er hatte gerade eine Dose Tomaten geöffnet und goss nun schwungvoll den Inhalt in die Pfanne, in der Zwiebeln und Knoblauch in Olivenöl brieten und einen betörenden Duft in der Küche verbreiteten, bei dem Annas Magen leise rumpelte.

»Schlimm?«

Sie nickte und spürte ein Brennen in der Kehle. »Das Verfahren hat begonnen.«

»Ja und, das war doch klar.« Ole zuckte mit den Schultern. »Er wird nicht damit durchkommen, das hat der Notar doch ganz deutlich gesagt.«

»Ja. Aber solange das Verfahren läuft, dürfen wir in dem Haus nichts verändern. Ich habe eben mit Herrn Mesmann telefoniert. Theodor hat das beantragt, und dem Antrag wurde stattgegeben. In dem Brief steht irgendwas von berechtigten Zweifeln an der Glaubwürdigkeit des Testaments. Mesmann ist sicher, dass er damit nicht durchkommt, aber fürs Erste müssen wir die Füße stillhalten.«

»Was? Was genau bedeutet das?«

»Es bedeutet, dass wir noch nicht einziehen können. Also wir können schon, aber falls er doch Recht bekommt, muss das Haus in seinem ursprünglichen Zustand übergeben werden. Wir können also nicht das Geringste umbauen und auch keine Möbel rausschmeißen. Und es bedeutet auch, dass wir den Zaun nicht einreißen können.« Anna merkte, wie sich Tränen der Frustration anbahnten. »Im Klartext heißt es, dass wir nichts von unseren Plänen umsetzen können, bis der Rechtsstreit beigelegt ist. Und das kann ewig dauern. Jahre vielleicht.« Ihre Stimme war bei den letzten Worten schrill geworden, und sie versuchte, sich zu beruhigen. Sie atmete einmal tief ein und aus. »Außerdem will ich mich nicht schon wieder an ein neues Zuhause gewöhnen, nur um es dann vielleicht wieder zu verlieren. Was machen wir denn jetzt?«, fragte sie.

Ole ließ sich überrumpelt am Tisch nieder und blickte auf seine Hände. Sie waren rau und aufgeschürft und voller Schwielen, und er zupfte gedankenverloren daran herum.

»Tja, das ist natürlich richtig blöd!«, sagte er. »Aber es ist doch kein Weltuntergang.«

»Ach nein?«

»Nein!« Er lächelte. »Du hast ja schon ein Haus. Okay, für Britt müssen wir uns was einfallen lassen. Aber noch vor ein paar Wochen war auch alles gut, da wusstet ihr nicht mal was von dem Haus. Und ich bin sicher, dass es nicht Jahre dauern wird. Dann lassen wir eben erst mal alles so, wie es ist. Und wir können ja trotzdem ab und zu dort übernachten, dann steht es nicht ganz leer, und wir haben einen Ort, an den wir gehen können, wenn wir einen über den Durst trinken oder mal ganz ungestört sein wollen.« Er zwinkerte vielsagend, und Anna musste gegen ihren Willen lächeln.

»Schau, du kannst das jetzt nicht ändern. Also hilft es nichts, groß rumzujammern.«

»Ich jammere doch gar nicht!« Er hob die Augenbrauen, und sie sagte: »Okay, schön, du hast ja recht. Für mich ist die Sache nicht ganz so schlimm. Gut, es wäre wundervoll, das Café um den Garten zu erweitern und damit eine neue Attraktion zu haben, aber ich kann es verschmerzen, damit noch zu warten. Doch für Britt sieht die Sache schon anders aus.«

Ole nickte nachdenklich. Britts Mietvertrag, der eigentlich schon im Herbst hatte auslaufen sollen, war noch einmal ein paar Monate verlängert worden, weil das alte Ehepaar, in dessen Haus sie wohnte, keinen geeigneten Heimplatz gefunden hatten. Aber nun stand der endgültige Auszugstermin fest, und Britt musste in wenigen Wochen ihre geliebte Mansardenwohnung verlassen. »Aber wir lassen uns etwas einfallen!«, versprach er. »Jetzt ruf Britt erst mal an und sprecht über die Sache. Eine Übergangslösung findet sich immer, und ich bin sicher, dass ihr den Prozess gewinnt. Das wäre doch gelacht.«

Anna schlang ihre Arme um seinen Rücken. »Du hast recht.«

»Wie immer!«, sagte er freundlich, und sie lachte.

»Klar, wie immer!«

Nach dem Essen musste Ole wieder zu den Seehunden, und sie ging an den Strand und lief eine Stunde einfach vor sich hin. Den Rest des Tages würde sie den Laden zu lassen, es kam ohnehin niemand, und sie brauchte jetzt Zeit für sich.

Allein mit der Urgewalt des tosenden Nordmeers vergaß sie alle beunruhigenden Gedanken. Die Sonne trug das Ihrige dazu bei, Annas Traurigkeit zu vertreiben. Sie kam entspannt zurück, leckte sich das Salz von den Lippen, entwirrte die Knoten aus ihren Haaren, die der Wind hineingepustet hatte und kochte Nudeln fürs Abendessen. Während das Wasser blubberte, zog sie das Bett ab, leerte den Wäschekorb, brachte den Kompost zu den Wollschweinen nach nebenan und sah ihnen einen Weile zu, wie sie Kartoffelschalen und Apfelbutzen vom Boden aufsaugten, als wären sie kurz vorm Verhungern.

Sie hatte einen Entschluss gefasst.

Sie würde sich von Theodor nicht die Laune verderben lassen. So einfach, so leicht war das. Sie musste es nur beschließen und dann durchziehen. Über alle Steine, die er ihr in den Weg legte, würde sie einfach drüberhüpfen – und ihm dabei den Stinkefinger zeigen.

Und sie wusste auch schon, wie.

20

Hallo? Anna, bist du da oben?«

»Ja-ha! Vorsicht, zieh den Kopf ein!«

Das Knarzen von Schritten auf der alten Treppe war zu hören, und wenig später steckte Britt den Kopf zur Tür herein. Anna wischte sich die Hände an der Schürze ab.

»Riecht köstlich in deiner Hobbithöhle!« Britt warf ihre Jacke auf den Sessel, entwirrte ihre blonden Haare, gab Harry einen Kuss, dessen Erwiderung sie hastig auswich, und drückte Anna an sich. »Es ist so gemütlich hier oben!« Anna sah sich um und musste ihr recht geben. Die kleine Wohnung über dem Laden war inzwischen eine voll funktionstüchtige Backstube. Zwei alte Elektroöfen bollerten vor sich hin, und in der Mitte des Raumes hatte sie alte Holztische aneinander geschoben, um eine große Arbeitsfläche zu schaffen. Vorhänge aus dem ehemaligen Kinderschlafzimmer des Hofes und zwei große Topfpflanzen sorgten für Gemütlichkeit. Außerdem stand ein alter geblümter Sessel vom Flohmarkt in der Ecke, den Ole unter viel Geschimpfe und mithilfe von Seilen die schmale Treppe hinaufgezogen hatte. Gleich daneben lag Harry in einem seiner vielen Körbchen, die Anna überall dort verteilte, wo sie sich öfter aufhielt. Den alten Teppich hatten sie mühselig vom Boden abgeschabt. Darunter war der gleiche Dielenboden zum Vorschein gekommen, der auch unten im Haus lag, nur war dieser hier nicht abgeschliffen. Die ochsenblutfarbenen Dielen knarzten bei jedem Schritt und trugen zu der behaglichen Atmosphäre des kleinen Hauses bei. Das Gemütlichste war aber, wie Britt schon festgestellt hatte, der köstliche Geruch nach frischem Kuchen, der für Anna jetzt immer mit ein wenig Wehmut verbunden war, weil er sie an Roos erinnerte.

»Klappt alles?«, fragte Britt und beäugte die Resultate. Sie trug ihren Kittel über der zerlöcherten Jeans und trotz des kalten Wetters Turnschuhe ohne Socken. Offensichtlich kam sie direkt aus der Praxis.

»Ja, die Mandeltorte ist gut geworden, aber die Baiserhaube kriege ich noch nicht hin, sie zerfließt und wird schwarz. Ich bin schon ganz verzweifelt«, klagte Anna.

»Hast du es mal mit weniger Hitze probiert?«

»Dann läuft alles noch mehr auseinander.«

»Hm, das kann eigentlich nicht sein. Dann stimmt irgendwas mit dem Rezept nicht.«

»Es ist Roos' Rezept.«

»Das heißt ja nicht, dass es in Stein gemeißelt ist.«

»Doch, genau das heißt es.«

Britt lachte. »Zeig mal her.« Sie zog Roos' Backbuch zu sich heran und stützte die Ellbogen auf die Theke. »Okay, da stehen nur zwei Zutaten, das kann also nicht so schwer sein, oder?«

»Sollte man meinen. Aber guck dir den Kleister hier mal an!«

Kritisch beugte Britt sich über die Schüssel. »Da ist ja noch total viel übrig. Hast du die doppelte Menge gemacht?«

»Nein. Alles nach Rezept, sag ich ja.«

»Und es ist ja vollkommen flüssig. Hast du das etwa so auf den Kuchen geschmiert? Wie viele Eier hast du denn um Gottes willen da drin?«

»Na acht, wie angegeben!«

»Ähm, Anna?«

»Ja?«

»Du hast ernsthaft acht Eier da reingehauen?«

»Wenn es doch hier so steht!«

Britt zog erneut das Buch zu sich heran, blies sich eine Ponysträhne aus dem Gesicht und las noch einmal das sehr kurze Rezept.«

»Ja, meine Liebe, da kann ich dir jetzt ganz genau sagen, wo's hängt«, verkündete sie.

»Ach ja? Und wo?«

Britt drehte das Buch um und tippte mit ihrem blauen Finger auf eine Zahl. »Das da ist eine 3, keine 8.«

Anna starrte sie an. Dann nahm sie das Buch und hielt es sich direkt vors Gesicht. »Das gibt's doch nicht!« Entsetzt ließ sie es auf den Tisch fallen. »Ich habe schon vier Torten gemacht, und alle sind nichts geworden. Das sind…«, rasch addierte sie im Kopf, »zweiunddreißig Eier… für die Katz!«

»Tja, aus Fehlern lernt man. Also, ab ins Klo mit dieser ekligen Pampe, und auf ein Neues.«

Anna wischte sich die Hände an der Schürze ab. »Geht nicht. Hab keine Eier mehr…!«

Sie sahen sich an und prusteten dann gleichzeitig los. Anna naschte vom fertigen Mandelboden, und Britt nahm unter Lachtränen die Schüssel in die Hand und zog mit dem Löffel den weißen Kleister in die Luft.

»Ich kann nicht glauben, dass du das auf einen Kuchen gemacht hast.«

Anna lachte so sehr, dass sie husten musste und ein paar Teigkrümel ausspuckte. »Ich auch nicht!«, keuchte sie. »Ich werde noch alle meine Kunden vergiften.«

»Kein Problem, sind ja nur zwei«, sagte Britt, und sie lachten so sehr, dass sie sich über dem Tisch krümmten und japsten.

Nach zwei weiteren Lachattacken ließ Anna sich erschöpft in den Sessel fallen. »Puh, das tat gut. Ich habe schon lange nicht mehr so gelacht.«

»Ja, ich auch nicht.« Britts Wimperntusche war verschmiert, und sie nahm eine Rolle Küchenpapier und tupfte sich die Augen. »Theodor hat uns ganz schön die Laune verdorben.«

»Das kannst du laut sagen.«

Plötzlich wurde Britt wieder ernst. Sie sah Anna aus verschmierten Augen an. »Was machen wir denn jetzt?«, fragte sie und sah mit einem Mal ganz verloren aus. »Das kann sich Jahre hinziehen. Ich muss aus meiner Wohnung raus.«

»Ich weiß. Deshalb habe ich dich angerufen. Mesmann sagt zwar, dass Theodor sicher schnell abgeschmettert werden wird. Aber trotzdem brauchen wir ja eine Übergangslösung.« Anna brach gedankenversunken ein riesiges Stück von dem fertigen Mandelboden ab und steckte es sich in den Mund. Britt beobachtete sie überrascht, dann zuckte sie mit den Schultern und tat es ihr gleich. »Und, was schlägst du vor?«, fragte sie kauend.

»Ich schlage vor, dass du zu mir ziehen solltest.«

Britt starrte sie perplex an. »Zu dir? Auf den Hof?«

Anna nickte. »Es ist perfekt. Das Zimmer oben ist zu klein, aber die Wohnstube benutze ich nicht. Sie hat große Fenster und genug Platz für deine Möbel. Du kannst alles mitbringen, wir renovieren ein bisschen, du wohnst erst mal da, und dann sehen wir weiter.«

Britt kaute jetzt nachdenklich, sagte aber nichts. Anna sah sich genötigt, ihr die Idee weiter schmackhaft zu machen.

»Du kannst alles so einrichten, wie du willst. Wände streichen, Wände einreißen, mir egal! Küche und Bad teilen wir, und ein halbes Huhn und einen Haus-Igel gibt es gratis dazu.« Sie sah Britt an und sagte: »Ich würde mich so freuen, wenn du bei mir wohnst!«

Es dauerte ein paar Sekunden, dann erhellte ein zögerliches Grinsen Britts schönes Gesicht. Plötzlich sprang sie vor und fiel Anna um den Hals. »Meine erste WG, ich kann es nicht glauben! Dabei bin ich doch eigentlich viel zu alt für Putzpläne und Gemeinschaftsbäder.«

»Ist das ein Ja?«

»Und ob! Das ist so was von ein fettes Ja!«

21

Der Frühling traf die Insel in diesem Jahr spät, aber mit voller Wucht. Die Tulpenfelder explodierten förmlich, und ein Meer aus wogenden Blüten ergoss sich über die Welt. Die Schafe bekamen Lämmer, die sich zusätzlich als weiße Flecken auf dem saftigen Grün in das Farbgetümmel mischten, und ein beständiges Blöken erfüllte die salzige Luft, in die sich nun noch der Duft von Erde und frischem Gras mischte. Fast jeden Tag schien die Sonne, die Bäume trugen Knospen, und die einheimischen Enten- und Gänseschwärme bekamen Zuwachs aus Afrika.

Anna pflanzte Frühjahrsblüher auf Roos' Grab und Tulpen vors Haus. Auf dem Hof holten sie die alten Gartenliegen aus dem Schuppen. Ole schmiss das erste Mal den Grill auf der Veranda an, und sie schnitten in einer Gemeinschaftsaktion die Hecken und Büsche zurück und verbrannten die Äste in einem duftenden Frühlingsfeuer, das sie mit dem letzten Glühpunschresten aus dem Laden begossen, wobei sie sich so sehr betranken, dass Anna sich in die Fliederhecke übergab und Britt am nächsten Tag wegen plötzlicher Grippe leider nicht zur Arbeit gehen konnte.

An einem herrlich warmen Wochenende, an dem die Luft nach Heu roch und man schon spüren konnte, dass es ein schöner Sommer werden würde, zog Britt bei Anna ein.

Sie räumten die Wohnstube aus und entfernten hustend die dicken Staubschichten, die sich in den letzten Jahren in den Ecken gesammelt hatten. Mit ihnen wurden auch die Stille und das seltsame Gefühl hinausgefegt, die zuvor in dem Raum gewohnt hatten. Anna wusste plötzlich nicht mehr, warum sie das Zimmer bisher gemieden hatte, es war hell und gemütlich und würde für Britt ein fantastisches Übergangszuhause bieten. Als die alten Teppiche entfernt waren, kam ein goldener, knarzender Dielenboden zum Vorschein, über den sie mit Harry schlidderten und »Fang-den-Dackel« spielten, ein sehr lautes und hektisches Spiel, bei dem er sich die Seele aus dem Leib bellte und anschließend erschöpft den Rest des Tages verschlief. Sie mieteten einen Hänger, Ole trommelte seine zahlreichen Kumpels zusammen, und in einer hupenden Kolonie von Fahrzeugen, die aus einem Jeep, einem kleinen roten Ford, zwei Traktoren, einem Schaftransporter und Oles Mercedes bestand – der denkbar ungeeignet für den Anlass war, auf dessen Beteiligung an dem Ganzen er jedoch beharrte –, fuhren sie Britts buntes Möbelsammelsurium über die Insel.

Es machte Spaß, im Team zusammen zu arbeiten, sich darüber zu streiten, ob das Sofa wohl durch die Schiebetür passen würde und wer die meisten Kisten getragen hatte und daher die meiste Pizza verdiente. Britt genoss es sichtlich, Anna und die Jungs nach Herzenslust herumzukommandieren, die unter ihrer strengen Anleitung die Möbel und Kartons ins Haus trugen. Sie hatte einen alten Kochlöffel in der Hand und dirigierte, wo was hingestellt werden sollte.

»Warum trägst du eigentlich nichts?«, fragte Anna sie grummelnd, als sie mit einer besonders schweren Kiste an ihr vorbeilief. »Und was ist hier drin? Steine?«

»Oh, das ist sicher meine Fossiliensammlung!«, zwinkerte Britt, und Anna tat so, als würde sie ihr gegen das Schienbein treten wollen.

Britt hüpfte elegant zur Seite. »Ich bin das Hirn der Operation, ich kann nicht denken, wenn ich schwitze!«, erklärte sie ernst. »Aber du darfst gern kurz Pause machen, wenn du magst!«

»Wie großmütig von dir!«, brummte Anna, setzte die Kiste ab und ließ sich gleich darauf auf einen Sack mit Bettdecken fallen, der auf der Wiese lag.

»Vorsicht!« Britt schrie auf. »Da drin hat vorhin Enie geschlafen!«

»Was?« Entsetzt rollte Anna sich auf den Boden. »Da ist nichts!«, stellte sie dann erleichtert fest und schüttelte den Sack auf, aus dem nur eine einzelne weiße Feder schwebte.

»Hm, dann ist sie wohl wieder weggewatschelt!« Britt zuckte die Schultern, und Anna seufzte erleichtert. Enie, ihr halbes Huhn, das Luuk ihr damals zum Einzug geschenkt hatte, büchste manchmal aus dem Gehege aus und kam vom Sonnenhof herüber um mit Harry zu spielen. Sie hatte sie schon oft an sehr seltsamen Orten gefunden, zum Beispiel schlafend im Brotkorb oder über einem Ei brütend in der Schmutzwäsche.

Als endlich alle von Britts bunten Möbeln an ihrem Platz standen und nur noch die Kisten und Kartons darauf warteten, ausgepackt zu werden, feierten sie mit Pizza von Mario und Suppe von Tom auf dem Rasen vor dem Haus bis spät in die Nacht den Einzug. Ole entfachte ein Feuer, sie verbrannten ein paar der alten Möbel, die zu abgenutzt waren, um sie noch zu verkaufen, und dann saßen sie lange auf der Wiese, reichten Gläser und Flaschen hin und her, redeten und lachten, und keiner wollte als Erster diese wunderbare, laue Frühlingsnacht beenden.

Anna sah zu Britt hinüber, in deren Gesicht sich das Feuer spiegelte. Sie sah zufrieden aus, glücklich beinahe, saß zwischen Kai und Tom und redete mal mit dem einen mal mit dem anderen, ein Stück Pizza auf dem Knie ihrer zerrissenen Jeans, eine Flasche Bier in der Hand, die Haare zu einem wirren Knoten auf dem Kopf aufgesteckt. Ihr helles Lachen übertönte die dunklen Stimmen der Männer, prallte an den Mauern des Hofes ab und hallte über die Wiesen.

Plötzlich fing Britt ihren Blick auf und lächelte. Anna lächelte zurück. Jetzt war das hier auch Britts Zuhause. Sie war nicht länger alleine. Und es fühlte sich richtig an.

Als wäre es genauso gedacht gewesen.

Auch im Laden hatte der Frühling begonnen. Im Innenhof war der Wein über dem Zaun zwar noch kahl, aber das Moos auf den Steinen schimmerte schon in leuchtendem Grün, und die vielen Töpfe mit Frühjahrsblühern ließen es bald aussehen wie auf einem Ostermarkt. Anna wusch die kleinen Eisentische ab und verpasste ihnen einen blauen Anstrich, der zur Fassade passte. Sie kaufte neue Sitzkissen mit orangefarbenen Polstern und hängte eine Girlande mit bunten Wimpeln über den Hof. Irgendwann hatte sie auch beim Backen den Dreh raus, und die Kuchen schmeckten so, dass man Roos' alten Zauber in ihnen zumindest erahnen konnte. Bald begann Anna, sie im Laden anzubieten. Zwar hatte sie dabei anfangs ein mulmiges Gefühl, aber sie bekam jede Menge Lob und Zuspruch, nicht nur von Ole und Britt, die sich beinahe täglich als Testesser anboten. Nein, langsam, Tag für Tag, Woche für Woche, kamen endlich wieder mehr und mehr Gäste. Das gute Wetter und vielleicht auch die Frühlingsgefühle führten dazu, dass die Insulaner plötzlich alle auf einmal ihre Balkone und Terrassen schön machen wollten. Außerdem sprach sich langsam herum, dass es im Laden wieder Kuchen gab. Anna hatte ein Werbebild gemalt, das ihrem Schild über der Tür ähnelte, mit einem kleinen blauen Haus, einem Dackel, bunten Blumen und einer dicken Sahnetorte, auf der leuchtend rote Kirschen prangten. Beim Malen bekam sie fast selbst Appetit, so gut sah die Torte aus. In Schnörkelschrift schrieb sie unter die Blumen, dass das Café von nun an wieder geöffnet hatte. Sie ging damit in eine Druckerei und machte so viele Abzüge, wie sie sich leisten konnte – große und kleine, Flyer und Aufkleber, Plakate und Schilder.

Anton vom Schnapsladen gegenüber hängte eines in sein Schaufenster, Leentje verteilte die kleinen Werbezettel an ihre Kunden, und Henk hatte in seiner Tierarztpraxis einen Stapel auf dem Tresen liegen und

Irmine versprach, die Kuchen anzupreisen, wo immer sie konnte. Tom hatte gleich zwei der großen Schilder an seine Eingangstür gehängt, und Britt verkündete stolz, dass sie jedem ihrer Physiokunden von Annas Laden erzählte, wenn sie bei ihr auf der Liege lagen und nicht wegkonnten. Auch Luuk bot sich an, bei seinem Stand auf dem Wochenmarkt Zettel an die Kunden auszuteilen. Anna nahm dankend an, sagte Ole aber nichts davon. Er war noch immer nicht gut auf Luuk zu sprechen und bekam jedes Mal schlechte Laune, wenn sie nur seinen Namen erwähnte. Anna sah ihn ab und zu, schließlich wohnte er auf dem Nachbarshof, und sie teilten nicht nur einen Gemüsegarten sondern auch ein Huhn miteinander, aber sie hielt die Treffen so kurz wie möglich und begegnete Luuk weiter mit freundlicher und distanzierter Höflichkeit. Sie hatte zwar verziehen, aber nicht vergessen, dass er sie belogen hatte.

Auch im Reformhaus, wo Anna regelmäßig einkaufte, machte man gerne Werbung für sie, und an der Fischbude, deren bester Kunde Ole war, sowieso. Mario klebte die kleinen Aufkleber auf jeden Pizzakarton, der seinen Laden verließ, und Anna ging mit zwei Stück Bienenstich im Fahrradgeschäft vorbei, wo auch der nette Verkäufer, der ihr damals ihr treues Rad so gut hergerichtet hatte, ein Schild über seinen Schreibtisch hängte. »Köstlich«, verkündete er, als er den Kuchen probierte, und Anna versprach, ihm bald wieder welchen vorbeizubringen. »Nicht nötig, ich komme mal rum, schau mir den Laden an!«, erwiderte er und drehte sich vergnügt auf seinem Stuhl hin und her.

Jedem, der Blumen kaufte, gab sie ein kleines Bild oder einen Aufkleber mit, und sie schaltete zusätzlich mehrere Anzeigen im *De Texelaar* und im *Dit Weekend*, den Inselzeitungen.

Und es wirkte.

Langsam aber sicher zog das Geschäft an. Alle auf der Insel wussten, dass sie nach den original Van-der-Meer-Rezepten backte, und das kam gut an. Ab und zu ging mal ein Kuchen daneben und endete bei Luuks Wollschweinen im Trog, die sich freuten, egal wie matschig oder verbrannt er war, und gierig alles mit ihren goldgelockten Rüsseln aufsogen. Die Kruste war schon mal härter als gewollt, die Sahne vielleicht manchmal ein wenig zu flüssig, aber alles in allem war Anna zufrieden – und die Kunden anscheinend auch. Zwar wusste sie genau, dass die Kuchen nicht so gut schmeckten wie bei Roos, aber das war auch gar nicht nötig. Und immerhin wurde sie besser und besser, und ihre Machwerke konnten sich mittlerweile durchaus sehen lassen. Die Kasse klingelte, sie hatte Spaß und tanzte förmlich zwischen Blumenschere und Tortenheber hin und her. Bald hatte sie so gut zu tun, dass sie ein kleines Schild ins Fenster hängte.

Aushilfe gesucht
Bewerbungen im Laden oder übers Telefon

22

Dunkel und donnernd brandeten die Wellen gegen den Strand. Ole stand einen Moment einfach da, das Surfboard unter dem Arm, und nahm den Anblick in sich auf. Er liebte diese ersten Sekunden, wenn er am Strand ankam, der Deich die Sicht freigab und der Blick in die Endlosigkeit schweifen konnte. Die weißen Schaumkronen, die sprudelnde Gischt, das Kreischen der Möwen. Es roch nach Tang und Salz, ein weißer Dunst lag über der Brandung.

Stirnrunzelnd zog er sein Handy aus der Tasche. Heute hatte er das Meer ganz für sich alleine. Die App hatte recht behalten, die Bedingungen waren nicht gut. Auf *Windy* hatte er wie beinahe jeden Morgen Wellenhöhen und Windrichtungen überprüft, sich aber trotzdem entschieden loszufahren. Es gab nicht viele Menschen, die an einem Tag wie diesem den Kampf gegen die Elemente aufnehmen würden. Aber er wollte raus, wollte endlich wieder das Tosen der Wellen spüren. Und er kannte das Nordmeer wie keiner sonst. Er war hier aufgewachsen, hatte auf der Insel das Surfen gelernt, und auch wenn er nun schon beinahe überall gewesen war, wo man als leidenschaftlicher Wellenreiter gewesen sein musste – Bali, Mexiko, Kalifornien, Australien, Südafrika –, nirgends war das Meer wie hier.

Er war froh, dass die Insel bisher ein Geheimtipp geblieben war. Für Wellenreiter waren die Strände nicht unbedingt ideal, aber Windsurfer kamen hier voll auf ihre Kosten. Texel lag an der nordöstlichen Ecke der Niederlande, was einen fast ganzjährigen, ungebremsten Windeinfall garantierte. Tiefdruckgebiete von Norwegen und Windswells vom Ärmelkanal – hier kam alles an. Der bogenförmige Weststrand war eigentlich ein einziger, riesiger Spot, nur unterbrochen von gelegentlichen Buhnen. Aber es war Vorsicht geboten, so golden und paradiesisch seicht der Strand schien, an der Westküste gab es tückische Steinmolen. Im Norden am Leuchtturm versteckte sich eine starke Unterwasserströmung zwischen Vlieland und der Insel, und auch der Bereich zum Festland hin war von extremen Bedingungen gezeichnet. Aber er kannte all diese Risiken und wusste, sie sicher zu umgehen.

Behutsam legte er das Brett in einer windgeschützten Düne ab und zog sich aus. Dabei beobachtete er unablässig das Wasser. Dort hinten, bei der Buhne, brachen sich die Wellen gut. Die Peaks waren hoch, der Wind stand richtig.

Er kniete sich in den Sand und strich geduldig sein Brett mit Wachs ein. Auch dieses Ritual mochte er, obwohl er jetzt schon vor Kälte zitterte. Das Board hatte überall Kerben und Kratzer, es war ein Fish-Shape mit viel Volumen, und er besaß es schon etliche Jahre. Eigentlich mochte er die kleineren, wendigen Shortboards am liebsten, aber in Holland brauchte man die gar nicht erst auszupacken.

Als er seinen Neoprenanzug anzog und gen Wasser lief, dachte er, dass er mit guten Groundswells heute nicht rechnen durfte. Obwohl, man wusste nie, hier oben zauberte das Wetter oft ganz unvorhergesehen gigantische Wellen. Er zog es vor, optimistisch an die Sache ranzugehen.

Als er in die Gischt hineinpaddelte, merkte er sofort, wie die Bewegung seine Muskeln lockerte und ihm warm wurde. Das Wasser stach ihm wie Hunderte kleiner Nadelstiche ins Gesicht, aber trotz des Schmerzes musste er lächeln.

Er fühlte sich lebendig.

Nach zwei Stunden glühte zwar sein Körper, aber seine Gesichtsmuskeln waren abgestorben vor Kälte. Meistens blieb er wesentlich länger draußen, doch an einem Tag wie diesem brauchte er mehr Kraft als sonst. Nicht nur war die schäumende See eisig, die Strömung war wahnsinnig stark. Es war, als würde er gegen ein Fließband ankämpfen.

Aber genau darin lag der Reiz.

Sein Atem dunstete in der kalten Luft. Noch ein paar Minuten, dann musste er raus, sicher war sein Gesicht schon ganz blau. Er legte sich auf sein Brett, paddelte auf den Strand zu und fühlte plötzlich den perfekten Sog unter sich. Er sprang auf, surfte ein paar Sekunden parallel zur Welle, riss dann das Brett gekonnt mit seinem Körpergewicht herum und stand in beinahe rechtem Winkel den tosenden Wassermassen entgegen. Er hätte jauchzen mögen vor Glück.

Danach ließ er sich an den Strand zurücktreiben und lief die letzten paar Meter durch das flache Wasser.

Als er auf seine Jacke zusteuerte, hörte er es.

Ein Heulen.

Er blieb stehen und sah sich um. Immer noch war der Strand verwaist, außer ihm war niemand zu sehen. Die frühe Morgenstunde und der kalte Nordwind hatten dafür gesorgt, dass er sein Surfvergnügen ganz für sich alleine genießen konnte.

Wieder erklang ein lautes, trauriges Heulen, vom Donnern der Wellen seltsam verzerrt. Er legte das Board neben seinen Rucksack und lief los, in die Richtung, aus der er es zu hören glaubte. Nach etwa hundert Metern sah er ihn. Ein kleiner, fast weißer Seehund lag alleine am Strand. Ole blieb stehen und blickte sich um.

Seltsam. An der Westküste kamen die Seehunde eigentlich nicht an Land, sie bevorzugten die versteckten Sandbänke im Osten. Er ging langsam näher und hielt dabei Ausschau nach der Mutter. Dann sah er, dass der kleine Blut an der Schnauze kleben hatte.

»Oh nein!« Langsam ging er auf das verängstigte Tier zu, das ihn aus großen, runden Augen ansah. »Wir müssen dich wohl mitnehmen, Kleiner!«, sagte er, nachdem er ihn gemustert und auf äußerliche Zeichen einer Erkrankung abgesucht hatte. Dann lief er zu seinem Rucksack zurück, um die Aufzuchtstation zu informieren.

23

»Was gibt's?«, meldete Ole sich, wie immer gut gelaunt. Anna mochte es, wie er ans Telefon ging. Als sei
er sicher, dass jeder Anrufer eine spannende Nachricht
für ihn parat hatte.

»Darf ich in deine Werkstatt?«, fragte Anna.

Er brauchte ein paar Sekunden, um zu antworten,
und sie merkte, dass er überrascht war. »Klar, jederzeit.
Der Schlüssel liegt unter der Bierflasche neben der Re-
gentonne.«

»Wie geschmackvoll.«

»Geschmackvoll und unauffällig.« Sie hörte an seinen Worten, dass er lächelte. »Da drin ist schließlich
ziemlich teures Werkzeug. Was willst du machen?« Es
schabte kurz, und sie wusste, dass er sich das Handy
zwischen Schulter und Ohr geklemmt hatte.

»Was ist das für ein Geräusch?« Anna zuckte zurück,
als ein ohrenbetäubendes Brüllen an ihre Ohren drang.

»Ein Seehund.«

»Was machst du denn um Himmels willen mit dem
armen Kerl?«

»Ich mache gar nichts mit ihm, was denkst du denn?
Seehunde klingen immer so. Er wird gerade gefüttert
und freut sich über den Fisch.«

»Klingt eher so, als würdest du ihm bei lebendigem
Leib die Flossen absägen.«

Ole schnaubte. »Hier, sag mal Hallo!«

Anna blinzelte überrascht, als aus dem Telefon nur

noch lautes Grunzen und Quietschen zu hören war und dann wieder jenes seltsame Brüllen, dass sie erneut zusammenfahren ließ. »Hallo?«, rief sie. »Ole, bist du noch da?«

»Anna?«

»Hast du mich eben ernsthaft einem Seehund ans Ohr gehalten?«

»Roy ist blind, Frauenstimmen beruhigen ihn.«

»Oh, das wusste ich nicht. Gib ihn mir noch mal!«

»Zu spät, er ist abgetaucht.«

»Okay, schade. Dann nächstes Mal. Ich bin schon auf dem Weg zum Stormvogel.«

»Gut. Aber warte mal. Was willst du in der Werkstatt machen?« Anna hörte die Besorgnis in seiner Stimme mitschwingen und musste lächeln. »Nichts mit Feuer oder schweren Maschinen«, versicherte sie ihm.

Ole atmete so erleichtert aus, dass sie überlegte, ob sie beleidigt sein sollte. »Das ist schon mal beruhigend. Noch beruhigender wäre es, wenn du mir versprechen könntest, auch den Werkzeugkasten nicht anzufassen. Und die Sägen. Und die Farbdosen. Mal sehen, was habe ich da noch so…«

»Farbdosen?«, unterbrach Anna ihn. »Was soll denn mit Farbdosen passieren?«

»Die sind leicht entzündlich.«

»Aber doch nur, wenn man Feuer dran hält.«

»Genau. Also keine Farbdosen, keine Sägen. Vielleicht auch nicht die Bohrer, und mit den Brettern an der Wand musst du auch aufpassen. Die können umfallen und dich unter sich begraben.«

»Ich lege jetzt auf!«, sagte Anna entrüstet.

»Warte. Ich war noch nicht fertig… Also nicht die Bretter und auch nicht die…«

»Ich kann dich leider nicht mehr hören.« Mehr schlecht als recht imitierte sie Störgeräusche und krächzte ein paar Mal laut. »Krrr, krrr… Melde mich, wenn ich Fragen hab. Krr. Bis später.« Sie legte auf und warf das Handy neben sich auf den krümeligen Autositz. Dann musste sie lachen, weil sie einen Blick in den Rückspiegel warf. Harry hatte eine Pfote auf ihrer Lehne abgestützt und atmete ihr in den Nacken. Seine Ohren flatterten im Fahrtwind, denn sie hatte den kleinen Tisch, den sie restaurieren wollte, in den Kofferraum geklemmt und die Klappe offen gelassen. Auf diesem Tisch stand er nun und nutzte es aus, dass er einmal in seinem Leben groß genug war, um über den Sitz durch die Frontscheibe zu blicken. Ganz legal war das wahrscheinlich nicht, und sie konnte Oles entsetztes Gesicht beim Anblick der Notlösung genau vor sich sehen, aber es funktionierte.

»Setz dich ordentlich hin. Wenn ich bremse, fliegst du durch die Scheibe!«, sagte sie streng. »Ich muss mal wieder deinen alten Autogurt ausgraben. Der muss noch in einer der Umzugskisten sein«, murmelte sie, während Harry weiter seinen heißen Atem in ihr Ohr pustete und sie ignorierte. Zum Glück war der Verkehr auf der Insel mehr als übersichtlich. In den letzten fünf Minuten war ihr kein einziges Auto begegnet, und als sie Richtung Stormvogel in die Felder abbog, sah man auch keine Gebäude oder andere Zeichen von Zivilisation mehr.

Als sie die Tür zur Werkstatt aufschob, strömte ihr sofort der Geruch entgegen. Holz, Farbe, Öl. Der Geruch von Ole. Genießerisch atmete sie ein. Dann wuchtete sie den kleinen Tisch aus dem Auto. Kurz überlegte sie, ihn hineinzutragen, aber das Wetter war schön, die Sonne strahlte über der Heide, und eine leichte Brise wehte klare Salzluft vom Meer heran. Kurzerhand trug Anna den Tisch auf die Wiese vor der Werkstatt. Sie hatte ihn auf dem Flohmarkt erstanden und wusste noch nicht genau, wo sie ihn hinstellen würde, aber er war zu schön gewesen, um an ihm vorbeizugehen. Genau wie die Tische im Laden wollte sie ihn anmalen und lackieren und freute sich auf das neue Projekt. Sie überlegte, ob sie eine Plane unterlegen sollte, aber heute wollte sie noch nicht mit Farbe arbeiten, sondern erst mal den alten Lack abschleifen. Der Wind würde die Späne ohnehin gleich mitnehmen.

Die Schleifmaschine lag, ordentlich wie alles hier, neben dem Radio auf der Werkbank. Kurzerhand drückte sie die Knöpfe, die alle mit Farbspritzern bedeckt waren, und drehte am Rad, bis das Knistern sich in Töne verwandelte. Schließlich hallte laute Musik durch den Raum. Ole hatte eine alte Leonard-Cohen-CD eingelegt. Anna lächelte zufrieden und sang ein paar Strophen mit. Jetzt brauchte sie nur noch Papier.

Über der Werkbank hing zwischen den beiden Fenstern, durch die man in der Ferne den Leuchtturm sehen konnte, ein alter Küchenschrank. Sie schob ihn auf und entdeckte zu ihrer Freude, was sie suchte. Zufrieden nahm sie ein raues und ein feines Blatt Schmirgelpapier aus der Packung und spannte zunächst das rauere ein. Als sie den Schrank wieder zuschieben wollte, hielt sie plötzlich inne. Mehrere alte Fotos waren in die Tür geheftet, denen man ansah, dass sie schon lange dort hingen. Ole und Kai auf dem Boot. Eine grinsende, wesentlich jüngere Britt mit einem Bobschnitt, der sie vollkommen veränderte. Und ... eine wunderschöne Frau, die Anna sofort erkannte. Ein kalter Schauer lief ihr über den Rücken, als ihr der Blick begegnete.

Sally.

Mit zitternden Fingern nahm sie das Foto, das zwischen dem Rahmen und dem Glas klebte, und zog es heraus.

Oles große Liebe.

So sah sie also aus. Dann lehnte sie sich an die Werkbank und hielt das Foto ins Licht. Die Frau auf dem Bild erschien ihr wie der Inbegriff von Perfektion. Schön, fröhlich, aufregend. Anna war erwachsen genug, um zu wissen, dass sie all dies in das Bild hineininterpretierte und andere Menschen darauf einfach eine lächelnde junge Frau sehen würden. Aber sie konnte es nicht ändern, ihr Magen hatte sich zusammengezogen. Plötzlich schien ihr der Tag nicht mehr so schön, das Wetter nicht mehr so herrlich.

Sally hatte Ole damals kurz vor der Trauung ohne eine Erklärung verlassen und war von der Insel verschwunden. Ihr Hochzeitskleid hing noch immer bei Henk und Viola im Keller, das hatte zumindest Britt Anna damals so erzählt. Sie hatte ihm das Herz gebrochen, sie war der Grund, warum er, bevor Anna kam, eine Freundin nach der anderen hatte, obwohl er für keine von ihnen etwas empfand. Er hatte sich nie wieder binden wollen, keine Gefühle mehr zugelassen, weil sie ihn so tief verletzt hatte. Warum hing das Bild noch hier? Ole war ständig in seiner Werkstatt. War es nicht normal, so was irgendwann wegzuräumen? Er musste es ja nicht gleich verbrennen, aber warum war es hier, an einem Ort, wo er es jeden Tag sehen musste. Anna überlegte kurz, ob sie sich affig benahm. War sie wirklich so eifersüchtig? Sollte sie da nicht drüberstehen? Schließlich war bei ihnen gerade alles nahezu perfekt. Aber andererseits … was würde er wohl sagen, wenn sie ein Foto von Simon daheim in ihren Schrank klemmte?

Sie überlegte kurz, dann steckte sie das Foto an seinen Platz zurück. Aber als sie sich schon umgedreht hatte, hielt sie wieder inne. Einen Moment lang grub sie die Finger in die Handfläche, dann machte sie die Schranktür wieder auf, nahm das Foto und legte es mitten auf die Werkbank. Es konnte runtergefallen sein, es konnte auch dort liegen, weil jemand es hingelegt hatte. Niemand außer ihr kannte die Wahrheit. Sie wollte warten, ob Ole es ansprechen würde.

Der Kloß in ihrem Magen war noch immer da. »Sie benehmen sich lächerlich, jetzt reißen Sie sich mal zusammen, Frau Fischer«, zischte sie. Sie hasste es, dass sie so unsicher geworden war. Aber so war es nun mal. Sie konnte nichts dagegen tun, außer es zu registrieren. Es gab schließlich auch einige Gründe für diese Unsicherheit. Simons Betrug, ihre kaputte Hüfte, das Ende ihrer Freundschaft mit Karin und schließlich Ole selbst. Seine unzähligen Freundinnen vor ihr, sein gutes Aussehen, seine Beliebtheit. Abgesehen von seiner Eifersucht und seinen gelegentlichen Launen war er der tollste Mann, den sie je getroffen hatte. Warum sollte so ein Mann ausgerechnet bei *ihr* bleiben? Was hatte sie schon zu bieten? Eigentlich verbot sie sich Gedanken wie diesen, und sie kamen auch nie auf, wenn sie mit ihm zusammen war, sondern immer nur in dunklen, einsamen Minuten, wenn die Welt sowieso schon aus den Angeln gekippt schien. Aber nun war der Gedanke da: Sie war die zweite Wahl. Er hatte eigentlich eine andere gewollt. Hatte eine andere abgöttisch geliebt. Und nur weil Sally ihn verlassen hatte, war sie, Anna, jetzt hier in dieser Werkstatt. Sie hatte Sallys Platz eingenommen, und manchmal konnte sie ihn noch spüren, den Schatten dieser anderen Frau, der über allem lag und sich nie so ganz auflösen ließ.

Sie beschloss, die Zweifel, die sich in ihr regten, rigoros zu verdrängen. Als sie die Schleifmaschine anstellte, flogen die Gänse und Möwen, die ringsherum auf den grünen Wiesen und Wassergräben saßen, erschrocken auf, aber schon bald ließen sie sich eine nach der anderen wieder nieder und beobachtete schnatternd, was vor sich ging. Alle paar Minuten pirschte Harry sich im hohen Gras an sie heran und stürmte dann, begeistert bellend, in ihre Mitte, sodass sie wieder empört kreischend auseinanderstoben. Er wiederholte dieses Spiel so lange, bis er irgendwann mit hängender Zunge neben Anna zusammenbrach und friedlich in den Holzspänen einschlief. »Du hast einen Dachschaden!«, sagte

Anna liebevoll, beugte sich hinunter und küsste ihn auf seinen kleinen braunen Kopf. Harry öffnete müde ein Auge, leckte ihr kurz über die Nase und schlief wieder ein.

Er roch immer noch wie ein faules Fischbrötchen.

Sie arbeitete, bis die Sonne schon fast am Leuchtturm angekommen war, dann machte sie sich in Oles Küche einen Kaffee, setze sich damit auf Giovannis Motorhaube und trank in kleinen Schlucken. Über dem Werkeln hatte sie gar nicht gemerkt, wie kühl es geworden war. Sie fühlte sich gut, wie immer, wenn sie mit den Händen gearbeitet hatte, aber ihre Nase kribbelte schon vor Kälte. Als sie die Utensilien zurückstellte, war das Bild auf der Werkbank wie ein Magnet, der sie anzog und dem sie nichts entgegenzusetzen hatte. Die Heimfahrt über plagten die Zweifel sie. Anna konnte nichts dagegen tun, das Verdrängen hatte nur so lange geklappt, wie sie beschäftigt gewesen war. Sie seufzte und schaltete das Radio ein. Plötzlich hatte sie Verlangen nach Fernsehen. Sie wollte versinken in der Einfachheit einer TV-Show, wollte sehen, wie scheinbar unlösbare Probleme innerhalb eines klar bemessenen Zeitrahmens vor einer bunten Kulisse mit perfekt frisierten Darstellern abgehandelt wurden, sodass man nach dem Abspann das Gefühl hatte, man habe gerade alte Freunde besucht, und die Welt war wieder ein klein wenig in Ordnung und gar nicht so komplex, wie man eigentlich gedacht hatte. Schließlich hatte sie doch gerade gesehen, was man innerhalb von zwanzig Minuten alles erreichen konnte. Warum konnte ihr Leben nicht in Episoden unterteilt sein? Das erschien ihr so viel übersichtlicher, so viel leichter zu bewältigen. Sie sehnte sich nach einem kühlen Glas Wein und nach der Einfachheit ihres alten Lebens, wo sie im Wohnzimmer auf der Couch lümmelte, während Simon in der Küche ein kompliziertes Schmorgericht ausprobierte, für dessen merkwürdige Zutaten er im Asialaden mehr Geld bezahlt hatte, als für einen Abend im Restaurant draufgegangen wäre. Wenn er kochte, hatte er meist nebenbei eine Wissenschaftssendung auf seinem Mac-Book an, das zwischen Zwiebelschalen, Mehlhaufen und Bierflaschen auf dem Küchentisch verschwand und seinen Inhalt in ohrenbetäubender Lautstärke in den Raum plärrte. Mehr als einmal hatte er es zur Reparatur bringen müssen, weil Soße, Bier oder Eierschaum zwischen den Tasten gelandet war, und mehr als einmal hatten sie in den seltsamen Gerichten rumgestochert, die er fabrizierte, und voreinander so getan, als würde es vorzüglich schmecken, bis einer von ihnen lachend explodiert war und sie sich ein paar Minuten lang in Beschreibungen darüber übertrafen, wie unerreicht scheußlich es schmeckte.

Während die Erinnerungen sich zu ihr ins Auto stahlen, bekam sie Angst, dass sie Simon vermisste.

Ängstlich horchte sie in sich hinein.

Aber nein, sie war sich sicher. Es war nicht er, dem sie in diesem Moment nachtrauerte, sondern die Sicherheit ihres Hamburger Lebens, der sie doch so dringend hatte entkommen wollen. »Ihnen kann man es einfach nicht recht machen, Frau Fischer«, murmelte sie durch die Zähne und lenkte das Auto auf den Parkplatz. Ihr Leben mit Ole war wunderschön, aber es war auch mit einer Anspannung verbunden, die sie nicht abschütteln konnte. Irgendwie begleitete sie immer ein ganz klein wenig eine Ahnung von Angst. Angst, dass sie nicht reichte. Dass sie zu viele Probleme mit sich brachte. Dass er eine andere finden würde. Dass sie aufwachen und alles anders sein würde. Sie versuchte, diese Angst ganz tief in sich zu begraben, ihr keinen Raum zu geben. Sie wusste, dass Ole sie liebte. Aber sie kannte auch seine Vergangenheit. Eifersucht würde alles kaputtmachen, deswegen ließ Anna sie nicht zu. Sie versuchte, nicht zu grübeln, wenn er sie mal einen Tag nicht anrief. Versuchte, es nicht zu sehen, wenn andere Frauen ihn auf der Straße anstarrten. Sie hatte dann immer das Gefühl, dass bewundernde, zuweilen sehnsüchtige Blicke zu ihr hinüberglitten und sich jedes Mal unausweichlich in Erstaunen zu verwandeln schienen. »Mit der?«, schienen die Blicke zu sagen, »Was will er denn mit der?« Sie wusste, dass es Unsinn war. Wenn sie zusammen waren, war sie sich vollkommen sicher, dass alles gut war zwischen ihnen. Wenn er nicht da war, fingen ihre Gedanken an zu wandern.

Und nun dieses Foto.

Sally war ihr persönliches Schreckgespenst, das Gesicht ihrer Unsicherheit. Und nun strahlte es ihr entgegen, im hellen Sonnenlicht dieses wunderschönen Frühsommertages. Und Anna fühlte sich, als habe jemand die Luft aus ihr herausgesaugt.

Als sie in die Hofeinfahrt abbog und der Kies unter

den Rädern knirschte, musste sie trotz ihrer Sorge unwillkürlich lächeln. Nun blickte man von hier aus nicht mehr auf das dunkle, verlassene Zimmer, sondern auf Britts buntes Chaos. Sie stieg aus, ging über das Gras auf das Haus zu und drückte die Schiebetür zurück, die einen Spalt offen stand.

Die gute Stube ihrer Großeltern war nicht wiederzuerkennen. Britt hatte einen orientalischen Teppich an die Wand genagelt, ein goldener Buddha stand in einer Ecke, Bücher stapelten sich auf dem Boden, und überhaut schien eine Farbexplosion in dem Raum stattgefunden zu haben. Anna fragte sich, warum sie nicht selbst auf die Idee gekommen war, hier mal ein wenig Leben reinzubringen. Sie hatte das Zimmer bisher immer gemieden und es meist verschlossen gehalten, um Heizkosten zu sparen.

»Hey! Du bist zurück! Sag mal, kann ich die alte Anrichte vielleicht streichen?« Britt kam mit einem Stapel Bücher im Arm herein, den sie sich unter das Kinn gepresst hatte, und ließ ihn dann auf das Sofa fallen. »Rot. Oder Mintgrün. Momentan erinnert sie ja eher an ein Überbleibsel aus einem Horrorfilm, aber mit ein wenig Farbe könnte sie richtig gut aussehen!«

»Klar, tob dich aus! Das ist eine gute Idee. Dann müssten wir sie auch nicht rausschaffen. Ole hat schon überlegt, die Fenster auszuhängen, weil sie nicht durch die Tür passt. Keine Ahnung, wie meine Großeltern sie jemals hier reingekriegt haben«, antwortete Anna. Die Anrichte war das einzige Möbelstück, das sie nicht entsorgt hatten.

»Vielleicht haben sie das Haus drum herum gebaut.«

Anna lachte. »Ich schätze eher, dass mein Großvater sie hier drin aufgebaut hat. Oder der Schreiner. Aber deine Theorie ist auch gut. Sag mal, wo ist denn die Monstera, die ich dir mal geschenkt hatte…« Anna blickte sich suchend um.

Schuldbewusst sah Britt zu ihr auf. »Äh… die ist in die ewigen Jagdgründe eingegangen.«

»Was? Wie hast du denn das geschafft?«

»Ich habe zu spät festgestellt, dass regelmäßiges Gießen unerlässlich ist für das Überleben von Zimmerpflanzen.«

Anna warf ihr einen vorwurfsvollen Blick zu. »Okay, das war's. Nichts Lebendiges mehr für dich. Zum Glück hast du keine Haustiere. Und ob ich dich noch mal auf Harry aufpassen lasse, überlege ich mir noch!«

»Ach, den kann man ja gar nicht vergessen, er springt ja schreiend an einem hoch, wenn er Hunger hat.«

»Du hast also schon mal vergessen, ihn zu füttern!«

»…vielleicht.«

»Okay. Keine Tante Britt mehr!«

»Als ob dem ein bisschen Hungern schaden würde«, murmelte Britt.

»Wie bitte?«

»Ach nichts. Tut mir leid. Ich gelobe Besserung!«

»Das will ich hoffen. Und zum Geburtstag kriegst du eine neue Pflanze. Aus Plastik!«

»Eine weise Entscheidung!«, lachte Britt. »Ich habe einfach keinen grünen Daumen. Man muss sich den Tatsachen auch mal stellen.«

»Bist du zufrieden mit der Lösung hier?«, fragte Anna sie, plötzlich wieder ernst. Es war ihr mehr als wichtig, dass Britt sich auf dem Bruijnshof wohlfühlte und ihn genauso als ihr Zuhause ansah, wie Anna das tat. Anna wohnte immer noch oben unter dem Dach in dem alten Schlafzimmer ihrer Großeltern und Britt unten in der Stube. Bad und Küche teilten sie sich. Die kleinen Zimmer im Obergeschoss waren winzig und fungierten weiter als Gästeräume. Das Kinderzimmer von Anna und Anouk, das immer nur das Blaue Zimmer genannt wurde, zu verändern, brachte Anna nicht übers Herz. Hier konnte sie ihre Schwester noch immer ein wenig spüren.

»Sehr!«, beteuerte Britt. »Nur meiner Wanne trauere ich hinterher.« Britt hatte in ihrer alten Wohnung eine goldene Wanne auf Löwenklauen gehabt.

»Ja, so was haben wir hier leider nicht zu bieten. Aber wenn du duschst und ich in der Küche das Wasser laufen lasse oder wenn ich die Klospülung drücke, kriegst du einen Eisschock. Immerhin ein ganz besonderer Spezialeffekt. So was hattest du bestimmt nicht in deiner alten Wohnung.«

Britts Miene verfinsterte sich. »Wage es ja nicht, das an mir auszuprobieren. Ich *hasse* kaltes Wasser.«

Anna grinste. »Und ich erst.«

»Gut, dann schwören wir uns hier und jetzt, das der anderen niemals anzutun!«

»Ich werde mein Bestes geben. Aber du weißt ja, ich vergesse manchmal Dinge. Es kann also schon mal pass...«

»Dann konzentrier dich eben!«, unterbrach Britt sie.

»Oje, ich sehe schon, das gibt noch Krieg.«

»Nicht, wenn du dich zusammenreißt!«

»Will ich ja!«

Britt schien nicht sehr zufrieden mit ihrer lockeren Einstellung, gab aber auf. »Na gut. Was essen wir heute Abend? Nudeln?«

»Pizza?«

»Pizza und Nudeln?«

»Perfekt!«

Anna schielte Britt von der Seite an. »Sag mal … wo lebt Sally jetzt eigentlich?«

Britt zuckte zusammen. »Was? Warum fragst du das denn so plötzlich?«

»Nur so.«

»Anna?«

Sie seufzte. »Ich war gerade in der Werkstatt und da … hing ein Foto von ihr«, gab sie zu.

»Oh.« Britt ließ sich aufs Sofa fallen. »Du meinst das im Schrank?«

Anna nickte und setzte sich neben Britt.

»Das hängt da schon ewig. Wirklich, Anna, schon seit Jahren!«

»Ja, hab ich mir gedacht. Es ist nur … Warum hängt er es nicht weg?«

»Du weißt doch, wie er ist, er denkt gar nicht an so was!« Britt sah Anna aufmerksam an und fragte dann: »Du machst dir doch nicht etwa Gedanken ihretwegen, oder? Anna, sie ist weg. Für immer. Ich weiß nicht, wo sie wohnt, sie ist einfach verschwunden und hat sich nie wieder gemeldet. Ich will auch gar nicht wissen, wo sie wohnt. Sie hat ihm das Herz gebrochen. Uns allen… irgendwie.«

»Aber das ist es ja gerade. Warum? Warum macht sie so was? Ole ist ein so toller Mann. Der beste Mann. Wie kann man so jemanden einfach stehen lassen und sich nie wieder melden? Und du meintest doch, sie waren beide so verliebt, und alles war geplant, und dann…« Sie brach ab. Es war tatsächlich eine äußerst merkwürdige Geschichte.

Britt seufzte. »Wer weiß schon wirklich, was in einer Beziehung so alles passiert. Von außen wirkt es idyllisch, aber weißt du tatsächlich, wie sie sich fühlt? Vielleicht ist ihr einfach klar geworden, dass sie ihn doch nicht liebt. Ole ist der Beste, das stimmt, aber das heißt nicht, dass man ihn unbedingt heiraten muss. Also, auch wenn er nicht mein Bruder wäre, ich könnte nie im Leben mit ihm zusammen sein.« Sie grinste. »Seine Selbstverliebtheit könnte ich keinen Tag ertragen.«

Anna verzog spöttisch die Mundwinkel. »Du bist doch haargenau so!«

»Ja, aber an mir ist es charmant!«

»So?«

»Und wie!« Britt nickte ernst, und Anna musste lachen.

»Ja, du hast ja recht.« Nachdenklich ließ auch sie sich in der Couch zurücksinken, sodass beide nebeneinander lagen und an die Decke starrten. »Man kann das nicht wissen. Aber sie ist so schön. Warum muss sie so schön sein!«, fragte sie verzweifelt.

Britt kicherte. »Ich verrate dir mal was!«

Anna sah sie erstaunt an. »Und was?«

»Sie hat ganz entsetzlich geschnarcht!«

»Was?« Verzückt horchte Anna auf. »Erzähl!«

Britt nickte. »Wie ein Oger. Solche Geräusche hast du noch nicht gehört. Ole musste manchmal ins Wohnzimmer umziehen.«

»Tatsächlich, ja?« Anna konnte nicht anders, sie musste übers ganze Gesicht grinsen.

»So, geht es dir jetzt besser?«

»Ein wenig!« Sie lehnte sich wieder zurück. »Beschreib noch mal näher, *wie* schrecklich es genau war!«

Britt gab ihr einen Knuff in die Seite und steigerte sich dann in eine sehr plastische Nachahmung der nächtlichen Geräusche hinein, die sie mit viel Gesabber untermalte. Irgendwann hatten sie so viel gelacht, dass Anna sich tatsächlich besser fühlte.

Sie kochten, teilten sich den Abwasch und holten schließlich für einen letzten Tee ihre Decken und machten es sich in der Küche vor den Kamin gemütlich.

»Ich will in jedem Haus, in dem ich ab jetzt lebe, immer einen Kamin in der Küche haben«, sagte Britt leise.

Anna kuschelte sich tiefer in die Decken und trank einen Schluck Tee. Die Wärme der Flammen kitzelte ihre Wangen, und das Zimmer glühte in einem sanften, rotgoldenen Licht. Sie nickte andächtig. »Bei *Downton Abbey* haben sie sogar welche im Schlafzimmer. Ich glaube, das wäre sonst auch ziemlich kalt geworden, in der Abbey. Ich fand, das sah immer schrecklich zugig aus.«

»Wahrscheinlich…« Britt sagte einen Moment nichts, sondern strich mit dem Zeigefinger nachdenklich über den Rand ihrer Teetasse. »Ole hat einen Kamin in der Küche…«

Anna blickte sie überrascht an.

»Na ja, nicht direkt in der Küche. Aber Wohnzimmer und Küche sind ein Raum, und man kann vom Tresen aus den Kamin sehen, das zählt auch, oder?«, fragte sie, nahm einen Schluck und vermied es, Anna anzusehen.

»Ja, und was genau willst du mir damit jetzt sagen?«

Britt lächelte. »Gar nichts. Was soll ich schon sagen wollen?«

»Du bist doch gerade erst hier eingezogen. Und jetzt willst du mich schon loswerden?«

»Ich sage gar nichts!«, rief Britt und nahm sich einen Keks.

»Ich ziehe nicht bei Ole ein.«

»Warum nicht? Nur als Möglichkeit! Für irgendwann mal!«

Anna schüttelte den Kopf. »Ja, aber darüber denke ich doch jetzt noch nicht nach.«

»Kann ja nicht schaden.«

»Britt!«

»Ich sage ja nur.«

»Ich denke, du sagst gar nichts!«

»Na ja. Vielleicht sage ich ein bisschen was.«

24

»Was genau waren denn deine Gefühle beim Anblick des Fotos?« Frau Hartstein nahm schlürfend einen Schluck Tee, während Anna sich ihre Antwort überlegte. Sie hatte eine Sondersitzung angefragt und saß nun mit ihrem Laptop auf den Knien im Laden auf der Hintertreppe. Fünfzehn Minuten in der Mittagspause hatte Frau Hartstein für sie reinquetschen können, und Anna war mehr als dankbar dafür.

»Ich kann das gar nicht so genau sagen.« Nachdenklich drehte sie ihre Haare um die Finger. »Irgendwie war es wie ein Schock. Dabei ist gar nichts passiert. Seine Schwester hat mir gesagt, dass das Bild schon immer da hängt. Ich weiß auch nicht, warum es mich so durcheinandergebracht hat.«

»Wenn du nicht sagen kannst, was dir in dem Moment durch den Kopf ging, dann besinne dich auf die Minuten danach. Worüber hast du nachgedacht?« Frau Hartstein biss krachend in ein Brötchen, sah sie dabei aber aufmerksam an.

»Hm, man könnte es wohl als eine Flut von Selbstzweifeln und alten Denkmustern beschreiben, die alle auf einmal über mich herfielen, als wären sie nie weg gewesen. Alles, woran wir damals gearbeitet haben … Ich dachte, ich hätte es überwunden, aber plötzlich war alles wieder da«, erklärte Anna.

Die Therapeutin nickte ernst und machte sich mit der freien Hand eine Notiz, während sie erneut von ihrem

Käsebrötchen abbiss und eine Gurkenscheibe hinterherschob. »Ich habe dir doch früher schon gesagt, Anna, dass einen diese Dinge nie ganz verlassen. Wir können nur lernen, mit ihnen umzugehen und unsere Gedanken in neue Bahnen zu lenken, bis sie von selbst diese neuen Wege gehen. Aber es kann immer wieder Ereignisse im Leben geben, die die alten Denkmuster erneut hervorlocken. Aber dass du sie nun als solche erkennst, ist das Ziel gewesen, und das hast du erreicht. Es heißt also keineswegs, dass die Arbeit umsonst war. Außerdem hast du dir sofort Hilfe geholt, das ist ein großer Fortschritt!«

»Ja, aber wie gehe ich nun mit diesen Gedanken um?«

»Was sagt dir deine Intuition?«

Anna überlegte kurz. »Eigentlich sagt sie mir, dass ich aufhören soll, mich so anzustellen, dass nichts passiert ist und ich umsonst Drama verursache.«

»Na also!« Frau Hartstein nickte kauend. »Da hast du deine Antwort! Natürlich kannst du auch mit ihm darüber sprechen, aber ich höre aus deinen Antworten heraus, dass du das nicht möchtest?«

Anna schüttelte den Kopf. »Nein, das würde meinen Ängsten zu viel Raum geben. Vielleicht würde es helfen, aber ich möchte nicht jeder kleinen Eifersucht gleich nachgeben. Ich muss lernen, damit alleine fertig zu werden, ohne Bestätigung von außen oder seine Zusicherung, dass sie unberechtigt ist.«

Frau Hartstein lächelte zufrieden. »Sehr gut. Wenn du denkst, dass das so am besten für dich funktioniert, dann bleibe dabei. Du wirst schon spüren, ob es der richtige Weg ist!«

25

Als Ole am nächsten Tag in die Küche kam, räumte Anna gerade ihre Einkäufe aus dem Biomarkt weg. Sie legte die Sprossen in den Kühlschrank und ließ kleine rotgoldene Äpfelchen aus der Tüte in die Schale auf dem Tisch rollen. Er hatte sich die Haare am Hinterkopf zu einem hohen Knoten gebunden und sah mehr denn je aus wie ein Wikinger, obwohl er damit nur von Weitem täuschen konnte. Ein Blick in sein gutmütiges Gesicht machte klar, dass mit blutigem Axtgeschwinge bei ihm nicht viel los war.

»Ich mag den Look!« Anna gab ihm einen Kuss und zog an dem Knoten. »Hipster trifft Nordmann, trifft Waldschrat, trifft Tierarzt.«

»Mir hingen eigentlich nur beim Arbeiten die Haare ins Gesicht, aber wenn du meinst, dann trag ich das jetzt öfter so!«

»Habe nichts dagegen«, sagte sie gut gelaunt und biss in einen Apfel. Sie kaute, dann verzog sie das Gesicht, als ein seltsamer Geschmack sich in ihrem Mund ausbreitete. »Uhhhä!« Sie spuckte den Apfelschleim in die Spüle.

»Was?«

»Wurm!… Das hat man vom Biokauf.«

»Ah! Ist aber proteinreich.«

»Ja, und eklig.«

Ole nickte und nahm sich ebenfalls einen Apfel. Misstrauisch beäugte er ihn, dann zuckte er die Schultern, rieb ihn an seinem Hemd ab und verschlang ihn in zwei Bissen.

Anna sah beeindruckt zu. »Du frisst mich eines Tages noch arm.«

»Verzeihung?«

»Ich meine ja nur... dieser Apfel hatte keine Chance.« Sie gluckste leise. »Erinnerst du dich noch, als wir das erste Mal bei Tom im Paal waren und du diesen riesigen Seetangburger und dann noch zwei gigantische Eisbecher in dich reingeschlungen hast?«

Ole nickte verträumt. »Toller Abend!«, sagte er. »Da hast du dich in mich verliebt, was?«, grinste er dann.

»Na ja, so ungefähr!«, lachte Anna.

»Ich wusste, dass dich das beeindruckt.« Er schlang von hinten die Arme um sie. »Aber ich muss noch mal klarstellen, dass ich nur so viel gegessen habe, um deine Ehre zu retten. Schließlich war der zweite *dein* Eisbecher, und Tom wäre tödlich beleidigt gewesen, hätten wir sein Gastgeschenk schmelzen lassen.« Er küsste sie aufs Haar, während sich seine Hände unter ihren Pulli verirrten und ihr über den Bauch strichen, was sie dazu brachte, sich lachend in seinen Armen zu winden.

Plötzlich schien ihr ihre Eifersucht, ihre Angst vom Vorabend vollkommen lächerlich. Frau Hartmann hatte absolut recht, sie hatte ihre Antwort, direkt hier, vor sich.

»Wir waren schon lange nicht mehr da, lass uns mal wieder vorbeischauen und den Alten um ein paar Pfund Frittiertes erleichtern.«

»Ich war letzte Woche erst da, ich mache doch bei ihm immer meine Buchhaltung.«

»Ach ja, richtig. Kluger Schachzug. Ich wette, da fällt jedes Mal was für dich ab. *Ach, die arme kleine Floristin ist ja so überarbeitet mit ihren vielen Zetteln und Ordnern und den Kulispuren im Gesicht. Da muss ich ihr unbedingt noch einen Pfannkuchen bringen*«, äffte er Toms besorgten Ton nach.

Anna knuffte ihn in den Arm. »Blödmann!«, sagte sie. Aber sie wussten beide, dass er der Wahrheit mit dieser Beschreibung ziemlich nahe kam. »Er mag mich einfach!«

»Jeder mag dich!«, sagte Ole großzügig und ließ sie jetzt los, um in den Kühlschrank zu schauen. »Was gibt es eigentlich zum Abendessen.«

»Das, was du kochst!«, sagte Anna mit Augenaufschlag.

»Hm. Ich koche sehr gut Pizza!«

»Wenn du mit Kochen Abholen meinst, dann stimmt das«, lachte sie. »Aber nicht schon wieder, oder? Ich dachte da zur Abwechslung mal an was mit ein paar … Vitaminen?«

Ole machte ein angewidertes Gesicht. Doch er konnte nichts erwidern, denn sein Handy klingelte, und er zog es aus der Tasche. Er ging in den Flur, und sie hörte ihn murmeln. Als er nach ein paar Minuten wiederkam, hatte er die Stirn gerunzelt.

»Das war Pa. Eines der Hochlandrinder ist scheinbar in einem Gatter stecken geblieben.« Ole steckte mit besorgtem Blick das Handy in sein Hemd.

»Oh, sind das die großen roten Kühe, die frei auf der Insel leben?«, fragte Anna.

»Genau die!«

»Und jetzt?«

»Ich muss hin.«

»Du? Aber du bist doch ...«

»Bestenfalls eine Aushilfe, ich weiß.« Er schmunzelte. »Aber mein Vater hat zu viel zu tun, und der Tierarzt aus Den Burg ist bei einem anderen Außeneinsatz.«

»Außeneinsatz.« Anna grinste. »Wie bei der Schutzpolizei?«

»So ist es. Willst du mitkommen?«

Sie blickte überrascht zu ihm hoch. »Ernsthaft?«

»Klar, warum nicht? Die Rinder sind friedlich.«

Zehn Minuten später hatten sie Gummistiefel und Norwegerpullis angezogen, Oles Arztkoffer ins Auto geladen und fuhren über die Insel. Im Naturgebiet De Bollekamer bogen sie auf einen einsamen Waldpfad ein, der bald zu einer großen Lichtung führte. Mehrere Bachläufe und kleine Seen glitzern in der Sonne, und weiter hinten am Waldrand stieg aus dem Schornstein eines kleinen Gehöfts Rauch auf.

»Irgendwo hier muss es sein ...« Ole blickte konzentriert aus dem Fenster.

»Da hinten sind welche!« Anna zeigte auf drei dicke, rotbraune Punkte, die am Waldrand entlangschunkelten.

»Aber die bewegen sich. Es muss ein anderes sein.«

Als sie genauer hinsah, erkannte Anna überall auf der großen Lichtung Rinder. Drei braune Köpfe ragten aus dem Wasser eines Sees hervor, und eine kleine Gruppe graste in der Nähe des Hofes.

»Das da hinten!« Ole zeigte auf einen einzelnen braunen Punkt, der etwas weiter vorne auf der Straße aufgetaucht war. In seiner Nähe parkte ein Auto, und eine kleine Gruppe Menschen stand in sicherer Entfernung da und beobachtete das festsitzende Rind.

»Das sind bestimmt die Leute, die uns informiert haben!« Ole drosselte den Jeep auf Schrittgeschwindigkeit herunter. Sie konnten nun erkennen, dass das Rind mit dem Hinterhuf in einem der Gatter stecken geblieben war, die über die Straße verliefen und verhindern sollten, dass die Tiere die Naturschutzgebiete verließen, in denen sie lebten. Augenscheinlich hatte es bereits alles Gras, das es von seinem Standpunkt aus erreichen konnte, ausgerissen, und nun zuppelte es verdrossen an den letzten kleinen Stoppeln herum. Als sie sich näherten, hielt es kurz inne und betrachtete sie aufmerksam. Es hatte langes, rotbraunes Fell, das im Wind flatterte. An seinen Hörnern hätte man Wäsche aufhängen können.

»Die sind wirklich beeindruckend«, flüsterte Anna ehrfürchtig.

»Ja, und sehr liebenswert. Aber lass Harry im Auto!«

Harry, der das Tier bisher nicht bemerkt hatte, wurde stutzig als Ole den Motor ausstellte und sprang auf Annas Schoß. Als er den riesigen braunen Kuhkörper entdeckte, blickte er ein paar Sekunden verdutzt durch die Scheibe, dann bellte er los, als habe ihm jemand einen Stromschlag verpasst. Sie banden ihn unter viel Gezappel auf der Rückbank an – was ihn nicht davon abhielt, weiter hysterisch zu jaulen – und stiegen aus. Sogleich kamen ein Mann und eine Frau auf sie zu, gefolgt von drei Kindern.

»Wir haben sie so gefunden und gleich den Tierarzt informiert!« Der Mann begrüßte sie mit warmem Händedruck.

Ole nickte. »Das war hilfreich, vielen Dank. Ich werde mich um sie kümmern.«

»Dürfen wir zugucken?« Das kleine blonde Mädchen hatte sich aus den Armen seiner Mutter befreit und sah aufgeregt zu Ole hoch.

Er lächelte und ging in die Hocke. »Zugucken ja, aber nur, wenn ihr mir versprecht, dass ihr bei euren Eltern stehen bleibt und der Kuh nicht zu nahe kommt. Sie sind sehr friedlich, aber wenn sie Angst bekommen, können sie schon mal wild um sich treten und Kinder durch die Luft fliegen lassen. Also, Ehrenwort?«

Das Mädchen nickte ernst. »Ehrenwort!« flüsterte sie.

»Wir werden uns ins Auto setzen und die Fenster runterlassen. Dann könnt ihr alles sehen!« Die Frau schob die Kinder energisch in Richtung des Familienwagens, und der Vater folgte.

Ole tastete bereits das Bein der Kuh ab, die kurz an seiner Hand geschnuppert hatte und nun vollkommen unbeteiligt zusah, was er da machte. »Ich habe es befürchtet, sie ist umgeknickt. Der Knöchel ist angeschwollen. Ich weiß nicht, ob sie laufen kann.«

»Sie?«

»Ja, es ist ein Weibchen.«

»Es hat doch Hörner.«

»Die Weibchen haben sogar die längeren Hörner. Da,

siehst du, das da hinten ist ein Männchen.« Er zeigte auf ein fettes Tier im Wasser, das mit einem Maul voller grüner Schlingpflanzen zu ihnen rüber starrte. »Die Hörner der Männchen sind gerade, die der Weibchen wachsen nach oben.«

»Aber … Kühe haben doch gar keine Hörner.«

Ole kniete sich neben die Kuh und strich dem Tier über die Nase, das nun versuchte, mit seiner langen Zunge seine Hand zu erreichen. »Doch, haben sie. Sie werden abgeschnitten, wenn die Tiere noch klein sind«, sagte er mit einem bitteren Zug um den Mund.

Anna schüttelte den Kopf. »Menschen…«, sagte sie und versuchte vorsichtig, das riesige Horn der Kuh zu fassen, die aber mit einem leichten Schlenker des Kopfes auswich.

»Vorsicht. Sie sind gutmütig, aber nicht besonders grazil.«

»Wie kriegen wir sie da raus?«

»Ich habe ein Stemmeisen dabei. Es dürfte nicht allzu schwer sein, sie ist ja auch reingekommen, es kann sich nur um Millimeter handeln. Wir müssen den Huf bloß richtig drehen.«

Ole holte das Eisen aus dem Kofferraum, und es dauerte keine zehn Sekunden, da hatte er den Huf befreit,

»Okay, das war der leichte Teil.« Er gab dem großen braunen Hintern einen Klaps, und die Kuh, die jetzt erst bemerkte, dass sie sich wieder bewegen konnte, machte einen Schritt nach vorne. Sogleich geriet sie ins Straucheln. Dann blieb sie stehen und hielt den Huf angewinkelt, sodass sie ihn nicht belastete.

Anna beobachtete sie besorgt. »Sie ist verletzt!«

»Ja, ich weiß!« Er winkte der Familie zu »Alles gut!«, rief er, und sie verabschiedeten sich und machten ein letztes Foto aus dem Autofenster heraus.

»Und jetzt? Bringen wir sie zu ihrem Bauern?«, fragte Anna.

»Sie hat keinen Bauern. Die Rinder leben frei auf der Insel. Sie wurden vor mehr als zwanzig Jahren hier aus Schottland angesiedelt, um die Dünen vor Überwaldung zu schützen. Sie brauchen nichts außer den Wiesen, und sie sind so friedlich, dass man sie einfach frei leben lassen kann. Normalerweise sind sie auch so scheu, dass sie sofort weglaufen, wenn man sich ihnen nähert. Wir können froh sein, dass die Kleine hier so gemütlich ist. Sie war wohl etwas zu neugierig«, erklärte Ole.

Anna betrachtete das karamellfarbene Tier, das sie gutmütig anstarrte und Gras kaute, als sei nie etwas geschehen. Wahrscheinlich hatte sie den Vorfall tatsächlich schon wieder vergessen.

»Und was machen wir nun mit ihr?«

»Tja, gute Frage.« Ole strich sich über die Bartstoppeln. »Ich ruf mal meinen Alten an. Irgendwas müssen sie ja vorgesehen haben für verletzte Rinder. Kann ja nicht die erste Kuh sein, die hier mal ins Strauchen gekommen ist.«

Während er telefonierte, stellte Anna sich neben das Rind und streichelte vorsichtig seine Flanke. Es schnaubte, hörte einen Moment auf zu grasen und schleckte mit der Zunge über ihre ausgestreckte Hand.

»Sie mag mich!«, verkündete Anna stolz, als Ole wiederkam. Von ihrer Hand lief ein glibberiger Sabberstrom, den sie an ihrer Hose abwischte. Harry hatte inzwischen aufgehört zu bellen, aber er hatte sich aus dem Gurt befreit und saß nun auf dem Armaturenbrett, gegen das Glas gepresst, und beobachtete jede ihrer Regungen. »Was hat dein Vater gesagt?«

»Er meint, dass wir jemanden finden müssen, der sie eine Weile unterstellt. Eigentlich ist die Forstverwaltung dafür zuständig, aber die müssten genauso jemanden suchen... Es geht schneller, wenn wir es machen. Das wird natürlich bezuschusst. Ich denke auch nicht, dass es sehr lange dauern wird, aber aufwendig ist es, wir müssen einen Hänger besorgen, sie einladen und dann zum Stall fahren...«

Anna betrachtete besorgt ihren verletzten Schützling. »Was machen wir jetzt nur mit dir, Scottie?«

Ole lachte. »Scottie, sehr einfallsreich!«

»Tatsächlich habe ich sie nicht so genannt, weil sie aus Schottland kommt, sondern wegen der Farbe!«, sagte Anna grinsend.

»Wegen der Farbe?« Verständnislos hob Ole eine Augenbraue.

»Whiskey!«, erklärte Anna, und Ole schüttelte den Kopf. »Ich werde mal rumtelefonieren. Irgendwas kriegen wir schon organisiert.« Er stand auf und zog wieder sein Handy aus der Tasche.

»Weißt du, ich könnte Luuk fragen«, schlug Anna zögerlich vor. »Er hat doch...«

»Auf keinen Fall!«

»Ole, er hat Platz, er hat einen Hänger, er wohnt nebenan. Es wäre so praktisch.«

Ole warf ihr einen finsteren Blick zu und hielt sich dann trotzig das Handy ans Ohr. Während er telefonierte, wanderte er ein Stück von ihr weg. Anna setzte sich neben Scottie, die ihr verletztes Bein ein wenig nach oben hielt, aber trotzdem munter weiter graste, und hörte mit halbem Ohr zu, während sie darüber nachdachte, wie es für eine junge Kuh wohl sein mochte, wenn man ihr die Hörner abschnitt. Ein paar Minuten später kam Ole zurück. »Kein Glück?«

Er schüttelte den Kopf. »Ich hab noch eine Nummer bekommen, aber da war gerade besetzt. Ich rufe gleich noch mal an.«

»Ole, lass mich doch ...«

»Nein.«

Eine Weile saßen sie schweigend nebeneinander, nur das Schnauben von Scottie war zu hören und ein rupfendes Geräusch, wenn sie ihre Zunge um ein Büschel Gras wickelte und es mit einem Ruck des Kopfes ausriss. Die Sonne stand tief über dem Wald, und der würzige Geruch der Wiesenkräuter erfüllte die Luft. Der kleine weiße Hof in der Ferne erfüllte Anna mit dem plötzlichen Wunsch, hier zu leben, umgeben von Hochlandrindern, gurgelndem Wasser und dem Rauschen der Kiefern. Schließlich zog Ole das Handy aus der Tasche und wählte erneut. Anna konnte das Freizeichen hören. Es klingelte und klingelte, aber niemand nahm ab.

»Und jetzt?«

Ole schüttelte den Kopf. »Das war meine letzte Nummer. Ich rufe noch mal meinen Vater an und …«

»Henk arbeitet. Das ist doch lächerlich. Ich frage jetzt Luuk.« Sie stand auf und ging zum Auto.

»Anna, ich habe Nein gesagt«, rief Ole ihr wütend hinterher.

»Und ich sage, das ist bescheuert. Stell dich nicht so an, es geht nicht um dich, sondern um das Tier. Sie braucht einen Stall, du findest keinen, er hat einen. Fertig.« Sie wartete auf weiteren Protest, aber er blickte sie nur mit einem seltsamen Ausdruck in den Augen an.

»Ich will mit ihm nichts zu tun haben!«

Anna seufzte leise. »Das verstehe ich, und das musst du ja auch nicht. Ihr ladet nur zusammen die Kuh ein, und das war's. Du hast doch auch keine bessere Idee.« Tatsächlich war ja auch ihr eigenes Verhältnis zu Luuk angespannt. Er war wieder mit seiner Frau Ines zusammen, die nun zwar noch seltener auf die Insel kam als vorher, ihm aber immerhin die Affäre mit Anna verziehen zu haben schien. Obwohl Luuk ihr versichert hatte, dass Ines das Ganze locker nahm und die Sache scheinbar überwunden war, traute sie dem Frieden nicht. Sie und Luuk hatten sich zwar ausgesprochen, trotzdem fühlte sie sich in seiner Gegenwart seltsam befangen. Ines selbst hatte Anna immer nur von Weitem gesehen. Wenn sie auf der Insel war, blieben die beiden für sich, und Anna vermied es in diesen Tagen immer, zu den Schweinen zu gehen oder Harry freizulassen, damit er nicht zu ihm rüberlief, um mit den Hühnern zu spielen.

Ole blickte einen Moment auf die Heide, und sie

konnte sehen, wie es in ihm arbeitete. »Schön!«, stieß er dann mit zusammengepressten Zähnen hervor. »Dann ruf ihn an. Aber eine dämliche Bemerkung, und er …«

»Er macht keine dämliche Bemerkung!«

»Das hoffe ich!«

Anna rollte mit den Augen, dann rief sie Luuk an. Ole hasste Luuk leidenschaftlich, hatte ihn verdächtigt, mit den seltsamen Anschlägen auf Anna zu tun zu haben. Aber auch, als sich herausgestellt hatte, dass nicht Luuk, sondern Sem und seine Mutter hinter all dem steckten, hatte sich seine Meinung über ihn kaum gebessert. Das lag natürlich daran, dass Luuk und Anna für kurze Zeit eine Beziehung geführt hatten – bevor sie und Ole zusammen gekommen waren.

Und bevor Anna herausgefunden hatte, dass Luuk verheiratet war und außerdem ihren Hof kaufen wollte.

»Er kommt«, verkündete sie, als sie zu Ole zurückschlenderte, der inzwischen Stricke aus dem Kofferraum geholt hatte.

»Toll«, erwiderte er dumpf.

»Das ist doch wirklich nett von ihm. Du könntest etwas dankbarer sein.«

»Treib es nicht zu weit!«

»Sei nicht so zickig. Ich erwarte, dass du dich benimmst, wenn er da ist. Schließlich tut er uns einen Gefallen.«

Ole schnaubte. »Das fehlt mir noch, dass ich bei diesem Idioten in der Schuld stehe.«

»*Ich* stehe bei ihm in der Schuld, schließlich habe ich ihn angerufen.«

»Das ist noch schlimmer!«

»Warum? Ole, er hatte mit der Sache mit Attila damals nichts zu tun. Du hast ihn zu Unrecht verdächtigt, als damals die ganzen grausigen Dinge passiert sind. Und es wird langsam mal Zeit, darüber hinwegzukommen.«

Ole holte tief Luft, ballte die Hände zu Fäusten, dann sah er sie an. »Darum geht es nicht! Anna, wie fändest du es, wenn ich neben einer Frau wohnen würde, mit der ich geschlafen habe, und mit ihr noch regelmäßig in Kontakt stehe?«

»Ich ...« Anna wusste nicht, was sie sagen sollte. Am liebsten hätte sie ihm ein »Du hast mit der halben Insel geschlafen, also komm mir nicht so!« entgegengeschleudert, aber sie beherrschte sich. Ole hatte recht, die Situation würde ihr umgekehrt auch nicht gefallen. Jetzt war es an ihr, tief Luft zu holen. »Ich verstehe das. Wirklich. Aber er ist mein Nachbar, ich kann das momentan nicht ändern. Und er ist wirklich ein guter Mensch ... abgesehen von kleinen Fehltritten.« Dass einer dieser kleinen Fehltritte darin bestand, mit ihr eine Affäre zu haben, während er eigentlich mit seiner Frau eine Familie plante, erwähnte sie jetzt lieber nicht. »Er hat mir viel geholfen und mich unterstützt, das mit uns ist zu tausend Prozent vorbei. Für immer. Er ist wieder mit Ines zusammen. Es gibt nichts, was du von seiner Seite befürchten müsstest. Ich glaube, dass ihr euch gut verstehen würdet, wenn du ihm eine Chance gibst. Er liebt Tiere, genau wie du, und er weiß so viel über die Natur und über die Insel ...«

Ole sah sie lange an und sagte nichts.

»Du vertraust mir nicht«, sagte Anna leise. Ihr kam der Gedanke, dass auch sie selbst gerade erst über dem Foto seiner Ex-Freundin die Fassung verloren hatte, aber sie schob ihn energisch beiseite.

»Ich vertraue dir. Ich traue ihm nicht.«

»Aber das ergibt keinen Sinn, das ist das Gleiche, wie mir nicht zu vertrauen.«

Er schüttelte den Kopf, erwiderte aber nichts. Anna konnte ihm nicht böse sein, auch wenn ihr plötzlich kalt war und sie fröstelnd die Arme um sich schlang. Sie wusste ja, wie es war. Ihr ging es genauso. Sie vertraute Ole vollkommen, und doch machten sie andere Frauen unruhig. Sie schaute auf die Uhr, wenn er nachts zu spät nach Hause kam, und wenn er mit Kai und den anderen in die Kneipe ging, war sie immer etwas nervöser, als sie sich selbst eingestehen wollte. Es lag nicht an ihm, es lag an ihr. Sie waren beide beschädigt, hatten einen kleinen Knacks, wo andere noch heile waren. Wenn man einmal betrogen oder verlassen worden war, änderten sich die Dinge unweigerlich.

»Mir geht es genauso, weißt du?« Sie hatte sehr leise gesprochen, in die Wolle ihres Pullovers hinein, und er zog fragend eine Augenbraue hoch. »Mir geht es genauso«, wiederholte sie.

»Was meinst du?«

»Ich vertraue dir auch und mache mir trotzdem ständig Sorgen.«

»Sorgen worum?«

»Ich … denke immer, dass du jemand Besseres triffst.«

»Das meinst du nicht ernst.«

Sie zögerte einen Moment. »Ich bin doch so langweilig!«, stieß sie dann hervor.

»Anna!« Ole sah so entsetzt aus, dass sie fast lachen musste.

»Doch, bin ich. Ich gehe nie aus und vertrage keinen Alkohol und war noch nie Backpacken in Indien, habe erst zweimal an einem Joint gezogen, und da ist mir schlecht geworden, ich habe das blöde Bein und bin so emotional, und du bist immer fröhlich, du siehst wahnsinnig gut aus, du liebst es, feiern zu gehen und zu reisen und …!« Sie hörte auf zu reden, weil Ole jetzt wütend den Kopf schüttelte. »Und außerdem, denke ich oft an Sally …«, schloss sie.

Da, sie hatte es gesagt. Völlig ungeplant, es war einfach aus ihr rausgeschlüpft.

Ole zuckte zusammen, und in seinem Blick erkannte sie, dass sie ihn damit getroffen hatte. Dann seufzte er. »Du hast das Foto gesehen?«

Sie nickte. »Es ist schwer, zu wissen, was ihr für eine Vergangenheit hattet. Ich habe sie ja noch nie gesehen, weißt du. Und ich habe Simon verlassen, aber du *wurdest* verlassen. Ich denke immer, wenn du tauschen könntest, dann wärst du …«

Ole unterbrach sie aufgebracht. »Anna. So ein Schwachsinn. Ich habe das Foto noch da hängen, weil sie einmal ein wichtiger Teil meines Lebens war und ich keinen Grund gesehen habe, es zu entfernen. Ich bemerke es nicht mal. Denkst du, ich stehe jeden Tag in der Werkstatt und schmachte ihr hinterher? Das Bild bedeutet mir nichts mehr. Ich will nicht tauschen, und ich will vor allem dich nicht eintauschen. Auf gar keinen Fall. Das musst du doch wissen! Wie kommst du nur auf solche Gedanken?«

»Natürlich bedeutet sie dir noch was. Und das ist auch okay. Wirklich. Darum geht es nicht.«

Ole sagte eine ganze Weile lang nichts. »Wer hat dir eigentlich gesagt, dass alle meine Freundinnen schon mal in Indien gewesen sein müssen?«, fragte er plötzlich und lächelte.

Anna grinste. »War so ein Gefühl.«

Er nickte. »Gut, dann weißt du es ja jetzt. Das Ultimatum läuft. Nächsten Sommer werden die Rucksäcke gepackt.«

»Aber ... ich mag kein Curry!«

»Kein Curry?« Er blickte sie entsetzt an. »Und das erfahre ich erst jetzt?«

»Na ja, Thai-Curry schon. Aber kein Indisches. Das stinkt.«

»Es *stinkt*?« Entgeistert schüttelte er den Kopf. »Es stinkt? Ich fasse es nicht. Welche Abgründe hast du noch vor mir verborgen? Als Nächstes erzählst du mir, du magst keine Fischbrötchen mehr.«

»Na ja, ich habe in letzter Zeit öfter mal darüber nachgedacht, ob wir nicht mal versuchen sollten, völlig auf Tierprodukte zu verzichten ...«

»Okay, wir beenden dieses Gespräch jetzt, bevor es vollkommen eskaliert!« Ole lachte und drückte Anna an sich. Sie vergrub ihr Gesicht tief in seinem Pulli, und dann saßen sie da, auf der Wiese neben Scottie, und warteten.

Sie schwiegen, bis Luuks Geländewagen über die Lichtung auf sie zugerollt kam. Er zog einen Pferdeanhänger hinter sich her. Scottie hob den Kopf und betrachtete das Auto neugierig, als wüsste sie, dass es für sie bestimmt war.

Anna stieß Ole leicht in die Seite. »Sei höflich!«, zischte sie, während sie Luuk zuwinkte.

»Ich bin immer höflich«, zischte Ole zurück.

»Dass ich nicht lache! Hey Luuk, danke, dass du so schnell gekommen bist!« Sie lief zur Fahrertür.

Ole bewegte sich keinen Zentimeter auf das Auto zu, nickte nur knapp zur Begrüßung. Luuk nickte zurück, dann umarmte er Anna flüchtig, löste sich aber sehr schnell wieder von ihr, als er Oles Blick bemerkte, und trat einen Schritt nach hinten.

»Also, das ist die Dame?«, fragte er und ging auf Scottie zu.

»Es wird nicht einfach werden, sie in den Hänger zu kriegen.« Ole war neben ihn getreten und hielt sich nicht mit Small Talk auf. »Fahr das Auto rum, sodass der Eingang zu ihr zeigt. Ich binde sie an.«

Luuk nickte und ging ohne ein weiteres Wort zum Auto, um Oles Anweisung auszuführen.

»War das vielleicht höflich?«, zischte Anna, als Luuk im Wagen saß und sie nicht hören konnte.

Ole ignorierte sie. »Ich binde sie jetzt fest. Sie wird wahrscheinlich gleich nicht mehr ganz so friedlich sein, wenn wir versuchen, sie in den Hänger zu kriegen. Du gehst ins Auto!«

»Wie bitte?« Anna plusterte sich empört auf.

»Hier stehst du nur im Weg.«

»Ich *stehe im Weg*?«

»Ich meine doch nur, dass sie dich leicht umschubsen kann. Geh besser aus der Gefahrenzone.«

»Das hast du überhaupt nicht gemeint.«

»Aber jetzt meine ich es.« Ole sah sie an und grinste plötzlich über seine eigenen Worte.

Wie immer verflüchtigte sich ihr Zorn beim Anblick seines lachenden Gesichts sofort. Aber sie schüttelte den Kopf. »Ich will nicht ins Auto. Vielleicht kann ich sie mit was zu essen locken.«

»Hast du ihre Hörner gesehen? Glaub mir, du willst nicht in der Nähe ihres Kopfes sein, wenn wir sie gleich ziehen.«

Ole behielt recht. Sobald die Kuh merkte, dass sie auf den Hänger zugeschoben wurde, verwandelte sich das gutmütige Tier in eine rasende Furie. Ihre Augen rollten nach hinten, sie stemmte die Beine in den Boden und stieß panische Schnauber aus. Ohne die Verletzung wäre sie sicherlich auch auf und ab gerannt. Als die Männer unnachgiebig weiterzogen, begann sie zu buckeln und auszutreten.

»Anna, geh ins Auto!«, rief Luuk.

»Ja, sofort ins Auto!«, rief auch Ole mit einem vernichtenden Blick in Richtung Luuk.

Weil sie ohnehin nichts tun konnte, setzte Anna sich auf den Beifahrersitz und versuchte, den aufgeregten Harry zu bändigen, der nun noch mehr ausrastete als vorhin und unbedingt Ole retten wollte, den er offensichtlich in äußerster Gefahr vermutete. Er winselte und bellte und warf sich gegen die Tür, sodass sie ihn lieber wieder anband. Sie wollte sich nicht ausmalen, was passierte, wenn er entkam und unter die Hufe geriet.

Als Scottie endlich im Hänger war und Anna schon einen Jubelschrei ausstieß, lief sie plötzlich rückwärts wieder hinaus. Ole und Luuk reagierten sofort, warfen sich gleichzeitig auf sie und drückten von beiden Seiten ihre Schultern gegen die riesigen braunen Pobacken. Scottie muhte laut und verzweifelt, aber die Männer schoben sie unbarmherzig wieder die Rampe hinauf.

Anna machte heimlich ein Foto, es war ein zu herrlicher Anblick, wie die beiden Erzfeinde vereint gegen den Kuhhintern anschoben. Schließlich standen die Männer schnaubend und mit roten Köpfen an den Hänger gelehnt, während Scottie in seinem Inneren randalierte.

»Yeah, sie ist drin!« Anna stieg aus und rannte auf die beiden zu.

»Ich hab doch gesagt, du sollst im Auto bleiben!« Ole blickte ihr finster entgegen. Harry war entkommen und sprang nun freudig an Luuk hoch. Ole schnappte ihn sofort und klemmte ihn sich unter den Arm. »Wir fahren hinter dir her«, sagte er und ging ohne ein weiteres Wort zum Jeep zurück.

Anna und Luuk sahen sich mit hochgezogenen Augenbrauen an. Luuk schnaufte immer noch.

»Tut mir leid!«, flüsterte Anna.

»Kein Ding!« Er lächelte, dann lief Anna schnell hinter Ole her, und Luuk stieg ins Auto.

Auf dem Hof angekommen, wiederholte sich das Schauspiel in umgekehrter Reihenfolge. Nun wollte Scottie nicht mehr aus dem Hänger heraus. Anscheinend verunsicherten sie die fremden Gerüche im Stall. Sie hatte ihr Leben im Freien verbracht und nie ein Dach über dem Kopf gehabt. Die Männer hatten ihre liebe Mühe, sie aus dem Hänger herauszuziehen. Schließlich war sie aber sicher in einer der alten Pferdeboxen untergebracht, und Luuk schob das Gatter zu.

»Geschafft. Ich packe ihr nachher noch frisches Stroh rein und schaue mal, was sie gerne frisst. Gras habe ich leider nicht, aber Heu wird es wohl auch tun.«

Ole nickte. »Ich schaue später nach ihrem Bein, wenn sie sich etwas beruhigt hat.«

Eine unangenehme Stille machte sich breit.

»Wollt ihr ein Bier?«, fragte Luuk plötzlich, und Anna zuckte leicht zusammen. »Das haben wir uns wirklich verdient. Ich habe sogar schottisches. Das passt doch jetzt.«

»Du trinkst doch gar nicht!« Anna war mehr als verblüfft.

»Bei besonderen Anlässen schon. Es schmeckt mir ja, ich denke nur nicht, dass es gesund ist.«

Ole schnaubte leise.

»Also, was sagt ihr?«

Sofort wurde Oles Blick leer. »Nein. Danke. Wir müssen los«, sagte er kalt.

Anna seufzte kaum merklich.

»Oh, okay. Klar.« Luuk sah enttäuscht aus, aber sofort verschloss auch sein Gesicht sich wieder.

26

Am nächsten Sonntag fuhr Anna zu Roos' Haus, um mit dem Ausräumen zu beginnen. Umbauen durften sie zwar nichts, aber sie hatten sich nicht nur vorgenommen, ab und zu dort zu übernachten, sondern auch, nach und nach Dinge wegzuwerfen oder zu spenden, von denen klar war, dass niemand sie mehr brauchen würde. Denn auch wenn das Haus selbst im Originalzustand verbleiben musste, die persönlichen Gegenstände, die sie ebenfalls geerbt hatten, waren davon nicht betroffen. Sie hatte die Femke angerufen und gefragt, ob sie noch etwas aus dem Haus haben wollte, aber die hatte gesagt, dass sie bereits kurz nach dem Tod ihrer Mutter mitgenommen hatte, was sie behalten würde, und dass der Rest der Sachen weggeworfen werden konnte.

Während der Fahrt rief Anna Neeson an. Sie hatte schon lange nichts mehr von ihm gehört und ihn per SMS um ein Update gebeten. Er hatte geantwortet, dass es nichts Neues gab, sie aber gerne telefonieren könnten.

Das Gespräch war entmutigend. Die Ermittlungen zum Einbruch hatten ergeben, dass augenscheinlich nichts entwendet worden war, und sie hatten keine fremden Fingerabdrücke im Haus gefunden, nur welche von ihnen, Roos, Sem, der Femke und Theodor. Aber da deren Anwesenheit dort auch anders zu erklären war, waren sie als Beweismittel nicht zu gebrauchen.

Ansonsten hatte er nichts zu berichten, das weitergeholfen hätte. Er klang ein wenig mutlos, versprach ihr aber, dass er nicht aufgeben würde.

Als sie Giovanni vor dem Haus parkte, hatte sie ein mulmiges Gefühl. Es war keine schöne Aufgabe, die ihr bevorstand, aber irgendwann musste sie angegangen werden.

Um nicht zu viel zu grübeln, begann sie direkt mit dem Schrank im Schlafzimmer, der noch immer voller Kleider war. Sie fragte sich, ob das allen Menschen in ihrem Alter so ging. Vielleicht war es einfach eine Zeit, in der eine Generation sich verabschiedete. Wahrscheinlich stand jeder einmal vor einem vollen Kleiderschank und konnte nicht fassen, dass es nun seine Aufgabe sein sollte, die Spuren, die ein geliebter Mensch auf dieser Welt hinterlassen hatte, zu beseitigen und in den Müll zu werfen.

Langsam nahm sie Stück für Stück heraus. Sorgfältig gefaltete Blusen, bunte Röcke, Kleider und Strickjacken. Sie musste nicht erst ihre Nase in die Kleidung pressen, um sich Roos nahe zu fühlen, der ganze Raum war erfüllt von ihrer Präsenz. Es war so trügerisch. Jeden Moment musste sie doch um die Ecke kommen. Die Endgültigkeit des Todes überraschte Anna immer wieder, der kleine Schock, der einen durchfuhr, wenn man zum tausendsten Mal realisierte, dass man den verlorenen Menschen nicht wiedersehen würde. Niemals wieder. Wie konnte jemand so Vertrautes plötzlich einfach nicht mehr existieren?

Weil sie es nicht über sich brachte, die schwarzen

Plastiksäcke anzufassen, die sie für die Aufräumaktion mitgebracht hatte, stapelte sie alles nebeneinander auf dem Bett, ordentlich und sortiert, als wollte sie die Sachen später wieder einräumen. Obwohl sie die Kleidung nicht wegwerfen sondern spenden würde, kam es ihr wie ein Sakrileg vor. Das Zimmer würde nie wieder dasselbe sein. Nichts würde wieder dasselbe sein. Jede Sache, die sie hochhob und weglegte, verlor den ihr angestammten Platz. Seltsamerweise fiel es ihr schwerer, diesen Schrank auszuräumen, als damals den ihrer eigenen Großeltern. Es mochte daran liegen, dass Roos so plötzlich aus dem Leben gerissen worden war, oder daran, dass sie Roos jeden Tag gesehen hatte und ihre Großmutter in den letzten Jahren bloß noch alle paar Monate.

Oder vielleicht hatte sie nur vergessen, wie schwer es ihr damals gefallen war.

Wir sollten einen Flohmarkt machen, dachte sie plötzlich, als ihr Blick über die Säcke schweifte. Einen Straßenflohmarkt, oder eine Art Bazar. Ich bringe es nicht übers Herz, all die Sachen einfach wegzugeben.

Der Gedanke gab ihr neuen Schwung. Auf der Insel lebten viele ältere Menschen, die Sachen waren alle gepflegt und gut in Schuss und konnten eine ältere Dame glücklich machen. Ein Flohmarkt ist immer noch besser als die Müllkippe, dachte sie und holte einen hellblauen Wollpulli aus der Kommode. Als sie mit der Hand darüber strich, merkte sie, wie weich er war, und als sie zaghaft an der Wolle roch, schien es einen Moment, als würde Roos ihr leise zulächeln. »Dich behalte ich«, flüsterte sie und legte ihn auf einen Extra-Stapel. Ihre Kehle brannte, aber sie biss die Zähne zusammen und ignorierte es. Sie hatte genug um Roos geweint. Sie hatte insgesamt genug geweint. Auf dieser Insel hatte sie schon so viele Tränen vergossen, dass es für zwei Leben reichte. Aber sie konnte nicht anders, als weiter zu grübeln.

Um die trüben Gedanken zu übertönen, warf sie im Wohnzimmer Roos' alten Plattenspieler an und drehte ihn auf volle Lautstärke. Bald hallte fröhliche Walzermusik durchs ganze Haus, und sie nahm Harry auf den Arm und wirbelte ihn ihm Dreiertakt ein bisschen hin und her, was ihm allerdings gar nicht behagte. Er kniff sie sanft ins Ohr, als Zeichen, dass er gerne wieder auf den Boden wollte.

Wider Erwarten geriet sie so in Schwung, dass sie nicht nur das Schlafzimmer, sondern auch noch Bad und Wohnzimmer durchkämmte. Bald waren die Stapel so groß, dass sie in die gute Stube umzog, wo sie alles sorgfältig ordnete und beschriftete. Harry lag vor dem Kamin auf einem alten Schafsfell und sah ihr zu. Wie immer, wenn sie jetzt ins Roos' Haus waren, verhielt er sich seltsam ruhig. Erst schnüffelte er überall herum, lief die Treppe auf und ab und schaute in jedes Zimmer, dann rollte er sich irgendwo zusammen und blickte traurig ins Leere.

Als Anna nach ein paar Stunden aufsah, erschrak sie. Es war bereits weit nach Mitternacht. Ein Blick auf Harry, der schnarchend auf dem Rücken lag und seinen Bauch Richtung Kamin streckte, ließ sie seufzen. Er hasste es, wenn sie ihn nachts noch aus dem Haus zerrte. Aber auch sie war müde, als sie aufstand, knackte ihr Rücken. Sie hatte gar nicht gemerkt, wie lange sie schon hier war. Kurz stand sie unschlüssig da, dann ging sie in den Flur und schloss die Haustür ab. Warum sollte sie nicht hier übernachten? Es war *ihr* Haus. Ja, es war eingebrochen worden, aber das würde sicher kein zweites Mal geschehen. Sie war müde und wollte einfach nur schlafen, und wenn sie hierblieb, konnte sie morgen direkt nach nebenan in den Laden gehen. Ole war mit Kai auf dem Boot.

Ein wenig mulmig war ihr schon zumute, aber sie beschloss, das Gefühl zu ignorieren. Sie kochte sich einen Tee, knabberte ein paar alte Chips und einen Apfel, prüfte, dass auch im Wohnzimmer die Tür abgeschlossen war, klemmte sich Harry unter den Arm und ging die Treppe hinauf.

Roos' kleines Schlafzimmer unter dem Dach war warm und gemütlich, und als sie erst mal oben war, die Lampen angezündet und eine heiße Dusche genommen hatte, fühlte sie sich beinahe behaglich. Sie schrieb eine Nachricht an Britt, damit jemand wusste, wo sie war, und kroch dann erschöpft unter die Laken. Aber obwohl sie keine Angst hatte, fand sie dennoch lange keinen Schlaf. Sie lag wach, lauschte auf das fremde Haus und sah zu, wie die Schatten der Vorhänge Muster auf die Wände zeichneten. Draußen war Wind aufgezogen, und die Fensterläden und Rohre klapperten leise. Beinahe war sie dankbar dafür, denn das Klappern würde die Stille übertönen. Sie fühlte sich seltsam, so fremd und gleichzeitig vertraut. Sie sollte nicht hier sein, dachte sie. Roos sollte hier sein. Es war eine verkehrte Welt, das Kissen war nicht ihr Kissen, die Tapeten an den Wänden waren nicht ihre Tapeten. Es war, als wäre sie plötzlich in ein fremdes Leben geschlüpft. Auch Harry war unruhig, er kroch nicht wie sonst unter die Decke und presste sich gegen ihren Bauch oder ihre Knie, sondern lag auf ihren Füßen und sah sich wachsam um.

Anna drehte sich zum Fenster und blickte in den dunklen Himmel, an dem Wolken wie weiße Schleier vor den Sternen vorbeizogen. Irgendwann fiel sie in einen unruhigen Halbschlaf. In dieser Nacht hatte sie das Gefühl, dass der Wind die Erinnerungen um die Häuser blies. Er flüsterte ihr Geschichten ins Ohr, trug lange vergessene Bilder zu ihr zurück und rüttelte an ihrem Herzen.

Sie hatte wieder geträumt. Roos hatte eine riesige Käsesahnetorte gebacken, groß wie ein Auto, und war immer hektisch darum herum gelaufen, weil sie Angst hatte, dass sie an den Rändern zerfließen würde. Ole stand daneben und schaute mit diesem schmachtenden Blick auf die Torte, den er auch jedes Mal hatte, wenn er den Oldtimer betrachtete, den er geerbt hatte. Sie versuchte, mit ihm zu reden, aber er hörte sie nicht, nahm sie gar nicht wahr. Es war, als wäre ein unsichtbares Glas zwischen ihnen. Anna trommelte dagegen, aber ihre Fäuste schlugen ins Leere.

Wütend drehte sie sich im Bett herum und raffte die Decke um sich. Am Rande des Bewusstseins stopfte sie sich das Kissen unter den Arm und versuchte, wieder tiefer in den Schlaf zu gleiten, ihre Gedanken aber in eine andere Richtung zu lenken. Warum träumte sie immer so seltsame Sachen?

Bald schmatzte sie leise im Halbschlaf. Ihr war kalt, und sie hatte einen metallenen Geschmack auf der Zunge, wo eigentlich Käsesahne sein sollte.

Warum fror sie so? Mit der linken Hand tastete sie nach Ole, um ihn an sich heranzuziehen. Er war immer schön warm. Sie wollte, dass er die Arme um sie schlang und sie an seinen riesigen Körper zog, wo sie sich einkuscheln konnte.

Ihre Hand tastete ins Leere, aber sie war noch halb im Traum gefangen, und wieder sah sie die Torte. »Sie zerläuft nicht, das Rezept ist perfekt«, murmelte sie, und ihr Atem wurde ruhiger.

Sie erwachte, als im Haus unten eine Tür zuschlug.

Plötzlich lag sie mit aufgerissenen Augen da und hörte ihren Herzschlag wummern, während das schreckliche Gefühl eines Déjà-vu sich in ihr festkrallte. Für ein paar Sekunden wusste sie nicht, wo sie war, dann wurde sie schlagartig hellwach.

Sie war in Roos' Haus, in ihrem Schlafzimmer. Und es war ihre erste Nacht alleine hier.

Anna setzte sich auf und lauschte. Nun war das Haus still, doch sie war sich vollkommen sicher, dass das Geräusch eben nicht ihren Träumen entsprungen war.

Sofort dachte sie an Sem. Aber Sem war im Gefängnis, weit weg, auf dem Festland. War Ole vielleicht doch noch gekommen und hatte in der Küche etwas umgestoßen? Aber er war mit Kai auf dem Boot unterwegs… Waren sie vielleicht gar nicht ausgelaufen? Hatte Britt ihm gesagt, dass sie hier war, und er war so spät noch hergekommen?

Moment mal! Schnell überschlug sie im Kopf die Daten. Wann wurde Sem entlassen? Fieberhaft überlegte sie. Hätte man sie nicht informiert? Sie kannte das genaue Datum nicht, aber er konnte eigentlich unmöglich schon wieder auf freiem Fuß sein.

Leise stand sie auf und blickte aus dem Fenster. Der Wind hatte sich gelegt, dichter Nebel verhüllte die kleine Gasse, er lag wie Zuckerwatte in der Luft, kaum konnte sie die Konturen des Bäckerhauses gegenüber ausmachen. Sie fröstelte. Die weißen Schwaden ließen es erscheinen, als sei sie ganz alleine auf der Welt.

Die Schlafzimmertür war zu und fest verschlossen. Das machte sie jetzt immer so, wenn sie alleine war, und manchmal… heimlich… sogar, wenn Ole bei ihr schlief. Wenn er es merkte, sagte er nichts, aber sie konnte in seinem Blick sehen, dass er sich Sorgen machte.

Sicher hatte sie sich geirrt, sie war schon so oft aufgeschreckt in letzter Zeit, nur um dann festzustellen, dass sie wieder schlecht geträumt hatte und eigentlich alles in Ordnung war. Ein Blick in Richtung Bett sagte ihr, dass Harry friedlich dalag. Gerade öffnete er ein Auge, aber als er sie sah, räkelte er sich beruhigt und schloss es wieder.

Auf Zehenspitzen lief sie zur Tür. Es war nun vollkommen still im Haus. Nichts deutete auf einen Eindringling hin. Aber sie hatte Glas splittern hören, und nach allem, was im letzten Jahr passiert war, wusste sie, dass sie ihrem Gehör trauen konnte.

Wenn sie den Schlüssel rumdrehte, wäre sie nicht mehr sicher. Was, wenn jemand im Haus war? Was, wenn er ihre Sachen durchwühlte, durch die dunklen Zimmer schlich? Sie würde nie wieder schlafen können, wenn sie nicht nachsah.

Mit einem Mal stand ihr der Schweiß im Nacken. War sie in ernsthafter Gefahr und vergeudete hier wertvolle Zeit, in der sie die Polizei rufen sollte? Noch immer stand sie da, das Ohr gegen die Tür gepresst, und lauschte, aber ihr Atem erschien ihr laut wie ein Sägewerk, und ihr Puls dröhnte in ihren Ohren. Es war unmöglich, etwas zu hören. Plötzlich kam ihr der Gedanke, dass jemand genau in diesem Moment auf der anderen Seite der Tür stand, ebenfalls sein Ohr gegen das Holz presste und auf eine Regung von ihr lauerte, und sie zuckte erschrocken zurück.

Plötzlich panisch schlich sie zum Bett und griff nach ihrem Handy, das im Flugmodus auf dem Nachttisch lag. Mit zitternder Hand fuhr sie über das Display, dann hielt sie inne.

Und wenn sie geträumt hatte? Sie konnte doch nicht – *schon wieder!* – die Polizei rufen, wenn gar nichts passiert war. Sie war auf der Inselwache inzwischen bekannt wie ein bunter Hund und hätte auf diese traurige Berühmtheit gerne verzichtet. Erst die Sache mit Attila, dann ihr Laden, dann die Auseinandersetzung mit Sem, der Einbruch und nun der Cold Case ihrer Schwester, der wieder aufgerollt wurde. Die Beamten kannten sie mit Namen.

Sie wusste, dass es dumm war, und doch trat sie zur Tür und drehte den Schlüssel um.

Im Treppenhaus war es kälter als im Schlafzimmer. Der vertraute Geruch nach Holz und Teppich schlug ihr entgegen. So leise wie möglich zog sie den Schlüssel ab und verschloss die Tür zum Schlafzimmer von außen. Dadurch war wenigstens Harry in Sicherheit.

Lautlos schlich sie auf ihren Wollsocken in Richtung Treppenabsatz. Der obere Flur war dunkel, die Tür zum Badezimmer angelehnt. Wenn er bereits hier oben war, würde er sie aus dem Hinterhalt überraschen, sobald sie die Treppe runterschlich. Sie wusste jetzt, dass es Sem war, war sich ganz sicher, seine Anwesenheit im Haus zu spüren.

Seltsamerweise hatte sie kaum noch Angst. Eine unbekannte Taubheit erfüllte sie. Beinahe war sie wütend. Sie konnte nicht weiter hinter jedem Rascheln und Knacken in der Nacht eine Bedrohung vermuten. Vielleicht war es genau diese Wut, die sie die Treppe hinunterschleichen ließ.

Der Flur unten war dunkel, durch das Fenster in der Haustür fiel ein spärliches Licht. Sie ging langsam, an den Rändern der Treppe, damit sie nicht knarzte.

Plötzlich hörte sie Geräusche aus dem Wohnzimmer. Sie zuckte zusammen und krallte sich mit den Händen in das Geländer.

Es war wirklich jemand hier.

Der letzte, winzige Zweifel war ausgelöscht. Langsam ging sie über den Flur, sie hatte nichts, mit dem sie sich verteidigen konnte. Kurz fiel ihr Blick auf den Schirmständer unter der Garderobe, aber sie ging daran vorbei. Vielleicht, ganz vielleicht, war es ja doch kein Einbrecher sondern Ole, der aus irgendwelchen seltsamen Gründen im dunklen Wohnzimmer rumrumorte.

Plötzlich geschah alles auf einmal. Sie schlich durch den Flur, als eine große, dunkle Gestalt vor ihr in der Tür auftauchte und rasch auf sie zukam. Als der Mann Anna gewahrte, in die er fast hineingerannt wäre, gab er einen erschrockenen Laut von sich, hielt inne, und ein paar Sekunden standen sie sich im dunklen Flur gegenüber und starrten sich an. Die Sekunden kamen Anna vor wie eine Ewigkeit, als hätte jemand die Zeit in die Länge gezogen.

Noch bevor sie entscheiden konnte, was sie tun sollte, drehte der Mann sich um und floh.

»Hey!« Anna brauchte einen Augenblick, bis die Schockstarre von ihr abfiel, dann rannte sie ihm hinterher. Doch als sie ins Wohnzimmer kam, war er bereits nur noch ein dunkler Umriss hinter der Terrassentür, der sich schnell durch den nebligen Garten entfernte. Sie sah noch einen Zipfel seines Mantels, der hinter ihm her flatterte, dann war er verschwunden.

Anna betrachtete die Scherben auf dem Teppich und ließ sich dann mit schwachen Knien auf dem Sessel nieder. Eine Weile saß sie einfach da und starrte vor sich hin, versuchte, das Adrenalin zu bekämpfen, das in ihr aufgestiegen war, und aus der Sache schlau zu werden. Dann gab sie sich einen Ruck. Schnell verriegelte sie die Terrassentür, die rechts neben dem Schloss ein großes Loch in der Scheibe hatte, dann rannte sie nach oben, um ihr Handy zu holen.

27

»Wir haben Fußabdrücke im Garten. Die Klinke ist voller Fingerabdrücke, aber da sind auch Spuren dabei, die eindeutig von Handschuhen verursacht wurden. Wenn Sie mich fragen, stammen die vom Täter, und alle anderen sind wahrscheinlich von den Hausbewohnern.« Der Beamte kratzte sich am Ohr und holte sein Handy aus der Tasche. Es war derselbe Polizist, der damals gekommen war, als Luuks Hahn Atilla tot bei ihr im Bett gelegen hatte, und Anna konnte ihn nicht besonders leiden. Genau wie beim letzten Mal vermittelte er den Eindruck, dass er die ganze Sache nicht sehr interessant und fast ein wenig lästig fand.

»Was ist mit Fingerabdrücken im übrigen Haus?« Neeson stand mit steinernem Gesicht neben Anna, die sich inzwischen eine Jeans über den Schlafanzug gezogen hatte und Harry auf dem Arm trug, der den Einbruch verschlafen hatte, in diesem Moment herzhaft gähnte und sich an ihre Schulter kuschelte.

Der Polizist lächelte milde, als er Harry ansah, was Anna ein wenig positiver über ihn denken ließ. Dann wandte er sich an Neeson. »Tschuldigung, aber wir können wegen eines versuchten Diebstahls nicht schon wieder das ganze Haus nach Fingerabdrücken absuchen. Und außerdem ist das nicht dein Zust...«

»Ich bin für alles zuständig, was dieses Mädchen angeht.« Neeson nickte grimmig mit dem Kinn in Richtung Anna. »Außerdem ist das kein einfacher Einbruch, wie du genau weißt. Wir ermitteln in einem Mordfall.«

Der Polizist seufzte tief, und man sah ihm an, dass er gerne geschmunzelt hätte. »Ein Cold-Case-Fall. Du glaubst doch nicht ernsthaft, dass der Mörder nach zwanzig Jahren hier im Wohnzimmer einbricht und...«

»Ich glaube gar nichts. Ich will es wissen. Du nimmst Fingerabdrücke vom gesamten unteren Stockwerk.«

»Aber...«

»Und von der Terrasse!«

»Es wurde nichts gestohlen!«

»Er war auch nicht hier, weil er etwas stehlen wollte, Herrgott noch mal. Was soll es hier schon zu stehlen geben!« Neeson verlor die Geduld.

Nun wurde auch der Polizist, der eben noch unterkühlt, aber höflich mit ihm geredet hatte, deutlich barscher. »Nur weil du mit deinen Ermittlungen nicht weiterkommst, musst du dich hier nicht aufspielen. Ich habe heute nur zwei Kollegen auf der Wache und...«

»Ist mir scheißegal, dann weckst du eben welche auf. Die sollten sich doch freuen, jetzt haben sie endlich mal was anderes zu tun als Verkehrskontrollen.« Damit drehte Neeson sich um und ging in die Küche. Anna erinnerte sich, dass sie damals genau das Gleiche gedacht, aber nicht ausgesprochen hatte, und musste ein Grinsen unterdrücken.

Sie fing den Blick des Polizisten auf und hob hilflos die Schultern, um ihm zu verdeutlichen, dass sie da jetzt auch nichts dran ändern konnte.

Er seufzte noch einmal tief und zückte dann sein Handy.

Anna folgte Neeson in die Küche, der ihr bedeutete, dass sie sich setzen sollte.

»So, nun noch mal von vorne. Erzähl mir alles.« Er hob abwehrend die Hände. »Ich weiß, du hast schon. Egal. Noch mal von vorne, alles, jede Einzelheit.«

Sie begann mit dem Traum von der Käsesahne und endete mit der Flucht des Mannes durch den nebligen Garten.

Neeson lehnte an der Spüle und sah sie grimmig an. Er wirkte, als sei er noch gar nicht im Bett gewesen, er war tadellos gekleidet und roch nach Rasierwasser. »Und du weißt wirklich nicht, wer es war?«, fragte er zum zehnten Mal.

Sie schüttelte den Kopf. »Es war zu dunkel, und er trug eine Mütze oder so etwas.«

Neeson nickte seufzend. Auch Anna fühlte sich plötzlich seltsam mutlos. Theodor war in Australien, Sem war im Gefängnis. Die Erkenntnis, dass es außer den beiden noch jemanden gab, der sie bedrohte, brachte ihre Welt ins Wanken.

Neeson fuhr sich mit der Hand übers Gesicht. »Ich nehme an, es bringt nichts, das jetzt noch mal zu fragen, aber warum zum Teufel hast du nicht angerufen?«

Anna zuckte wieder mit den Schultern. »Ich dachte, vielleicht ist es Ole. Oder ich habe es mir nur eingebildet. Und die Polizei ist ohnehin schon genervt von mir.« Sie deutete mit dem Kinn in Richtung Wohnzimmer.

Neeson schenkte ihr ein halbes Grinsen, dann schüttelte er den Kopf. »Wegen diesem Heini mach dir keinen Kopf. Nächstes Mal rufst du sofort an, Anna. Sofort. Das ist ihr Job! Und diese Dinge sind dir schließlich wirklich passiert. Und mich rufst du auch an. Und zwar zuerst! Ich bin schneller.«

»Ich hoffe eigentlich, dass so etwas *nicht* noch mal passiert.«

Er sah sie lange an. »Das hoffe ich auch«, sagte er schließlich, aber er klang so wenig überzeugt, dass Anna eine Gänsehaut über die Arme fuhr.

28

»Warum zum Teufel hast du nicht angerufen?«, fragte Ole zum dreißigsten Mal. Er klang genau wie Neeson, und Anna seufzte leise. Sie hatte sich bei ihm gemeldet, nachdem die Spurensicherung im Haus durch war, und das Boot hatte ihn extra an Land gebracht, damit er sofort zu ihr kommen konnte.

»Neeson hat schon recht, was soll es dort zu stehlen geben. Das kann kein Zufall sein.«

»Aber was wollte er dann im Haus?«

Ole fuhr zu schnell und wie in Trance. »Vielleicht

261

wollte er dich«, sagte er nachdenklich, und Anna spürte, wie es in ihrem Nacken prickelte. Sie drückte sich in den Sitz und drehte die Heizung ein Stück hoch. Dann schüttelte sie den Kopf. »Ich bin mir ganz sicher, dass er nicht wusste, dass ich da bin. Woher auch, das macht schon Sinn. Wir sind so selten da, haben keinen festen Tag, an dem wir im Haus übernachten. Er hat Lärm gemacht, als er die Scheibe zerstört hat, so was macht man doch nicht, wenn man denkt, dass jemand im Haus aufwachen könnte. Außerdem war er total geschockt, als ich plötzlich vor ihm stand, und er ist dann ja auch sofort weggerannt.

Ole nickte und lenkte den Jeep schnell um eine Kurve. »Wir müssen noch mal zum Boot, ich bin so überstürzt los, dass ich alles dagelassen habe, nicht mal mein Handy hab ich dabei. Ich denke nicht, dass sie noch mal rausgefahren sind.«

Anna legte ihre Hand auf sein Knie. »Tut mir leid, dass du dir Sorgen gemacht hast«, sagte sie. »Und dass ich den anderen den Fang verdorben habe!«

Er nickte. »Natürlich habe ich mir Sorgen gemacht, aber das ist ja nicht deine Schuld.« Er klang immer noch sauer, war jetzt aber ein wenig ruhiger. »Und wir hatten schon ordentlich was hochgezogen, mach dir deswegen keine Gedanken! Ich wünschte nur, du hättest mich direkt vom Schlafzimmer aus angerufen.«

»Du warst mitten auf dem Ozean, was hättest du denn tun sollen? Du hättest einen Herzinfarkt bekommen!«

»Ja, aber ich hätte dir sagen können, dass du unter keinen Umständen alleine nach unten gehst, wenn ein

Einbrecher im Haus ist! Und ehrlich gesagt, beunruhigt es mich zutiefst, dass es überhaupt notwendig ist, dir das zu erklären! So was nennt man gesunden Menschenverstand!«

»Es ist ja nichts passiert«, sagte Anna und wusste im selben Moment, dass es das Falsche war.

»Es hätte aber was passieren können, verdammt, und zwar sehr leicht!« Er schlug mit der Hand aufs Lenkrad, und der Jeep machte einen kleinen Schlenker.

»Schon gut, du hast ja recht. Das war dumm, nächstes Mal rufe ich sofort Neeson an und ...« Er warf ihr einen so entsetzten Blick zu, dass sie hastig sagte: »Erst dich, natürlich!«

Ole brummelte etwas Missmutiges, das sie nicht verstand und wohl auch lieber nicht so genau hören wollte.

»Hoffen wir einfach, dass so etwas nie wieder passiert«, sagte er schließlich.

29

»Und worin bestehen noch mal genau deine Erfahrungen?«

Der junge Mann, der Anna gegenüber saß, hielt überrascht inne und kaute dann so konzentriert auf seinem Kaugummi, als gelte es, eine versteckte Geschmacksnuance herauszufinden. »Also ich sage ja, in diesem Bereich keine. Aber ich war eine Weile bei Zalando im Kundendienst. Deswegen kann ich gut mit Leuten und so.« Er lächelte gewinnend. »Das kann man alles lernen, ist ja nicht schwer, Blumen gießen und so.«

Anna nickte und schob das Blatt mit seinen Personaldaten unter ihren Stapel. »Ja, sicher. Das macht man alles so nebenbei.« Sie lächelte frostig. »Und warum genau denkst du, dass du dich für diesen Job eignest?«

»Na ja, direkt *eignen* ...« Er kaute weiter und seufzte dann, als fände er das Gespräch ein wenig anstrengend. »Also, es gibt eben nicht viele Möglichkeiten hier. Aber ich bin flexibel mit der Zeit. Nur montags und donnerstags habe ich Training, das kann ich nicht verschieben, da müsste ich also so gegen fünf los. Und für die Conventions müsste ich freikriegen, aber das wäre ja sicher kein Ding, was?«

»Conventions?«

»Comic Cons. Ich gehe auf alle in Europa. Und manchmal auch Amerika, kommt auf die Kohle an.«

»Ah. Sicher.« Anna klackerte mit ihrem Kuli und überlegte, ob sie ihn direkt rausschmeißen konnte oder noch ein, zwei höfliche Fragen stellen musste.

»Wäre ich auch mal alleine hier?«

»Wie bitte?« Sie blinzelte überrascht.

»Bei der Arbeit. Bist du da immer dabei? Ich fühle mich da so überwacht, du weißt schon ... wenn der Boss einem ständig über die Schulter guckt und so.«

Anna fühlte ein Zucken hinter den Augenlidern. Plötzlich kam Harry aus dem hinteren Teil des Ladens gelaufen und gähnte herzhaft.

»Wow ist der fett!« Der Mann lachte auf und schlug sich begeistert mit der Hand aufs Bein.

Anna stand ruckartig auf. »Okay, ich rufe dich an!« Sie ging zur Tür, öffnete sie und streckte ihm die Hand entgegen. »Tut mir leid, ich habe noch ein anderes Bewerbungsgespräch und will mir vorher rasch Notizen machen zu deinen … äh … Qualifikationen.«

Er erhob sich ebenfalls und schüttelte ihr irritiert die Hand. »Also … ich könnte direkt anfangen«, sagte er, als sie ihn aus dem Laden schob. »Überstunden werden ja bezahlt, oder?«

»Na sicher doch. Ich melde mich«, flötete Anna und warf die Tür hinter ihm zu, sodass die Glocke an der Decke empört bimmelte. Sie stöhnte und ließ sich auf ihren Stuhl fallen.

»Ich habe drei Jahre in einer Gärtnerei gearbeitet und dann fünf Jahre in einem kleinen Laden, so wie dieser hier. Allerdings ist Ihrer wesentlich schöner. Dieser Hinterhof ist einfach bezaubernd. Im Sommer will man da bestimmt gar nicht mehr weg.« Die Frau mit dem schwarzen Bob lächelte und schlug ihre Beine übereinander, sodass Anna ihre eleganten Stiefeletten bewundern konnte. Sie hatte rosige Wangen und roch nach teurem Parfum. Alles an ihr war chic und strahlte Geschmack aus. Ihre Fingernägel schimmerten in einem dunklen Pflaumenton, und sie war dezent, aber gekonnt geschminkt. Sie sah nicht aus, als wäre sie Floristin, sondern eher, als würde sie ein Institut für Naturkosmetik leiten. Sie lächelte auf eine Art, die Anna nicht deuten konnte. »Eigentlich habe ich dort nicht nur gearbeitet, sondern den Laden geschmissen. Die Besitzerin hatte

Rheuma und hat sich im Laufe der Zeit immer mehr zurückgezogen und mir alles überlassen. Ich habe also wirklich in allen Bereichen Erfahrung, ich kann die Buchhaltung machen, aber auch die Aufträge und die Kundengespräche.«

»Und warum haben Sie dort aufgehört?« Die Frau hatte Anna gesiezt, und so war auch Anna dabei geblieben.

»Meine Chefin hat irgendwann zugemacht, als ihre Krankheit es ihr nicht mehr erlaubt hat zu arbeiten, und ich hatte nicht genug Eigenkapital, um das Geschäft zu kaufen.« Sie lächelte wieder. Eigentlich war sie ihr sympathisch, aber Anna fühlte sich in ihrer Gegenwart seltsam schüchtern. Sie war so elegant und erwachsen. In Gegenwart solcher Frauen kam sie sich immer so vor, als habe sie irgendwann im Leben eine Ausfahrt verpasst. Statt erwachsen, selbstbewusst und stilsicher war sie unordentlich, verschusselt und trug meistens Birkenstocks zu verschlissenen Jeans und statt Nagellack Erdkrusten an den Fingernägeln.

Bisher hatte Anna sich nicht getraut zu erwähnen, dass sie auch jemanden zum Backen brauchte. Im Grunde sprach nichts dagegen, die Frau einzustellen, aber Anna konnte sie sich beim besten Willen nicht mit einer Schürze um den Bauch und einem Schneebesen in der Hand vorstellen. In Gedanken machte sie sich ein Fragenzeichen hinter ihren Namen.

Als die nächste Frau den Laden betrat, wusste Anna sofort, dass sie ihre Aushilfe gefunden hatte. Die Locken waren zu einem wuscheligen Knoten hochgesteckt, sie trug eine Leinenjacke über der Jeans und eine bunte Tasche über dem Arm. Als Harry auf sie zugewatschelt kam, leuchteten ihre Augen auf. Sie nahm ihn hoch und küsste ihn ab, was er freudig erwiderte. »Ja, bist du aber eine kleine Wuschelwurst!«, rief sie lachend.

Sie machten ein solches Theater umeinander, dass Anna irgendwann lächelnd einschritt. »Also, du bist hier für das Bewerbungsgespräch?«, fragte sie und streckte ihre Hand aus. »Ich sage einfach mal du, oder?«

»Na sicher!« Die Frau setzte Harry ab und schüttelte Anna strahlend die Hand. »Ich bin Marie. Und es kann sein, dass ich dir bald deinen Dackel klaue.« Sie grinste. »Das Schild draußen, hast du das etwa selbst gemalt?«

Anna nickte erfreut. »Möchtest du einen Kaffee?«, fragte sie.

»Oh ja, ganz, ganz dringend. Ich hatte heute erst vier!«

Sie lachten, denn es war elf Uhr am Morgen. Anna mahlte die Espressobohnen und betrachtete zufrieden, wie Marie mit leuchtenden Augen im Laden auf und ab ging, Harry immer auf den Fersen. In Gedanken strich sie das Fragezeichen hinter dem Namen der eleganten Schwarzhaarigen wieder durch.

Als schließlich nach fast zwei Stunden die Ladentür hinter Marie zufiel, seufzte Anna, erschöpft, aber zufrieden. Sie passte hierher wie die Faust aufs Auge. Anna hatte nicht damit gerechnet, eine so geeignete Bewerberin zu finden. Kurz überlegte sie, ob sie vielleicht den anderen gleich absagen sollte, aber dann entschied sie sich dagegen. Am Montag würde noch eine letzte Bewerberin vorbeischauen. Die Frau hatte keine Mappe geschickt, sondern nur angerufen. Am Telefon hatte sie sehr steif gewirkt, und Anna hatte kein gutes Gefühl, wollte ihr aber eine Chance geben. Sie hatten den Termin verabredet, und sie hatte aufgelegt, bevor Anna sie auch nur nach ihrem Namen fragen konnte. Deswegen stand auch nur »Frau vom Telefon« auf ihrer Liste, wo sie bei den anderen die Namen eingetragen hatte.

30

»Hey!« Anna winkte über den Zaun, und Luuk kam näher und stützte sich auf die Planken. »Wie geht's?«

Anna wischte sich mit der Hand den Raureif aus dem Gesicht. »Gut, und selbst?«

»Du hast Laub im Haar!«

»Oh.« Schnell zupfte sie sich das trockene Blatt vom Kopf.

»Warum kriechst du hier im Gebüsch rum?«

»Ich habe Bobby gesucht«, erklärte sie. Bobby Schulz, der Igel, den sie nach einem alten Nachbarn benannt hatte, war ihr letztes Jahr zugelaufen, aber nun hatte sie ihn seit dem Herbst nicht mehr gesehen. Sowohl sie als auch Harry vermissten den kleinen Stachelball, und sie begann langsam, sich Sorgen um ihn zu machen.

»Der macht sicher noch Winterschlaf. Die können bis in den Mai hinein in ihren Verstecken bleiben.«

»Ja, wahrscheinlich, aber es macht mich nervös, ihn so lange nicht zu sehen. Ich würde gerne seine Höhle finden und ihm etwas hinstellen.«

Luuk stieß kopfschüttelnd ein leises Schnauben aus. »Dieser Igel könnte zwei Jahre durchschlafen und hätte noch genug Fettreserven um bei *The Biggest Loser* mitzumachen.«

»Hey!«

»Genau wie dein Dackel übrigens.«

»Hey!«

»Ich sag ja nur. Überfüttern ist nicht immer die beste Methode, um Zuneigung zu zeigen.«

»Ich überfüttere Harry nicht, er holt sich die Sachen selber. Du weißt, wie er ist.«

Luuk zog die Augenbrauen hoch. »Ich habe schon ganze Croissants von deiner Hand in seinem Maul verschwinden sehen.«

»Ausnahmen! Jeder macht mal Ausnahmen!«

»Na, solange du es dir schönreden kannst.«

»Ich wollte eigentlich fragen, wie es Scottie geht, und nicht über die Diäten meiner Tiere reden.« Leicht pikiert wie immer, wenn jemand sie auf Harrys Übergewicht ansprach, verschränkte Anna die Arme.

»Tja, da haben wir das umgekehrte Problem. Sie frisst nicht.« Luuk nahm seine Mütze ab und sah plötzlich besorgt aus. Er fuhr sich mit der Hand über den Bart. »Ich habe alles versucht, sogar Gras habe ich ihr gebracht, und das zu besorgen, war zu dieser Jahreszeit nicht leicht, das kannst du mir glauben. Ich denke, sie ist depressiv.«

»Depressiv?« Überrascht ließ Anna die verschränkten Arme wieder sinken.

Er nickte ernst. »Sie ist lethargisch, steht immer nur in der Ecke der Box und reagiert kaum, wenn man sie anspricht. Ole sagt, dass ihr körperlich außer der Schwellung nichts fehlt. Das Beste wäre, sie wieder auf die Weide zu bringen, aber wir können sie noch nicht freilassen. Sie kann nicht laufen und muss mindestens noch zwei Wochen bleiben«

»Oh nein. Darf ich zu ihr?«

»Natürlich! Jederzeit.«

Anna kletterte über den Zaun, und sie gingen zusammen zum Stall. Sie sah sofort, was Luuk gemeint hatte. Obwohl sie erst wenige Tage hier war, schien Scottie vollkommen verändert. Ihr Fell wirkte stumpf, ihre Augen trüb, und sie ließ so kraftlos den Kopf hängen, dass man tatsächlich nur zu einem Schluss kommen konnte: Die Kuh war traurig.

»Hey Kleine!« Anna ging vorsichtig in die Box und näherte sich ihr mit ausgestreckter Hand. Scottie schnaubte leise und roch kurz an ihr, ließ dann aber wieder den Kopf hängen und drehte sich von ihr weg. Anna kraulte ihr betrübt die Ohren, immer darauf bedacht, den riesigen Hörnern nicht zu nahe zu kommen. »Was machen wir denn nun?«

»Ich habe keine Ahnung.« Luuk sah ihr vom Gang aus zu und lehnte sich gegen die Box. »Ich bin Gemüsebauer. Mit den Wollschweinen komme ich gerade noch so klar, aber von so was habe ich keine Ahnung. Vielleicht gibt es ja so eine Art Antidepressiva für Kühe?«

»Drogen? Da kriegt sie nur Nebenwirkungen und wird am Ende abhängig.«

Er lächelte. »Ich glaube nicht, dass das bei Kühen auch so ist wie bei Menschen.«

»Trotzdem, das sollte der letzte Ausweg sein.«

In diesem Moment hörten sie von draußen ein lautes Röhren, und wenige Sekunden später ging die Schiebetür der Scheune auf. Ole kam herein und blieb abrupt stehen, als er Anna und Luuk bemerkte. Anna zuckte zusammen, als sie seinen Blick sah. Sie fühlte sich ertappt. Dann ärgerte sie sich über sich selbst. »Hi«, rief sie, vielleicht etwas zu fröhlich. Auch Luuk hatte sich mit, wie es ihr vorkam, leicht schuldbewusstem Blick umgedreht und begrüßte Ole. Der stand einen Moment still da, dann schien er sich einen Ruck zu geben und kam auf sie zu, das Gesicht unlesbar. Er trug Jeansjacke und Arbeitshose, unter dem Arm hatte er seine Arzttasche.

»Ich wollte den Oldtimer mal ausfahren und dachte, ich sehe gleich nach der Patientin«, sagte er. »Wie geht es ihr?«

»Leider nicht so gut, deswegen sind wir hier. Sie ist traurig.«

»Traurig?« Ole trat in die Box, ließ Scottie ihn beschnüffeln und ging dann in die Hocke, um ihr Bein abzutasten. »Die Schwellung ist noch stark, das wird eine Weile dauern.« Er richtete sich auf und betrachtete die Kuh. »Hm, du gefällst mir aber gar nicht.«

»Luuk sagt, sie ist depressiv.«

»Ja, man könnte fast den Eindruck bekommen. Ich glaube, das Problem ist, dass sie einsam ist.«

»Sie wird es aushalten müssen. Ich habe nun mal leider keine Kühe, die ihr Gesellschaft leisten könnten«, sagte Luuk.

»Vielleicht können wir sie doch woanders unterbringen, wo sie nicht alleine ist?«, schlug Anna vor.

»Willst du etwa diesen ganzen Zirkus mit dem Hänger noch mal machen? Wir haben sie mit letzter Kraft überhaupt hierher bekommen.« Ole war von ihrem Vorschlag nicht begeistert.

»Jetzt übertreibst du aber.«

»Wir wurden fast zertrampelt.«

»Und aufgespießt!«, nickte Luuk ernst.

Anna verzog spöttisch den Mund. »Ich war dabei. So dramatisch war es jetzt auch nicht.«

»Du warst *im Auto*. Das ist ein himmelweiter Unterschied.«

»*Ihr* habt gesagt, ich soll ins Auto gehen.«

»Solltest du auch.«

»Okay, also das bringt ja jetzt nichts.« Luuk hatte die Arme verschränkt und war zu ihnen in die Box getreten. »Ich hatte da gerade eine Idee. Wie wäre es, wenn wir sie mit Tofu und Seitan zusammentun?«

Ole starrte ihn verständnislos an. »Wie bitte? Du willst für sie kochen?«, fragte er.

Anna prustete so laut los, dass Scottie zusammenzuckte und sie schnell aus der Box flohen, um außer Reichweite der Hörner zu kommen. »Tofu und Seitan sind doch Luuks Wollschweine. Du weißt schon, die damals in meinem Garten waren, in der Nacht, als ich dachte, dass jemand ums Haus schleicht, und als ich die seltsamen Anrufe bekommen habe.« Sie brach ab und plötzlich war ihr gar nicht mehr nach Lachen zumute.

Auch Ole schaute nun ernst. »Ach stimmt«, nickte er. »Das ist gar keine schlechte Idee. Lass es uns versuchen, die sind friedlich, oder?«

»Sehr friedlich«, bestätigte Luuk. »Sie sind wie kleine Lämmchen, das Einzige was die interessiert, ist ihre Suhle und ihr Essen.«

Sie einigten sich darauf, nicht die Schweine zu ihr hinein, sondern Scottie zu den Schweinen ins Gehege zu bringen. Aber als sie langsam hinter ihnen her in Richtung Suhle humpelte, bekam Anna plötzlich Bedenken. »Was ist, wenn sie sich gegenseitig angreifen?«, fragte sie Ole.

»Sie wird sie nicht gleich aufspießen. Wahrscheinlich ignorieren sie sich einfach. Wenn die Schweine sie beißen, müssen wir sie eben zurückbringen«

Von dieser Erklärung war Anna nicht unbedingt beruhigt. Mit bangem Blick verfolgte sie, wie Luuk das Gatter öffnete und Scottie vorsichtig das Gehege betrat. Seitan und Tofu, die wie so oft im Schlamm lagen und faulenzten, beobachteten das Geschehen aus ihren kleinen, klugen Augen heraus und richteten sich dann unter lautem Grunzen und viel Gespritze auf, um den Neuankömmling zu begrüßen.

Und das Wunder geschah.

Die Tiere beschnüffelten sich lange und ausgiebig. Scottie stieß Schnauber aus, und die Schweine grunzten aufgeregt. Dann rieb Scottie ihren Kopf an Tofus Rücken, und Seitan schubberte sich an Scotties Beinen entlang.

»Ich würde sagen, das ist Freundschaft auf den ersten Blick.« Mit zufriedener Miene verschloss Luuk das Gatter.

Eine Weile standen sie schweigend nebeneinander und beobachteten die Tiere. Vielleicht lag es an der Gesellschaft, vielleicht daran, dass sie dem dunklen Stall entronnen war, aber nach einer Weile hinkte Scottie zu dem Berg an Heu und Gemüse hinüber, der am Rande der Suhle lag, und begann, vorsichtig an den Halmen zu zupfen.

»Sie frisst!«, jubelte Anna.

»Das war eine echt gute Idee«, sagte Ole zu Luuk, und sein Ton war so freundlich, dass sowohl Anna als auch Luuk erstaunt die Augenbrauen hochzogen.

»Danke.« Luuk schien unsicher, wie er das plötzliche Entgegenkommen seines Feindes deuten sollte. »Ich muss wieder aufs Feld«, fügte er dann hinzu und tippte sich an die Mütze.

»Bis bald!«, sagte Anna. »Ich schaue heute Abend noch mal vorbei und bringe ihnen Salat.«

»Solange es keine Croissants sind«, rief Luuk und stiefelte in Richtung der Scheune davon.

»Croissants?«

»Ach nichts. Er findet, meine Tiere sind zu dick.«

»Das ist das erste Mal, dass ich dem Mann in einer Sache voll und ganz zustimmen kann.«

»Hey!« Sie kniff ihn in die Seite, musste aber lachen.

»Bleibst du noch, oder musst du wieder los? Du könntest mir helfen, Bobby zu suchen.«

»Nein, ich muss los. Und ich habe dir schon tausendmal gesagt, lass den armen Igel in Ruhe schlafen. Wenn du ihn weckst, bringst du alles durcheinander.«

»Ich will ihn nicht wecken, ich will nur wissen, wo er ist.«

»Anna!«

»Schon gut.«

Sie verabschiedeten sich mit einem Kuss, und Anna war froh, dass er nicht mehr zur Sprache brachte, dass sie mit Luuk alleine im Stall gewesen war. Wie es schien, hatte ihr Gespräch von neulich tatsächlich etwas bewirkt. Sie wartete, bis der Oldtimer um die Ecke verschwunden war, dann ging sie zurück in den Garten. Nur mal schauen wollte sie ja. Irgendwo musste er doch stecken.

Aber von dem kleinen Igel war keine Spur zu entdecken, und Anna musste unverrichteter Dinge wieder ins Haus gehen. Als sie später am Abend mit Britt zu kochen begann, stellte sie ihm eine kleine Schale Käse und Soße auf die Terrasse, nur für den Fall, dass er aufwachen und hungrig sein sollte.

»Immer noch nichts?« Britt schnitt gerade Tomaten und hob den Kopf, als Anna in Gummistiefeln hereinkam.

»Nein. Vielleicht lockt ihn der Geruch der Lasagne ja raus!«

»Gemüselasagne? Mach lieber einen Topf Hundefutter warm und stell ihn ans Fenster, damit kriegst du ihn schneller wach.«

»Wahrscheinlich!« Anna seufzte. »Na, er wird schon irgendwann auftauchen.

»Ich habe übrigens Luuk zum Essen eingeladen«, sagte Britt beiläufig.

»Du hast *was*...?« Anna stockte, eine Packung Parmesan in der Hand, die sie gerade auf der Lasagne verteilen wollte.

»Er war draußen beim Beet, ich habe ihn vorhin getroffen, wir haben so viel Lasagne...« Britt zuckte mit den Schultern. »War das falsch? Du hast doch gesagt, dass ihr euch wieder vertragen habt.«

»Ja doch, schon...«

»Aber?«

»Aber Ole hasst ihn.«

Britt zog die Augenbrauen hoch. »Weil ihr mal...?«

Anna nickte. »Er kann ihn nicht ausstehen.«

»Das war doch vor eurer Zeit. Was sollst du denn da bitte sagen, du müsstet um jede zweite Frau auf der Insel einen Bogen machen, wenn du alle seine Ex-Freundinnen vermeiden wolltest.«

»Danke für die Erinnerung«, sagte Anna.

Britt zuckte mit den Schultern. »Du wusstest, worauf du dich einlässt – gegen meine ausdrückliche Warnung, will ich mal hinzufügen –, genau wie er. Kein Grund, jetzt nachträglich Theater zu machen.«

»Sag *ihm* das mal!« Anna seufzte und schob die Auflaufform in den Ofen. »Ich hatte immer gehofft, dass wir uns eines Tages alle verstehen würden... ich glaube eigentlich, dass sie sich richtig mögen könnten, sie sind sich so ähnlich. Ich habe genug von Streiten und Eifersucht, warum können wir nicht einfach alle Freunde sein?«

Britt nahm sich eine trockene Lasagneplatte und biss hinein, sodass es laut knackte und kleine Stückchen auf den Tisch prasselten. »Schöne Vorstellung. Aber ich fürchte, das wird schwer. Ole kann extrem stur sein, wenn es um so was geht.«

»Ja, das habe ich auch schon gemerkt.« Anna leckte gedankenversunken den Soßenlöffel ab. »Salz fehlt«, sagte sie und blickte zum Ofen. »Ich muss es ihm schreiben.«

»Schreiben?«

»Dass Luuk zum Essen kommt. Sonst wird das, glaube ich, unschön.«

Britt nickte. »Ja, mach das besser. Sag ihm, es ist meine Schuld.«

»Darauf kannst du Gift nehmen!« Anna öffnete den Kühlschrank, und fünfzig Paar schwarze kleine Alienaugen sahen ihr entgegen. Sie zuckte zurück. »Bähhh!« Angeekelt stieß sie die Tür wieder zu. Ole hatte anscheinend Garnelen vom Boot mitgebracht. Sie schüttelte sich. Diese widerlichen kleinen Biester. Aber ein bisschen taten sie ihr auch leid, wie sie da eingequetscht in den Beuteln lagen. Sie konnten ja nichts dafür, dass sie so schrecklich hässlich aussahen.

Sie nahm ihr Handy und setzte sich auf der Terrasse in den alten weißen Schaukelstuhl, der da stand, solange sie sich erinnern konnte. Nebenbei registrierte sie, wie selbstverständlich es nun für sie war, sich darin niederzulassen. Am Anfang hatte sie wegen ihrer Hüfte richtige Angst vor diesem niedrigen, wackeligen Stuhl gehabt. Man musste eine für sie sehr schwierige Bewegung absolvieren, um sich hineinzusetzen, die andere Menschen einfach automatisch machten, die ihr aber einiges an Mut abverlangte. Und kaum ein Jahr später ließ sie sich ohne darüber nachzudenken einfach fallen. »Es wird!«, murmelte sie leise zu sich selbst. »Es wird, Frau Fischer.«

Sie wickelte sich in die Decke ein, die hier immer lag, daher ein wenig klamm war und außerdem leicht nach Huhn roch, und schrieb Ole schnell eine Nachricht.

»Ist das okay?«, fragte sie, nachdem sie alles erklärt hatte. Während sie wartete, schaukelte sie vor sich hin und blickte zu Luuks Hof hinüber. »Er wird nie im Leben einverstanden sein«, murmelte sie. »Wahrscheinlich lässt er einen angeschnittenen Seehund auf dem OP-Tisch liegen und kommt sofort angerast.« Sie lächelte bei dem Gedanken. Ein wenig schmeichelhaft fand sie Oles Eifersucht schon. Ziemlich sogar, wenn sie ehrlich zu sich war. Nur erschwerte sie ihr auch den Alltag. Sie hoffte, dass er die Nachricht erst hinterher lesen würde und sie sich die Diskussion sparen konnte.

Als ihr Handy tatsächlich stumm blieb, stand sie auf und schlüpfte in Britts dreckige Turnschuhe, die neben der Küchentür standen. Sie stiefelte durch den Garten zum Beet hin. Wenn sie schon einen Gast haben würden, konnte sie auch gleich ein bisschen auftischen und noch einen Kohlsalat machen. Luuk würde sich freuen, sein Gemüse auf dem Tisch zu sehen, und sie hatte eben eine halbe Butter in die Béchamelsoße geschmolzen und dachte, dass ein bisschen Grünzeug als Ausgleich nicht schaden konnte.

Wie immer beim Anblick des Beetes musste sie mit den Erinnerungen an ihre Großeltern kämpfen, deren ganzer Stolz es einmal gewesen war. Und wieder stand ihr jener schreckliche Tag im Sommer vor Augen, als sie hier mit Ada zwischen den Erdbeeren gekniet hatte und dann der Schrei ihrer Mutter über die Wiesen hallte. Aber diesmal fiel es ihr leichter als sonst. Es war, als wäre das Ganze in den Hintergrund gerückt, nicht mehr so präsent wie vorher. Fast wie ein lang vergessener Traum, den man gerade noch so aus den Fetzen der Erinnerungen zusammensetzen kann.

Als sie den Kohl abschnitt, blickte sie zum Haus hinüber. Nebel stand über den Wiesen, und der Himmel war von der Abenddämmerung lila eingefärbt. Es roch nach Regen und ein klein wenig nach Meer. Über dem weißen Bruijnshof kräuselte sich der Rauch des Kaminfeuers, und im Erdgeschoss waren alle Fenster erleuchtet. Sie musste daran denken, wie es gewesen war, als sie hier ankam. Das dunkle, verlassene Haus, das Gefühl von Einsamkeit, die drückende Schwere der Vergangenheit, die über allem lag und ihr Leben beschwerte wie ein unsichtbares Netz, das jemand über ihr ausgebreitet hatte. In der Küche sah sie Britt, die auf dem Tisch Teller und Besteck verteilte, und ein warmes Gefühl durchflutete sie. Es war schön, den Hof wieder so zu sehen. Von Leben erfüllt. Sie war nicht mehr allein.

Aber das war sie schon lange nicht mehr gewesen. Es wurde ihr nur in diesem Moment erst so richtig bewusst.

31

Ole lächelte, als der kleine weiße Heuler Luft durch die Nase blies und dann abtauchte. Nach ein paar Sekunden kam er wieder hoch und schoss auf ihn zu. Kurz vor ihm machte er Halt und schwamm rückwärts.

Er forderte ihn zum Spielen auf.

Wie immer, wenn Ole ihn sah, seine Lebensfreude spürte, mit ihm spielte und ihn fütterte, fragte er sich, was mit dem Tier geschehen wäre, hätte er ihn damals beim Surfen nicht zufällig gefunden. Der Kleine wuchs gut und hatte sich inzwischen fast vollständig erholt. Das mit anzusehen, hatte ihn in den letzten Wochen beflügelt.

Seit er hier arbeitete, wusste Ole wieder, warum er die Mühen des Studiums und der Lehrzeit auf sich genommen hatte, obwohl er eigentlich, genau wie alle sagten, gar nicht der Typ bodenständiger Praxisbesitzer war. Er genoss die Nähe zu den Tieren, ihre ruhige Präsenz, die Verbindung, die er zu ihnen spürte. Und besonders berührte ihn ihre Hilflosigkeit angesichts der Tücken der Welt. Ohne den Menschen waren sie allen Widrigkeiten schutzlos ausgeliefert, und viele von ihnen waren so dankbar, wenn man sich ihrer annahm. Die

Menschen hatten an den Tieren so einiges wiedergutzumachen, fand er. Durch Züchtungen, Massenhaltung
oder Vertreibung und Eindringen in ihren Lebensraum
gab es kaum eine Rasse oder Spezies, die nicht vom
Menschen verändert oder gefährdet worden war. Er
fühlte sich dazu berufen, ein klein wenig dazu beizutra-
gen, diese Schuld wiedergutzumachen. Außerdem liebte
er Tiere schlicht und einfach. Er schlief niemals tiefer,
als wenn Harry auf seinem Bauch lag oder sich in seine
Armbeuge kuschelte.

   Als er an diesem Abend nach der Arbeit im Jeep über
die dunkle Insel fuhr, war etwas von der Unruhe, die
er in letzter Zeit in sich gespürt hatte, von ihm abge-
fallen. Er machte das Richtige. Außerdem war Anna
jetzt da, und wo sie war, wollte auch er sein. Er musste
nicht mehr in ferne Länder reisen, stets den Campingbus bereithalten, um jederzeit abhauen zu können. Es
war in Ordnung, sesshaft zu werden, solange sie nur
an seiner Seite war. Und da sie an den Laden gebunden
war, konnte er sich sicher sein, dass sie so schnell nichts
wieder von der Insel runterkriegen würde. Außerdem
hatte er gemerkt, wie sie sich langsam in die Menschen
und die Natur hier verliebt hatte. Sie schlug Wurzeln,
schloss Freundschaften, plante für die Zukunft. Als
er sich dabei erwischte, wie er diese Gedanken hegte,
huschte ein Lächeln über sein Gesicht. »Alter Schwede,
so weit ist es schon mit dir gekommen«, murmelte er.
Aber das Grinsen blieb auf seinem Gesicht. Vielleicht
brach gerade eine neue Phase seines Lebens an, und
vielleicht, nur vielleicht, freute er sich darüber.

Sogar ziemlich.

Er lenkte den Jeep in Richtung Hof und merkte, wie sein Magen knurrte. Er hatte nicht Bescheid gegeben, dass er zum Essen kommen würde, eigentlich war er mit Kai verabredet gewesen, aber der war noch verkatert vom Vorabend und hatte ihn versetzt. Es wäre vielleicht besser, die Mädels vorzuwarnen, damit sie etwas mehr kochten, dachte er und nahm sein Handy aus der Tasche. Erst jetzt bemerkte er, dass es blinkte und er mehrere Nachrichten von Anna hatte.

Stirnrunzelnd las er, was sie geschrieben hatte, und behielt dabei die Straße im Auge, die aber wie immer um diese Zeit dunkel und verwaist vor ihm lag. Als er fertig gelesen hatte, hatte sich sein Mund zu einem Strich zusammengepresst. Er gab Gas, und der Jeep schoss durch die dunkle Inselnacht. Als er aber um die letzte Ecke bog und die beiden Höfe vor ihm lagen, Annas kleiner weißer und Luuks großer, moderner, drosselte er die Geschwindigkeit. Dann ließ er den Motor auslaufen und parkte am Seitenstreifen. Ohne direkt darüber nachzudenken, was er da eigentlich tat, ging er leise ums Haus herum und betrat die Veranda.

Als er durchs Küchenfester spähte, spürte er einen Druck im Magen. Es war genauso, wie er es sich ausgemalt hatte. Schlimmer noch, denn jetzt sah er, dass Luuk Harry auf dem Schoß hatte. Die vier saßen vergnügt um den Esstisch, Anna beugte sich gerade vor und nahm eine Portion Lasagne aus der Auflaufform, die sie an Luuk weiterreichte. Die Käsefäden zogen sich, und beide griffen danach und versuchten, sie vom Löffel zu lösen. Sie lachten, als sich die Fäden immer weiter auseinanderzogen, sodass Annas Hand und Luuks Teller miteinander verbunden waren. Britt griff ein und stach beherzt mit ihrer Gabel zu. Annas Lachen drang nach draußen in den Garten und verlor sich im Wind.

Ole stand da, mit einer Hand auf den Fenstersims gestützt, und fühlte sich mit einem Mal leer. Es fröstelte ihn, aber er ging nicht hinein. Auf ein Abendessen mit diesem Schleimbeutel konnte er gerne verzichten. Wenn er ihm gegenüber sitzen und so tun müsste, als wäre alles in Ordnung, würde es keine zwei Minuten dauern, bis er ihm die Käsefäden mit der Faust ins Maul stopfte. Die Wut, die er plötzlich im Bauch hatte, war so stark, dass er sich selbst wunderte. Anna hatte ihn gefragt, es war nicht ihre Schuld, dass er nicht auf sein Handy geschaut hatte. Und nicht sie, sondern seine Schwester hatte Luuk eingeladen, das hatte sie zumindest gesagt.

Und trotzdem fühlte er sich verraten.

Luuk hatte sich damals, genau in der Zeit, in der Ole verstand, dass er Gefühle für sie hatte, die so tief gingen, dass er sie nicht mehr ignorieren konnte, an Anna rangemacht. Dann waren diese ganzen seltsamen Dinge passiert, und er war überzeugt gewesen, dass Luuk etwas damit zu tun hatte. Als sich schließlich herausstellte, dass dieser Typ Anna den Hof unter dem Hintern wegkaufen wollte, außerdem verheiratet war und sie die ganze Zeit belogen hatte, war Ole einerseits rasend gewesen, andererseits seltsam schadenfroh. Er hatte es gewusst, dem Kerl war nicht zu trauen. Dass Anna ihm verziehen hatte, konnte er weder verstehen noch akzeptieren. Manchmal war er nicht sicher, ob sie nicht doch noch Gefühle für ihn hatte. Immerhin verband die beiden viel, sie waren Nachbarn, teilten sich die Liebe zu Pflanzen, den Garten, das Huhn, Luuk war immer zur Stelle, wenn sie kleinere Reparaturarbeiten im Haus oder mit Giovanni hatte. Er selbst arbeitete so viel, dass es für sie oft schneller ging, mal eben beim Nachbarn zu klingeln. In ihm löste das jedes Mal eine unerklärliche Wut aus, und obwohl er nicht darüber sprach, wusste er, dass Anna ihn durchschaute und daher oft gar nicht erzählte, wenn sie wieder Kontakt mit Luuk hatte.

Er löste sich schließlich von dem Bild im Fenster und stieg wieder in seinen Jeep. Dort saß er eine ganze Weile und starrte in die Dunkelheit, dachte an nichts und alles gleichzeitig. Schließlich startete er den Motor und fuhr dröhnend davon. Er würde Kai aus dem Bett klingeln. Was er jetzt brauchte, war Alkohol, und zwar genug, damit er für lange Zeit vergessen konnte, was er gerade gesehen hatte.

32

Anna schob sich gerade eine besonders dicke Fuhre Lasagne in den Mund, als sie Luuks Blick wahrnahm. Er starrte sie über den Tisch hinweg an, seine grünen Augen bohrten sich geradezu in die ihren.

»Was?«, erschrocken ließ sie die Gabel sinken.

»Ach nichts. Du … äh … hast einen Käsefaden an der Wange«, antwortete er.

»Oh wirklich? Wo?« Sie rieb sich übers Gesicht, aber er schüttelte den Kopf. »Nein. Warte.« Er stand auf und beugte sich über den Tisch, Anna streckte den Kopf nach vorne, und er zupfte einen Faden von ihrer Wange. »Der war ja schon fast in deinem Ohr«, lächelte er, und auch Anna musste grinsen. Als sich ihre Blicke erneut trafen, fiel ihr plötzlich ein, dass sie damals auch eine Gemüselasagne gemacht hatte, an dem Abend, an dem Luuk das erste Mal über Nacht auf dem Bruijnshof geblieben war. Plötzlich wurde sie rot. Luuk schien im gleichen Moment auch daran zu denken, denn er blinzelte hektisch, setzte sich rasch wieder hin, aß erst weiter und ließ gleich darauf die Gabel fallen. Als er sich danach bückte, begegnete Anna Britts fragendem Blick. Keine Ahnung, was er hat, signalisierte sie und zuckte mit den Schultern.

Plötzlich rumpelte es draußen auf der Veranda.

Alle drei hielten erschrocken inne, dann sprang Anna auf. »Vielleicht ist das Bobby!«, rief sie, aber sie wusste schon, dass auch der dickste Igel nicht so laut rumpeln konnte. Als sie die Tür aufriss, blieb sie wie angewurzelt stehen. Eine Frau lag vor ihr auf dem Boden. Sie rieb sich stöhnend den Hinterkopf und war offensichtlich von der kleinen Gemüsekiste gefallen, die sie sich hingestellt hatte, um durch das Fenster über der Tür zu schauen.

Es war Ines, Luuks Ehefrau.

»Oh«, sagte Anna verdattert. »Hast du dir wehgetan?«

Ines rappelte sich mit finsterem Gesicht auf. »Es geht schon, ich bin ausgerutscht. Ist mein Mann bei euch?«, fragte sie. Sie sah Anna nicht an.

Anna nickte hastig. »Ja, Moment. *Luuk*!«, brüllte sie dann, und Ines zuckte zusammen. »Kannst du mal herkommen?«

Luuk steckte gleich darauf den Kopf zur Tür heraus. Er erstarrte, als er seine Frau sah. Offensichtlich hatte er sie nicht hier erwartet.

»Überraschung!«, sagte Ines gepresst. Sie sah aus, als würde sie Luuk am liebsten an Ort und Stelle den Kopf abreißen, zwang sich aber zu einem halben Lächeln.

»Ich, äh, geh mal wieder rein!« Anna zeigte in die Küche, aber die beiden ignorierten sie. Schnell schlüpfte sie ins Haus und lehnte die Tür hinter sich an. »Oh. Mein. Gott. Seine Frau!«, formte sie mit den Lippen in Richtung Britt, die erschrocken die Hand vor den Mund schlug. Anna setzte sich wieder auf ihren Platz. »Sie hat durchs Fenster geschaut!«, raunte sie. Die Tür war noch immer angelehnt, und sie konnten die beiden draußen murmeln hören. Es klang, als würden sie sich streiten. Kurz darauf schob Luuk die Tür auf.

»Tut mir leid, ich muss sie rüberbringen, sie hat sich den Kopf gestoßen!«, sagte er.

»Klar, wir heben dir die Reste auf. Wenn ihr irgendwas braucht …«, rief Anna, aber er war schon verschwunden.

»Okay, das ist gar nicht gut!«, seufzte Britt. »Sie hat ihm wohl einen Überraschungsbesuch abgestattet.«

»Aber er hat ja nichts getan, wir essen doch nur,

und du bist schließlich auch da«, rief Anna und wusste nicht, ob sie sich selbst oder Luuk verteidigte.

»Anna, überleg dir mal, was Ole sagen würde, wenn er unangekündigt nach Hause käme und du säßest bei Kerzenlicht in Luuks Küche und würdest mit ihm zu Abend essen. Er würde ausrasten, ganz egal, ob ich nun daneben sitze oder nicht. Und du hast ihn nicht mal betrogen, er sie aber schon.«

»Ja, stimmt wohl«, sagte Anna kopfschüttelnd. »Hoffentlich ist sie nicht zu sauer auf ihn.«

33

Als die Türglocke bimmelte, bediente Anna gerade eine Kundin, die sich einen bunten Strauß zusammenstellte. »Hallo, immer herein, we…«, rief sie fröhlich, brach jedoch ab, als sie sich mit den Blumen in der Hand umdrehte und die Frau sah, die gerade eingetreten war.

Die Evers sah sich mit kritischem Blick um. Sie trug einen verblichenen fliederfarbenen Mantel und ein Einkaufsnetz über dem Arm. Wie immer war ihr Gesicht sauertöpfisch forsch, und ihre Mundwinkel waren nach unten gezogen.

Anna stöhnte innerlich auf. Die hatte ihr noch gefehlt. Waren ihr etwa wieder die Beerdigungsblumen ausgegangen? Letztes Jahr hatte sie eine mehr als unschöne Begegnung mit der grantigen älteren Dame gehabt, die ebenfalls einen Blumenladen in Den Burg betrieb und damals bei ihr vorbeigekommen war, weil ihr vor einer Beerdigung die Lilien ausgegangen waren. Sie hatte ihre Sommersprossen beleidigt, die Qualität ihrer Blumen und die ihrer Arbeit infrage gestellt und mit spitzem Mund ihren Laden inspiziert, als erwartete sie, giftige Schimmelpilze zwischen den Regalen zu finden. Anna hatte ihr aus Rache einen Cappuccino serviert, in dem unter der Milchhaube eine kleine tote Fliege schwamm.

Sie machte mit besonderer Sorgfalt den Strauß fertig, den die Kundin bestellt hatte, und beobachtete, wie die Evers immer wieder ungeduldig auf die Uhr sah. Vielleicht würde sie ja einfach wieder verschwinden, wenn es ihr zu lange dauerte.

So schön hatte sie noch nie Blumen arrangiert. Jede einzelne saß genau an ihrem Platz. Sie zupfte hier und da noch an einem Blütenblatt, wickelte den Strauß sorgfältig in Papier ein und band in Zeitlupe eine Schleife aus bunten Bändern um die Stiele. Währenddessen plauderte sie mit der Kundin, die den Strauß für ihre Nachbarin zum Geburtstag kaufte. Als sie ihr noch einen Kaffee anbot, seufzte die Evers laut vernehmlich und blickte erneut auf ihre Armbanduhr. Ihr sauertöpfisches Gesicht sprach Bände. Die Kundin warf ihr einen irritierten Blick zu.

Dann geh doch woanders hin, wenn es dir hier nicht passt, dachte Anna, und schickte ein zuckersüßes Lächeln in ihre Richtung, das die Alte natürlich ignorierte.

Als die Kundin schließlich den Laden verließ, wischte Anna sich die Hände an ihrer Blumenschürze ab. »So, Frau Evers, womit kann ich dienen? Lilien ausgegangen?« Sie versuchte, höflich zu klingen, auch wenn es ihr schwerfiel.

Die Alte sah sie mit unbeweglichem Gesichtsausdruck an. »Wir haben einen Termin.«

Anna schüttelte verwirrt den Kopf. »Einen Termin? Wofür? Nicht das ich wüsste.«

»Um 16.30 Uhr. Das war es auch, als ich hereinkam. Jetzt ist es natürlich schon ...«, sie sah wieder mit spitzem Mund auf die Uhr, »... ein wenig später.«

Anna fiel aus allen Wolken, als ihr klar wurde, warum die Evers hier war. »Ich ... Sie ... aber ich verstehe nicht. Sie sind hier für das Vorstellungsgespräch?«

»Natürlich. Was dachtest du denn, dass ich zum Kaffeeklatsch rüberkomme?«

Anna stand mit offenem Mund da. »Aber ...«, sagte sie schließlich nur. »Aber ... Ihr Laden ...«

»Mein Laden ist geschlossen«, sagte die Evers brüsk. »Wie du genau weißt.«

Geschockt schüttelte Anna den Kopf. »Das wusste ich nicht. Ehrlich. Das tut mir sehr leid.«

Die Alte durchfuhr bei ihren Worten ein Zucken, Anna konnte sehen, dass es sie Mühe kostete, ihre steife Haltung zu bewahren.

»Wie dem auch sei.« Die Evers räusperte sich. »Setzt man sich bei einem Vorstellungsgespräch nicht normalerweise hin?«

»Natürlich ...« Nun war es an Anna, sich einen Ruck zu geben. »Aber ich ..., also Frau Evers, ich muss Ihnen sagen ... ich glaube wirklich nicht, dass das mit uns so gut passen würde ... also ...« Sie brach hilflos ab.

»Was meinst du damit?«

Anna rang die Hände. Die Frau konnte doch nicht wirklich denken, dass Anna sie einstellen würde, so, wie sie sie bisher behandelt hatte.

»Frau Evers«, sagte sie deshalb und zwang sich, ruhig und freundlich, aber bestimmt zu sprechen. »Sie mögen mich doch überhaupt nicht. Das haben Sie seit unserer ersten Begegnung immer wieder deutlich klargemacht. Und... na ja... Sie waren bisher alles andere als freundlich zu mir. Wollen Sie wirklich bei jemandem arbeiten, den Sie nicht mal leiden können?«

Die Evers sah sie ein paar Sekunden unbeweglich an. »Von *Wollen* kann keine Rede sein«, sagte sie schließlich eisig. Anna wusste nicht, was sie darauf erwidern sollte.

Die Evers nickte. »Du schmeißt mich also raus?«

»Aber nein! Ich... denke nur nicht, dass es viel Sinn machen würde, dieses Gespräch zu füh...«

Sie konnte nicht fertig sprechen, die Alte hatte sich schon rumgedreht. »Ich hätte es mir denken können«, sagte sie in einem seltsamen Ton. Sie nahm ihr Einkaufsnetz und stürmte hinaus, die kleine Glocke bimmelte hektisch, dann war die Tür hinter ihr zugefallen. Anna stand sprachlos da und sah ihr nach.

Draußen vor der Scheibe blieb die Evers plötzlich stehen. Sie ballte die Fäuste und schien mit sich zu ringen. Sie sah noch einmal zu Anna hinein, und ihre Blicke trafen sich, dann drehte sie sich ruckartig um und stürmte davon.

Anna stand da und sah ihr nach. Plötzlich durchzuckte sie eine Erinnerung.

Es war ein dunkler, stürmischer Abend gewesen. Sie hatte Inventur machen wollen, und Ole und Britt hatten angeboten, ihr zu helfen, hatten sie aber eigentlich wie immer nur von der Arbeit abgehalten, sodass sie irgendwann beschlossen hatte, Pizza zu bestellen und das Ganze zu verschieben. Gerade hatte sie noch letzte Zettel sortiert, da hatte das seltsame Gefühl, beobachtet zu werden, sie aufsehen lassen. Vor der Scheibe, draußen in der Dunkelheit, hatte jemand gestanden und zu ihnen hereingestarrt. Die Gestalt war vermummt gewesen, dick eingewickelt in Schal und Jacke, und Anna hatte nicht erkennen können, wer es war, auch wenn die Statur etwas seltsam Vertrautes an sich hatte. Aber der Blick. In dem Blick, der ihr begegnet war, hatte etwas gelegen, das Anna einen Schauer über den Rücken fahren ließ. Er war so traurig gewesen, sehnsüchtig und gleichzeitig beinahe… wütend. Als die Gestalt sich umdrehte und davonstürmte, war Anna schnell nach draußen geeilt, aber die kleine Gasse war leer gewesen, sie hatte gerade noch gesehen, wie jemand bei den Holunderbüschen um die Ecke huschte. Der Mond tauchte die Dächer in silbernes Licht, und Blätter raschelten auf dem Kopfsteinpflaster. Sie hatte sich beeilt, schnell wieder nach drinnen ins Warme zu kommen, es war kalt, und der Wind war ihr durch und durch gefahren.

Nun wusste sie, wer da damals vor ihrem Fenster gestanden hatte.

34

Anna ging vor dem Ofen in die Hocke und beobachtete, wie die Butter in den Streuseln ihres Apfelkuchens sich in kleinen Blasen wölbte. Ein leises Brutzeln erfüllte die Luft. »Die perfekte Bräune. Du bist fertig, mein Lieber!«, sagte sie zufrieden und zog die Ofenhandschuhe an. Als sie die Klappe öffnete und den heißen Kuchen herauszog, erfüllte ein so göttlicher Duft den Raum, dass sie spürte, wie sich das Wasser in ihrem Mund sammelte. Sie stellte die Form zum Auskühlen auf den Holztisch, beugte sich darüber und wedelte sich mit der Hand den Kuchenduft in die Nase. Was war das nur mit dem Geruch von warmem Apfelkuchen, dass man sich sofort geborgen und heimelig fühlte? Es war fast wie ein Zauber. Gerade heute konnte sie diese heilende Wirkung brauchen. Den ganzen Tag hatte sie über den Zusammenprall mit der Evers nachdenken müssen und konnte sich nicht auf die Arbeit konzentrieren. Der Anblick der Frau, wie sie vor ihrem Fenster gestanden und mit sich gerungen hatte, ging ihr nicht aus dem Kopf, sie war unruhig und fahrig und vergaß eine Vorbestellung, die sie dann in aller Eile stecken und einpacken musste, während die Abholerin ungeduldig mit den Händen auf die Theke trommelte. Als die Frau mit grimmigem Blick den Laden verließ, wusste Anna, dass sie gerade eine Kundin verloren hatte.

Das Rezept für den Apfelkuchen stand in Roos' Buch

unter der Kategorie »Absolute Superknaller«, weil Ole ihn damals beim ersten Probieren so betitelt hatte. Und das schien er auch tatsächlich zu sein. Die in Rum eingelegten Rosinen und die extrateure Vanille trugen das ihre dazu bei. Wenn dieser Kuchen ihre Kunden nicht begeisterte, dann wusste sie auch nicht.

Sie machte ein Foto und schickte es an Ole und Britt. »Der *absolute Superknaller*. Kommt ihr zum Testen?«

Die Antworten kamen schnell. »Wann?«, schrieb Britt und setzte ein sabberndes Smiley dahinter.

Ole schickte nur einen nach oben zeigenden Daumen, und sie dachte, dass sie ihn eigentlich gar nicht hätte fragen, sondern nur die Uhrzeit hätte schreiben müssen. Er war ausnahmslos immer für Essen zu haben.

»Wann ihr wollt, bin den ganzen Tag in der Backstube!«, schrieb sie zurück.

»Du arme Kuchensklavin, und das an einem Sonntag! Ich komme gegen vier, okay?«, antwortete Britt.

»Ich bin noch bei den Seehunden, versuche auch um den Dreh da zu sein!«

»Alles klar! Ich halte den Kaffee bereit! Grüße an Roy.«

»Richte ich aus!«

Anna legte das Handy beiseite und sah auf die Uhr. Sie hatte noch ein paar Stunden Zeit, bis die anderen eintreffen würden. Zwar wollte sie noch einen Brandteig für gefüllte Windbeutel herstellen, und der war kniffelig, aber es gab da noch etwas, das sie erledigen musste. Sie betrachtete den Kuchen, dann schnitt sie ihn kurzerhand durch und packte die Hälfte auf eine Glasplatte.

Sie wickelte ein Küchentuch drum herum und nahm ihre Jacke vom Haken.

Kuchen brachte Karmapunkte.

Das konnte nie schaden.

Konzentriert holperte sie auf ihrem Rad durch die kleinen Gassen der Stadt. Sie fuhr einhändig, auf ihrem Handy war der Navigator eingeschaltet, und sie warf immer wieder zweifelnde Blicke auf den kleinen blauen Pfeil, der ihr sagte, wo sie abbiegen musste. Gerade hatte er sich mal wieder um sich selbst gedreht, und sie runzelte die Stirn. Hier war sie schon zweimal vorbeigekommen, irgendwas stimmte mit dem Pfeil nicht.

»Vielleicht muss ich da vorne lin… Hups! Oh, tut mir leid!« Beinahe hätte sie einen alten Mann umgemäht, der mit seinem Rollstuhlscooter unterwegs war. Hektisch fuhr sie einen einhändigen Bogen.

»Rowdy!«, brüllte der Alte ihr hinterher. »Keine Rücksicht, immer das Gleiche!«

»Verzeihung, war keine Absicht!«, rief sie über die Schulter und trat ein wenig schneller in die Pedale. Das Geschimpfe des Alten verfolgte sie noch um zwei Ecken.

Schließlich machte sie vor einem winzigen Haus halt. Einst musste es ziemlich niedlich gewesen sein. Alle Inselhäuser waren niedlich, einfach dadurch, dass sie so klein waren. Die meisten wurden allerdings von ihren Besitzern liebevoll gepflegt und geschmückt.

Das war hier ganz anders.

Das Häuschen schien vergessen, vernachlässigt. Dort, wo einst sicherlich Blumen geblüht und Gartenzwerge die Besucher willkommen geheißen hatten, war nur kahle Erde, davor die Reste einer fauligen Beetbegrenzung. Eine verwittere Holzbank stand neben der Tür. Anna bemerkte eine Schale mit Katzenfutter, aber sogar die war eingekrustet.

Sie zögerte, dann öffnete sie das Gartentörchen, schritt an der Schale vorbei und drückte auf den vergilbten Klingelknopf. Kurz darauf hörte sie Schritte, und die Tür öffnete sich. Als die Frau Anna sah, weiteten sich ihre Augen überrascht. Eine ganze Weile sagte sie nichts. Schließlich hielt Anna ihr mit einem unsicheren Lächeln den Kuchen hin, die Frau musterte ihn kurz und nahm ihn dann ohne ein Wort entgegen. Dann trat sie zurück und machte eine Geste mit der Hand, die Anna ins Haus bat.

Es war kalt in dem kleinen Flur, und Anna fröstelte unwillkürlich. Die Evers ging voraus und führte Anna in die Wohnküche, die zusammen mit einer Sitzecke den kompletten hinteren Bereich des Hauses ausmachte und in das Wohnzimmer überging, das wiederum mit Blick auf die Straße endete. Aus den Küchenfenstern sah man in einen verwilderten Garten und auf den Zaun zum Nachbargrundstück. Wie immer in den Häusern hier fühlte Anna sich, als sei sie in einer Puppenstube gelandet. Allerdings war es hier eine Puppenstube, die jemand schon vor Jahren auf den Dachboden geräumt und dann vergessen hatte.

»Tee!«, sagte die Frau, und es war keine Frage in ihrer Stimme. »Cappuccino gibt es bei mir leider nicht.« Beinahe klang es, als wäre das Annas Schuld. Wieder musste sie an ihre Fliegenrache von damals denken. Ein kleiner, geflügelter Vergeltungszug, der sie beinahe teuer zu stehen gekommen wäre, als die Fliege der Evers im Hals stecken geblieben war und sie angefangen hatte, erstickt zu husten. Zum Glück war noch mal alles gut gegangen, die Evers hatte die Fliege runtergeschluckt, ohne es zu merken, und dann den Geschmack des Kaffees bemängelt.

Anna stand unsicher im Türrahmen, während die Evers Wasser aufsetzte, Teller und Tassen aus dem Schrank holte und auf die geblümte Tischdecke stellte. Der Raum war penibel aufgeräumt, aber ihr fiel auf, dass auch nicht viel herumlag gab, was Unordnung hätte verursachen können. Es gab kaum Gegenstände. Eine Obstschale mit verschrumpelten Äpfeln, Strickzeug auf dem Couchtisch, eine Fernsehzeitung auf der Sessellehne.

Anna fröstelte wieder.

Genau wie von außen, strahlte auch das Innere des Hauses Kälte aus. Kälte und Einsamkeit.

Die Evers wies auf den Küchenstuhl, und Anna setzte sich. Noch immer hatten sie nicht miteinander gesprochen.

Sie schob Anna eine Tasse zu und stellte dann die Kanne auf ein Stövchen. »Er muss ziehen. Ich halte nichts von Beuteln.«

Anna lächelte. »Ich auch nicht.«

Die Evers nahm ihre Antwort regungslos zur Kenntnis. »Also?«, sagte sie schließlich, und ihr Gesicht war immer noch abweisend, unfreundlich beinahe.

Anna holte tief Luft. Ihr Blick fiel auf die Fernsehzeitung auf der Sessellehne, und plötzlich hatte sie ein anderes Bild vor Augen. Ein weißer Lockenkopf, ein dunkler, kahler Raum, durch den das Licht einer Unterhaltungssendung zuckte.

»Frau Evers, ich ... wollte mich entschuldigen, für mein Verhalten neulich. Ich war überrascht und habe falsch reagiert. Es tut mir leid.« Es hatte Anna einiges an Überwindung gekostet, diese Worte auszusprechen, aber als sie heraus waren, fühlte sie sich leichter. Es stimmte. Sie hatte sich hinreißen lassen und schämte sich dafür. Frau Evers war gewiss kein Engel, aber das hieß nicht, dass Anna deshalb einen Freifahrtschein für schlechtes Benehmen hatte.

Die Frau holte tief Luft, und Anna wappnete sich für eine Schimpftirade. »Ich heiße Evelyn.«

Anna blinzelte überrascht. »Evelyn Evers?«, fragte sie schließlich.

Der Schatten eines Lächelns zuckte um die Züge der älteren Frau und verschwand dann so schnell wieder, dass Anna für einen Moment nicht sicher war, ihn wirklich gesehen zu haben. »Meine Eltern fanden das wohl klangvoll«, sagte sie.

»Das ist es auch«, versicherte Anna. »Evelyn ist ein schöner Name.«

Die Frau runzelte die Stirn, als würde sie das Kompliment nicht verstehen. Einen Moment blickte sie auf ihre Hände und gab Anna damit Zeit, sie zu beobachten. Ihr

Gesicht war eingefallen, die Haut grau und faltig. Obwohl sie sicher noch nicht weit über sechzig war, hatten sich die Zeichen der Verbitterung unauslöschlich in ihr Gesicht gegraben. Aber sie hatte einen feinen, beinahe elegant geschwungenen Mund, und als sie jetzt zu Anna aufsah, bemerkte diese, dass ihre Augen einen warmen Braunton hatten, der an geröstete Haselnüsse erinnerte.

»Nehmen Sie meine Entschuldigung an?«, fragte Anna.

Die Evers sah so aus, als wüsste sie nicht, was sie antworten sollte. Ihre Brauen zogen sich zusammen, und Anna war sich schon sicher, dass sie gleich losfauchen würde. Stattdessen nahm die Evers die Kanne und schenkte ihr Tee ein. »Du«, sagte sie.

»Wie bitte?«

»Nimmst *du* die Entschuldigung an. Ich sagte doch, ich heiße Evelyn.«

Ihre Stimme war immer noch nicht wärmer, aber Anna merkte, wie sie sich ein wenig entspannte, obwohl die Evers auf ihre Frage nicht antwortete. So einfach würde sie es Anna dann doch nicht machen.

»Bist du nur deshalb hier?« Die Evers nahm einen Schluck Tee und vermied es, Anna in die Augen zu sehen.

»Nein, eigentlich nicht.« Sie wartete, dass die alte Frau ihrem Blick begegnete, aber sie betrachtete konzentriert die Teetasse in ihren Händen. »Ich wollte Sie … dich … fragen, ob du noch Interesse hast. An dem Job, meine ich.«

Jetzt sah die Evers überrascht auf. »Niemanden gefunden, was?«, fragte sie mit einem hämischen Unterton, und Anna merkte, wie sie sich innerlich sofort wieder anspannte. »Im Gegenteil«, sagte sie kühl. »Ich habe sieben Bewerberinnen und einen Bewerber.«

Jetzt sah die Evers tatsächlich erschrocken aus. »Ja und?«, fragte sie ruppig. »Was willst du dann bei mir?«

Anna zählte innerlich langsam bis fünf. Dann lächelte sie angestrengt. »Ich möchte dir den Job anbieten«, sagte sie und fragte sich im selben Moment, ob sie eigentlich verrückt war.

Die Evers schien sich das Gleiche zu fragen. »Warum denn das?«, fauchte sie.

Hätte Anna vorhin nicht das unsichere Flackern in ihren Augen gesehen, wäre sie jetzt wohl aufgestanden und gegangen. Sie zählte wieder, diesmal von fünf bis eins, und biss die Zähne zusammen. Einsamkeit macht bitter, sagte sie sich. Sie ist einfach unglücklich.

»Ich möchte jemanden mit Erfahrung. Und ich … fühle mich verantwortlich für …« Den Bankrott deines Ladens, hatte sie sagen wollen, stoppte sich aber in letzter Minute. Das Letzte, was sie wollte, war, dass die Evers dachte, sie würde sich ihr überlegen fühlen. »Na ja, wir Inselkaufleute müssen doch zusammenhalten. Dein Laden war jahrelang erfolgreich. Ich würde dich meinen anderen Bewerbern vorziehen. Ich finde, das ist Ehrensache. Ich war neulich nur überrascht. Weil du mir bisher ja nicht gerade freundlich gesonnen warst.« Sie hatte sich nicht zurückhalten können. Jetzt würde es sicher eskalieren.

Der Mund der Evers wurde zu einem weißen Strich.

In ihren Augen blitzte es. Anna hielt sich mit zwei Fingern an der Tischkante fest.

»Du bist keine Inselkauffrau, du kommst ja nicht mal von hier.«

»Aber meine Familie«, sagte Anna. »Meine Großeltern stammen von der Insel, genau wie meine Mutter. Und als Kind habe ich lange Zeit hier gelebt.«

Die Evers nahm diese Worte ohne Regung zur Kenntnis, aber Anna hatte das Gefühl, dass sie überrascht aussah.

Kurz war es still in der kleinen Küche. »Ich mache keine Überstunden«, sagte die Frau plötzlich ruppig.

Anna brauchte ein paar Sekunden, um zu verstehen und nickte dann schnell. »Selbstverständlich. Das wird auch nicht nötig sein.«

»Ich würde gerne vorerst...«, sie zögerte, »...vorne im Laden keine Kunden bedienen. Ich kann dafür die Sträuße und Gestecke binden, mache Bestellungen und so etwas. Zumindest fürs Erste.«

Anna zögerte. Das war eine seltsame Forderung, jedoch eine, die sie momentan noch erfüllen könnte. Sie kümmerte sich ohnehin lieber selbst um ihre Kunden. Aber trotzdem, die Frau war wirklich ein zäher Knochen. Doch irgendwie mochte Anna ihre forsche Art sogar. Die Evers hatte Charakter. Außerdem war ihre Forderung wahrscheinlich nur zu Annas Bestem, zumindest wenn sie mit anderen Leuten auch so umging wie mit ihr. Und sie konnte sich vorstellen, dass es der Frau peinlich war, von den Leuten im Ort gesehen zu werden. Es musste sie sicherlich einiges kosten, ihr eigenes Geschäft zu verlieren und dann bei der jungen Konkurrenz neu anzufangen. Sie konnte sich ja erst mal eingewöhnen, und dann würden sie über die Details noch einmal reden.

»Ich brauche vielleicht auch jemanden, der mir beim Backen hilft«, sagte sie.

Die Evers überlegte einen Moment. »Das merke ich«, sagte sie trocken, mit Blick auf den Kuchen, der tatsächlich ein wenig matschiger geworden war, als sie beabsichtigt hatte. »Backen kann ich wohl«, fügte sie dann etwas freundlicher hinzu.

»Gut, dann sind wir uns einig?«

Die Evers nickte und schien sich gleich danach unsicher, ob sie die richtige Entscheidung getroffen hatte. »Wann soll ich da sein?«

»Können … kannst du morgen um zehn kommen?«

Die Evers überlegte einen Moment. »Übermorgen. Ich muss noch ein paar Dinge regeln.«

Anna lächelte. »Alles klar, das passt.«

Sie gaben sich nicht die Hand und sagten sich auch nicht, wie sehr sie sich auf die Zusammenarbeit freuten. Mehr oder weniger wortlos tranken sie so rasch wie möglich ihren Tee, und Anna erhob sich nach ein paar Schlucken. Die ganze Tasse würde sie nicht schaffen, ohne dass die seltsame Stille im Raum zu unangenehm wurde. Die Evers begleitete sie zur Tür und verabschiedete sich mit einem knappen Nicken. Als sie schon fast die Tür hinter Anna geschlossen hatte, drehte die sich noch einmal um. »Hast du Katzen?«, fragte sie mit Blick auf die Schale.

Die Evers schüttelte den Kopf. »Für die Igel«, sagte sie. Dann warf sie die Tür zu.

Als Anna die verwitterte Gartenpforte hinter sich schloss, dachte sie, dass dies sicherlich die seltsamste Jobverhandlung war, die je geführt worden war. Aber sie hatte ein gutes Gefühl. Man sollte seine Feinde schließlich immer nahe bei sich haben, hieß es nicht so? Und Igelfreunde mussten zusammenhalten.

Auf dem Weg zum Fahrrad zog sie ihr Handy aus der Tasche. Der Anruf bei Marie würde ihr schwerfallen, aber sie hatte ihre Entscheidung getroffen. Seufzend wählte sie die Nummer. Wenn sie mal nur nicht das Falsche tat.

35

An diesem Abend ging Anna zum Nachdenken in Oosterend spazieren. Weil die schmalen Gassen verlassen dalagen, hatte sie Harry von der Leine gelassen, und er pinkelte fröhlich gegen die Statue der drei Fischer auf dem kleinen Dorfplatz. Gedankenverloren schlenderte sie hinter ihm her. So vieles beschäftigte sie, dass sie nur beiläufig die Szenen hinter den Fenstern beobachtete, die sie sonst so anzogen.

Als sie den Kirchplatz umrundete und in eines der dunklen Gässchen einbog, die davon abzweigten, blieb sie plötzlich wie angewurzelt stehen. Einen Moment stand sie stocksteif da, dann ging sie zwei Schritte rückwärts und guckte noch einmal genauer hin. Sie hatte sich nicht geirrt.

In einem kleinen, altmodischen Esszimmer saß Theodor und löffelte einen Teller Suppe. Vor ihm auf dem Tisch standen ein Glas Rotwein und eine Karaffe mit Wasser. Das Zimmer war in düsteres Licht getaucht, und ein schweres Ölgemälde hing über einer braunen Ledercouch an der Wand. Durch die übergroße Fensterscheibe, die fast die gesamte Hauswand einnahm, wirkte es, als säße er direkt auf der Straße.

Anna stand auf dem Gehweg und starrte ihn an wie eine Erscheinung. Er war ihr so nahe, dass sie die kleinen Sprenkel auf den Rändern seiner Brille sah. Sie konnte den Blick nicht von ihm lösen.

Plötzlich trippelte eine kleine weißhaarige Frau in den Raum und brachte ein Körbchen mit Brot, das Theodor mit einem Nicken entgegennahm. Annas Blick glitt zur Seite des Hauses. *Pension Duinblick* stand auf einem Schild neben dem Eingang.

Plötzlich sah Theodor auf. Ihre Blicke trafen sich, und Anna zuckte zurück und drehte hastig den Kopf weg, dann ging sie mit schnellen Schritten davon. Als sie sich noch einmal umdrehte, sah sie, dass er aufgestanden war und nun am Fenster stand, beide Hände an das Glas gepresst.

Verstört eilte sie durch den dunklen Ort, Harry sprang aufgeregt um sie herum und freute sich über die plötzliche Beschleunigung. Als sie wieder bei den Fischern angekommen war, lehnte sie sich, schwer atmend, gegen die Statue und holte ihr Handy aus der Jeansjacke.

»Theodor ist auf der Insel«, rief sie, bevor Neeson auch nur Hallo sagen konnte.

»Wie bitte?«, er klang verwundert, hatte aber anscheinend sofort verstanden. »Wo hast du ihn gesehen? Bist du ganz sicher?«

»Hundert Prozent. Er ist in einer Pension in Oosterend. Ich bin dran vorbeigelaufen, und da saß er und hat Suppe gegessen.« Ihre Stimme war so schrill, dass es sich anhörte, als würde sie sich über die Suppe empören.

»Name?«

»Was?«

»Name der Pension!«

»Oh. Duinblick!«

Neeson war einen Moment still, und sie wusste, dass er sein kleines Notizbuch gezückt hatte.

»Was machen wir jetzt?«

»*Wir* machen gar nichts. Ich werde hinfahren und ihn befragen«

»Geht das denn? Einfach so?«

An dem Klang seiner Stimme konnte sie amüsierte Herablassung hören. »Ich bin Ermittler in einem Mordfall. Ich kann befragen, wen ich will, besonders unter den gegebenen Umständen. Möchte zu gerne wissen, was er hier zu suchen hat.«

»Ja. Seltsam, nicht? Aber vielleicht besucht er nur seine Schwester.«

»Hattest du den Eindruck, dass die beiden sich so nahestehen, dass er mal eben aus Australien zum Kaffeeklatsch angeflogen kommt?«

»Nein.«

»Richtig, ich auch nicht!«, sagte Neeson und legte auf.

Anna starrte verwundert ihr Handy an, das nun nur noch tutete. Dann legte sie ebenfalls auf, rief Ole an und erzählte ihm die Neuigkeiten.

»Steig sofort ins Auto. Der Typ ist mir nicht geheuer.«

»Er hat ja nichts getan.«

»Das wissen wir nicht. Und er ist sicher nicht hier, um sich bei uns zu entschuldigen. Der brütet was aus. Hat er dich gesehen?«

»Nein. Das heißt, ich bin nicht sicher. Ich glaube, es war zu dunkel, er hat sicher nur einen Schatten hinter der Scheibe gesehen.« Anna sah sich unsicher um, aber die kleinen Gassen um sie herum waren noch genauso verlassen wie zuvor, nur eine Katze streunte über den Bürgersteig, und sie bückte sich schnell und hob mit der freien Hand Harry auf, bevor der sie auch sah und mit ihr spielen wollte.

»Komm erst mal her, dann reden wir weiter, okay?«

Sie versprach, sofort zum Auto zu gehen, und beendete das Gespräch. Doch sie war noch nicht mal in der Nähe des Parkplatzes, als Ole erneut anrief.

»Sie haben die Schlösser ausgetauscht.«

»Was?«

»Sie haben die Schlösser ausgetauscht«, rief er aufgeregt, als müsste ihr das irgendetwas sagen. »Es war Theodor. Überleg doch mal, alles macht Sinn. Er wollte irgendetwas aus dem Haus, dachte, er holt es sich einfach nachts, wenn keiner was merkt. Dann musste er feststellen, dass er nicht mehr reinkommt, und hat kurzerhand die Scheibe eingeschlagen. Das würde erklären, warum jemand in ein Haus einbricht, in dem es nichts zu stehlen gibt!«

Anna war stehen geblieben. In ihrem Kopf überschlugen sich die Gedanken. Es stimmte, das machte tatsächlich Sinn. Und von der Größe her würde es auch passen. Theodor überragte seinen Neffen Sem ein ganzes Stück, und der Mann, der ihr im Dunkeln begegnet war, war groß gewesen. Sehr groß.

»Das würde bedeuten, dass er die ganze Zeit über hier war … Aber was kann es so Wichtiges geben, dass er dafür in das Haus seiner Mutter einbricht?«

»Das Haus war durchwühlt. Wir dachten, dass er das gemacht hat, um uns eins auszuwischen. Aber überleg mal: Was, wenn er damals schon auf der Suche nach etwas war und es nicht rechtzeitig gefunden hat?«

Anna war plötzlich ganz aufgeregt. »Du hast recht. Ich muss sofort Neeson noch mal anrufen.«

Als der Kommissar sich meldete, sprudelte sie sofort los, welcher Verdacht Ole gekommen war. Neeson sagte nichts, gab aber, als sie ihm von den ausgetauschten Schlössern erzählte, einen überraschten Laut von sich. »Ihr habt recht. Das macht Sinn!« Er war schon auf dem Weg nach Oosterend. »Du fährst heim, ich kann dich da nicht gebrauchen«, sagte er ruppig. »Aber mach dir nicht zu viele Hoffnungen, Anna. Seine Fingerabdrücke waren im Haus, aber da er vorher Zugang hatte, kann man ihm das nicht vorwerfen. Wenn er alles abstreitet, bin ich genauso weit wie vorher. Und er darf auf die Insel kommen, wann immer er will, ohne sich vorher bei uns anzumelden!«

»Ich weiß, aber ist das nicht alles seltsam? Was tut er hier?«

»Das ist in der Tat seltsam!«, sagte Neeson. »Hoffen wir, dass wir es herausfinden.«

Doch schon zwei Stunden später rief er zurück. »Nichts zu machen. Er weigert sich, mit mir zu reden. Sagt, dass wir ihm was anhängen wollen und dass er mich anzeigt, wenn ich ihn weiter belästige.« Er schnaubte belustigt. »Das würde ich gerne sehen, wie er einen Sonderermittler anzeigt. Aber gut, er hat schon recht, ich kann ihn zu nichts zwingen, solange es keine Beweise gegen ihn gibt. Und die haben wir nicht. Und auch kein Motiv.«

»Wir stehen also wieder am Anfang?«, fragte Anna enttäuscht. Sie hatte sich Hoffnungen gemacht, dass nun endlich die Sache ins Rollen kommen würde. Andererseits hoffte sie auch inständig, dass Theodor nichts mit all dem zu tun hatte. Sie mochte ihn nicht, aber er war immer noch Roos' Sohn.

»Leider«, seufzte Neeson. »Aber wir geben nicht auf. Irgendwann passiert etwas, jemand erinnert sich an ein vergessenes Detail, jemand macht einen Fehler, oder wir stolpern zufällig über einen Hinweis. Ich bin sicher, Anna, dass es so sein wird. Wir müssen nur Geduld haben!«

36

Der Regen, der im Frühsommer oft noch einmal für längere Perioden zu Besuch kam, hatte in den nächsten beiden Wochen die Insel fest im Griff. Er ließ die Wassergräben überlaufen und verwandelte die Wiesen in matschige Sümpfe, den Bruijnshof aber in einen gemütlichen Kokon. Er prasselte auf das Reetdach, tropfte von den Giebeln, pochte an die Fensterschreiben und gluckerte in den Rohren. Anna und Britt verbrachten den Morgen, wenn es nicht allzu kalt war, auf der Terrasse im Schaukelstuhl, wo sie dem Prasseln zuhörten und sich in ihre Decken kuschelten, während sie heißen Kaffee schlürften und je nach Wochentag Croissants oder Müsli mit Banane frühstückten. Abends kuschelten sie sich fast jeden Tag zusammen vor den Kamin, manchmal mit einem Buch, manchmal einfach zum Reden. Wenn Ole auch dabei war, schoben sie einen Sessel aus Britts Stube dazu. Manchmal, wenn sie Ole am Strand beim Surfen zugesehen hatten und steif gefroren nach Hause kamen, machten sie in der Glut Rotwein warm und tranken ihn aus den kleinen Groggläsern von Annas Großmutter, und fast immer gab es eine heiße Suppe oder etwas aus dem Backrohr, denn das feuchte Wetter weckte Sehnsucht nach deftigen, warmen Speisen in ihnen.

Auch an diesem Morgen saß Anna allein auf der Terrasse im Schaukelstuhl. Britt hatte einen frühen Termin und war schon losgeradelt, nur die Croissantkrümel auf dem Boden, die Harry gerade schnaubend aufsaugte, erinnerten noch an ihr gemeinsames Frühstück. Heute fand Anna den Regen besonders gemütlich. Sie wollte am liebsten gar nicht das Haus verlassen. Das hatte aber auch noch einen anderen Grund.

Einen Grund, der in ihrem Laden auf sie wartete.

Während sie dem Croissant noch eine Portion warmen Porridge mit braunem Zucker hinterherschob, las sie in aller Ruhe die Zeitung und trank zwei Tassen Kaffee. Dann stand sie seufzend auf. »Hilft ja nichts!«, murmelte sie in den Regen. Sie schnappte sich Harry, presste ihn in seine wasserdichte Jacke, die er noch mehr hasste als seinen Parka, zog sich selbst an und radelte in die Stadt.

»Hm, also ich weiß nicht, hast du nicht Angst, dass sie dir diese Schere irgendwann hinterrücks in den Hals sticht?«

Britt und Anna standen flüsternd hinter der blauen Theke, und machten eine ihrer geliebten Gebäckpausen. Britt hatte von Leentje einen Pappdeckel mit lauter bunten Köstlichkeiten mitgebracht. Während sie Cappuccino tranken und die ersten Marzipanschnecken aßen, beobachteten sie schon seit geraumer Zeit heimlich die Evers, die sich hinten im Laden über den Pflanztisch beugte und mit konzentrierter Miene ein Gesteck zusammenbastelte, das eine Kundin am Vortag bestellt hatte. Die Frau hatte sehr genaue Vorstellungen von den Blumen gehabt und extra eine Skizze angefertigt. Anna hätte den komplizierten Auftrag gerne selbst erledigt, aber da sie abgemacht hatten, dass die Evers fürs

Erste nicht im Laden bedienen würde, hatte sie keine Wahl gehabt, als ihr die Arbeit zu überlassen.

»Natürlich!«, antwortete Anna sorgenvoll, und Britt prustete in ihren Kaffee. Die Evers sah auf und warf ihnen einen strengen Blick zu. Schnell drehten sie sich weg.

»Shit, sie hat uns gesehen!«

»Du bist ihr Boss, du *darfst* ihr bei der Arbeit auf die Finger gucken!«

»Nein. Das darf man bei *normalen* Mitarbeitern! Das hier ist eine ganz andere Geschichte!«

Britt schüttelt den Kopf und biss in ein Aprikosenhörnchen. »Also, ich weiß ja nicht, was dich da geritten hat, aber ich glaube, du hast dir den Teufel persönlich in den Laden geholt! Und diese Schere fällt bestimmt unter das Waffenschutzgesetz.«

Anna schob sich einen kleinen Nougatring in den Mund und kaute nachdenklich. Britt mochte mit ihren Bedenken recht haben. Zwei Wochen schon hatte sie nun eine Mitarbeiterin, und bisher hatte ihr die Evers mehr als genug Gründe gegeben, ihre Entscheidung zu bereuen. Sie wusste alles besser, bekrittelte Anna vor den Kunden, war absolut beratungsresistent und hatte zudem ihre eigene Ausrüstung mitgebracht, die ein Überbleibsel aus ihrem alten Laden war und von der sie behauptete, dass sie nur damit richtig arbeiten konnte. Sie trug die verschiedenen Scheren und Zangen an einem grünen Gürtel um den Bauch geschnallt, der sie aussehen ließ wie eine Safarijägerin.

»So was von lächerlich, eine Blumenschere ist eine

Blumenschere, als ob es da große Unterschiede gäbe!«, murmelte Britt in den Schaum ihres Cappuccinos hinein.

»Sie sagt, sie ist speziell gebogen, und mit anderen Scheren kriegt sie Krämpfe in der...«

»Also wirklich, Anna, die macht sich doch über dich lustig!« Empört ließ Britt ihre Tasse auf die Theke knallen, was ihr erneut einen rügenden Blick aus dem Hinterzimmer einbrachte. »Wahrscheinlich sitzt sie abends mit einem Schleifstein vor dem Fernseher und macht sie kichernd richtig schön spitz und scharf. Würde mich nicht wundern, wenn sie kleine Kinder daran aufspießt und über dem Feuer brät.«

»Ich weiß ja auch nicht, was ich mir dabei gedacht habe, mir diesen Eisdrachen ins Haus zu holen...« Anna seufzte, und weil ihr Nougatring schon weg war, nahm sie Britt den Rest des Aprikosenhörnchens ab und stopfte es sich in den Mund. »Ich brauch das dringender aus du!«, verkündete sie kauend, und Britt nickte verständnisvoll. Sie machten mindestens zweimal in der Woche zusammen Mittag, und immer öfter schaute Britt, deren Praxis nur ein paar Gassen entfernt lag, nun auch nachmittags zwischen zwei Patienten auf einen Kaffee und eine Gebäckpause vorbei. Seit die Evers hier arbeitete, kam sie beinahe jeden Tag, als habe sie Angst, dass Anna und ihre neue Mitarbeiterin sich gegenseitig mit ihren Gartenscheren zerhackten, wenn sie nicht aufpasste. »Sie braucht sich gar nicht im Hinterzimmer zu verstecken, es wissen ohnehin schon alle in der Stadt, dass sie jetzt hier arbeitet!«

»Ach ja?«, überrascht schluckte Anna runter.

Britt nickte vielsagend. »Wenn die Leute bei mir auf der Liege sind, erzählen sie immer den neuesten Klatsch. Und gerade seid ihr Thema Nummer eins. Was, wenn man's mal genau nimmt, wirklich ein trauriges Zeugnis unseres unendlich langweiligen Lebens hier ist!« Sie zwinkerte gut gelaunt und stand auf. »So, ich muss langsam wieder. Hoffentlich platzt mir auf der Heimfahrt nicht die Jeans, wir müssen wirklich weniger Gebäck essen, jetzt, wo du auch noch selber backst!«

»*Du* schleppst das Zeug doch immer an. Außerdem würde Leentje ohne unsere Gebäckpausen sicher pleite gehen!«

In dem Moment sah Anna, wie die Evers einen kritischen Blick auf die Skizze der Kundin warf, dann prüfend ihr Gesteck anschaute, den Zettel in der Hand zerknüllte und in den Papierkorb schleuderte.

Anna hustete erstickt. »Was *macht* sie denn?«, rief sie erstaunt. Dann eilte sie nach hinten.

»Ähm, Evelyn?«

Die Evers blickte zornig hoch, und Anna zuckte zusammen. »Was ist denn mit der Skizze?«

»Unbrauchbar!«, verkündete die Evers und machte seelenruhig mit der Arbeit weiter, von der Anna schon jetzt sehen konnte, dass sie mit der Vorstellung der Kundin in keinster Weise übereinstimmte.

»Ich geh dann mal!«, rief Britt von vorne, und gleich darauf bimmelte die Glocke.

Ja, mach dich nur aus dem Staub, dachte Anna. Wenn sie gekonnt hätte, wäre sie auch geflohen.

»Also … die Kundin wollte ja eigentlich ein Herz aus gelben …«, setzte Anna vorsichtig an.

»Kitschiger Unsinn. Außerdem vollkommen unmöglich, aus diesen Blumen ein Herz zu binden!« Ungerührt machte die Evers weiter mit der Arbeit. »Ich habe Ranunkeln genommen, die Stiele sind biegsamer.«

Anna stöhnte leise. »Evelyn, wenn sie ein Herz bestellt, müssen wir ihr auch ein Herz liefern und keinen … Kreis. Und wenn sie gelbe Rosen will, dann müssen wir uns daran schon halten. Dein Gesteck ist wirklich sehr schön, viel schöner als die Skizze, da stimme ich dir zu, aber wenn sie …«

»Du denkst also, ich bin unfähig?«

»Was?« Anna riss erschrocken die Augen auf.

»Du denkst, ich bin zu alt und dumm, um ein Gesteck zu binden? *Ach, die dämliche alte Evers, kann nicht mal einen einfachen Auftrag ausführen, obwohl sie dreißig Jahre ihr eigenes Geschäft hatte!*«

»Ich … nein, natürlich nicht! Ich meine doch nur …«

»Ich habe die Ranunkeln genommen, weil die Rosen sich nicht eignen«, unterbrach die Evers. »Schließlich sind wir die Experten, wir haben die Ausbildung, die Erfahrung. Wenn sie es besser wüssten, könnten die Kunden ihre Sträuße ja auch selber binden. Aber sie kommen zu uns, weil wir uns auskennen. Und wenn wir ihr sagen, dass es mit den einen Blumen nicht geht, aber mit den anderen schon, dann haben sie das zu akzeptieren.«

»Ja, aber …« Anna fehlten einen Moment die Worte. »Dann hätten wir ihr das aber vorher sagen müssen, als wir die Bestellung besprochen haben.«

»Da war ich nicht dabei, das hast *du* gemacht«, sagte die Evers spitz.

»Ja, weil *du* nicht mit den Kunden arbeiten willst!«

»Jedenfalls war es dumm, Rosen zu versprechen, wenn Rosen sich nicht eignen. Das war dein Fehler. Und jetzt werde ich kritisiert, dabei mache ich nur...«

»Schön!« Anna hob die Hände. »Dann machen wir es mit den Ranunkeln. Es ist jetzt ohnehin zu spät, noch mal von vorne anzufangen. Aber das nächste Mal sagst du mir vorher Bescheid, wenn du denkst, dass sich eine Bestellung nicht wie besprochen umsetzen lässt!«

Die Evers grummelte etwas.

»Was?«, fragte Anna scharf.

»Nichts.«

»Schön. Und ich akzeptiere zwar, dass es mit Rosen schwerer ist, ein Herz zu stecken, aber die Stiele der Ranunkeln sind tatsächlich sehr biegsam. Wenn man einen Kreis hinkriegt, kriegt man auch ein Herz hin. So viel zumindest müssen wir der Kundin schon bieten können. Also mach daraus bitte ein Herz. Wenn du es nicht schaffst, ist das kein Problem, dann ruf mich!«

»Natürlich schaffe ich das. Ich war ja noch nicht fertig, es wird selbstverständlich ein Herz!«, empörte sich die Evers.

Anna lächelte kühl. »Gut!«, sagte sie. »Dann ist ja alles geklärt.«

Sie ging zurück in den Laden, wo sie wütend darüber nachdachte, dass auf der ganzen Welt, in jedem einzelnen Blumenladen jeden Tag Gestecke aus Rosen gemacht wurden. Es war nicht schwer, man musste nur wissen, wie. Warum hatte sie das nicht einfach gesagt und die Sache selbst in die Hand genommen? »Sie sind zu soft, Frau Fischer. Viel zu soft. Sie sind der Boss hier, verhalten sie sich entsprechend!«, rügte sie sich und fegte die Krümel von der Theke, die von ihrer Gebäckpause mit Britt übrig waren.

Wütend machte sie sich daran, aufzuräumen und welke Blätter von den Schnittblumen abzuknipsen. Als die Türglocke bimmelte und Ole hereinkam, krabbelte sie gerade auf allen vieren im Schaufenster herum. Mithilfe der Achtsamkeitsübungen von Frau Hartstein hatte sie es geschafft, sich ein wenig zu beruhigen. Die hatte ihr geraten, immer wenn sie sich aufregte, Angst hatte oder fühlte, dass die Emotionen mit ihr durchgingen, als Erstes auf ihren Atem zu achten und ihn ganz bewusst wahrzunehmen. Da nur noch wütendes Schnauben aus ihr herausgekommen war, hatte sie erst einmal einige tiefe Atemzüge genommen und dabei ganz fest die Augen zugepresst. Als sie sie wieder aufschlug, hatte sie aber ein paar Spinnweben in einer Ecke entdeckt, die sie nun mehr schlecht als recht mit der leeren Bäckertüte zu erwischen versuchte, die sie sich über die Hand gestülpt hatte.

»Toller Anblick, so ein Hintern zwischen Blumen!«, verkündete Ole fröhlich. »Hey Evi!«, rief er dann, und Anna sah erstaunt auf, um zu sehen, mit wem er sprach. Als ihm die Evers gut gelaunt zuwinkte, fiel Anna fast die Tüte aus der Hand.

»Evi?«, raunte sie Ole ins Ohr, als er sie zur Begrüßung küsste.

»Ja. Die ist echt in Ordnung. Wusstest du, dass sie mal Schwimmwettkämpferin war?«

»Was? Nicht dein Ernst.« Anna konnte sich beim besten Willen die Evers nicht im Badeanzug vorstellen. Unauffällig glitt ihr Blick über den breiten Rücken ihrer neuen Mitarbeiterin. Nein, es ging immer noch nicht.

»Ist natürlich etwa zweihundert Jahre her, aber sie war wohl richtig gut. Hat mir neulich Fotos gezeigt. War echt in Form damals. Nur die Bademode zu der Zeit… grässlich. Alles verhüllt, nicht das kleinste bisschen Haut. Gar nicht mein Fall. Aber ich sage dir, sie steckt voller Geschichten, unsere Evi. Sie ist echt in Ordnung. Man muss nur das Saure außen rum abkratzen.«

»Sie hat dir Fotos gezeigt?« Anna war jetzt komplett verblüfft. »Wann denn das bitte?«

»Als ich sie nach Hause gefahren habe.«

»Du hast… *wann*?«

Er zuckte die Achseln, als sie ihn mit aufgerissenen Augen ansah. »Letzte Woche irgendwann.«

»Erzählst du mir jetzt eigentlich gar nichts mehr?«

»Ist mir entfallen!« Er lächelte unschuldig. »Warum? Du wirst doch nicht eifersüchtig sein?«

Anna lachte trocken. »So weit kommt's noch. Nein, aber du musst mir so was doch erzählen. Wie soll ich denn die Dinge durchschauen, wenn jeder um mich herum immer vergisst, mich zu informieren?«

»Da gibt es nichts zu informieren. Es hat geregnet, ich wollte zu dir, hab sie auf der Straße gesehen und gefragt, ob ich sie schnell fahren soll. Dauert mit dem

Auto ja nur zwei Minuten. Also hab ich sie rübergebracht, und wir sind ins Reden gekommen. Sie ist ein Goldschatz.«

»Sie ist ein …« Jetzt hatte es Anna im wahrsten Sinne des Wortes die Sprache verschlagen.

Ole zwinkerte ihr zu. »Oder sagen wir mal so: Sie wird einer werden, wenn wir sie erst mal weichgeklopft haben. Ich habe da ein Gespür für, glaube mir.«

Anna war mehr als skeptisch. »Bisher merkt man davon noch nicht besonders viel.«

»Geduld.«

Anna schüttelte den Kopf und krabbelte zurück ins Schaufenster. Sie wusste ja bereits, dass Ole mit jedem auskam, den er nicht wegen irgendwelcher Hirngespinste zum Feind erklärt hatte, und dass besonders ältere Damen dazu neigten, ihm komplett zu verfallen. Aber dass er die Evers knacken konnte, hätte sie ihm dann doch nicht zugetraut. Sie beschloss aber, auf sein Gefühl zu vertrauen. Vielleicht steckte ja tatsächlich ein guter Kern in der Alten.

Nur das Saure außen rum, das mussten sie tatsächlich noch abkratzen.

37

Am nächsten Tag war Anna so genervt von der Anwesenheit ihrer neuen Mitarbeiterin im Laden, die nicht einsehen wollte, warum die Kundin mit der geänderten Bestellung nicht einverstanden war und ihr Geld zurückverlangt hatte, dass sie früher Schluss machte, Evelyn den Schlüssel überließ und an den Strand fuhr, um ihren Frust wegzulaufen. Seit dem Winter war sie nicht mehr mit Ole surfen gegangen und musste dringend wieder anfangen – nichts half ihr besser, als auf dem Board gegen die Wellen zu kämpfen. Es war gut für ihr Bein und gut für ihren Seelenfrieden, denn wenn sie vollkommen erschöpft und mit brennenden Gliedern nach Hause kam, hatte sie immer das Gefühl, dass alle Sorgen nicht mehr ganz so schlimm, die Kanten der Probleme nicht mehr ganz so scharf zu sein schienen. Wahrscheinlich war Ole nur deshalb so dauerentspannt, weil er den Großteil seines Lebens auf dem Wasser verbracht hatte, dachte sie, und beobachtete kleine Strandläufer, die mit den Wellen Fangen spielten und ihr Gefieder aufplusterten. Sie musste unbedingt wieder mitkommen zum Surfen, aber bisher war ihr die Nordsee noch zu kalt gewesen, sie wollte warten, bis die Sommersonne sie ein wenig aufgewärmt hatte.

Harry hatte sich beim Spaziergang wohl mal wieder heimlich in einer toten Möwe gewälzt, und auf der Heimfahrt musste sie sich die Nase zuhalten, weil der Wind beim Fahrradfahren von vorne kam und ihr den Verwesungsgeruch direkt ins Gesicht blies. »Puh, du stinkst vielleicht grauenvoll!«, rief sie, als sie ihn daheim aus dem Korb hob. Sie klemmte ihn sich unter den Arm und trug ihn mit angehaltenem Atmen ins Badezimmer. Den Parka würde sie auskochen müssen. Unterwegs öffnete sie mit dem Fuß die Kellertür und schmiss die Jacke die dunkle Treppe hinunter.

Sie badete Harry und schäumte ihn kräftig ein, aber ein Hauch des Geruchs hing immer noch in der Luft. Als sie das Wasser abließ, sickerten kleine Bröckchen Möwenleiche in den Abfluss, die in seinem Fell gehangen hatten, und Anna musste würgen.

Die Strafpredigt, die sie ihm beim Föhnen hielt, hatte keinerlei Wirkung, am nächsten Tag wiederholte er das Schauspiel mit derselben Möwe, nur dass ihn Anna diesmal auf frischer Tat ertappte und wütend durch die Dünen jagte.

Vier Tage später fiel ihr der Parka wieder ein, den sie in den Keller geschmissen hatte. »Der ist bestimmt schon halb verwest«, murmelte sie und ging seufzend die Treppe hinunter. Als sie ihn hochhob und sich dabei mit einer Hand die Nase zuhielt, fiel ihr Blick auf den Kotter in der Ecke.

»Was liest du da?« Ole ließ seine Arzttasche in die Ecke fallen und warf den Schlüssel auf den Küchentisch. Anna lag auf dem roten Sofa am Kamin, kaute konzentriert an ihren Fingernägeln und sah nur kurz auf, als er hereinkam.

»Tagebücher«, murmelte sie, den Blick schon wieder auf die Zeilen gesenkt.

Ole runzelte die Stirn, kam näher und zog ihr das Buch aus der Hand.

»Hey!«

»Du liest fremde Tagebücher?«

»Sie sind von Ewold, Roos' Mann.«

Er warf ihr einen Blick zu. »Wo hast du die her?«

Sie versuchte, das Buch wieder an sich zu reißen, aber er zog es ihr weg und blätterte darin.

»Sie waren in dem Koffer.«

Überrascht blickte er sie an, und sie nutzte die Chance, um ihm das Buch zu entwinden. »In dem Spinnenkoffer? Du hast das Schloss geknackt?«

»Nicht ganz.«

»Was soll das heißen?«

Schuldbewusst verzog Anna den Mund. »Ich habe eine andere Methode gefunden... Er braucht ihn ja doch nicht mehr«, sagte sie, als Ole jetzt den Koffer gewahrte, der neben der Couch lag.

»Du hast ihn ... aufgeschnitten?«

»Gecuttert, könnte man auch sagen. Gute Idee, oder?«

»Na ja, das wäre nicht das Erste, was mir dazu einfällt. Auf jeden Fall ist es effektiv. Warum hast du das gemacht?«

»Ich weiß auch nicht, ich war einfach...«

»Neugierig«, beendete er den Satz mit einem vielsagenden Unterton in der Stimme, der Anna ärgerte.

»Er gehört mir, ich darf damit machen, was ich will«, verteidigte sie sich, und er hob ergeben die Hände.

»Klar darfst du. Und, was steht so drin?«

»Nicht viel Spannendes, einfache Eintragungen über ihren Alltag. Er hat fast jeden Tag etwas festgehalten. Ich bin noch nicht weit gekommen.«

Ole ging an den Kühlschrank und holte sich ein Bier. Anna schlidderte ihm langsam auf ihren Socken hinterher, das Tagebuch an den Bauch gepresst. Er öffnete die Flasche, lehnte sich gegen die Spüle und nahm ein paar Züge. Dann sah er sie an. »Bist du sicher, dass du das lesen willst?«

»Warum?«

Er nahm noch einen Schluck. »...ist nicht dein Tagebuch.«

»Was soll das heißen?«

»Du weißt genau, was das heißen soll. Es ist privat. Es geht uns nichts an.«

»Aber er ist tot.«

»Ja und? Wenn ich tot bin, will ich trotzdem nicht, dass du mein Tagebuch liest.«

»Du hast ein Tagebuch?«

Er schnaubte. »Ja genau.« Dann zuckte er mit den Schultern, leerte die Flasche und nahm sich eine neue aus dem Kühlschrank.

Anna stand im Türrahmen und sah ihm zu. Er hatte recht. Aber sie wollte es gerade nicht hören.

»Was, wenn er was Intimes über seine Ehe geschrieben hat? Dinge über Roos. Willst du das wirklich lesen?«, fragte er schließlich, als sie nichts weiter sagte.

Anna seufzte und hob ergeben die Hände. »Okay. Ich wollte doch nur mal reinschauen. Ich lege es zurück und schmeiße den Koffer wieder in den Keller.«

Ole lächelte. »Und dann kochst du was zum Abendessen?«

Anna drehte sich um. »Nein, dann nehme ich ein Bad. Und du rufst mich, wenn die Suppe fertig ist. Das Rezept liegt auf der Ablage.«

Sie ignorierte Oles Jammern darüber, wie abgearbeitet und erschöpft er war, ging in den Flur und nahm den zerschnittenen Koffer, den sie nun mit beiden Armen zusammenpressen musste, damit sich sein Inhalt beim Hochheben nicht entleerte. Dann brachte sie ihn in den Keller und stellte ihn in der Ecke ab.

Plötzlich hielt sie inne. Sie hockte sich hin und blickte die Bücher an. Mit einem Mal aufgeregt, kramte sie im Koffer herum, bis sie schließlich gefunden hatte, was sie suchte. Einen Moment überlegte sie, rang mit sich, dann stopfte sie das Buch in ihren Hosenbund, lief, zwei Stufen auf einmal nehmend, die Treppe rauf und warf die Kellertür hinter sich zu.

Verstohlen ging sie an der Küchentür vorbei. Ole stand am Herd. In einer Hand sein drittes Bier und in der anderen eine Packung Pilze, die er stirnrunzelnd betrachtete. Er roch vorsichtig daran und schien gerade entscheiden zu wollen, ob sie noch verwertbar waren oder nicht. Seinen geblähten Nasenflügeln nach zu urteilen, hatten sie ihre beste Zeit bereits hinter sich.

»Wenn sie stinken, wirf sie weg.«

Er blickte auf. »Stinken ist nicht das richtige Wort.

Ich würde sagen, sie riechen... sauer. Ähnlich wie Hefe.«

Anna rollte mit den Augen. »Sofort weg damit!«

»Siehst du. Ich bin zum Suppekochen nicht gemacht!«, klagte er.

»Dann lerne es!«, erwiderte Anna freundlich und drehte sich um. »Ich wasche mir auch die Haare, also lass dir ruhig Zeit!«, rief sie vom Treppenabsatz, und er warf ein Radieschen nach ihr.

Im Bad drehte sie den Schlüssel herum und ließ Wasser in die Wanne laufen. Dann setzte sie sich auf den kleinen Holzhocker, der neben dem Wäschekorb stand, und zog das Buch aus der Hose. Während sie hastig darin blätterte, überflog sie die Daten der Einträge. Ihr Herz klopfte. Sie hasste dieses Jahr und alles, was damit zusammenhing. Hasste es so sehr, dass sogar der Anblick der Zahl ungute Gefühle in ihr auslöste. Schließlich hatte sie gefunden, was sie suchte. Sie begann ein paar Tage vorher. Nichts Besonderes, Eintragungen über den Alltag, eine zynische Bemerkung über einen Lokalpolitiker, ein Vermerk über ein Geschenk, das er Roos zum nächsten Geburtstag machen und nicht vergessen wollte.

Dann kam der Tag.

Anna schlug die Seite um und fühlte ein Flattern in der Brust, als sei dort ein kleiner Vogel eingesperrt.

Sie ließ das Buch sinken und wartete, bis sie sich ein bisschen beruhigt hatte. Dann zog sie sich aus und ließ sich in die Wanne gleiten. Das duftige, warme Wasser tat ihr gut, sie merkte, wie sich ihre Glieder entspannten. Aber ihre Hände zitterten ein wenig, trotz der wohltuenden Wärme. Dann griff sie ein Handtuch, trocknete sich die Finger ab und begann zu lesen.

Unfassbar, Mord auf der Insel! Ein Mädchen aus Sems Jahrgang. Tragisch. Noch keine Erkenntnisse über den Täter. Sie wurde in den Dünen gefunden, drüben beim Moksloot. Sem hat die Nachricht sehr mitgenommen. Er war heute blass und schweigsam. Roosi macht sich Sorgen. Sie will, dass Fem ihn ein paar Tage zu Hause lässt, aber ich bin nicht sicher, dass das die richtige Entscheidung wäre.

Anna lief ein Schauer durch den ganzen Körper. Mit einem Mal war ihr übel. Sie griff nach dem Wasserhahn und ließ heißes Wasser nachlaufen. Stirnrunzelnd überflog sie noch einmal die Worte, die in gestochen scharfer, aber sehr altmodischer Handschrift in schwarzer Tinte geschrieben waren. »Moksloot«, flüsterte sie. Dieses Wort hatte sie noch nie zuvor gehört. Es hatte einen dunklen Beigeschmack und klang wie etwas aus *Herr der Ringe*.

Schnell las sie weiter. Die nächsten Eintragungen handelten von Ewolds Arbeit und lokalpolitischem Geschehen auf der Insel, und Anna verstand nur die Hälfte. Ab und zu stand etwas Privates da, Roos' Name tauchte öfter auf und auch der von Theodor. Plötzlich stutzte sie.

Sem nimmt die Sache in seiner Schule immer noch sehr mit, Femke erzählt, dass er oft das Essen verweigert und stark abgenommen hat. Anscheinend war er mit dem Mädchen befreundet. Die Polizei hat bisher keine Spur. Unbegreiflich, dass so etwas hier auf der Insel geschieht.

Annas Blick fuhr hastig über die Seiten. Die folgenden Eintragungen bezogen sich immer wieder auf Sem.

S. weiterhin problematisch. Roosi ist sehr besorgt.

S. war aggressiv gegen seine Eltern. Habe psychologische Hilfe angeraten, mein Vorschlag wurde abgelehnt, aber …

Sem ist wie ausgewechselt, ich erkenne ihn nicht wieder. Er und Theodor haben sich offensichtlich gestritten, und nun reden sie nicht mehr miteinander. Auch auf seine Eltern scheint er wütend zu sein. Er zieht sich vollkommen zurück.

Hastig blätterte sie um und zuckte zusammen. Jemand hatte die nächsten Seiten aus dem Buch herausgetrennt, vielleicht mit einer Schere oder einem Messer, sodass nur noch kleine Fetzen herausragten. Die nächsten Eintragungen begannen erst mehrere Monate später, und ab da bezog sich alles, soweit sie sehen konnte, nur noch auf andere Themen. Sie überflog den Rest, so schnell sie konnte, aber sie sah nur noch vereinzelt

Eintragungen über Sem, dessen Verhalten sich anscheinend wieder stabilisiert hatte. Enttäuscht warf sie das Buch auf ihr Handtuch. Dann kniff sie sich die Nase zu und tauchte ab.

»Was ist der Moksloot?«, fragte Anna später, als Ole ihr mit unverkennbarem Stolz Suppe in den Teller schöpfte. Als sie das Wort aussprach, schien die Luft im Raum sich kurz zu verdichten.

»Hm? Oh das ist ein Gebiet in den Dünen, in der Nähe vom alten Militärgelände. Das Wasser aus dem Mookslot war früher das Trinkwasser für die Inselleute.« Ole brach ein Stück aufgebackenes Baguette ab und reichte es ihr. »Du kannst es sehen, wenn du auf der Fähre bist. Wir sind da in der Nähe schon öfter spazieren gegangen. Warum?«

»Ach, nur so.«

Er runzelte die Stirn, sagte aber nichts, sondern begann zu essen.

Sie hatte nicht direkt entschieden, es ihm zu verheimlichen. Aber sie wollte erst noch mehr lesen, um ihn nicht unnötig aufzuregen. Vielleicht stand ja in den anderen Tagebüchern noch etwas, das ihr mehr verraten würde. Es war ihr ein absolutes Rätsel, wer die Seiten aus dem Buch herausgerissen haben könnte. War es Roos gewesen, Ewold selbst? Oder jemand anderes, über den er etwas geschrieben hatte, das demjenigen nicht gefiel? Warum waren die Tagebücher versteckt gewesen? War es Zufall, hatte Roos sie einfach nicht wegwerfen können und dann in den Keller gebracht und dort vergessen? Sie konnte kaum einen klaren Gedanken fassen und löffelte stumm die Suppe in sich hinein, was Ole dazu veranlasste, sie etwas beleidigt über Geschmack und Konsistenz auszufragen, bis sie schließlich lachend bezeugte, dass es die beste Suppe war, die sie je gegessen hatte.

An diesem Abend hatte sie keine Gelegenheit mehr, die Bücher wieder hervorzuholen, deswegen steckte sie die Bände der nächsten zwei Jahre in ihren Jutebeutel und nahm sie am nächsten Tag mit zur Arbeit. Aber sie kam nicht wirklich dazu, viel darin zu lesen, und die Eintragungen, die sie im Stehen hinter der Ladentheke überflog, hatten nichts mit ihrer Schwester oder Sem zu tun. Bald wurde sie es müde, die kleine Handschrift zu entziffern, und legte die Bücher zurück in ihre Tasche. Ich sollte sie trotzdem Neeson geben, vielleicht findet er etwas, das ich übersehen habe, dachte sie.

38

Als am Nachmittag ihr Handy klingelte, hatte Anna gerade zwei älteren Damen Kuchen und Kaffee nach draußen gebracht, die sich trotz der kühlen Luft in den Hof gesetzt hatten und sich in die Decken kuschelten, die für solche Fälle bereitlagen. Sie runzelte die Stirn. Ein Hamburger Festnetzanschluss.

»Hallo? Anna Fischer hier.«

»Anna?«

Ihr stockte der Atem. Sie hielt mitten in der Bewegung inne und presste die Hand auf den Bauch, wo sie plötzlich ein schmerzhaftes Ziehen fühlte.

»Karin?«, flüsterte sie mit rauer Stimme.

Einen Moment war es still in der Leitung, dann hörte sie mit einem Mal ein seltsames Geräusch und dann ein Schluchzen.

»Karin? Hey, was ist denn los?« Erschrocken setzte sie sich auf die Treppe und lauschte in den Hörer. »Hey, beruhige dich. Was ist denn passiert?« Alle möglichen Schreckensbilder jagten durch Annas Kopf. Hatte es einen Unfall gegeben? War etwas mit Simon?

Karin schien nicht sprechen zu können. Immer wieder setzte sie an und brach dann schluchzend ab. Anna sprach beruhigend auf sie ein.

»Warte kurz, ich lege nicht auf, beruhige dich erst mal und komm wieder zu Atem, okay?«

»Okay«, krächzte Karin, und dann hörte Anna ein Kratzen und Schleifen, als Karin offensichtlich den Hörer hingelegt hatte. Schließlich erklang ein lautes Prusten, als sie sich die Nase putzte, und dann raschelte es wieder, und sie hörte den flachen, erstickten Atem ihrer Freundin. »Bist du noch da?«

»Natürlich!«

Wieder war es still, abgesehen von dem unterdrückten Schniefen.

»Was ist denn nur los?«, versuchte Anna es erneut.

Schließlich schaffte Karin es, genügend Worte zusammenzukriegen, um zu sprechen. »Anna, bitte leg nicht auf, okay?«

»Ich hab doch gesagt, ich lege nicht auf!« Ungeduldig wechselte Anna das Handy zum anderen Ohr
und beobachtete die Frauen im Hof, die die Gesichter
in die kühle Frühlingssonne hielten und unbeschwert
lachten.

»Gut. Ich ... Es ... Anna, ich hatte eine Fehlgeburt.«
Anna schnappte nach Luft. »Was?«

»Heute Morgen.«

»Aber du ... ich wusste nicht ... wolltest du, ich
meine ...« Anna presste sich die Hand über die Augen
und versuchte zu verstehen, was sie gerade gehört hatte.
In ihrem Kopf dröhnte eine Frage, und auch wenn es
unsensibel war, sie musste es wissen.

Karin schniefte. »Ich wollte es dir noch nicht sagen ...
Also ich wollte schon, aber ...«

»Wer ist der Vater?«, fragte Anna leise.

Es war kurz still in der Leitung, und noch bevor
Karin sprach, wusste Anna bereits die Antwort und biss
sich so fest auf die Unterlippe, dass der Schmerz kaum
auszuhalten war.

»Simon«, flüsterte Karin.

Anna wollte auflegen, sie wollte es wirklich. Aber
etwas in Karins Stimme, oder vielleicht auch die erstickten Schluchzer, die jetzt wieder an ihr Ohr drangen,
brachten sie dazu, es nicht zu tun.

Die Worte kamen leise, krächzend, kaum hörbar:
»Kann ich zu dir kommen?«

Anna fiel fast das Handy aus der Hand. »Was?«,
fragte sie noch einmal und war sicher, sich verhört zu
haben.

»Bitte, Anna. Ich muss hier weg. Ich brauche Abstand, ich muss einfach...«

An diesem Punkt hatte Karin plötzlich so sehr zu weinen begonnen, dass Anna nur noch beruhigend auf sie einredete. Irgendwo zwischen »jetzt hol noch mal tief Luft« und »das wird schon wieder«, hatte sie ihr gesagt, dass sie kommen konnte, wenn sie das wollte. Was hätte sie sonst tun sollen? Karin hatte sich nicht beruhigen können, und irgendwann hatte Anna das Handy hingelegt und in ihrer Verzweiflung über das Festnetz im Laden ihre Mutter angerufen und sie gebeten, zu Karin zu fahren und sich um sie zu kümmern. Gloria war zwar an jedem normalen Tag schwer zu ertragen, aber in Krisensituationen war sie unschlagbar. Anna wusste, dass sie sich gut um Karin kümmern und alles Notwendige managen würde, was man von Karins eigener Mutter, die starke Hippieeinschläge hatte und zudem weit weg in Göttingen wohnte, nicht sagen konnte.

Als ihre Mutter eine SMS schrieb, dass sie in zwei Minuten in der Wohnung sein würde, und sie und Karin schließlich aufgelegt hatten, waren Anna die Tränen gekommen, und sie hatte überrascht nach Luft geschnappt. Panik überfiel sie, die sie zunächst gar nicht einordnen konnte. Warum fühlte sie sich plötzlich so schwach und zittrig?

Dann hatte sie es gewusst. Es war nicht wegen Simon und auch nicht wegen des Babys, obwohl beides sie total aus der Bahn geworfen hatte.

Das eben war ihre ehemals beste Freundin gewesen.

Der Mensch, mit dem sie alles geteilt hatte, der alles über sie wusste.

Ihre beste Freundin.

Und sie hatte geklungen wie eine Fremde.

Erst in diesem Moment begriff Anna die Tiefe und Endgültigkeit der Kluft, die zwischen ihnen entstanden war. Karin war wie eine Schwester für sie gewesen. Und nun kannten sie sich nicht mehr. Und sie begriff erst jetzt, wie weh ihr das tat.

Am nächsten Tag klingelte es an der Haustür, und als Anna öffnete, ein Küchentuch in der Hand und fluffige pinke Hausschuhe an den Füßen, stand Kommissar Sanders auf der Matte und lächelte sie an. Hinter ihm in der Hofeinfahrt parkte ein silberner Kombi.

»Weißt du, dass da zwei mit Fell überzogene Schweine und eine seltsame braune Kuh auf deiner Terrasse stehen?«, fragte er zur Begrüßung.

»Oh nein, nicht schon wieder!« Anna stöhnte auf und lugte um die Ecke, wo sie drei braune Augenpaare unschuldig anblinzelten. »Dieses Chaos-Trio. Wahrscheinlich warten sie auf Croissants, ich hätte diese Ausnahme neulich nicht machen sollen... Sie büchsen immer aus. Scottie kommt nämlich an den Riegel dran. Tofu und Seitan sind zu kurz, aber sie schiebt ihn einfach mit der Schnauze... na egal, ich rufe kurz den Nachbarn an, der fängt sie wieder ein!«, erklärte sie hastig.

Er nickte erstaunt. »Sehen ja gefährlich aus, diese Hörner!«

»Ja, aber sie ist friedlich wie ein Häschen. Wir müssen sie bald wieder auswildern, doch die drei sind inzwischen so dicke miteinander, dass ich gar nicht weiß, wie das gehen soll. Wahrscheinlich wandert sie dann immer über die Insel zu uns zurück und verursacht lauter Verkehrsstaus und Unfälle.«

»Na dann behaltet sie doch einfach!«, schlug Sanders vor, und Anna dachte, dass das gar keine schlechte Idee war. Ein halbes Huhn, ein Dackel, ein Igel und nun vielleicht noch eine halbe Kuh. Irgendwann konnte sie für ihren kleinen Privatzoo Eintritt nehmen.

Sie bat den Kommissar herein und bot ihm Kaffee an, aber er lehnte dankend ab. Rasch informierte sie Luuk über die Ausreißer, dann trat sie einen Augenblick zu Sanders hinaus und zog die Tür hinter sich zu, damit Harry nicht entwischte.

»Neeson hat mir die Neuigkeiten durchgegeben, und weil ich morgen verreise, wollte ich schnell vorbeischauen und fragen, ob alles in Ordnung ist bei dir. Er ist jetzt offiziell zuständig, aber das heißt nicht, dass mir der Fall egal ist.« Er schaute aus warmherzigen Augen und mit vor Kälte geröteter Nase auf sie herunter.

Anna lächelte. Sie wusste, dass er in der Nähe wohnte – alle auf der Insel wohnten ja irgendwie in der Nähe –, aber trotzdem war sie gerührt. »Das ist nett von Ihnen, danke. Ich bin noch ein bisschen durcheinander, aber inzwischen geht es schon wieder. Es ist einfach seltsam, das alles.«

Er nickte. »Das stimmt. In letzter Zeit häufen sich die seltsamen Vorkommnisse. Ich hoffe nur, dass Neeson ein Auge auf dich hat.«

»Das hat er, er scheint sehr besorgt um mich zu sein, und ich habe das Gefühl, dass ihm das Ganze wirklich nahegeht«, erklärte sie.

Sanders nickte ernst. »Er lebt für seine Fälle. Du bist bei ihm in den besten Händen, niemand nimmt seine Arbeit ernster als er. Und besonders ein Mord wie dieser …« Er brach ab, und Anna hatte das Gefühl, dass er noch etwas hinzufügen wollte, aber er blieb stumm.

»Er sieht immer so traurig aus«, sagte sie nachdenklich. »Er lacht nie und ist immer ernst und in sich gekehrt. Diese Arbeit muss furchtbar belastend sein.«

Sanders sah sie eine Weile nachdenklich an. »Hat er dir etwas über sich erzählt?«, fragte er schließlich, und Anna schüttelte den Kopf. »Nicht viel. Ich habe ihn gefragt, warum er bei den Cold Cases ist. Er meinte, dass er im Auftrag der Vergessenen arbeitet. Er will verhindern, dass Fälle wie unserer untergehen, will sich kümmern, wenn alle anderen aufgegeben haben.«

Sanders nickte bedächtig. Er hatte die Hände in den Taschen vergraben und den Kragen gegen den kalten Nordwind hochgeschlagen, aber Anna sah, dass er trotzdem fror. »Seine Frau und seine Tochter sind ein Cold Case«, sagte er plötzlich in die Stille hinein, die nach ihren Worten entstanden war.

Anna fuhr zusammen. »Wie meinen Sie das?«

Er seufzte. Als er weitersprach, hatte seine Stimme einen seltsamen Klang angenommen. »Ich sollte dir das vielleicht nicht sagen, aber es ist kein Geheimnis, er geht sehr offen damit um. Es ist über sechzehn Jahre her. Er hat damals einen richtig großen Fisch festgesetzt. Russische Mafia, üble Geschichte. Es war ein großer Erfolg für die Abteilung, ein großer Erfolg für Neeson. Er war noch nicht lange dabei und hat sich sofort bewährt, ihm standen alle Türen offen.« Er zögerte einen Moment. »Zwei Monate später sind sie verschwunden.«

»Verschwunden?« Anna fühlte plötzlich, wie eisige Kälte ihren ganzen Körper überzog.

Sanders nickte. »Sie sind einkaufen gefahren und nie zurückgekommen. Es gab keine Spur. Nicht eine einzige. Hinweise, natürlich. Viele Hinweise. Die alle ins Leere führten.«

»Aber … wie ist das möglich?«, flüsterte Anna entsetzt.

Er zuckte die Schultern, sein Gesicht plötzlich hart. »Wir alle wussten, wer dahintersteckte. Aber wir konnten es nicht beweisen. Sie haben sauber gearbeitet, das muss man ihnen lassen.« Zu ihrem Erschrecken spuckte der Hauptkommissar plötzlich auf den Boden. Sein gutmütiges Gesicht war verzerrt vor Zorn.

»Wie furchtbar.«

Sie konnte es nicht fassen, dachte an Neesons trauriges Gesicht, die Schatten unter seinen Augen. »Er trägt keinen Ehering mehr«, sagte sie fragend.

Sanders nickte. »Nach zehn Jahren hat er ihn abgenommen. Er wollte wieder nach vorne blicken, seine Psychologin hat ihm dazu geraten oder so was. Aber es ist ihm wohl nicht so ganz gelungen. Er wirkt verbissener denn je. Konzentriert sich nur auf die Arbeit.«

Anna fühlte sich mit einem Mal ganz schwach.

»Ich würde ihn vielleicht nicht darauf ansprechen.« Sanders blickte sie mit einem seltsamen Ausdruck in den Augen an, der eine Mischung aus Sorge und Erschöpfung schien. »Er wird es dir selbst sagen, da bin ich sicher. Ich wollte nur, dass du weißt, dass du ihm vertrauen kannst.«

Anna nickte. »Danke, das ist nett von Ihnen, aber ich habe ihm ohnehin vertraut.«

Er lächelte traurig und verabschiedete sich.

Als Sanders weg war, stand Anna noch lange da und starrte ins Nichts.

In dieser Nacht schliefen sie und Ole seit langer Zeit das erste Mal wieder im Stormvogel, und Anna wälzte sie sich unruhig hin und her.

»Was hast du denn nur?«, fragte Ole irgendwann von der anderen Bettseite. Er konnte die Gereiztheit nicht ganz aus seiner Stimme verbannen. Sie wusste, dass er früh rausmusste und wie immer einen langen Tag vor sich hatte, und ihr schlechtes Gewissen meldete sich.

Sie stand auf und nahm ihre Strickjacke. »Tut mir leid. Ich geh noch ein bisschen runter. Schlaf weiter«, flüsterte sie und stand auf.

Ole machte eine schnelle Bewegung und hielt sie am Arm fest. »Anna, was ist los?«

»Nichts.« Sie machte sich los. »Schlaf weiter.« Er

warf ihr einen verletzten Blick zu, der ihr einen kleinen Stich versetzte, aber sie sah schnell weg und ging zur Tür. »Es ist alles gut, schlaf!«, flüsterte sie nachdrücklich. Ole saß unbeweglich da, aber sie war zu weit weg, und das Zimmer war zu dunkel, sodass sie sein Gesicht nicht mehr erkennen konnte. Er sagte nichts mehr, sah ihr nur nach, und sie machte leise die Tür hinter sich zu.

Unten kuschelte sie sich auf dem Sofa ein, aber eine seltsame Unruhe hatte sie erfasst. Sie stand auf, ging in die Küche und stellte den Wasserkocher an. Plötzlich hörte sie hinter sich leises Tapsen. Harry kam in die Küche und sah sie mit schief gelegtem Kopf und müden Augen an. Sie nahm ihn hoch und drückte ihn an sich, vergrub ihr Gesicht in seinem Fell und atmete seinen warmen Dackelgeruch ein. Er kuschelte sich an ihren Hals und ließ es geschehen, ungewohnt ruhig, wahrscheinlich, weil er gerade erst aufgewacht war. Während der Wasserkocher leise zu brummen begann, trat sie ans Fenster und blickte in den dunklen Garten. Über der Heide hing ein kleiner bleicher Sichelmond. Sie starrte zu ihm hinauf und fühlte wieder diese tiefe Kälte von vorhin, die sich in sie hineingeschlichen hatte und sie nun nicht mehr loslassen wollte. Ihr Kopf war leer, sie dachte an gar nichts, und doch sah sie Bilder vor ihrem inneren Auge, die sie nicht verdrängen konnte. Die Nacht schien ihr dunkler als gewohnt.

Plötzlich legten sich von hinten zwei Arme um sie. Sie hatte Ole nicht kommen hören und zuckte zusammen, dann ließ sie sich gegen ihn sinken. Er war warm und roch nach frischer Bettwäsche. Harry, der auf ihrem Arm wieder eingenickt war, leckte ihm freudig über den Arm. Ole legte sein Kinn auf ihren Kopf, und so standen sie eine Weile einfach da und starrten in die Nacht hinaus. Dann klickte der Wasserkocher, und das laute Blubbern, das eben noch die Küche erfüllt und Reden überflüssig gemacht hatte, endete abrupt.

Sie machte sich von Ole los, nahm zwei Tassen aus dem Schrank und ließ Tee in die Kanne rieseln, goss Wasser auf. Dann stellte sie alles auf den Tisch, setzte sich hin und zog die Beine an. Es war dunkel im Raum, aber auch Ole machte kein Licht. Er setzte sich ihr gegenüber und sah sie an. »Erzählst du mir jetzt, warum du nicht schlafen kannst?«, fragte er, und sie nickte. Dann erzählte sie ihm, was der Kommissar ihr berichtet hatte.

»Es ist seine eigene Familie, verstehst du? Er hat getan, was er konnte, ich bin sicher, alle haben getan, was sie konnten. Und es gibt nicht mal eine Spur. Sie sind einfach für immer verschwunden, und er muss damit leben, nicht zu wissen, was mit ihnen passiert ist. Die ganze Zeit schon sehe ich die schlimmsten Bilder in meinem Kopf, dabei kannte ich die beiden nicht mal. Seit so vielen Jahren macht er das durch, und noch dazu muss er ja denken, dass er die Schuld daran trägt.« Sie schüttelte den Kopf. »Wir werden sicher niemals rausfinden, was damals geschehen ist«, sagte sie leise. »Mit Anouk.«

»Hey, sag das nicht!« Ole, der bis dahin schweigend zugehört hatte, lehnte sich jetzt nach vorne und griff über den Tisch nach ihren Händen. »Anna, sag das nicht. Das ist eine ganze andere Sache, man kann das nicht vergleichen. Das mit seiner Familie war die russische Mafia, die professionellsten Verbrecher, die es gibt. «

Sie nickte. »Ich weiß. Aber… jetzt denke ich irgendwie, dass es beinahe ungerecht wäre. Verstehst du?«

Er seufzte. »Ja, ich verstehe, was du meinst. Die Welt ist ungerecht, Anna. Alles am Leben ist ungerecht. Wenn er jetzt aufhört, nach Anouks Mörder zu suchen, bringt das seine Frau und seine Tochter auch nicht zurück. Es ist seine Entscheidung, er könnte auch neu anfangen, etwas anderes mit seinem Leben machen. Aber vielleicht braucht er das, die Arbeit bei den Cold Cases. «

»Ich weiß. Ich habe nur irgendwie Angst, dass wir auch so werden. Dass es anfängt, unser Leben zu bestimmen. «

Ole stockte einen Moment. »Das tut es doch bereits«, sagte er dann leise.

39

Die Karin, die Anna auf dem Anlegesteg der Fähre entgegenkam, war nicht die Karin, an die sie sich erinnerte. Ihre ehemals beste Freundin wirkte, als habe jemand ein blasses Abziehbild von der echten, bunten, lustigen Karin gemacht und es an ihre Stelle platziert.

Nicht mal ihre rötlichen Haare waren so, wie Anna sie in Erinnerung hatte. Außerdem hatte sie abgenommen, ihre Wangen wirkten seltsam scharfkantig und ihre Lippen farblos. Ein dumpfer Schleier schien über ihr zu liegen, und das Lächeln, mit dem sie ihr entgegentrat, wirkte so traurig und verloren, dass Anna sie, anders als sie sich vorgenommen hatte, fest in die Arme nahm und an sich drückte. Karin erwiderte die Umarmung und klammerte sich geradezu an sie, und so standen sie eine Weile einfach nur da, während um sie herum die Menschen von Bord gingen und die Möwen schrien. Als sie sich schließlich voneinander lösten, unter anderem weil Harry beständig an Karins Beinen hochsprang und nicht lockerließ, bis auch er seine Begrüßung bekam, standen Tränen in ihren Augen. Sie nahm Harry auf den Arm, und schweigend gingen sie nebeneinander her zum Auto.

»Giovanni lebt also noch«, sagte Karin und lächelte schwach beim Anblick von Annas altersschwachem rotem Ford, der neben einem dicken SUV stand und dadurch noch ein wenig kleiner und rostiger wirkte, als er eigentlich war.

»Ja, die treue Schrottkiste. Hält durch wie eh und je.«

»Na, wenn er es geschafft hat, uns und die Wagenladung italienisches Essen über den Brenner zu kriegen, die wir damals aus dem Urlaub mitgebracht haben, dann kann er ja schlecht hier schlappmachen, wo es nicht mal Hügel gibt und der Wind ihn praktisch über die Insel schiebt.«

Karin wuchtete ihren Rucksack in den Kofferraum und öffnete die Beifahrertür.

»Ups, warte, ich räume das mal beiseite.« Hastig schob Anna den Wust aus CDs, Bäckertüten, Briefen und anderen Dingen vom Beifahrersitz, der sich dort mit der Zeit angehäuft hatte. Dann pustete sie die Krümel auf den Asphalt. Karin hopste schnell beiseite und sah ihr lächelnd zu. »Das habe ich vermisst«, sagte sie. »In dein Auto konnte man noch nie einfach so einsteigen. Und wenn man aussteigt, muss man immer kontrollieren, ob man nicht ein angebissenes Gummibärchen oder Chipskrümel am Hintern kleben hat.«

Anna grinste. »Schuldig im Sinne der Anklage«, sagte sie. »Aber ich bin schon besser geworden.«

»Ach ja?« Karin schien das nicht zu finden. Sie setzte sich und versuchte, im Fußraum Platz für ihre Beine zu finden.

»Schieb das einfach beiseite, das ist nur Müll«, sagte Anna.

Als sie fuhren, wusste Anna nicht, was sie mit Karin reden sollte. Genau davor hatte sie sich gefürchtet. Sie hatten keine Basis mehr. Es war zu früh, um die Sache anzusprechen, aber einfacher Small Talk war angesichts der Vergangenheit auch nicht möglich. Sie umklammerte das Lenkrad und suchte krampfhaft nach einem unverfänglichen Thema.

Karin schien Annas Unbehagen nicht zu bemerken. Sie blickte abwesend aus dem Fenster und beobachtete die Polder.

»Ich wusste nicht, was du zum Abendessen willst,

deswegen habe ich jetzt Sachen für Pasta gekauft«, sagte Anna schließlich in einem fröhlichen Ton, der auf sie selbst unecht wirkte. Penne Arrabiata war immer Karins Lieblingsgericht gewesen.

Karin fuhr zusammen, als habe Anna sie aus tiefen Gedanken geholt. »Oh ja, super. Pasta klingt gut.«

Anna sah sie von der Seite an. »Wir können auch ruhig noch was anderes einkaufen, wir kommen ohnehin am Supermarkt vorbei«, schlug sie vor.

»Nein, nein, Pasta ist gut, Anna.« Karin winkte ab. »Hast du was zu trinken da?«, fügte sie dann hinzu.

»Du meinst Alkohol?«, fragte Anna überrascht. Karin war keine große Trinkerin. »Ja, Wein, und Ole hat immer Bier da, warum?«

»Ole?« Es war das erste Mal, dass Karin aus dem Nebelkokon auftauchte, in dem sie gefangen schien. Plötzlich aufmerksam, sah sie Anna von der Seite an. Anna wurde schlagartig klar, dass Karin nichts von Ole wusste.

Sie räusperte sich unbehaglich. »Ja, Ole. Mein … Freund.«

»Oh.« Karin sah Anna verblüfft an. »Das wusste ich nicht … wie lange … ich meine …«

»Oh, schon länger. Eigentlich sind wir direkt, nachdem es passiert ist, zusammengekommen und …«

»Nachdem *was* passiert ist?«

Anna trat auf die Bremse, als die Ampel vor ihr auf Gelb schaltete. »Ach ja«, sagte sie langsam. »Davon weißt du ja auch nichts.« Sie sahen sich an.

»Ich weiß gar nichts, Anna. Wir haben ja nicht gesprochen, seit …«

Anna nickte. »Stimmt. Ich hatte nur nicht daran gedacht.«

Karin schien das zu verletzen, sie sah aus dem Fenster, und als Anna zu ihr hinüberschielte, zuckte es leicht um ihren Mundwinkel.

Als die Ampel umsprang, fuhr Anna schneller los als nötig, und Karin hielt sich an der Beifahrertür fest. Anna fühlte sich schuldig, was, als sie es realisierte, sofort Trotz in ihr aufkommen ließ. Ja, es war nicht schön, dass sie nicht daran gedacht hatte, ihrer besten Freundin von den wichtigen Ereignissen in ihrem Leben zu erzählen. Aber daran war Karin selbst schuld.

»Na ja, wir sind jedenfalls schon länger zusammen. Du hast ihn damals kurz kennengelernt, auf der Einweihungsparty.«

»Etwa dein Nachbar? Der mit den Blumenzwiebeln?« Luuk hatte Anna damals einen Korb mit selbst gezüchteten Tulpenzwiebeln geschenkt und damit offensichtlich Eindruck bei Karin gemacht.

Überrascht schüttelte Anna den Kopf. »Luuk? Nein, nein, das mit uns war nur...« Sie biss sich auf die Lippe. »Also nein, nicht der. Der Große, Blonde.«

»Ach der?« Karin wirkte beindruckt. »Der war sehr nett«, sagte sie dann leise.

Anna nickte. »Das ist er.«

»Was meintest du mit ›das mit uns‹?«, fragte sie dann, und Anna seufzte innerlich. Natürlich hatte Karin sofort verstanden.

»Das war vorher«, sagte sie ausweichend, und ihr

Ton machte hoffentlich klar, dass sie nicht darüber reden wollte.

»Aha«, sagte Karin, und Anna merkte zu ihrer Überraschung, dass ihre Freundin grinste.

»Was?«, fragte sie und musste gegen ihren Willen auch grinsen.

»Nichts!«, beharrte Karin, grinste aber immer weiter.

»Okay, ich erzähl's dir später«, seufzte Anna schließlich ergeben, und Karin lachte.

Anna lenkte Giovanni auf den Deich hinauf. »Es ist Kaffeezeit, wollen wir einen Pfannkuchen essen gehen und erst mal reden?«, fragte sie, und plötzlich war die gelöste Stimmung von eben wieder dahin.

Karin nickte zögerlich. »Gerne, aber ich weiß nicht, ob ich was essen kann.«

Das hatte Anna sich schon gedacht, doch sie wollte Karin nicht direkt auf den Hof bringen, erst mal auf neutrales Gebiet, wo sich beide mit Gefühlsausbrüchen zurückhalten mussten und nicht zu laut streiten oder weinen konnten.

Als Tom eine halbe Stunde später die wagenradgroßen Teller an ihren Tisch am Fenster brachte, verteilten sie schweigend den goldenen Sirup auf dem dampfenden Teig. Anna blickte auf die Kugel Vanilleeis, die sich langsam in eine gelbe Pfütze verwandelte, und obwohl sie sich eben noch darauf gefreut hatte, konnte sie einfach keinen Bissen herunterkriegen. Sie schob ihren Teller ein Stück von sich weg.

Auch Karin, die schon nach dem Besteck gegriffen hatte, legte es wortlos wieder beiseite.

»Also, willst du einfach mal erzählen?«, fragte Anna leise, und Karin biss sich auf die Unterlippe. Anna sah, dass sie jetzt schon mit den Tränen kämpfte, und kramte in ihrer Jacke nach einem Taschentuch. »Ist unbenutzt, auch wenn es nicht so aussieht«, sagte sie entschuldigend und schob es Karin über den Tisch.

Die nahm es und lachte auf, was sich aber mehr wie ein Schluchzer anhörte. »Deine Taschentücher sehen aus wie dein Auto.«

»Du meinst krümelig und alt?«

»Genau«. Jetzt lachten beide wieder, und ein klein wenig löste sich die Spannung in Annas Magen. Vielleicht würde es ja gar nicht so schlimm werden. Ihr war klar, dass ihre Reaktion den Verlauf des Gespräches entscheidend mitbestimmen würde, und sie nahm sich vor, ruhig und gelassen zu bleiben. Sie checkte ihren Atem, holte ein paarmal tief Luft. Sie hatte jetzt Ole, sie war glücklich, Simon ging sie nichts mehr an, und sie würde das alles an sich abperlen lassen wie Wasser an einem Duschvorhang. An diesem etwas lächerlichen inneren Bild hielt sie sich fest, als Karin zu reden begann.

»Es ist vor ein paar Tagen passiert.« Ihre Stimme klang dünn und kraftlos. »Ich ... wusste schon eine ganze Weile, dass ich schwanger bin. *War* ... meine ich.« Sie hielt inne und holte tief Luft, und Anna sah, wie schwer es ihr fiel, weiterzusprechen. »Ich habe es dir nicht gesagt, weil es noch zu früh war und weil ich nicht sicher war ... Na ja, du weißt schon.«

344

Anna nickte nur.

»Es war nicht wirklich geplant, aber wir haben uns beide gefreut. Dachte ich zumindest. *Ich* habe mich gefreut.«

»Wie hat er reagiert? Auf die Schwangerschaft, meine ich.«

»Er hat … er war sehr überrascht, schockiert, denke ich, am Anfang zumindest. Aber dann hat er sich schnell wieder gefangen, und wir wollten es versuchen. Er hat gesagt, er ist verantwortlich, also wird er das auch durchziehen. Nicht sehr romantisch, aber immerhin …« Sie schniefte leise.

Anna fand, dass das haargenau zu Simon passte, aber sie sagte nichts.

»Wir waren ja nicht mal richtig zusammen, aber ich dachte, mit dem Baby …« Bei diesen Worten durchzuckte Anna einen winzigen Moment die Frage, ob Karin vielleicht absichtlich schwanger geworden war, um Simon an sich zu binden. Sie sah auf und betrachtete das Gesicht ihrer Freundin. Aber Karin sah einfach nur traurig aus, in sich zusammengesunken, und schnell verdrängte Anna diesen Verdacht.

»Ich dachte jedenfalls, dass alles gut ist, dass er sich auch freut, jetzt, wo der erste Schock überwunden ist. Wir haben schon Namen überlegt, ich weiß, das ist dumm, viel zu früh, es kann noch so viel passieren, aber ich dachte doch nicht …« Sie brach ab und presste sich eine Hand auf den Mund. Eine Träne rann ihr über die Wange, und Anna fühlte einen Stich im Herzen. Sie merkte zu ihrer Überraschung, dass sie nicht sauer war.

Karin tat ihr einfach nur leid. Sie griff über den Tisch nach Karins anderer Hand, die verloren auf der Serviette lag, und drückte sie. »Es tut mir so leid«, sagte sie, und sie meinte es vollkommen ehrlich. Auch Karin schien das zu spüren, denn sie sah Anna überrascht an.

»Danke«, sagte sie leise. »Und danke, dass ich herkommen durfte. Ich musste da einfach weg.«

Anna nickte. Das verstand sie ironischerweise nur zu gut. Hatte sie doch selbst vor gar nicht so langer Zeit ebenfalls dort weggemusst.

»Du bist hier willkommen«, sagte sie. Mit einem aufmunternden Lächeln schnitt sie ein kleines Stückchen Pfannkuchen ab. »Iss mal ein bisschen, der Zucker tut gut!«

Karin lächelte kraftlos und aß tatsächlich ein winziges Stück Pfannkuchen. »Gut!«, sagte sie überrascht, als sie kaute.

»Sag ich ja! Tom ist der beste Koch der Welt.«

Aber obwohl es ihr zu schmecken schien, konnte Karin anscheinend nicht schlucken, sie schob den Bissen im Mund hin und her und schien zu überlegen, wie sie weitersprechen sollte. Sie seufzte. »Vor ein paar Tagen hatte ich plötzlich Schmerzen im Unterleib. Starke Schmerzen. Und als ich dann auf die Toilette gegangen bin...« Sie brach wieder ab, und diesmal sah Anna, dass sie nicht würde weitersprechen können.

»Schon gut. Ich verstehe. Was hat Frau Kalinski gesagt?« Karin und sie waren in Hamburg schon seit vielen Jahren bei der gleichen Gynäkologin.

»Sie hat gesagt, dass so was in diesem frühen Stadium der Schwangerschaft sehr oft passiert, dass ich mir keine Vorwürfe machen soll, dass ich alles richtig gemacht habe, dass ich wieder schwanger werden kann...« Sie sah Anna mit tränenverschleierten Augen an. »Aber das kann ich ja nicht. Nicht von ihm«, stieß sie aus.

Anna wurde erst in diesem Moment, als sie in das verzweifelte Gesicht ihrer Freundin blickte, das erste Mal richtig bewusst, dass Karin Simon wirklich liebte. Aufrichtig und verzweifelt liebte. Und sie dachte, dass ihr Verdacht von vorhin vielleicht doch nicht ganz unbegründet gewesen war.

Aber das würde sie niemals aussprechen.

»Was hat Simon gesagt?«, fragte sie stattdessen.

Karin schüttelte erst vehement den Kopf, als Zeichen, dass sie nicht darüber reden wollte oder konnte. Dann brach es plötzlich aus ihr heraus. »Er war erleichtert«, fauchte sie. »So erleichtert, es war fast lächerlich. Er hat gesagt, dass es besser so ist, dass es dumm gewesen wäre, dass wir es nie geschafft hätten, dass seine Karriere ... dass er eigentlich mit dir ...« Sie schluchzte plötzlich auf und drehte ihr Gesicht weg, blickte aufs Meer.

Anna sah, wie ihre Wangen zuckten und biss sich auf die Lippen. Sie wusste nicht, was sie tun sollte.

»Es ist besser so, das weiß ich jetzt«, sagte Karin unter Tränen. »Er wollte es nicht. Er hat recht, wir hätten das nie geschafft. Aber ...«

»Aber du wolltest es gerne schaffen ... mit ihm«, beendete Anna den Satz.

»Ich muss kurz aufs Klo.« Abrupt stand Karin auf und rannte in Richtung der Waschräume davon.

Anna sah ihr nach. Sie fühlte sich leer. Wut, Eifersucht, gekränkte Eitelkeit – all die Dinge, von denen sie eigentlich angenommen hatte, dass sie sie spüren würde, kamen nicht. Da war nur Mitleid mit Karin und ganz tief in ihr drin, ganz versteckt, ganz hinten an den schwärzesten Rändern ihrer Seele vielleicht auch ein winziges, kleines bisschen Genugtuung über die Trennung der beiden, für die sie sich schrecklich schämte, die sie aber nicht ganz verdrängen konnte.

Als Anna Giovanni in die Hofeinfahrt lenkte, trafen die Scheinwerfer auf Oles Jeep. Im Haus brannte Licht, und durch die große Scheibe der guten Stube konnten sie Britt sehen, die gerade etwas vom Boden aufhob und ins Regal stellte.

Anna warf Karin einen Seitenblick zu. Sie hatte rot geweinte Augen. Die ganze Fahrt vom Paal hierher hatten sie geschwiegen, aber es war kein verstocktes Schweigen gewesen wie vorhin, als sie sie abgeholt hatte, sondern mehr ein vertrautes und ernüchtertes Schweigen. Es gab einfach nicht viel, was man hätte sagen können, um die Situation leichter zu machen, und sie beide schienen stillschweigend zu der Übereinkunft gekommen zu sein, dass das okay war. Fast war es, als würden sie der Schwere der Situation mit ihrem Schweigen Anerkennung zollen.

Karin seufzte leise beim Anblick des Jeeps, und Anna las ihre Gedanken. Sie war nicht in der Verfassung für Small Talk und wäre sicher lieber mit ihr alleine geblieben. Aber sie sagte nichts, und so stiegen sie aus, und Anna schulterte den blauen Rucksack.

Als sie die Tür aufschloss, kam Britt ihnen auf Socken entgegengeschlittert, ein warmes Lächeln auf dem Gesicht, für das Anna ihr sofort dankbar war. Britt hatte damals, als Anna neu auf die Insel gekommen war und ihr nach und nach alles erzählt hatte, harte Worte für Karin und ihr Verhalten gefunden. Von außen musste das Ganze jetzt so wirken, als ließe Anna sich wieder einwickeln. Vielleicht war es auch so, aber Karin war wie ihre Schwester, und mit Schwestern konnte man sich zwar schrecklich zerstreiten, im Notfall aber, im wirklichen Notfall, war man für einander da.

Karin brauchte sie jetzt.

Anscheinend hatte Britt das nicht nur verstanden, sondern auch fraglos akzeptiert, denn sie schloss Karin in die Arme und drückte sie an sich. Karin hob überrascht die Hände, als wollte sie Britt abwehren, dann erwiderte sie die Umarmung mit einem verstörten Lächeln.

»Magst du einen Tee? Ich hab schon das Feuer in der Küche angezündet, du kannst dich erst mal aufwärmen und in Ruhe ankommen«, sagte Britt mit warmer Stimme, als begrüße sie einen langersehnten Gast.

Bevor Karin antworten konnte, kam auch Ole in den Flur. »Hey, schön, dich wiederzusehen!« Auch er zog Karin in eine feste Umarmung. Über seine Schulter formte Karin mit den Lippen etwas in Annas Richtung, und Anna verstand, dass sie wissen wollte, ob sie den beiden von der Fehlgeburt erzählt hatte.

Sie schüttelte den Kopf. Britt und Ole wussten vorerst nur, dass Karin etwas Schlimmes erlebt hatte und eine Weile auf der Insel unterkommen würde, um wieder zu sich zu finden. Ob Karin ihnen auch den Rest anvertrauen würde, wollte Anna ihr überlassen.

»Ich bring mal deine Sachen hoch, du schläfst im blauen Zimmer, habe ich gehört. Der drittbeste Raum im ganzen Haus«, Ole zwinkerte Karin zu, gab Anna einen Kuss und schulterte den Rucksack. Dann ging er die Treppe hinauf, und Harry folgte ihm aufgeregt und schleifte wie immer mit dem Bauch über die Stufen, weil seine Beine zu kurz waren oder sein Bauch zu dick. Die einen sagten so, die anderen so.

»Danke.« Karin schien nicht zu wissen, was sie von diesem freundlichen Empfang halten sollte. Das letzte Mal war sie in Schimpf und Schande von der Insel gejagt worden, und es war offensichtlich, dass sie eher mit einem kühlen Willkommen gerechnet hatte. Sie folgten Britt in die Küche, die auf ihren Stricksocken vorausschlidderte und fröhlich plapperte. Als sie an der Wohnstube vorbeikamen, präsentierte Britt stolz ihr neues Zimmer, und Karin blieb im Türrahmen stehen und sah sich um. Im Vorbeigehen hörte Anna, wie sie höflich den goldenen Buddha bewunderte, und lächelte. Die alte und die neue beste Freundin zusammenzubringen, war heikel, aber fürs Erste schien es zu funktionieren.

In der Küche sah sie, dass die beiden schon angefangen hatten, die Arrabiata vorzubereiten, Knoblauch und Chili waren klein gehackt, und im Topf wurde Wasser heiß und wartete auf die Nudeln. Tatsächlich bekam sie langsam schon wieder Hunger, an den Pfannkuchen hatten sie nur herumgezuppelt, und als sie sich nun aufs Sofa fallen ließ, verspürte sie plötzlich Sehnsucht nach einem großen Teller Pasta, einem Glas Wein und ein paar einfachen, unverfänglichen, sorgenfreien Gesprächen.

40

»Sie ist sehr nett! Ich hatte sie ganz anders eingeschätzt.«

»Aber man merkt, dass sie gerade nicht sie selbst ist.«

Anna nickte. »So still habe ich sie noch nie erlebt. Karin ist immer voller Energie. Eigentlich bin ich die Ruhigere, die, die immer Bedenken hat, und sie springt kopfüber ins Wasser, ohne zu checken, ob da vielleicht Steine sind, weil es sie einfach gerade packt und sie es tun muss. Einmal hat sie einen Last-Minute-Flug nach Asien gebucht, der nur acht Stunden später startete, und dann ist sie los, mit nassen Haaren und ohne Plan, sie hatte die Hälfte vergessen und nicht mal ein Hotel gebucht. Aber sie hat sich überhaupt nicht drum geschert. ›Asien ist voll von Hostels, Anna, ich marschiere einfach irgendwo rein‹, hat sie gesagt, als ich sie gefragt habe, ob sie eigentlich verrückt geworden ist. Für sie ist alles immer halb so wild. Ich würde sterben, wenn ich dort ankomme, alleine, vollkommen fertig vom Flug, und dann nicht weiß, wo ich hinsoll, und wahrscheinlich nicht mal richtig gepackt habe.«

Ole lächelte nachsichtig. Auch für ihn war diese Welt ein Ort, den man nach seinem Willen biegen und beherrschen konnte und in dem einem alles zu Füßen lag, wenn man nur danach fragte. Anna legte ihm eine Hand aufs Bein. »Du findest dich in dieser Beschreibung wieder, was?«, fragte sie lächelnd.

Er nahm einen Schluck Bier und sah ins Feuer. »Ein wenig«, gab er zu. »Aber für Menschen, die noch nicht viel Schlimmes erlebt haben, ist es auch einfach, unbeschwert und leichtsinnig zu sein.«

»Die Dinge, die man erlebt, verändern einen. Sie verändern, wie man auf die Welt zugeht«, sagte Britt leise, mit geschlossenen Augen. »Es ist leicht, immer fröhlich zu sein, wenn du keine Gespenster hast, die dich nachts verfolgen und dir böse Träume bescheren.« Sie saß auf dem Boden, hatte sich ein Kissen in den Nacken geschoben und ihren Kopf ans Sofa gelehnt. Anna kraulte ihr die Haare, sie starrten ins Feuer, das schon nur noch ein Haufen glühender Asche war.

Sie hatten alle zusammen gegessen, wie eine kleine Familie um den alten Holztisch versammelt, und fast war es ein normaler Abend gewesen, auch wenn man unterschwellig spürte, dass etwas Dunkles, Bedrückendes mit ihnen ihm Raum war, das sich nur ignorieren ließ, wenn sie extra laut lachten und es vermieden, sich allzu lange anzusehen. Ganz bewusst waren sie jedes tiefergehende Gespräch über Anna oder Karin umgangen, und stattdessen hatten Britt und Ole sich damit abgewechselt, Geschichten über die Insel und ihre Kindheit zum Besten zu geben. Karin hatte sogar ein paar Mal gelacht, auch wenn sie dabei immer schuldbewusst zusammengezuckt war.

Nun war sie schon vor einer halben Stunde nach oben geschlichen, mit blassem Gesicht und einem Ausdruck in den Augen, der Anna an ein Kind erinnerte, das irgendwo übernachten sollte, wo es niemanden kannte und Dunkelheit und Monster unterm Bett warteten. »Wenn du nicht schlafen kannst, dann weck mich!«, hatte sie gesagt, und Karin hatte dankbar gelächelt. »Kann ich vielleicht Harry mitnehmen?«, hatte sie gefragt, sehr zaghaft, weil sie wusste, dass Anna ihn nicht gerne hergab. »Wenn er das möchte, natürlich.«

»Oh.« Anna hatte nur eine Sekunde gezögert. »Ja klar. Nimm ihn mit. Er ist bestimmt froh, wenn er endlich seine Ruhe hat.« Harry lag schon seit geraumer Zeit in seinem Körbchen in Ofennähe und warf ihnen immer mal wieder genervte Blicke zu, wenn sie zu laut wurden und ihn mit ihren Stimmen aus dem Halbschlaf rissen. Karin hatte ihn vorsichtig auf den Arm genommen und war mit ihm nach oben gegangen. Er hatte sich an ihre Schulter gekuschelt wie ein kleines Kind, und Anna hatte schnell den Blick abgewandt. Sie hatten gehört, wie im Bad das Wasser rauschte und der Boden über ihnen knarzte, als Karin ins Bett ging, dann war es still geworden im blauen Zimmer. Harry war bei ihr geblieben, was Anna freute und zugleich, ganz tief drinnen, ein wenig eifersüchtig machte. Sie warf einen Blick zur Decke. Sie wollte sich nicht vorstellen, mit welchen Gespenstern Karin jetzt da oben in der Dunkelheit zu kämpfen hatte. Sie wusste, dass sie ihr momentan nicht mehr helfen konnte, sie konnte nur für sie da sein. Und das war vielleicht auch gut so, denn sie hatte ihre eigenen Gespenster und wurde mit denen gerade so fertig.

41

Ein paar Tage lang heftete sich Karin an Anna wie ein stummer Schatten. Im Supermarkt schob sie den Wagen, während Anna Lebensmittel einlud, wenn Anna am Strand Yoga machte, saß sie auf der Düne nebenan und starrte aufs Wasser hinaus, war sie mit im Laden, verrichtete sie stumm alle Arbeiten, die Anna ihr vorschlug, und beim Kuchenbacken half sie oder saß in dem alten geblümten Sessel und sah ihr zu oder blickte stumm aus dem Fenster, eine Haarsträhne um den Daumen gewickelt, an der sie immer wieder gedankenverloren knabberte. Simon rief beinahe stündlich bei ihr an, aber sie drückte die Anrufe jedes Mal sofort weg und sah danach noch ein wenig blasser aus als vorher. Anna fragte nicht, wie lange sie bleiben würde, was mit ihrem Job war, wie sie ihr Leben in

Hamburg zurückgelassen hatte. Sie wartete, ob Karin von selbst reden würde. Nach der ersten Nacht, in der sie mit Harry im blauen Zimmer blieb, aber morgens so aussah, als habe sie keine Sekunde geschlafen, zog sie zu Anna ins Doppelbett um. Anna machte es nichts aus, es war schön, dass sie wieder so vertraut miteinander umgehen konnten, und Karin war so still, dass Anna manchmal fast vergaß, dass sie da war. Nur ihrer Beziehung tat das Ganze nicht wirklich gut, aber genau wie Britt verstand Ole, dass dies eine Ausnahmesituation war, und er zog sich zurück und gab ihnen den Raum, den sie brauchten.

Und tatsächlich: Mit der Zeit taute Karin auf und löste sich ein wenig von Anna. Sie ging mittwochs mit Britt zum Aquajogging, half Ole bei den Seehunden und unternahm lange Spaziergänge mit Harry, von denen sie stets mit windzerzausten Haaren und einem enormen Appetit zurückkehrte, der Anna sagte, dass die schlimmste Phase der Trauer überwunden war. Zeit, dachte Anna. Es braucht einfach Zeit, wie alles im Leben.

Im Laden kannte Karin sich allmählich richtig gut aus, sodass Anna sie und Evelyn manchmal sogar alleine lassen konnte. Vom Nachhausegehen sprach sie nie, und Anna drängte sie nicht, aber manchmal fragte sie sich schon, wie Karin sich die Zukunft vorstellte und ob sie gar keine Sehnsucht nach Hamburg und ihrem normalen Leben hatte.

»Gestern wurde wieder ein junger Heuler in den Dünen gefunden.«

»Oh.« Anna sah überrascht von ihrer Zeitung auf. »Geht es ihm gut?«

»Ja. Ich hatte erst befürchtet, dass er auch den Lungenwurm hat. Aber er ist gesund, nur leider völlig entkräftet und viel zu dünn. Wenn er überleben will, muss er vor dem Winter sein Gewicht verdoppeln, er hat null Fettreserve.«

Sie lächelte. »Na, wenn einer ihm beibringen kann, wie man sich richtig vollfrisst, dann du!«

Ole sah sie gekränkt an. »Ich bekomme langsam den Eindruck, du willst mir etwas sagen. Bin ich dir vielleicht zu dick?«

Anna lachte schallend und schüttelte dann den Kopf. »Noch nicht«, sagte sie gutmütig. »Aber ich sage Bescheid, wenn es kritisch wird.«

»Besten Dank. Jedenfalls...«, seufzte er, »muss ich heute Nacht bei ihm bleiben.«

»Was?«

»Ich mache mir Sorgen, dass er nicht durchkommt. Er muss ständig beobachtet und alle zwei Stunden gefüttert werden. Wir sind total unterbesetzt. Ich kann von Greta nicht verlangen, dass sie die Nacht auch noch durchmacht, sie ist seit heute Morgen um sechs im Dienst. Ich bin nur heimgekommen, um mich kurz hinzulegen, dann fahre ich wieder.«

»Ach, du Armer. Das hast du dir sicher anders vorgestellt, als du den Job angenommen hast, oder?« Anna streckte die Arme nach ihm aus.

Er nickte und ließ sich neben ihr aufs Sofa fallen. »Aber Jammern hilft nicht, da muss ich jetzt durch.«

»Willst du wirklich die ganze Nacht am Becken sitzen?«

Er lächelte. »Ich nehme eine Decke mit und lege mich zwischendurch auf den Untersuchungstisch. Ist ganz gemütlich, zumindest ist er gepolstert. Es kommt öfter mal vor, dass jemand dort übernachten muss.«

»Klingt nach einer schlaflosen Nacht.«

»Wahrscheinlich. Aber was tut man nicht alles für seine Seehunde.«

»Das ist heldenhaft von dir!« Anna kuschelte sich an ihn. »Vielleicht könnte ich ja mitkommen. Ist dieser Untersuchungstisch vielleicht groß genug für zwei?«, fragte sie mit unschuldigem Augenaufschlag.

Oles Augen begannen sofort begeistert zu funkeln. »Übereinander müsste es gehen!«, sagte er grinsend und bog ihren Kopf zurück, damit er sie besser küssen konnte.

Doch nach einer Weile murmelte er in ihr Ohr: »Ehrlich gesagt… Nicht dass ich das mit dem Untersuchungstisch nicht wahnsinnig sexy finde… aber ich dachte, vielleicht nehme ich Karin mal mit zu ihm… das könnte ihr gut tun, meinst du nicht? Oder…«, er stockte, »oder vielleicht bewirkt es auch genau das Gegenteil? Er ist ja noch ein Baby, und das könnte auch genau das Falsche für sie sein.«

Anna richtete sich auf und sah ihn erstaunt an.

»Sie hat es mir erzählt. Das von dem Kind, meine ich«, erklärte er.

Anna ließ langsam die Zeitung sinken, die sie gerade wieder aufgefaltet hatte. »Oh. Sie hat es dir erzählt? Wann denn?«

»Gestern.« Ole schien auf einmal sehr fasziniert von dem Leitartikel der Zeitung auf ihren Knien zu sein, und Anna runzelte die Stirn. Sie fand es seltsam, dass Karin Ole ihr trauriges Geheimnis anvertraut haben sollte, die beiden kannten sich doch kaum. Aber anscheinend waren sie sich in letzter Zeit nähergekommen, als sie gedacht hatte. Kurz durchzuckte sie der Gedanke, dass Karin vielleicht nur bei ihr so still und verschlossen war, weil sie eine gemeinsame Geschichte hatten, und sich bei anderen leichter öffnen konnte.

»Sie hat dir das einfach so erzählt? Mal eben nebenbei?«

Er lächelte schief, mied aber ihren Blick. »Na ja, wir haben uns länger unterhalten. Ich bin offenbar vertrauenswürdig, die Menschen sprechen ständig mit mir über ihre Probleme.« Als Anna nicht auf den Scherz einging, sondern ihn nur musterte, sprach er weiter. »Ich habe sie ein bisschen ausgefragt, ich dachte, wenn ich dich irgendwann mal wieder für mich alleine haben will, muss ich mich wohl oder übel mit ihr anfreunden. Ich hatte das Gefühl, sie wollte sich das von der Seele reden. Schließlich wissen wir, dass irgendwas los ist, und vermutlich ist das eine seltsame Situation für sie. Jedenfalls…« Jetzt sah er Anna an. »Ich muss sagen, ich finde es beeindruckend, dass du zugestimmt hast, dass sie herkommt.«

Anna überlegte eine Weile, bevor sie antwortete,

währenddessen zupfte sie an den Blättern der zartrosa Lisianthus herum, die gestern geliefert worden war und von denen sie einen Strauß auf den Wohnzimmertisch gestellt hatte. »Ich weiß. Aber ich konnte nicht anders. In letzter Zeit habe ich gemerkt, dass meine Gefühle ihr gegenüber sich verändert haben. Ich bin jetzt an einem anderen Punkt in meinem Leben, und … ich denke, ich kann ihr verzeihen. Wir sind verbunden durch unsere Vergangenheit, die gemeinsamen Jahre. Soll ich das alles wegwerfen, nur weil sie sich in meinen Freund verliebt hat? Ich kann ihr natürlich nie wieder so vertrauen wie vorher. Aber das heißt ja nicht, dass wir uns gar nicht mehr sehen können. Ich habe sie vermisst. Sie ist wie eine Schwester für mich, und ich habe schon eine Schwester verloren. Diese würde ich gerne behalten.« Anna roch nachdenklich an den Blüten, deren süßer Duft wie eine kleine Umarmung für sie war. Blumen hatten schon immer die Fähigkeit gehabt, sie alleine durch ihren Duft in eine besondere Stimmung zu versetzen. »Außerdem habe ich jetzt dich, und irgendwie ist es mir gerade gleichgültig, dass ich ihretwegen irgendwann mal meinen Freund verloren habe«, sie sah ihn an, und Ole lächelte überrascht und ein wenig gerührt. »Ich will jetzt für sie da sein. Den Rest sollen sie und Simon unter sich ausmachen.«

Er nickte nachdenklich. »Und was ist mit Simon?«

»Simon …« Anna zupfte einen kleinen Blütenkopf ab und zerrieb ihn nachdenklich zwischen den Fingern, ohne es zu merken. Ole beobachtete es mit gerunzelter Stirn, sagte aber nichts. »Was soll mit Simon sein?

Nichts ist mit Simon.« Sie zuckte die Schultern. »Sie will nicht mit ihm reden, und ich will nicht über ihn nachdenken. Ich finde, er hat sich furchtbar verhalten. Ich erkenne ihn nicht wieder. Noch ein Grund, froh zu sein, dass er nicht mehr in meinem Leben ist.«

42

»Okay. Immer schön langsam!« Ole tauchte die Hand ins Wasser und pflückte vorsichtig den kleinen See-hund von seinem Bein ab, der sich in das Gummi seiner Schutzhose gekrallt hatte. Der Heuler schwamm eine Runde um ihn herum und klammerte sich an das andere Bein. Seine riesigen schwarzen Augen blickten Ole mitleidheischend an, er stieß Schnauber und flehende Laute aus und wackelte mit dem Kopf auf und ab.

Ole seufzte ergeben. »Wie soll man da widerstehen? Schön. Aber nur noch eine!« Er holte eine Garnele aus dem Beutel, den er in der anderen Hand hielt, und warf sie in einem hohen Bogen von sich. Der Kleine machte unter Wasser einen Purzelbaum und schnappte sich seine Beute. Kauend kam er zu Ole zurückgeschossen, heftete sich wieder an sein Bein und begann erneut zu betteln.

»Na also, ich würde mal sagen, du bist bald wieder fit. Und wenn ich nicht aufpasse, auch fett.« Er begann, langsam im Kreis zu waten, und brachte den Heuler so dazu, ihm zu folgen. Das Tier brauchte Bewegung und musste außerdem das Jagen lernen, deswegen war er auch zu ihm ins Becken gestiegen. Der Kleine war ganz alleine hier und lag meistens reglos und apathisch im Trockenbereich. Aber wenn man sich mit ihm beschäftigte, blühte er auf, und besonders das Garnelenspiel schien ihm Spaß zu machen. Sehr realistisch konnten sie eine Jagdsituation in dem kleinen Becken natürlich nicht simulieren – besonders nicht, weil die Garnelen bereits tot waren –, aber wenn er ihm das Futter nicht direkt ins Maul warf, war schon viel gewonnen.

Drei Runden und etliche Mitleidsgarnelen später beendete er das Sportprogramm. »So, jetzt noch schnell die Schnauze waschen, und dann ab ins Bett!« Er klemmte sich den Kleinen, der wie wild zappelte, zwischen die Knie und rieb ihm vorsichtig das Gesicht ab. Besonders die Augen musste er säubern, da sie leicht verkrusten konnten. Eigentlich sollte er den kleinen Racker auch noch wiegen, aber Ole konnte alleine vom Gefühl her sagen, dass er sich gut machte und seit seiner Ankunft bestimmt schon zwei Kilo zugenommen hatte. Trotzdem, das hier war bereits seine vierte Nachtschicht auf der Station, weil die Situation eben immer noch kritisch war.

Mühevoll stieg er mit der schweren Kleidung aus dem Becken, und das Wasser schoss an ihm herunter. Mit quietschenden Watschelschritten ging er in den Nachbarraum und schloss vorsichtig die Tür hinter sich, denn der Kleine machte schon Anstalten über den flachen Beckenrand zu robben und ihm zu folgen. Schnell zog er die Gummistiefel aus und öffnete dann die Hosenträger. In der riesigen khakifarbenen Schutzhose kam er sich immer vor, als würde er einen Strampelanzug tragen, und er war froh, dass er gerade alleine auf der Quarantänestation war.

Plötzlich klopfte es hinter ihm an die Scheibe, und mit einem erschrockenen Laut fuhr er herum.

»Anna?« Sie stand draußen auf dem dunklen Parkplatz und winkte fröhlich. Ihr Gesicht leuchtete weiß im Licht der Neonlampen. »Hast du mich erschreckt!« Tatsächlich klopfte sein Herz ein wenig. Normalerweise war die Station nachts komplett verwaist.

Sie hielt etwas in die Höhe, das wie ein Picknickkorb aussah, und deutete mit der Hand zur Tür.

»Warte, ich komme rum!«

Sie machte eine Geste, die augenscheinlich hieß, dass er stehen bleiben sollte. Überrascht hielt er inne, als sie ihr Handy zückte.

»Nein, bloß kein Foto von mir in dieser Ho...«, rief er abwehrend, als ihm aufging, was sie vorhatte, aber es war zu spät. Triumphierend hielt sie einen Daumen in die Höhe. »Na toll, das werden sie mir ewig unter die Nase reiben.« Schnell schlüpfte er aus der Hose, die er über seiner Jeans trug, während Anna von draußen interessiert zuschaute, dann machte er ein Zeichen, dass sie zum Haupteingang kommen sollte.

Er ging auf nackten Füßen über die dunklen Flure des Museums, das an die Station angeschlossen war, und kramte in der Tasche nach seinem Schlüssel.

»Lieferservice!« Sie fiel ihm um den Hals.

»Ich hatte gar nichts bestellt!« Er grinste und küsste sie erstaunt.

»Wir liefern auch Dinge, von denen Sie noch gar

nicht wussten, dass Sie sie wollen! Wie zum Beispiel diesen Nudelauflauf hier in meinem tollen Körbchen, das ich extra aus dem Keller gekramt habe!«

»Du bringst mir Essen?« Er schnappte sich den Korb und roch verzückt daran. »Ich hatte mir eine Dosensuppe gekauft.«

»Ich bin die tollste Freundin der Welt, hatte ich das noch nicht erwähnt? Und ich habe diese Dose gesehen. Sah aus wie Harrys Futter. Das ist doch kein Essen.«

Sie gingen in Richtung der Station, und Anna rümpfte die Nase. »Hier riecht es wie im Zoo.«

»Ja, so süß sie sind, sie stinken ziemlich bestialisch. Aber man gewöhnt sich daran.«

»Darf ich hier eigentlich einfach so rein?«

»Nein, ist absolut verboten.« Er lächelte, als sie besorgt zu ihm hochschaute, und drückte sie ihm Gehen an sich. »Aber ich würde mal sagen, wir riskieren es! Sie sind sowieso auf mich angewiesen und können mich gar nicht feuern.«

»Ich wollte Roy kennenlernen, schläft der schon?«

»Wahrscheinlich, aber wir können mal nachschauen. Er ist allerdings draußen. Die Alten und Blinden haben ein Extrabecken.«

Als sie in den Quarantäneraum kamen, trat Anna sofort an die Scheibe und quietschte verzückt, als der kleine Seehund zu ihr aufschaute. »Oh, der ist ja süß! Und noch ganz weiß.«

Ole nickte. »Er ist noch sehr jung und außerdem unterernährt. Aber er frisst gut, ich habe gerade mit ihm trainiert. Ich bin sicher, dass er es schafft.«

»Hat er keinen Namen?«

»Wir geben denen, die wir bald wieder auswildern wollen, meistens keinen Namen.«

»Kann ich zu ihm rein?«

»Wenn du dir vorher die Hände desinfizierst und eine Schutzhose anziehst. Aber ich warne dich, er ist sehr anhänglich.«

Begeistert schlüpfte Anna in die riesige Hose, die Ole gerade abgelegt hatte, und zog Gummistiefel über, die in der Ecke standen. Ole dachte, dass an Anna die Hose gar nicht wie ein Strampelanzug aussah. Sie drehte sich um, bemerkte seinen Blick und grinste wissend.

»Hast du was für ihn zu fressen?«, fragte sie.

»Er hatte eigentlich schon eine doppelte Portion.«

»Er soll doch wachsen!« Sie schnappte sich die Tüte mit Garnelen, auf die Ole gedeutet hatte, und war schon hinter der Tür verschwunden.

»Genau wie bei Harry...«, seufzte er.

»Was?«

»Nichts! Ich würde dann schon mal Nudeln essen, wenn du...«

»Du wartest gefälligst!«, rief sie, und er ließ sich mit einem ergeben Seufzer auf den Untersuchungstisch nieder.

43

Wie immer hatte Anna das Gefühl, dass das kleine, alte Van-der-Meer-Café auf etwas wartete. Es wirkte noch älter und verlassener als sonst. Sie betrachtete es eingehend, während sie auf den Friedhof zusteuerte. Die milchigen Fenster, das graue Reetdach, der verblasste Schriftzug über der Tür. War es seit ihrem letzten Besuch nicht ein wenig in sich zusammengesunken? Die Bäume beugten sich darüber, als wollten sie es behüten, und der Holzbalken über der Tür hatte sich mit der Zeit nach unten gekrümmt, wirkte wie ein trauriger Mund, der des Lächelns müde geworden war, weil er dem Verfall des Hauses nichts mehr entgegenzusetzen hatte. Trotzdem war es leicht, sich vorzustellen, wie es hier einmal ausgesehen haben musste. Die kleinen Tische zwischen den Rosen im Garten, gestärkte weiße Gardinen in den Fenstern, das Lachen der Gäste, das sich mit dem Duft aus der Küche vermischte.

Weil das Gefühl, das sie beschlich, sie frösteln ließ, kehrte sie dem Haus den Rücken. Immer war es ihr, als wäre dieser Ort verwunschen, als erwartete er etwas von ihr, das sie aber nicht verstand und deshalb auch nicht erfüllen konnte.

Die rostige Pforte quietschte, als sie das Tor aufschob. Still und friedlich lag der Friedhof in der Sonne, ein paar Vögel sangen in den Büschen, und an der Mauer beugte sich eine alte Frau über ein Grab und zupfte Unkraut. Als Anna den Kiesweg entlangschritt, blickte sie nach oben und suchte die Äste des Baumes nach den Raben ab, die sie früher hier so oft gesehen hatte und die sie immer ein klein wenig an Roos und ihren Mann Ewold erinnert hatten. Anna hatte sie schon lange nicht mehr gesehen, und etwas in ihr hoffte, dass sie auch nicht wiederkommen würden.

Bei Roos angekommen, bückte sie sich und hob die gelben Rosen von letzter Woche auf. Sie warf sie in den nahe gelegenen Kompost, in dem schon einige Grabgestecke verfaulten, und steckte den neuen Strauß in die Plastikvase neben dem Holzkreuz. Sie hatte mit viel Sorgfalt eine bunte Mischung Blumen aus Roos' Garten zusammengesucht und zu einem wilden, fröhlichen Strauß gebunden. Dann breitete sie ihre Jacke im Gras aus, setzte sich neben Harry und erzählte. Von ihrem Tag, den letzten Wochen, von allem, was sich ereignet hatte und woraus sie nicht schlau wurde. Es tat gut, alles einmal auszusprechen. Beim Reden merkte sie, wie ihr die Dinge plötzlich klarer erschienen. Harry legte den Kopf auf die Pfoten und lauschte mit gespitzten Ohren. Ab und zu seufzte er leise. Irgendwann schlief er ein, den Bauch in die Sonne gestreckt, und auch sie blieb einfach sitzen, nachdem sie keine Worte mehr hatte, zupfte ein wenig an den Gänseblümchen herum und dachte an alles und nichts.

Vielleicht war sie auch ein wenig weggedämmert. Es war warm, und das Zwitschern der Vögel wirkte einschläfernd. Plötzlich verdunkelte ein Schatten den Grabstein.

Anna sah auf und blinzelte gegen die Sonne.

Sem stand einfach da und starrte sie an.

Es war, als habe jemand die Wärme der Sonne ausgeschaltet. Tausend Gedanken gingen ihr durch den Kopf. Wie lange war er schon hier? Hatte er sie die ganze Zeit über beobachtet? Sollte sie wegrennen, die Polizei rufen? Ihr Handy war in ihrem Rucksack, gegen den sie sich gelehnt hatte, und sie würde es nicht herausbekommen, ohne dass er es merkte.

Sem sagte nichts, starrte sie immer nur weiter an, die Hände in den Jackentaschen.

Nach den ersten Schocksekunden, in denen sie einfach dasaß und sich nicht bewegte, stand sie auf, so schnell sie konnte – was nicht schnell war. Wenn sie auf dem Boden saß, sah Aufstehen wegen der Hüfte immer noch sehr unelegant aus und erforderte eine komische Drehung. Sem beobachtete sie und streckte ihr plötzlich die Hand entgegen. Anna ignorierte ihn, warf ihm nur einen wütenden Blick zu. Dachte er wirklich, dass sie sich von ihm aufhelfen lassen würde?

Als sie sich schließlich gegenüberstanden, ging ihr Atem schnell, und ihr war bewusst, dass ihre Hüfte sich schwer anfühlte und sie jetzt nicht würde rennen können. Sie hatte zu lange auf dem Boden gesessen, das Bein musste sich erst aufwärmen. Harry war durch ihre Bewegung hochgeschreckt, und nun bemerkte auch er Sem. Verwirrt wedelte er kurz mit dem Schwanz, dann begann er zu knurren und schoss auf ihn zu. Anna konnte ihn gerade noch rechtzeitig am Halsband packen. Schnell leinte sie ihn an. Sem runzelte die Stirn, schaute beinahe ungläubig auf den Dackel, mit dem er sich immer gut verstanden hatte. Auch Anna wunderte sich ein wenig, Harry war schließlich nicht dabei gewesen, als Sem sie angegriffen hatte, und vorher hatte er ihn immer gemocht. Vielleicht war es der sechste Sinn der Tiere, vielleicht roch er auch einfach nur ihre Angst, aber er knurrte und bellte weiter und fungierte als lebendige Barriere zwischen ihnen, über die sie mehr als froh war.

Noch immer hatten sie kein Wort gesprochen.

Das hatte sie auch nicht vor. Anna hob ihre Jacke vom Boden auf, ohne Sem aus den Augen zu lassen, und ging in einem Bogen um ihn herum. Sie sah sich verstohlen um. Die alte Frau war verschwunden, sie waren ganz alleine hier. Aber es gab Häuser in der Nähe, es war ein warmer Tag, sie hörte Kinderlachen und roch Grillgeruch. Wenn sie um Hilfe rief, würde man sie sofort hören, die Menschen waren in den Gärten, sie war nicht so alleine, wie sie sich fühlte.

»Ich wollte einfach nur nach ihr sehen.«

Sems Worte ließen Anna stehen bleiben. Er blickte auf das Grab, die Hände wieder in den Taschen, ein gequälter Ausdruck auf dem Gesicht. »Die Blumen würden ihr gefallen. Sie mochte immer schon die wilden, bunten am liebsten.«

Dann sah er sie an. »Ich wusste nicht, dass du hier bist. Ich hätte wieder gehen sollen, ich darf mich dir nicht nähern. Aber ich dachte…« Überrascht sah sie, dass seine Augen schimmerten. Wieder blickte er auf das Grab. »Es war ein Unfall«, brach es plötzlich aus ihm heraus. »Ich weiß, dass mir keiner glaubt. Aber es war ein Unfall. Ich hätte nie … Sie war meine Großmutter.« Er brach ab.

Anna starrte ihn an. »Ich glaube dir.«

Sie war erschrocken über ihre eigenen Worte. Sie hatte nicht vorgehabt zu sprechen. Aber es stimmte, sie glaubte ihm.

Er riss die Augen auf. Dann machte er einen Schritt auf sie zu, plötzlich hatte sein Blick etwas Eindringliches, fast Manisches. »Anna, ich …«

»Stopp! Keinen Schritt näher!«

Er blieb erschrocken stehen. »Aber du …«

»Ich glaube dir, dass du Roos nichts antun wolltest. Aber du hast mich zusammengeschlagen, du hast meinen Freund angegriffen, du hast einen Stuhl über mir zertrümmert!« Anna war laut geworden, ihre Stimme schrill. »Wie erklärst du das, war das auch ein Unfall?«

Er war blass geworden und schnell zwei Schritte zurückgetreten. Einen Moment war es still, und das Zwitschern der Vögel gab der Szene eine trügerisch idyllische Färbung.

»Nein«, sagte er schließlich leise. »Ich war … ich bin … es tut mir leid. Wirklich Anna, es tut mir leid. Die ganze Situation macht mich verrückt, schon so lange, ich war einfach an einem Punkt …« Er hob hilflos die Arme und ließ sie dann wieder sinken.

Anna hielt den Atem an. »Welche Situation?«

»Die ganze Sache. Mit dir. Mit deiner Schwester.«

Plötzlich schienen die Ränder ihres Sichtfeldes sich aufzulösen, schmolzen wie Wachs und tropften auf den Boden.

»Du hast sie umgebracht«, sagte sie leise.

Sem starrte sie einen Moment schockiert an. Dann schüttelte er langsam den Kopf. »Ich ... wenn wir in Ruhe darüber reden könnten. Vielleicht können wir uns treffen. Ich ...«

»Du bist ja wohl verrückt. Glaubst du, dass ich mich mit dir treffe? Womöglich alleine? Am Abend und irgendwo, wo keiner uns sieht?«

»Nein, ich meinte doch nur, ich ...«

Plötzlich tauchte ein älteres Pärchen auf dem Kiesweg auf. Sie schritten auf sie zu, und Anna sah, dass der Mann die Stirn gerunzelt hatte und zu ihnen her blickte. Harry knurrte noch immer und zerrte an der Leine, und sie standen sich so angespannt gegenüber, dass es wirken musste, als wären sie in einen Streit verwickelt.

»Ist alles in Ordnung bei Ihnen?«, rief der Mann.

Doch bevor Anna antworten konnte, hatte Sem sich umgedreht und lief davon. Er hechtete um die Gräber herum und sprang über die kleine Friedhofsmauer. Dann war er aus ihrem Sichtfeld verschwunden.

Anna stand verdattert da und sah ihm nach. Sie konnte nicht begreifen, was soeben geschehen war.

»Geht es Ihnen gut?« Das Pärchen hatte sie erreicht. Der Mann blickte Sem hinterher, und die Frau hatte Anna freundlich lächelnd am Arm gefasst und musterte sie besorgt. »Sie sehen blass aus. War das Ihr Freund?«

»Ja, ich ... nein, das war nicht mein Freund. Danke, es ist alles in Ordnung.«

»War das nicht dieser Typ aus der Zeitung?« Der

Mann wandte sich ihr zu und musterte sie prüfend. Plötzlich zuckte Erkennen über sein Gesicht. »Und sind Sie nicht...«

»Tut mir leid, ich muss los!« Anna packte ihren Rucksack und rannte davon, fast so schnell wie eben noch Sem.

Die beiden blickten ihr erschrocken nach.

44

»Er hat sich seiner Auflage widersetzt. Ein Anruf, und er ist wieder hinter Gittern! Warum bist du nur so stur?« Neeson starrte Anna wütend an, er mahlte mit dem Kiefer, sodass sein Bart merkwürdig zuckte.

»Weil uns das nichts bringt. Ich hatte das Gefühl, dass er mir etwas sagen wollte, verstehst du? Wenn er hinter Gittern sitzt, wenn *ich* ihn hinter Gitter bringe, wird er sicher wütend. Und wer weiß, was er dann macht. Er ist nicht normal, das weißt du doch. Und er wollte sich mit mir treffen, er wollte mir etwas sagen. Ich habe ihn gefragt, ob er es war, ob er sie umgebracht hat, und er hat nicht Nein gesagt. Aber auch nicht Ja, es war so komisch, es war, als wollte er mir erklären, wie es passiert ist. Aber dann... Ach, ich weiß ja auch nicht. Ich denke einfach, im Gefängnis nützt er uns nichts. Du willst doch auch weiterkommen.«

»Ja, aber im Gefängnis ist er unter Kontrolle. Anna, das hätte echt schiefgehen können heute!«

»Ich weiß.« Sie seufzte. »Warum wurde mir eigentlich nicht gesagt, dass er wieder frei ist? Wäre das nicht das Mindeste?«

»Natürlich. Ich habe mich schon beschwert, da ist wohl ein administrativer Fehler passiert. Ausgerechnet. Er ist ein paar Wochen früher rausgekommen, wegen guter Führung. Wirklich unfassbar, dass wir nicht benachrichtigt wurden.«

»Es ist ein komisches Gefühl, dass er wieder hier ist. Aber er war so normal. Gar nicht mehr aggressiv. Wenn ich nur in Ruhe mit ihm reden könnte.«

»Nicht allein!«

»Natürlich nicht, aber ich glaube nicht, dass er etwas sagen wird, wenn du dabei bist.«

Neeson lehnte sich vor. »Das kommt nicht in die Tüte Anna. Du wirst ja wohl nicht … denkst du etwa darüber nach, dich mit ihm zu treffen?«

Anna kaute an ihrem Daumennagel. »Na ja. Nicht direkt. Das wäre verrückt. Aber vielleicht könnten wir etwas arrangieren. Ein überwachtes Treffen, wie bei seiner Mutter.«

»Das war etwas anderes. Sie ist klein und alt, sie hat nie jemanden körperlich angegriffen.«

»Ich weiß, aber wenn du in der Nähe bist und schnell eingreifen kannst, kann doch nichts passieren.«

»So schnell ist niemand, Anna. Wenn er ein Messer dabei hat, kann er dir innerhalb von zwei Sekunden die Kehle durchschneiden. Da kann ich so schnell rennen, wie ich will. Und wir können ihn ja schlecht vorher auf Waffen durchsuchen.«

Sie nickte. »Ja, stimmt.«

Neeson trommelte mit den Fingern auf dem Tisch herum. »Versprich mir, dass du nichts Dummes machst. Dass du dich nicht heimlich mit ihm triffst!«

»Ich …«

»Versprich es, oder ich melde augenblicklich den Vorfall, und er sitzt heute Abend wieder ein.«

»Schön, ich verspreche es!« Ergeben willigte Anna ein.

Sie wusste selbst nicht, warum sie nicht wollte, dass Sem wieder ins Gefängnis kam. Als sie am Abend nach dem Treffen auf dem Friedhof nach Hause gekommen war, hatte etwas vor ihrer Tür gelegen. Stirnrunzelnd war sie näher gegangen. Es war eine alte Teekanne und eine dazu passende Tasse. Wunderschön und wertvoll, das sah sie sofort. Daneben lag ein Bündel Bananen. Ein Zettel klebte auf der Kanne. »Dachte, die würde sich gut im Laden machen.«

Sie wusste sofort, dass es von Sem war. Sie waren immer zusammen über die Flohmärkte gestreift, damals, als sie ihren Laden renovierte und noch ganz neu auf der Insel war. Sem hatte alte Geräte gekauft, Toaster, Radios, auch den einen oder anderen Fernseher, die er reparieren konnte, und sie hatte nach Trödel gesucht. Damals hatte sie gerne alte Tassen und Teegeschirr mit Blumen bepflanzt und im Laden verkauft. Eine solche Kanne hätte sie sofort mitgenommen. Sie hob sie auf und blickte auf den Boden. »Rosenthal«, flüsterte sie. Und die Bananen waren für Bananeneis.

Für ihr Bananeneis war Anna berühmt, das hatte sie

für Sem und sich manchmal zubereitet, wenn sie von ihren Ausflügen nach Hause gekommen waren, und auch oft für Roos, die es liebte und meistens mit Eierlikör übergoss. Seit Roos' Tod hatte Anna den Mixer nicht mehr angerührt. Genau wie seine Großmutter hatte Sem es sehr gemocht und sie immer wieder danach gefragt, auch als sie nicht mehr mit ihm auf die Märkte ging und begann, seine Gesellschaft zu meiden.

Sie hatte beide Geschenke mit ins Haus genommen und niemandem davon erzählt. Die Kanne stand nun als Vase im Laden, und in die Tasse hatte sie eine Sukkulente gepflanzt, und Evelyn, die nun doch langsam Kundenkontakt aufnahm und ab und zu hinter der Theke stand, verkaufte sie keine zwei Stunden später an eine Touristin. Die Menschen mochten so etwas, besondere Kleinigkeiten mit Geschichte. Wie besonders genau diese Tasse war, konnten ja weder die Käuferin noch Evelyn wissen. Anna war klar, dass sie Neeson davon hätte erzählen sollen. Aber etwas hielt sie zurück, und irgendwann war es so lange her, dass es ihr komisch vorgekommen wäre, jetzt noch davon anzufangen.

In den folgenden Wochen fand Anna immer wieder Kleinigkeiten von Sem. Dinge vom Flohmarkt vor ihrer Tür, zerfledderte Bücher mit Randnotizen darin auf ihrem Fenstersims, vom Meer geschliffene Steine, und einmal eine Flaschenpost mit einem handgeschriebenen Liebesgedicht darin, datiert auf den 1.3.1943. Sie hob all die Sachen auf und lagerte sie in der untersten Schublade ihrer Schlafzimmerkommode. So genau wusste sie nicht, warum sie niemandem davon erzählte, aber sie behielt es für sich, verschloss die Schublade und legte den Schlüssel in ihr Make-up-Täschchen. Zwar war ihr nicht wohl bei dem Gedanken, dass Sem ums Haus schlich, aber sie wollte nicht, dass er Ärger bekam für diese kleinen Gesten. Weil er sich ihr nicht nähern dufte, sagte er ihr auf diese Weise, dass ihm leid tat, was geschehen war.

Da war sie sich fast sicher.

45

»Wollen wir heute Abend vielleicht was essen gehen und dann ins Kino?«, fragte Anna und drehte sich zu Karin um, die auf der Treppe im Hinterzimmer des Ladens saß und blühende Zweige auseinandersortierte, die sich bei der Anlieferung verkeilt hatten und nun mühevoll voneinander gelöst werden mussten, ohne dass die zarten weißen Blüten dabei abfielen. Evelyn hatte sich vor der Aufgabe gedrückt, aber Karin hatte es gerne übernommen. »Viele andere Optionen hat man hier leider nicht, wenn man mal ausgehen will, aber vielleicht läuft ja was Gutes. Ich lade dich ein, du hast mir so viel geholfen.« Tatsächlich war Karins Einfluss im Laden nicht zu übersehen. Sie hatte schon immer das Händchen für Organisatorisches gehabt, das Anna fehlte. Was bei Anna Stunden dauerte und von schlechtester Laune begleitet war, ging ihr leicht von der Hand. Außerdem hatte sie ein Gespür für Farben und Atmosphäre. Sie hatte umdekoriert, sodass nun das Schaufenster von außen aussah, als würde der Laden vollkommen von Blumen überquellen. Außerdem hatte sie mit ein paar einfachen Handgriffen Annas Ordnungssystem hinter der Theke überholt, sodass es nun viel übersichtlicher war und sie Dinge, die sie suchte, manchmal tatsächlich fand. Auch auf Evelyn hatte sie Eindruck gemacht mit ihrem Händchen für Ordnung und Gestaltung. Anfangs hatten die beiden sich nur misstrauisch beäugt aber weitestgehend ignoriert, doch sie hatten schnell zu einem beinahe vertrauten Ton miteinander gefunden, der Anna erstaunte. Manchmal beobachtete sie die beiden heimlich und fragte sich, was sie falsch gemacht hatte. Warum fiel Karin der Umgang mit der grantigen alten Frau so viel leichter als ihr? Zwischen ihnen herrschte zwar eine distanzierte Höflichkeit, aber sie war aufgesetzt und leicht ins Wanken zu bringen. Anna wusste immer, dass der nächste Streit hinter der nächsten Ecke lauerte und tippelte deswegen meist vorsichtig um ihre neue Angestellte herum, nur um sich dann zu fragen, warum sie ihr nicht einfach die Stirn bieten konnte.

Karin sah auf. »Hm, also eigentlich gerne, aber heute… also…« Sie stockte und schien zu überlegen. »Du hast doch gesagt, du willst heute die Steuer machen.«

Anna stöhnte. »Ach ja. Das habe ich ganz vergessen.«

»Mach das lieber, sonst schiebst du es nur wieder

auf, bis es zu spät ist. Ich bin ohnehin ziemlich müde, hab schlecht geschlafen letzte Nacht.«

»Na dann, aufgeschoben ist nicht aufgehoben.« Anna fand, dass Karin tatsächlich blass aussah. »Dann bleibe ich heute länger hier und stelle mich meinen Feinden.«

Karin lachte. Es war dieses freudlose, ein wenig gezwungene Lachen, das in letzter Zeit immer aus ihr herauskam, und Anna fragte sich, wann ihre Freundin wohl wieder einmal wirklich fröhlich sein würde. »Ja, mach das. Ich kann dir dabei nicht helfen, oder?«

»Nein, da muss ich alleine durch. Es gibt keinerlei System bisher. Ich glaube, wenn sich da zwei ransetzen, wird es nur noch chaotischer.«

»Gut, ich wollte nämlich... Ich wollte mal zu einem Yogakurs gehen!«

»Oh!« Überrascht hielt Anna inne. »Tatsächlich?«

»Na ja, kann ja nicht schaden, oder? Der Arzt sagt, es kann mir nur gut tun.«

Anna nickte. »Ganz sicher. In welches Studio gehst du?«

»Hm? Oh, ich habe den Namen vergessen. Irgendwas mit Kraft.«

»Ah, Sonnenkraft. Das ist hier ganz in der Nähe. Ich wusste gar nicht, dass die auch Abendkurse anbieten.«

»Doch. Stand zumindest im Internet. Willst du mitkommen?«

»Nein, ich bleibe hier. Außerdem gehe ich nicht mehr so gerne zu Kursen.« Anna hatte inzwischen ihren eigenen Rhythmus beim Yoga gefunden, weshalb fremde Anleitungen sie eher störten. Sie wollte sich lieber so bewegen, wie ihr Körper es gerade verlangte.

»Alles klar, dann fahre ich jetzt mal! Muss noch meine Leggins ausgraben.«

Anna beobachtete, wie Karin sich auf das klapprige Rad schwang, das Ole ihr von irgendeinem Kumpel als Leihgabe besorgt hatte, und wackelig davonradelte. Dann kochte sie sich ein Kanne Espresso und räumte den Tisch im Hinterzimmer frei, um sich dort auszubreiten.

Zwei Stunden später raffte sie in einem frustrierten Anfall die Papiere zusammen, holte eine große blaue IKEA-Tüte aus dem Schrank, fuhr mit dem Unterarm über den Tisch und schob alles hinein, Order, Stifte, Blätter und Klebezettel gleichermaßen. Dann verpasste die der Tüte einen wütenden Tritt, der sie über die Dielen schliddern ließ.

Ich gebe auf!, schrieb sie Karin. *Wenn ich noch eine Minute länger mache, ramme ich mir den Kuli ins Auge. Bist du schon los, vielleicht komme ich doch mit.*

Es kam keine Antwort, und Anna sah auf die Uhr. Es war noch früh. Dann blickte sie an sich hinunter. Sie trug eine Leggins und darüber eine Tunika. Wenn sie die auszog, konnte sie im Top Yoga machen. Es war nicht stylisch, aber dafür praktisch. Sie beschloss, auf gut Glück zum Studio zu radeln, das keine drei Minuten entfernt lag. Sie schnappte sich ihre Yogamatte, die immer in der Ecke stand, weil sie manchmal direkt nach der Arbeit an den Strand fuhr, und schnallte sie aufs Fahrrad. Harry würde sie auch mitnehmen, solange er sich ruhig verhielt, konnte er im Studio in der Ecke auf den eingerollten Matten schlafen. Das kannte er schon. Am Anfang hatte er immer mitmachen wollen, und Anna hatte sehr streng mit ihm sein müssen, damit er Ruhe gab.

Doch als sie bei Sonnenkraft ankam, waren die Fenster dunkel.

»Seltsam!« Sie fuhr näher und las den Stundenplan, der in einem Glaskasten an der Hauswand aushing. Es gab tatsächlich Abendkurse – aber nur freitags und samstags.

Sie zuckte mit den Schultern und schwang sich wieder auf den Sattel. Als sie den Weg in Richtung De Waal einschlug, warf sie kurz entschlossen den Lenker herum. Sie würde statt nach Hause zum Stormvogel fahren. Das dauerte zwar deutlich länger, aber die Luft war mild sommerlich, und sie hatte Lust, ein wenig über die Insel zu zischen und dabei ihren Frust abzubauen. Ole arbeitete heute lange, aber so würde sie ihn überraschen, wenn er nach Hause kam. Vielleicht konnte sie ihm sogar etwas kochen. Immer vorausgesetzt, dass er Vorräte daheim hatte. Yogamatte, Dackel *und* Einkäufe konnte sie nämlich nicht gleichzeitig auf dem Rad balancieren. Aber sie war inzwischen ohnehin geübt darin, aus den meist spärlichen Inhalten seiner Schränke ganz schmackhafte und manchmal etwas originelle Nudelgerichte zu zaubern.

Als sie auf die Wiese abbog, musste sie stramm in die Pedale treten. Der Weg zum Stormvogel war nicht geteert, und die Räder sanken tief in den Boden ein. Sie bretterte um eine steinige Kurve, in der sie Harry mit einer Hand festhalten musste, damit er nicht aus dem Körbchen schlidderte, und hob überrascht den Kopf. Im Haus war Licht an, der Jeep parkte vor der Tür. Als sie absprang, stand Karins rotes Rad an die Hauswand gelehnt.

Überrascht schob Anna ihr eigenes daneben und hob Harry aus dem Körbchen, das sie, wie in Holland üblich und eines Prinzen würdig, mit einer Blumengirlande aus bunten Plastikblüten geschmückt hatte.

Das schwere Rolltor, das Ole als Eingangstür diente und noch aus den Zeiten stammte, in denen der Stormvogel eine Schafscheune gewesen war, hatte kein Schloss, und Anna schob es auf.

Karins Lachen drang ihr entgegen. Es klang nicht mehr wie vorhin, gedämpft und unecht, sondern gelöst und fröhlich. Sie trat in die Küche.

Karin saß am Esstisch und hatte die Füße hochgelegt. Vor ihr standen zwei halb leere Bierflaschen. Sie hatte sich im Stuhl zurückgelehnt und zwirbelte in diesem Moment ihre Haare zu einem Knoten auf dem Kopf zusammen. In der Küche stand Ole am Herd und goss soeben einen Schwung Sahne auf eine dampfende Pfanne mit Champignons.

»Hey!«, sagte Anna, und beide fuhren herum.

Das erschrockene Lächeln, das sogleich über Karins Gesicht huschte, sah ein wenig bleich aus. »Anna!« Sie nahm wie ertappt die Füße vom Tisch und stand auf, um ihr entgegenzugehen. »Was machst du denn hier?«

Anna verkniff sich, dass eigentlich *sie* diese Frage stellen sollte.

Oles Lächeln hingegen war breit und freudig. Er kam zu ihr und schlang die Arme um sie. »Gerade richtig zum Essen!«, verkündete er und küsste sie. »Ich dachte, du machst die Steuer.«

»Und ich dachte, du arbeitest!«

»Dachte ich auch!« Er grinste. »Die Biologin ist wieder da. Familienkrise überwunden, fürs Erste zumindest.«

»Oh. Also brauchen sie dich jetzt nicht mehr dort?«

»Doch!« Er eilte auf nackten Füßen zum Herd zurück, als das brodelnde Nudelwasser über den Topfrand quoll, und schüttete die dampfenden Spaghetti in ein Sieb. »Aber nicht mehr so oft. Und heute konnte ich frei machen.«

Anna schnupperte an der Pfanne und wartete auf eine Erklärung von Karin, aber die saß wieder am Tisch und starrte nachdenklich in ihre Bierflasche. »Und du?«, fragte sie schließlich. »Ich bin beim Studio vorbeigefahren, aber es war alles dunkel.«

»Hm?« Karin hob den Kopf. »Ja, ich hatte mich im Tag geirrt!«

»Und wie kommt es, dass du hier bist?«, fragte Anna beiläufig und nahm sich ebenfalls ein Bier aus dem Kühlschrank.

»Oh, wir haben uns zufällig getroffen, und Ole hat gefragt, ob ich Hunger habe …« Sie zuckte die Schultern und lächelte halbherzig. »Soll ich mal Teller rausstellen?«

Anna runzelte die Stirn, ließ die etwas karge Erklärung dann aber gelten. Ole schob Karin Teller und Besteck über die Anrichte, und sie ordnete alles auf dem Tisch an. Anna beobachtete sie. Eben noch hatte sie so fröhlich geklungen, jetzt war sie wieder still und nachdenklich, wie Anna sie in letzter Zeit dauernd erlebte. Mechanisch deckte die den Tisch.

»Also, hat es sich ausgesteuert?«, fragte Ole und gab Anna einen Klaps auf den Hintern, weil sie im Weg stand und er die heißen Nudeln zum Tisch balancieren wollte. Sie wich zur Seite und ließ ihn passieren. Als er vorbeiging, haute sie zurück, was er mit einem Grinsen über die Schulter und einem sexy Hüftschwung quittierte.

»Ich kann das einfach nicht.« Seufzend trank sie einen Schluck Bier. »Es ist schrecklich. Ich verstehe nichts. Gar nichts. Wie soll man da durchblicken?« Sie ließ sich neben Karin auf einen Stuhl fallen und griff nach ihrem Teller. Während sie die Nudeln verteilte und Ole ihnen Soße aufschöpfte, erklärte sie: »Das war früher schon unmöglich, und jetzt ist es auch noch auf Niederländisch! Es ist, als sollte ich höhere Algebra-Aufgaben lösen oder so.«

»Also, ich habe da einen Kumpel…«, Ole stopfte sich eine Gabelvoll in den Mund und konnte erst mal nicht weitersprechen. Er schluckte und spülte Bier hinterher. »Augustin. Er ist Schäfer und Steuerberater. Der könnte dir da vielleicht helfen.«

Anna lachte. »*Ich habe da einen Kumpel!* Wie oft dieser Satz von dir mich schon gerettet hat, es ist unglaublich.« Zu Karin gewandt fügte sie hinzu: »Ole hat ein inselumspannendes Netzwerk an Kumpels, und sie sind alle schrecklich nützlich. Entweder sie versorgen mich mit Pfannkuchen oder Pizza, schustern mir Aufträge zu oder helfen beim Renovieren.«

Karin lächelte freudlos. »Witzig. Wie mein Fahrrad, das ist auch von denen«, sagte sie und nahm einen Bissen. Anna drängte sich, wie schon beim Reinkommen, das Gefühl auf, dass Karin sich nicht über ihr plötzliches Auftauchen freute. Aber sie wollte diesen Gedanken nicht zulassen. Karin ging es nicht gut, sie durfte das nicht auf sich beziehen.

»Ich rufe Augie an! Der managt das schon für dich!« Auch Ole schien Karins Stimmungswechsel aufzufallen, denn er runzelte die Stirn und warf einen fragenden Blick in Richtung Anna. Die zuckte die Schultern.

»Ich wollte Karin morgen mit zum Surfen nehmen!« Ole sprach bemüht fröhlich.

»Oh!« Anna ließ die Gabel mit Nudeln, die schon auf halbem Weg zum Mund war, wieder sinken. »Tatsächlich.«

»Ja, dachte, das tut ihr gut.« Er lächelte. »Kommst du auch mit?«

»Wann geht ihr?«

Er kratzte sich am Kopf. »Tja, ich kann leider erst gegen Mittag, vorher muss ich für Pa Erledigungen machen!«

Anna kaute langsam. »Na, da kann ich doch nicht, da bin ich im Laden.«

»Stimmt«, er nickte zerstreut.

»Wie jeden Tag …«, fügte sie hinzu, und Ole warf ihr einen Blick zu. »Na, geht ihr mal, ich kann ja ein andermal mitkommen!«, sagte sie und nahm sich Soße nach.

»Magst du noch?«, fragte sie Karin.

Die schüttelte den Kopf. »Es ist nicht so viel da. Wir haben ja nur für zwei gekocht.«

»Stimmt!« Erschrocken ließ Anna den Löffel sinken.

»Ach was!« Ole nahm Karins Teller, entwand Anna den Löffel und tat ihr auf. »Es ist noch was in der Pfanne. Ich koche immer auf Vorrat!«

Plötzlich klingelte Annas Handy. Es war Neeson, und sie nahm ab, stand auf und ging ins Wohnzimmer.

»Hey!«, begrüßte sie ihn.

»Anna, wie geht es dir?«

»Alles gut, und bei dir?«

»Alles wie immer«, war die unenthusiastische Antwort. »Hör mal, ich rufe an, weil ich kurz mit dir reden wollte.«

Anna setzte sich aufs Sofa und blickte auf die Heide hinaus. »Was gibt's?«

»Wo bist du gerade?«

»Bei Ole zu Hause.«

»Ah, die Schafscheune. Macht es euch was aus, wenn ich kurz vorbeikomme?«

Überrascht sah Anna zu Ole hinüber. »Du weißt, wo das ist?«, fragte sie.

»Na sicher. Ich musste deinen Freund doch überprüfen.«

»Was? Aber er kannte mich doch damals noch gar nicht«, rief Anna entrüstet.

»Das weißt du nicht! Ich überprüfe jeden, das habe ich dir doch gesagt. Ist ja auch egal, es war reine Routine. Hör mal, ich bin gerade sowieso auf der Insel unterwegs und würde kurz reinschauen. Dauert nur zehn Minuten, aber ich rede immer lieber persönlich.«

»Alles klar, komm vorbei, wir sind hier!«

Neeson versprach, in wenigen Minuten da zu sein, und sie legte mit gemischten Gefühlen auf.

»Was gibt's?«, fragte Ole.

Anna drehte sich zu ihm um. »Neeson kommt kurz vorbei.«

Ole runzelte die Stirn. »Hierher?«

»Ja.« Sie zuckte mit den Schultern. »Es dauert nicht lange, meinte er.« Dass Neeson Ole überprüft hatte, erzählte sie lieber nicht. Er konnte den Kommissar ohnehin nicht leiden und würde ihn, da war Anna sicher, wenn er davon erfuhr, hochkant aus dem Haus werfen.

Tatsächlich fuhr nur wenig später Neesons Auto vor, er musste ganz in der Nähe gewesen sein. Ole blickte mit finsterer Miene aus dem Fenster. »Ich geh mal abwaschen«, brummte er.

»Wollen wir ihm nicht was anbieten?«, fragte Anna.

»Nicht mehr genug da«, antwortete Ole kalt, dabei sah sie genau, dass in dem Nudelsieb noch eine ordentliche Portion Spaghetti lag. Anna hob die Augenbrauen, aber da klopfte es bereits an der Tür. Ole hatte keine Klingel.

Anna ließ Neeson herein. Er warf einen seiner typischen, abschätzenden Blicke in den Raum, seine Augen glitten zum Glasdach empor und nahmen das Innere des Stormvogels in sich auf, als könne ihm die Einrichtung etwas Wichtiges verraten. Er nickte den beiden anderen zu und fragte dann: »Wollen wir kurz auf die Terrasse gehen?«

Überrascht nickte Anna. »Klar.« Sie nahm ihre Jacke vom Haken. »Willst du ein Bier oder so was?«

Neeson sah sie kurz durchdringend an. »Ich trinke nicht.« Dann ging er voraus, schob die Glastür auf und setzte sich draußen im Dunkeln auf einen der Stühle.

Anna blickte ihm verdutzt hinterher. Dann zuckte sie die Schultern und nahm ihre Bierflasche. »Ich schon«, murmelte sie und zeigte mit dem Kopf in Richtung Terrasse, als Zeichen, dass sie Neeson folgen würde.

Ole nickte. Er hatte sich mit beiden Händen auf die Küchenablage gestützt und beobachtete Neeson durch die Scheibe. Den Abwasch hatte er wohl vergessen. Auch Karin hatte sich umgedreht und sah zu dem Kommissar hinaus, der mit nachdenklichem Blick Richtung Leuchtturm schaute und sich gerade eine Zigarette drehte. Anna knipste das Außenlicht an und trat zu ihm hinaus.

»Schieb die Tür zu«, sagte Nesson ruhig, und sie gehorchte.

Als sie sich ihm gegenüber hinsetzte, warf er einen prüfenden Blick ins Haus und kam dann sofort zur Sache.

»Damals wurde niemand auf der Insel richtig überprüft. Es gab natürlich ein paar Ermittlungen in Anouks direktem Umfeld. Aber die Verdachtsmomente gingen ja in eine vollkommen andere Richtung. Es sah nicht nach einem Insider-Ding aus, wenn du verstehst, was ich meine.«

Sie nickte, auch wenn sie nicht sicher war, ob sie verstand.

Er schien das zu merken und sprach schnell weiter, die Zigarette zwischen Daumen und Zeigefinger geklemmt, beide Ellbogen auf die Knie gestützt. »Es sah so aus, als gäbe es keine Verbindung zwischen Anouk und dem Täter. Ein Zufallsdelikt. Sie hatte keine Feinde, keinen älteren Freund, augenscheinlich keine Geheimnisse. Sie war einfach ein sehr schönes junges Mädchen, das plötzlich tot war. Das sieht immer nach Zufallsdelikt aus. Irgendein Irrer kam vorbei, hat sie gesehen, wollte ihr näherkommen, es ist eskaliert. Passiert leider öfter, als man denkt. Besonders in den Staaten. Aber da ist die Dichte an irren Triebtätern auch bedeutend höher. Hier ist so etwas zum Glück extrem selten, aber es passiert. Und es ist schrecklich für die verantwortlichen Ermittler. Unter diesen Voraussetzungen laufen die Untersuchungen nämlich zu neunzig Prozent der Fälle ins Leere. Sag es nicht weiter, aber wenn man sich einfach eine fremde Person rauspickt, sie an einen abgelegenen Ort führt und dort überwältigt, ist es ein Kinderspiel, damit davonzukommen, solange deine DNA noch nicht registriert ist.«

Anna lief ein Schauer über den Rücken. Sie kuschelte sich tiefer in ihre Jacke und knibbelte nachdenklich am Hals ihrer Bierflasche herum.

»Es sind immer alle davon ausgegangen, dass es sich um einen solchen Fall handelt. Aber nun haben wir diese vollkommen neue Richtung, und das führt natürlich dazu, dass Personen in unseren Ermittlungskreis rücken, von denen wir vorher nicht mal wussten, dass sie existieren.«

Anna runzelte die Stirn.

»Was genau weißt du noch so über Theodor? Also, welche Fakten kennst du? Zähl alles auf.«

»Nicht viel«, sagte sie zögerlich. »Er ist Roos' Sohn, die beiden hatten ein schwieriges Verhältnis...« Sie schüttelte den Kopf. »Ich glaube kaum, dass er meine Schwester kannte, er ist ja viel älter als sie. Außerdem lebt er, soweit ich weiß, schon ewig in Australien.«

»Genau genommen... seit dem Jahr nach ihrem Tod.«

»Wie bitte?« Anna richtete sich im Stuhl auf, ihr ganzer Körper prickelte, fast hätte sie ihr Bier fallen lassen. »Bist du sicher?«

Er holte das kleine Notizbuch aus seinem Mantel, das er immer bei sich trug, und klappte es auf. Mit dem Daumen ging er die Seiten durch, dann las er das Datum vor. »Da ist er damals nach Australien gegangen. Nach allem, was ich gehört habe, war es ein überstürzter, nicht von langer Hand geplanter Umzug. Schon seltsam, oder? Wenn man plötzlich sein ganzes Leben aufgibt und ans andere Ende der Welt zieht. Was hat ihn wohl dazu bewogen, frage ich mich. Und warum ist er jetzt wieder hier?«

»Ich...« Anna setzte zu sprechen an, brach dann aber ab. »Wegen des Hauses oder wegen des Erbes«, sagte sie schließlich.

Er nickte nachdenklich. »Ja. Schon möglich. Aber Theodor hat Geld, Anna. Er ist vermögend, reich, könnte man sogar sagen. Warum will er unbedingt dieses Haus haben?«

»Sentimentale Gründe?« Sie zuckte die Schultern. »Es ist sein Elternhaus, oder?«

»Aber soweit ich herausgefunden haben, plante er nicht, auf die Insel zurückzukommen.« Neeson vergrub die Hände in den Taschen und blickte grüblerisch in die Dunkelheit. »Er will es also von euch zurückerstreiten und es dann entweder leer stehen lassen oder verkaufen. Er braucht das Geld aus dem Verkauf nicht, und es einfach verfallen zu lassen, bringt ihm auch nichts. Warum also ist ihm das so wichtig?«

Anna machte eine ratlose Geste.

»Wusstest du, dass damals keinerlei DNA-Proben genommen wurden?«, fragte er plötzlich.

Sie schüttelte den Kopf. Über solche Details der Ermittlungen wusste sie nichts. Sie war zu jung gewesen damals, und später, als sie die Zusammenhänge besser hätte verstehen können, war alles schon so lange her, dass sie nicht mehr wirklich darüber nachdachte.

»Ja. Sie hätten die ganze Insel testen lassen müssen. Manchmal wird so etwas gemacht, ein Aufruf zur freiwilligen DNA-Abgabe. Leider nicht in unserem Fall. Aber auch wenn wir nachweisen könnten, dass seine DNA an ihr war, heißt das noch lange nichts. Wenn wir keine Tatwaffe haben, und auch an dieser die DNA zu finden ist, sind uns die Hände gebunden. Und ich bezweifle, dass wir sie finden, wenn es sie überhaupt gibt. Aber trotzdem würde es mich interessieren, dich nicht auch?«

Sie nickte langsam. Anouk war an einer Kopfwunde gestorben, die durch einen Fall oder einen Schlag entstanden war. Fremdeinwirkung war wahrscheinlich, aber nicht zwingendermaßen erfolgt. Doch in den Dünen, wo man sie gefunden hatte, gab es keine harten Gegenstände, die eine solche Wunde hätten verursachen können, deswegen war sofort klar gewesen, dass sie dort nicht gestorben war. Jemand hatte sie nach ihrem Tod dort abgelegt. Mehr wusste Anna auch nicht.

»Was kannst du mir noch von ihm sagen? Denk nach, jedes Detail ist wichtig!«

Anna schüttelte den Kopf. »Ich habe ihn erst ein paar Mal gesehen. Auf der Beerdigung das erste Mal. Damals hat er mich die ganze Zeit angestarrt, aber das ist auch nicht verwunderlich, wir sahen aus wie Zombies. Es war ganz kurz nachdem Sem mich angegriffen hatte.«

Neesons Augen wurden schmal, er machte sich eine rasche Notiz. »Aber hat er *euch* angestarrt, oder *dich*?«, fragte er.

»Mich«, sagte Anna zögerlich. »Glaube ich zumindest.«

»Hm«, sagte Neeson nur.

»Was, hm?«

»Nichts. Und dann, hast du da mit ihm gesprochen?«

»Nein. Ich dachte damals noch, dass ich das nicht besonders nett von ihm finde, er hätte mal fragen können, wie es uns geht, oder sein Bedauern ausdrücken darüber, dass sein wild gewordener Neffe uns angegriffen und mich bewusstlos geschlagen hat. Schließlich haben wir seine Schwester gerettet. Aber nichts. Vielleicht hat er sich nicht getraut, und ich bin auch nicht sicher, wie viel er zu diesem Zeitpunkt schon wusste und inwiefern er das alles durchschaut hat.«

»Hm«, sagte Neeson wieder. »Und dann, wann hast du ihn wiedergesehen?«

»Bei der Testamentseröffnung.« Sie erzählte noch einmal von Theodors Ausraster und seinem Interesse am Haus. Als sie geendet hatte, machte Neeson sich wieder eine Notiz und starrte dann auf sein Buch. »Noch was?«, fragte er. »Noch irgendwelche Begegnungen?«

»Nein, das war's.«

»Okay« Neeson stand auf, und Anna starrte ihn verblüfft an. »Das war's?«

»Fürs Erste.« Er lächelte schwach und trat seine Zigarette aus. Dann sah er durch die Scheibe, runzelte die Stirn, hob den Stummel auf und warf ihn in die Asche der Feuerstelle. Anna drehte sich um, Ole stand mit verschränkten Armen im Wohnzimmer und starrte mit finsterer Miene zu ihnen heraus.

»Ich geh vorne rum. Wenn dir noch was einfällt, melde dich.« Neeson nickte ihr zu und verschwand ohne ein weiteres Wort um die Hausecke. Wenige Sekunden später startete vor dem Haus der Motor seines Wagens.

»Okay«, murmelte Anna verwirrt und stand etwas steif aus dem Gartenstuhl auf. »Also das war seltsam.«

46

Annas Handy klingelte. Es lag unter Papierbergen begraben auf dem Ladentresen und ließ den ganzen Tisch vibrieren. Sie stellte die Akelei ab, die sie gerade umtopfte, rannte hin und wühlte sich hektisch durch einen Wust aus Zetteln. Sie musste ordentlicher werden! Wenn man nicht mal mehr sein eigenes Telefon fand, stand es schlimm um einen.

Schließlich hatte sie es in einem Gartenhandschuh erspäht, der durch den Anruf Neongrün leuchtete, und ließ es beinahe fallen, als sie herausfischte. Atemlos hielt sie es sich ans Ohr.

»Hallo, Britt? Sorry dass es so lange gedauert hat, ich hab mal wieder...«

»Anna?« Britt unterbrach sie, ihre Stimme klang seltsam. »Anna. Hast du schon die Zeitung gesehen?«

Anna hielt verdutzt inne. »Was meinst du?«

Britt zögerte kurz. »Den *Telegraaf*.«

»Hm, den lese ich doch gar nicht, warum?«

»Lies ihn. Ich bin schon auf dem Weg zu dir.«

»Aber...«

»Oder warte! Warte am besten einfach, bis ich da bin, okay?«

»Britt, worum geht's denn? Ich versteh kein Wort.«

»Bin in fünf Minuten da! Beweg dich nicht von der Stelle!«

Anna fröstelte, als sie auflegte.

»Wer war das?«, fragte Evelyn. Sie stand in geblümter Schürze und Kopftuch im Schaufenster und putzte die Scheibe. Auch Karin hatte aufgeblickt, beide musterten Anna erstaunt.

»Britt. Sie hat irgendwas Seltsames gefaselt. Ich weiß auch nicht genau, was sie wollte.« Plötzlich war sie schrecklich unruhig. Ein paar Sekunden stand sie da, starrte Löcher in die Luft und überlegte, was der Anruf bedeuten mochte, dann schnappte sie sich den Schlüssel von der Ladentheke, der seltsamerweise nicht von irgendwas begraben war, und rannte in fleckiger Schürze und mit schwarzen Händen nach nebenan zu Leentje.

Beim Anblick der Bäckerin wusste Anna sofort, dass irgendwas passiert war. Leentje winkte nicht wie sonst fröhlich mit einem Croissant, sondern zuckte zusammen und wurde blass. Anna trat ein, und mit einem Mal wandten sich alle ihr zu. Der Bäckerladen, der wie immer um diese Zeit voller Rentner war, die hier frühstückten oder Brötchen kauften, und in dem eben alle noch fröhlich durcheinandergeplaudert hatten, war mit einem Mal totenstill, nur eine Stimme aus dem Radio verkündete für die nächsten Tage Sonne, mit leichten Wolkenansammlungen in den Abendstunden.

Anna stand da und starrte zurück. »Guten Morgen. Ich wollte nur schnell die Zeitung holen«, rief sie unsicher in Richtung Leentje.

Die nickte, sie hatte jetzt seltsame rote Flecken auf den Wangen. »Natürlich. Du … äh … kannst später bezahlen.«

»Oh, alles klar, danke!« Verwirrt schlängelte Anna

sich durch den Laden, vorbei an den Rentnern, die sie immer noch anstarrten, als sei sie gerade vor ihren Augen aus einem Raumschiff gestiegen. Anna kannte die meisten von ihnen, und sie nickte ihnen freundlich zu, aber niemand erwiderte ihren Gruß. Unsicher schnappte sie sich den *Telegraaf* und ging dann rückwärts aus dem Laden. Immer noch hatte sich niemand bewegt.

»Also entweder gab es über Nacht eine Zombie-Invasion auf der Insel, oder ich hab irgendwas im Gesicht hängen«, murmelte sie, als sie mit der Zeitung unter dem Arm über die Straße hüpfte und zwei Mädchen auf Hollandrädern auswich, die kichernd die Gasse entlangpreschten und dabei aus Boxen in ihren Frontkörben lauten Hip-Hop hörten. Sie versuchte, in ihrem Spiegelbild im Schaufenster zu sehen, ob sie vielleicht Erde an der Stirn kleben hatte und deshalb alle sie so anstarrten, aber sie schien ganz normal auszusehen.

Noch auf der Ladentreppe blätterte sie in der Zeitung. Plötzlich erstarrte sie und ließ die Hand mit dem Schlüssel, die sie gerade ausgestreckt hatte, um die Tür zu öffnen, wieder sinken. Ein riesiges Foto von ihr prangte oben auf einer Doppelseite des Regionalteils, daneben ein Foto von Anouk, das kurz vor deren Tod aufgenommen worden sein musste. Weiter unten auf der Seite sah sie kleinere Aufnahmen von Roos und Sem. Sie schloss wie in Trance die Tür auf, ließ den Schlüssel und ihr Portemonnaie auf den Boden fallen und ging nach hinten, wo sie sich auf einen Stuhl sinken ließ. Karin und Evelyn warfen ihr besorgte Blicke zu.

»Ist alles in Ordnung, Anna?« Karin kam auf sie zu und legte ihr eine Hand auf die Schulter, aber Anna nahm sie gar nicht richtig wahr. Entgeistert starrte sie auf die Schlagzeile.

Blumen des Todes? Floristin aus Den Burg (Texel) in Cold-Case-Fall verwickelt?

Ines Jaan.

Ines Jaan.

Luuks Frau.

Sie atmete tief ein und aus und zwang sich, nicht in Panik auszubrechen, auch wenn ihre Fingerspitzen plötzlich taub waren.

Es gelang ihr nicht. Ihr Puls schlug so schnell, dass sie ihn im Gesicht spürte, und ihr war auf einmal heiß. Schrecklich heiß.

Sie lief zur Schiebetür und riss sie auf. »Was ist denn los?«, fragte nun auch Evelyn und versuchte, einen Blick auf die Zeitung zu erhaschen, aber Anna hatte sie in der Faust zusammengeknüllt. Vor Wut hätte sie am liebsten hineingebissen. Nach ein paar tiefen Atemzügen, die sie beruhigen sollten, aber nur noch mehr Adrenalin durch ihre Adern zu jagen schienen, faltete sie sie wieder auseinander und überflog mit zitternden Händen den Artikel.

Alles stand dort. Von ihrer Schwester, ihrem Bein, ihrer Rückkehr auf die Insel, von den ganzen merkwürdigen Dingen, die geschehen waren, von Roos und Sem, von dem Erbe, dem Angriff auf ihren Laden. Sogar von

Attila. Nur klang das alles nun irgendwie so, als wäre es ihre Schuld. Als sei sie eine hysterische, männermordende Furie mit Minderwertigkeitskomplexen, der ständig merkwürdige Dinge passierten, von denen man nicht sicher sein konnte, ob sie die selber verursachte oder ob sie ihr tatsächlich zugefügt wurden. Natürlich waren keine vollständigen Namen genannt, und vieles war nur nebulös angedeutet, aber wenn man die Geschichte kannte, wusste man, dass sie nichts ausgelassen hatte. Sogar von Luuks und Annas Affäre war dort zu lesen.

... Nachdem Anna F., die seit Jahren in psychiatrischer Behandlung ist, eine kurze Liaison mit einem hiesigen Landwirt hatte, der sie auf dem Zenit der Geschehnisse fallen ließ, fand sie unseren Quellen nach Zuflucht in den Armen eines ortsansässigen Tierarztes. Die Geschichte ist und bleibt mysteriös, und es gibt viele offene Fragen. Fakt ist nur, dass das Rätsel um den Tod von Anouk F. nie gelöst wurde. Nun bleibt die Frage: Ist der Mörder noch immer unter uns, oder ist die psychisch labile Anna F. auf die Insel zurückgekehrt, um die traurige Berühmtheit ihrer Schwester für ihre Zwecke auszunutzen?

Der Schock saß so tief, dass Anna für einen Moment gar nichts fühlte. Dann brandeten so viele Empfindungen in ihr auf, dass sie sich mit schwachen Knien auf den Boden sinken ließ. Lange saß sie da und starrte mit glasigem

Blick vor sich hin, während die beiden Frauen stirnrunzelnd vor ihr standen und sich leise unterhielten.

»Sollen wir was tun? Sie sieht ganz weiß aus!«, flüsterte Karin.

»Ich weiß auch nicht, vielleicht ein Schock?«, flüsterte Evelyn zurück. »Ich hole mal ein Glas Wasser!«

»Vielleicht lieber einen Schnaps!«, warf Karin ein und kniete sich neben Anna hin. »Hey, Anna. Du machst uns langsam Angst. Ist alles gut, müssen wir einen Arzt rufen?«, fragte sie besorgt und strich Anna die Haare aus der Stirn.

»Hier, lies!«, sagte Anna dumpf. Sie hielt Karin die Zeitung hin. Dann las sie selbst noch einmal den ersten Satz. Ein bleierner Geschmack breitete sich in ihrem Mund aus.

Das Schlimmste war das, was zwischen den Zeilen stand. Luuk hatte Ines offensichtlich sehr viel von ihr erzählt. Auch von Dingen, die sie ihm in intimen Momenten anvertraut hatte. Ines schien alles zu wissen, von ihrer Kindheit, ihrer körperlichen Leidensgeschichte, der Sache mit Simon und Karin, ihren Ängsten. Sogar von Frau Hartstein. Und auch wenn man aus allem nur schlau wurde, falls man Anna näher kannte, war dieser Artikel eine Ungeheuerlichkcit. Ines hatte so einiges an wilden Spekulationen hinzugedichtet und dabei keine Möglichkeit ausgelassen, um Anna in möglichst schlechtem Licht dastehen zu lassen. Es fühlte sich an wie eine Faust im Magen.

Eins stand fest: Ines hatte die Affäre ihres Mannes kein bisschen überwunden. Das Luuk so sicher davon ausgegangen war, zeigte glasklar, dass sich ihr Verdacht von damals bestätigte – er hatte keine Ahnung, wie Frauen wirklich tickten.

»Sie müssen eine Richtigstellung drucken!« Nachdem sie sich ein wenig gefasst hatte, rief Anna zitternd vor Wut bei der Redaktion der Zeitung an, wo sie erst mal die Warteschleife anschrie, bevor sie merkte, dass sie mit einem Computer sprach. Als sie dann endlich jemanden von der Lokalabteilung in der Leitung hatte, war sie schon ein wenig ruhiger, aber nicht weniger wütend. Britt, die inzwischen auch eingetroffen war, stand neben ihr und knabberte unruhig an ihren Fingernägeln herum. Als Anna jetzt laut wurde, nickte sie bekräftigend und reckte eine Siegerfaust in die Luft.

»Gib's ihnen!«, flüsterte sie. Auch Karin und Evelyn, die beide ein wenig untätig an der Ladentheke herumstanden, nickten mit grimmigen Gesichtern.

»Das ist üble Nachrede.«

»Worum genau geht es?«, fragte die Frau am anderen Ende der Leitung. Sie wirkte jung und desinteressiert, was Anna gleich noch mehr auf die Palme brachte. Im Hintergrund hörte sie etwas rascheln, das wie eine Chipstüte klang.

»Um den Artikel über mich. Sie können so etwas doch nicht ohne meine Erlaubnis veröffentlichen. Das ist üble Nachrede. Ich verlange eine schriftliche Richtigstellung.«

»Ah, Sie sind die Floristin aus Texel?«

»In der Tat, die bin ich.«

Einen Moment war es still in der Leitung. »In dem Artikel stehen keine Fakten, sondern nur Annahmen. Ich fürchte, da können wir nichts machen.« Die Frau klang gehässig.

»Das kann nicht sein! Ich werde Sie anzeigen!«, schnappte Anna.

Ein belustigtes Lachen schallte ihr entgegen. »Viel Vergnügen. Glauben Sie, Sie sind die Erste, die das versucht? Schon mal was von Pressefreiheit gehört? Solange sie nichts behauptet, sondern nur Vermutungen anstellt, können Sie Ines gar nichts.«

Ines? Anna horchte auf. Und als hätte sie es geahnt, sagte die Frau: »Ines ist übrigens eine gute Freundin von mir.«

Anna seufzte. »Hören Sie!«, sagte sie eindringlich und bemühte sich, umgänglicher zu klingen. »Ich wusste nicht, dass er verheiratet war. Ich dachte, sie wären schon ewig getrennt. Ich habe sofort Schluss gemacht, als ich es erfahren habe, habe ihn rausgeschmissen und das Ganze ein für alle Mal beendet. Mein Freund hat mich erst letztes Jahr mit meiner besten Freundin betrogen, nur deshalb bin ich überhaupt auf die Insel gezogen. Wenn einer weiß, wie sich das anfühlt, bin ich es, und ich würde das niemals jemandem absichtlich antun. Niemals.«

Die Frau am Ende der Leitung schwieg einen Moment. »Aber Sie können es Ines nicht wirklich verdenken, oder?«, sagte sie dann. »Wir können da leider nichts tun, und Richtigstellungen liest sowieso niemand. Ich kann Ihnen da nicht helfen. Wenn Sie Beschwerde einreichen wollen, dann tun Sie's, aber ich sage Ihnen gleich, das ist verschwendete Zeit. Außerdem bin ich dafür nicht zuständig. Ich muss leider los, schönen Tag!« Es klackte in der Leitung, und sie hatte aufgelegt.

Anna starrte ihr Handy an und musste den Impuls unterdrücken, es gegen die Wand zu schleudern. Zum Glück konnte sie sich zurückhalten, denn sie stand im Laden vor dem Schaufenster und die Scheibe war erstens neu und zweitens nicht bruchsicher.

47

»Sie ist also darüber hinweg, ja?« Anna war nach Hause gerast und hatte Luuk den Artikel auf den Küchentisch geknallt, dass die Kaffeetassen hüpften. Aber bevor sie zu ihrer wutschnaubenden Rede ansetzen konnte, die sie im Auto eingeübt hatte, hatte er gesagt: »Ich weiß, Anna. Hab's schon gesehen. Es tut mir so leid. Ich denke, das war wegen neulich. Als ich bei euch war und sie unangekündigt hergekommen ist. Aber sie ist weg. Ich habe sie rausgeworfen.«

»Oh.« Anna starrte ihn entgeistert an. »Du meinst…?«

Er nickte. Erst jetzt wurde Anna bewusst, wie fertig er aussah, übernächtigt und erschöpft, mit grauen Schatten unter den Augen. Sie standen in seiner Küche, und er wirkte, ganz gegen seine Gewohnheit, als wäre er gerade erst aus dem Bett gekrochen.

»Ich konnte es nicht fassen, dass sie so etwas tun würde. Sie weiß, dass das Ganze ein Missverständnis war, dass du nicht wusstest, dass ich in einer Beziehung bin, dass ich es war, der einen Fehler gemacht hat. Und trotzdem ist sie zu so etwas fähig…«

»Aber warum macht sie das? Und warum jetzt, das mit uns ist doch schon so lange her.«

»Sie hat etwas gesagt von einem anonymen Tipp, einer Spende, die die Zeitung bekommen hat, im Gegenzug dafür, dass sie den Artikel über dich schreibt. Ich konnte es nicht fassen. Ich… kann mit so jemandem nicht zusammen sein.«

»Aber ich verstehe das nicht!« Anna war wie vor den Kopf gestoßen. Jemand hatte für den Artikel bezahlt?

»Ist das nicht illegal?«, fragte sie, weil ihr nichts anderes einfiel.

»Sicher, aber wer sollte es nachweisen können? Mehr weiß ich auch nicht. Sie wollte mir nicht mehr sagen. Besonders nicht, nachdem ich so wütend geworden bin.«

»Sie wusste alles über mich!«, rief Anna, plötzlich wieder aufgebracht. »Du hast ihr alles erzählt.«

Luuk war mit einem Mal grau im Gesicht. Er versuchte, ihre Hände zu nehmen, aber sie wich ihm aus. »Ich habe ihr kaum was erzählt«, stotterte er. »Wir haben über dich geredet, manchmal, sie hat Fragen gestellt, wollte sich ein Bild von dir machen. Aber ich habe nie etwas Schlechtes über dich gesagt, das musst du mir glauben. Ich wusste doch nicht ...«

Er fuhr sich mit den Händen über das Gesicht. Dann zog er sie plötzlich in seine Arme und drückte sie an sich.

Anna gab einen überraschten Laut von sich, dann erwiderte sie nach kurzem Zögern die Umarmung. Sie wusste nicht, ob er sie tröstete oder sie ihn, aber sie standen eine ganze Weile einfach da und hielten einander fest.

Als Luuk Anna schließlich aus dem Haus begleitete, hatte sie die Zeitung noch immer im Arm. »Wenn ich irgendwas tun kann ...«, sagte er hilflos, aber sie schüttelte den Kopf.

»Der Schaden ist angerichtet, ich fürchte, da kann jetzt keiner mehr was ...« Plötzlich hörte sie Reifen quietschen. Sie blickte auf und sah Oles grünen Jeep in die Hofeinfahrt jagen. »Ooooh, shit«, konnte sie gerade noch sagen, da war er auch schon ausgestiegen und rannte mit großen Schritten auf den verdatterten Luuk zu. Er packte ihn am Hemd und schmetterte ihn gegen einen Terrassenpfeiler.

»Findest du das lustig, solche Sachen über Anna zu verbreiten?«, knurrte er.

»Hey, ganz ruhig, ich ...« Luuk hob erschrocken die Hände, aber Ole ließ ihn nicht zu Wort kommen. Erneut warf er ihn gegen den Pfeiler, und Anna hörte ein dumpfes Geräusch, als Luuks Hinterkopf gegen das Holz stieß. Sie schlug erschrocken die Hände über den Mund.

»Ich habe ihr gesagt, sie soll dir nicht trauen.«

»Hey, beruhig dich! Ich habe nichts damit zu tun!«
Luuk rieb sich mit wütend funkelnden Augen den Hinterkopf. Anna konnte ihm ansehen, dass er nur mit
Mühe die Beherrschung behielt. Sie war froh, dass er
versuchte, ruhig zu bleiben, denn sie konnte an Oles
angespannten Kiefer sehen, dass eine falsche Bewegung
ausreichen würde, um das Ganze eskalieren zu lassen.

»Ole, hör sofort auf mit dem Mist!« Anna versuchte,
ihn von Luuk wegzuziehen, aber Ole ignorierte sie.

»Ach ja, und woher hat sie all die Informationen für
ihren Artikel?«, rief er und packte Luuk, der sich an
ihm vorbeidrücken wollte schon wieder am Kragen.

Dann passierte es. Luuk versuchte, Ole wegzudrücken, der verstand die Bewegung falsch, und plötzlich
fingen sie von einer Sekunde auf die andere an, sich zu
schlagen. Sie stolperten von der Terrasse, umkreisten
einander mit wutverzerrten Gesichtern und verpassten
einander immer wieder etwas ungeschickt wirkende
Fausthiebe. Anna konnte sich ein paar Sekunden lang
nicht rühren, so entsetzt war sie über das, was hier
gerade passierte. Doch dann löste sie sich aus ihrer
Starre, rannte auf die beiden zu und versuchte unter
hektischen Rufen, dazwischenzugehen. Schnell musste
sie einsehen, dass sie keine Chance hatte, da sah sie zum
Glück aus dem Augenwinkel Britt aus der Hintertür
des Hofes schießen und über den Zaun springen, offensichtlich ebenfalls aufgescheucht vom Quietschen der
Reifen und den aufgeregten Rufen. Karin folgte wenige
Meter hinter ihr.

Luuk hatte inzwischen Oles Arme gepackt und versuchte, ihn von sich zu lösen, denn der hatte ihn im Schwitzkasten. Die beiden rangen keuchend miteinander, die Gesichter hochrot. Plötzlich bekam Luuk eine Hand frei und schlug nach Oles Gesicht. Der reagierte sofort, hob die Faust und schmetterte sie mit voller Wucht auf Luuks Nase. Luuk ging in die Knie und hielt sich mit einem gurgelnden Geräusch das Gesicht.

Anna schrie auf. Sie packte Ole am Kragen und zog ihn zurück, aber er machte einen Schritt nach vorne, und sie konnte gegen sein Gewicht nichts ausrichten, sein Hemd entglitt ihr, und er holte erneut aus, um Luuk eine reinzuhauen. Der hatte sich geduckt und hielt sich die Wange, Blut sickerte aus seiner Nase. Plötzlich senkte er mit einem wütenden Schnauben den Kopf und wollte wie ein Bulldozer Oles Bauch rammen, da schmiss Britt sich mit ausgebreiteten Armen zwischen die beiden.

»Sofort aufhören, ihr Vollpfosten!«, keifte sie so laut, das Luuk taumelnd innehielt und auch Ole augenblicklich stehen blieb. Schwer atmend, starrten sie sich an, zwischen ihnen die aufgebrachte Britt.

»Er hat angefangen«, knurrte Luuk.

»Er hat mir den ersten Schwinger verpasst«, knurrte Ole zurück.

»Ist mir scheißegal. Wie alt seid ihr eigentlich?« Britt hatte die Autorität einer erfahrenen Kindergärtnerin in der Stimme, und die beiden senkten beschämt den Blick, wenn auch ganz klar war, dass sie sofort wieder aufeinander losgehen würden, sollte man sie lassen.

»Du, sofort ins Haus«, befahl sie Luuk und zeigte in Richtung Küchentür, als würde sie einen ungehorsamen Hund in sein Körbchen schicken. Er sah sie einen Moment überrascht an, schien dann aber zu dem Schluss zu kommen, dass es besser war, ihr nicht zu widersprechen. Er drehte sich um und ging die Stufen zur Veranda empor. Noch immer hielt er sich die Nase und kramte in seiner Hose nach einem Taschentuch.

»Und du, sofort da rüber!« Britt deutete mit funkelnden Augen in Richtung Hof.

Ole blickte Luuk mit einer Mischung aus Wut und Bedauern hinterher, dann drehte auch er sich langsam um. Karin fasste ihn am Arm und zog ihn mit sich. Die Naht an seiner Stirn, die noch von Sems Angriff stammte, als der ihm eine Vase übergezogen hatte, war offensichtlich wieder aufgegangen, Blut sickerte zwischen seinen Augenbrauen auf seine Nase herab, er wischte es mit dem Handrücken ab. Auch sein Hemd und das weiße Shirt darunter waren voller roter Spritzer.

Anna merkte erst jetzt, dass sie die ganze Zeit über die Luft angehalten hatte. Als die Situation offensichtlich deeskaliert war, stieß sie ein erschüttertes Keuchen aus.

»Kommst du?«, fragte Britt und drehte sich nach ihr um.

Anna zögerte. »Ich geh kurz nach Luuk gucken«, antwortete sie.

Ole blieb wie angewurzelt stehen. »Auf gar keinen Fall.«

Anna sah ihn ungerührt an. »Und ob. Du hast ihm sicher die Nase gebrochen.«

»Du gehst nicht zu ihm r...«

»Bring ihn ins Haus«, unterbrach Anna ihn ungerührt und nickte Britt zu. Dann drehte sie sich um und ging die Stufen empor. Ole starrte ihr mit offenem Mund hinterher. Britt packte ihn entschlossen am Arm und zog ihn mit der geballten Muskelkraft einer professionellen Physiotherapeutin hinter sicher her.

48

»Du Idiot.« Britt beugte sich mit grimmigem Blick über ihren Bruder, der auf einem Küchenstuhl saß und den Kopf in den Nacken gelegt hatte. Sein Gesicht war blutüberströmt, er hielt sich die Haare zurück, und sie wischte, unsanfter als nötig, mit einem feuchten Lappen an ihm herum.

»Das war überfällig«, sagte Ole ungerührt.

»Und was bitte soll das bringen? Sieh dich doch an, du musst wieder genäht werden!«

»Ach was, ein Kratzer ist das!«

»Es ist komplett aufgeplatzt.« Sie seufzte und betrachtete mit geschürzten Lippen die Wunde. »Ich rufe Pa an, der kann es sicher richten.«

Karin kramte im Gefrierschrank und holte einen Eisbeutel hervor, den sie ihm reichte. »Hier, press den erst mal drauf, das verlangsamt die Blutung!«

Anna stand schon seit einer Weile in der Tür und beobachtete die drei. Jetzt räusperte sie sich. »Luuk musste ins Krankenhaus«, verkündete sie.

Alle drei zuckten zusammen, sie hatten Anna nicht hereinkommen hören. »Es hat nicht aufgehört zu bluten.«

»Gut!«, sagte Ole voller Genugtuung.

Anna schüttelte ungläubig den Kopf. »Er hatte sich gerade bei mir entschuldigt. Ines hat den Artikel ohne sein Wissen geschrieben.«

Ole schnaubte. »Das glaubst du doch nicht etwa!«

»Er hat sie rausgeschmissen! Sie sind nicht mehr zusammen. Sie hat es aus Rache getan«, rief Anna. »Er war total fertig.«

»Oh!« Ole und Britt schauten sie beide mit dem gleichen überraschten Gesichtsausdruck an, und auch Karin blickte verdattert. Zufrieden stellte Anna fest, dass Ole jetzt zumindest ein wenig schuldbewusst guckte. »Wenn du gefragt hättest, bevor du wie ein wild gewordener Affe auf ihn losgegangen bist, hätte ich dir das erklärt!«, setzte sie hinzu.

»Ich war wütend«, sagte er. »Außerdem wollte ich nur reden. Er hat angefangen!« Britt verdrehte die Augen und rieb ein wenig fester an seiner Wange herum, sodass er einen erschrockenen Laut von sich gab. »Aua, willst du mir die Haut vom Gesicht ziehen?«

»Das ist total verkrustet, du siehst aus wie ein Spanferkel.«

»Schönen Dank«, brummte Ole.

Britt ging in den Flur, um mit ihrem Vater zu telefonieren und Karin folgte ihr. Als Anna und Ole alleine waren, breitete sich Stille im Raum aus. Anna setzte sich auf den Stuhl ihm gegenüber. Er hatte ein Tuch gegen die Stirn gepresst, das sich langsam rot färbte, und sah sie böse an. Die Stille dehnte sich aus.

Schließlich seufzte Anna. »Hör mal, ich weiß, dass du das für mich gemacht hast. Aber so was geht einfach nicht!«

»Er hätte das Gleiche getan.«

»Aber er hat doch gar nichts gemacht!«

»Du weißt, was ich meine.«

Anna seufzte. Das Ganze war so kompliziert. Sie wusste, dass es Ole nicht nur um den Artikel ging. Zwischen ihm und Luuk schwelte es schon lange. Aber *das* hatte sie trotzdem nicht erwartet. Sie war vollkommen erschüttert – im Gegensatz zu den beiden Männern. Seltsamerweise war auch Luuk nicht weiter aufgebracht gewesen, als sie ihm ins Haus gefolgt war. Er hatte im Bad vor dem Spiegel gestanden, vorsichtig Watte in seine geschwollene Nase gestopft und sich nur kurz umgedreht, als sie hereingekommen war. Dann hatte er sich ein Taxi in die Stadt genommen und sich mit den Worten »ach was, ist doch nicht weiter schlimm« geweigert, ihre Hilfe anzunehmen. Er hatte dieselbe stoische Haltung ausgestrahlt wie nun Ole. Fast, als sei etwas geschehen, auf das er schon lange gewartet hatte, und nun, da es passiert war, war es vorbei und nicht mehr groß der Rede wert.

Sie seufzte erneut. Vielleicht sollte sie die beiden das einfach unter sich regeln lassen.

Britt kam herein. »Du sollst in die Praxis kommen. Pa flickt dich wieder zusammen.«

Ole nickte und stand auf. Anna griff sich die Schlüssel. »Ich fahre dich. Sonst wirst du noch ohnmächtig und fährst in den Graben.«

Ole grinste schief. »Wegen dem kleinen Wehwehchen.« Aber er protestierte auch nicht weiter, als Anna ihre Jacke nahm und sie zusammen Richtung Auto gingen. Vielleicht lag es an dem neuen Rinnsal Blut, dem das Tuch nicht standhalten konnte und das nun seine Nase hinab lief.

49

»Ah! Scheiße, willst du mich aufspießen oder was?« Ole grunzte vor Schmerz, als sein Vater erneut die Nadeln in seiner Stirn versenkte. Es tat tatsächlich verdammt weh, und er grub die Hände in die Stuhllehnen, um sich davon abzuhalten, aufzuspringen und aus der Tür zu rennen.

»Nun hab dich mal nicht so, ein Brocken wie du wird ja wohl so 'nen kleinen Pickscr aushalten, ohne gleich zu wimmern!« Ungerührt schob sein Vater die Brille nach oben und zog den Faden fest, nur um gleich darauf wieder auszuholen und den Haken, den er zum Nähen benutzte, in Oles empfindliches Fleisch zu bohren.

»Ist das nur mein Gefühl, oder bist du absichtlich extrem unsanft?«, knurrte Ole.

»Wer sich prügeln kann, kann auch die Konsequenzen tragen.«

Darauf erwiderte Ole lieber nichts.

Nach ein paar weiteren Stichen fragte Henk. »Sieht der andere genauso aus?«

Ole brauchte einen Moment, um zu verstehen, was er meinte. »Ich glaube schon. Hab ihm die Nase gebrochen. Das hoffe ich zumindest.«

Henk zog eine Augenbraue in die Höhe. »Du bist jetzt Mitte dreißig. Und prügelst dich herum, wie ein kleiner Dorfjunge. Bist du darauf etwa stolz?«

»Du hättest genauso reagiert, wenn...«, Ole brach ab.

Henk seufzte. »Es geht um Anna?«, fragte er, und Ole nickte.

»Lass mich raten, es hat etwas mit diesem widerlichen Artikel im *Telegraaf* zu tun?«

Ole nickte wieder.

»Dieser Artikel war wirklich furchtbar. Aber hätte man das nicht auch anders regeln können?«, fragte er.

»Du weißt, ich bin eigentlich nicht so. Ich hasse Gewalt. Aber es hat mich einfach gepackt. Der Typ wirkte so, als wäre ihm das alles völlig egal.« Das stimmte nicht ganz, aber es war eine Erklärung für das, was da heute passiert war.

Henk schmiss die blutige Nadel und den Haken, den er benutzt hatte, um den Faden tief genug ins Fleisch zu kriegen, in ein nierenförmiges Metallschüsselchen. »Fertig. Jetzt noch desinfizieren.«

Ole dachte gerade noch, dass sich das nicht gut anhörte, da schoss ein schrecklicher Schmerz, von seiner Stirn ausgehend, durch seinen Körper. Er schrie erneut, und diesmal sprang er wirklich auf. »Scheiße, als sie mich im Krankenhaus zusammengeflickt haben, hat das nicht halb so wehgetan!«

»Na, du hättest ja ins Krankenhaus gehen können«, sagte Henk ungerührt und wischte sich die Hände ab. »Bei mir kriegst du gratis eine Mach-so-etwas-nie-wieder-Behandlung, die vielleicht etwas schmerzvoller ist, aber auch eine abschreckende Wirkung erzielt.« Er grinste. »Das machen sie auch mit Jugendlichen, die mit Alkoholvergiftungen eingeliefert werden. Man könnte ihnen durch eine Spritze das ganze Leid ersparen, aber dann würden sie ja nichts lernen. Verstehst du, worauf ich hinaus will?« Er lehnte sich gegen den Behandlungstisch und verschränkte die Arme. »Gewalt ist nie die Lösung, Sohn. Auch wenn ich klinge wie ein Polizeiposter. Es stimmt. Das ist unter deiner Würde. Du wirst bald meine Praxis übernehmen. Damit geht eine Verpflichtung einher. Ich will nie wieder hören, dass du dich geprügelt hast. Egal mit wem und weshalb, ist das klar?« Seine Stimme war hart geworden und erinnerte Ole an die seltenen aber erinnerungswürdigen Standpauken, die er ihm und Britt in ihrer Kindheit gehalten hatte.

»Pa, ich habe mich vorher noch nie geprügelt! Aber er...«

»Ob du das verstanden hast, will ich wissen.«

Ole seufzte. Wenn sein Vater diese Stimme bekam, lenkte man lieber sofort ein und ersparte sich damit eine Menge Ärger. »Schön, du hast ja recht!«

Henk nickte grimmig. Dann gab er ihm plötzlich einen kräftigen Klaps auf die Schulter. »So und jetzt raus hier. Frau Sonnewend und ihr Pudel mit Durchfall warten schon eine halbe Stunde.«

Als er ins Wartezimmer kam, blickte Anna hoch, und als sie ihn sah, sprang sie besorgt auf. »Ich habe einen Schrei gehört. Ist alles in Ordnung?«

Ole grinste abwehrend, legte eine Hand um ihren Nacken und küsste sie auf den Kopf. »Wir haben nur Spaß gemacht, alles halb so wild!« Sie hatte draußen gewartet, weil sie, wie sie sagte, »gerne darauf verzichtete, zu sehen, wie sein Vater die zwei klaffenden Fleischlappen auf seiner Stirn wieder in einen verwandelte«. Nun warf sie die Zeitung, in der sie gelesen hatte, auf den Tisch und nahm besorgt seinen Arm.

»Tut es noch weh?«, fragte sie.

»Ja, ziemlich«, sagte Ole wahrheitsgemäß.

»Gut!«

»Hey!«

»Du hast es verdient.«

»Ich habe dich verteidigt!«

»Schieb das nicht auf mich, seh ich aus, als müsste ich verteidigt werden? In welchem Jahrtausend lebst du eigentlich?«

Ole knurrte etwas Unverständliches und zog sie Richtung Parkplatz, denn die Kunden im Wartezimmer warfen ihm erschrockene und entsetzte Blicke zu, und Frau Sonnewend hatte ihren Pudel gepackt und schützend an sich gedrückt, als fürchtete sie, Ole würde sich gleich eine Keule von ihm abschneiden. Er blickte an sich herunter und stellte fest, dass sein weißes T-Shirt komplett voller Blut war.

Als sie im Auto saßen, sprachen sie nicht viel. Er warf Anna, die den Wagen nachdenklich über die Insel lenkte, ab und an einen Seitenblick zu. Er konnte nicht einschätzen, wie sauer sie genau war. Eben war sie noch besorgt um ihn gewesen und deshalb nachsichtig, aber er konnte an der Falte zwischen ihren Augenbrauen sehen, dass sie jetzt nicht mehr ganz so milde gestimmt war. Das beschäftigte ihn sehr. Was ihn außerdem beschäftigte, war das schlechte Gewissen, das sich langsam einen Weg in sein Bewusstsein bahnte. Scheiße, er hatte Mist gebaut, und er wusste es. Aber es war genauso, wie er es seinem Vater beschrieben hatte, er hatte sprichwörtlich rotgesehen. Eigentlich hatte er gar nicht vorgehabt, sich mit Luuk zu prügeln, er wollte ihn nur zur Rede stellen, ihn fragen, was das Ganze verdammt noch mal sollte. Aber als er dann gesehen hatte, wie der Kerl zusammen mit Anna aus dem Haus gekommen war, hatte irgendwas in ihm einfach ausgesetzt. Und es hatte sich verdammt gut angefühlt, seine Faust in Luuks Gesicht, auch wenn das jetzt, im Nachhinein, eine bescheuerte Idee gewesen war.

Anna hatte noch immer kein Wort gesagt.

Wie schon vorhin in der Küche dehnte sich die Stille zwischen ihnen, bis er es nicht mehr aushielt. »Scheiße, ich war einfach eifersüchtig. Ich hasse den Typ nun mal«, brach es aus ihm heraus, so heftig, dass er sah, wie sie zusammenfuhr. »Es tut mir leid, okay? Ich werde mich bei ihm entschuldigen. Es war nicht richtig, es

war bescheuert. Es war nur, weil ihr beide ... na ja ...«
Er brach ab und wusste nicht, wie er weitersprechen
sollte.

»Weiß ich doch«, sagte Anna ruhig.

»Was?« Erstaunt blickte er sie an, als sie plötzlich
ihre Hand auf sein Knie legte.

»Ich weiß, dass das heute nicht du selber warst. Und
dass du dich entschuldigen wirst. Und dass du dich
insgeheim schon schrecklich schämst.« Sie nahm die
Augen nicht von der Straße, aber er sah, dass ein leich-
tes Lächeln auf ihren Lippen lag.

Er antwortete nicht, aber das schien auch nicht nötig.

»Pizza?«, fragte sie, und er nickte überrascht.

»Klar, Pizza«, sagte er mit trockenem Mund, und sie
lenkte den Wagen Richtung Innenstadt.

50

Das Leben auf der Insel wurde nach dem Artikel nicht
leichter für Anna. Sie spürte die Auswirkungen jeden
Tag. Es kamen viel weniger Kunden als zuvor, die
Blumen verrotteten in den Eimern, und die Marmela-
dengläser im Haus füllten sich erneut mit welkenden
Restbeständen. Bald begann sie wieder, ihre abendliche
Fahrradrunde zum Altersheim zu drehen. Und auch
wenn sie unter den Bewohnern des Pinienheims, die
allesamt zu alt waren, um noch Zeitung zu lesen, viele
Fans hatte, sah ihr Alltag deutlich anders aus. Sie be-

kam Hassbriefe und anonyme Anrufe, und oft blieben Menschen vor dem Schaufenster stehen und tuschelten oder versuchten, durch die Scheibe einen Blick auf sie zu erhaschen. Manchmal fühlte sie sich wie eine Gestalt aus einem Monstrositätenzirkus.

Henk hatte großen Einfluss auf die Insulaner, und Anna wusste, dass er sich für sie stark machte, denn mehr als eine Kundin erzählte ihr, dass er sie in Schutz nahm und sie deshalb wieder in den Laden kamen, auch wenn sie alle betonten, wie sehr der Artikel sie verunsichert hatte. Neugier spielte wahrscheinlich auch eine nicht unerhebliche Rolle, aber Anna war froh um jeden, der sie nicht offen anfeindete. Sie betrieb Schadensbegrenzung, wo sie nur konnte, war extrafreundlich, extrazuvorkommend, versuchte, vollkommen normal und unpsychopathisch zu wirken. Aber es funktionierte nicht, und in den ersten Wochen zog sie sich fast ganz aus dem Laden zurück und überließ Evelyn und Karin die Kunden, während sie oben wie im Wahn Kuchen backte, den dann niemand kaufte und den sie bald ebenfalls ins Altenheim brachte, wo sie inzwischen von vielen mit klebrigen Wangenküsschen und wackligen Umarmungen begrüßt wurde.

Den Tag über versuchte sie mit aller Macht, sich von ihren düsteren Gedanken ablenken, und das ging mit Mehl und Butter tatsächlich ziemlich gut. Sie war sehr dankbar, dass ihre beiden Helferinnen verstanden, wie es ihr ging, und ungefragt alles übernahmen, was es im Laden zu tun gab. Besonders Evelyn entwickelte in diesen Zeiten ungeahnte Fähigkeiten – sie übernahm vollständig die Kundenbetreuung, und wenn sie auch oft etwas ruppiger war, als Anna lieb gewesen wäre, so machte sie den Job gut. Es gab nichts zu beanstanden.

Wenn Anna sich in der Backstube versteckte, ließ sie meistens die Tür angelehnt, weil sie nicht anders konnte, als ab und zu den Gesprächen im Laden zu lauschen. Von »ich habe schon immer gewusst, dass mit der was nicht stimmt« bis »ein solcher Unsinn, wer einen so schönen Laden hat, ist doch keine verrückte Psychopathin« war alles dabei.

Eines Tages fühlte sie sich besonders elend. Die Verkäufe waren noch mehr zurückgegangen, und sie hatte am Morgen zwei Kundinnen belauscht, die offensichtlich nur hergekommen waren, um zu schnüffeln. Sie liefen im hinteren Teil des Ladens hin und her, hoben alles hoch, was nicht niet- und nagelfest war, nur um dann nicht mal einen Blick darauf zu werfen, und tuschelten dabei unablässig hinter vorgehaltenen Händen.

»Ganz schön unordentlich hier, findest du nicht?«

»Was willst du erwarten? Ich habe gehört, sie nimmt so starke Psychopharmaka, dass sie nur noch wie ein Zombie unterwegs ist!«

»Nein!«

»Doch, hat Irmgard erzählt. Und wusstest du, dass sie eine Affäre mit dem Bürgermeister hat?«

»Also jetzt hör aber auf!«

»Wenn ich es dir doch sage! Hat Helen im Strickcafé gehört. Die beiden wurden zusammen gesehen. Mehrfach! Das kann doch gar nichts anderes bedeuten. Sie scheut anscheinend keine Mühen, um sich hochzuschlafen... Würde mich nicht wundern, wenn sie sich die Geschichte mit dem Bein nur ausgedacht hat, um Mitleid zu heischen. Bestimmt hat sie Münchhausen, oder sieht sie für dich vielleicht krank aus?«

An diesem Punkt hatte es Anna gereicht. Sie wollte nach unten rasen, die beiden an den Haaren aus dem Laden schleifen und ihnen gehörig die Meinung geigen.

Aber sie konnte einfach nicht. Stattdessen schloss sie die Tür, schlich zu dem alten geblümten Sessel, in dem Harry gerade ein Nickerchen machte, und kuschelte sich dort mit ihm ein, in der Kehle einen sauren Kloß.

Dort lag sie immer noch, als sie eine Stunde später von einem Tumult unten im Laden aufgeschreckt wurde. Laute, erregte Stimmen drangen zu ihr hoch.

Erschrocken lief sie zur Tür, hielt dann aber inne und schlich die Treppe hinunter. Offensichtlich war Evelyn dort unten mit jemandem in Streit geraten.

»Wie können Sie sich erdreisten...« Anna zuckte zusammen, als Evelyns aufgebrachte Stimme zu ihr heraufdrang. Schnell schlich sie näher und lugte um die Ecke.

»Sie haben einen Ruf zu verlieren, Frau Evers. Und wenn einer wissen muss, wovon ich spreche, dann doch Sie. Die hat Sie schließlich eigenhändig in den Ruin getrieben, mit ihren Machenschaften. Würde mich überhaupt nicht wundern, wenn da auch nicht alles mit rechten Dingen zugegangen wäre.« Die Stimme der anderen Frau war eindringlich und schneidend. Sie trug einen Hut und sah elegant aus, vor ihr auf der Ladentheke lag ein Strauß Rosen.

»Und was genau wollen Sie damit sagen?«

»Ich sage gar nichts.« Die Frau verstummte kurz, dann brach es aus ihr heraus: »Aber wer bei einer Schlampe und einer Verrückten arbeitet, der braucht sich nicht zu wundern, wenn die Leute auch über ihn reden«, zischte sie. »Kündigen Sie lieber, bevor Sie auch noch in die Sache hineingezogen werden.

Einen Moment war es mucksmäuschenstill im Laden. Anna stand da wie festgefroren. Sie traute sich nicht zu atmen, eine Gänsehaut hatte ihren ganzen Körper überzogen.

»Raus!«

»Wie bitte?«

Evelyn zitterte vor Wut. Sie hob die Hand und zeigte mit einer Miene zur Tür, die einen Gladiator in die Knie gezwungen hätte. »Verschwinden Sie sofort aus unserem Laden, bevor ich mich vergesse.«

»Aber … meine Blumen!«

»Die Blumen können Sie sich in den Hintern stecken!«

Die Frau japste empört, und auch Anna fuhr erschrocken zusammen und schlug die Hand vor den Mund.

»Wie bitte?«

»Sie haben ganz richtig gehört. Anna kann keiner Fliege etwas zuleide tun. Mein Laden lief schon seit Jahren schlecht, was ich untreuen Kunden wie Ihnen zu verdanken habe, die ihre Blumen lieber im Supermarkt kaufen. Anna hatte damit nicht das Geringste zu tun. Sie hat mich eingestellt, obwohl ich fast sechzig bin und sie viele andere Bewerber hatte. Wie können Sie es wagen, vor mir so von ihr zu sprechen. Sie haben hiermit Hausverbot. Wenn ich Sie hier noch einmal sehe, rufe ich die Polizei. Und jetzt verschwinden Sie und Ihr bescheuerter Hut aus unserem Laden!«

Die Frau starrte die Evers vollkommen verdattert an, dann drehte sie sich ruckartig um und floh mit panischem Blick. Als die Glocke bimmelte, lief die Evers hinter ihr her, rief: »Ja, richtig so, auf nimmer Wiedersehen!«, und knallte wütend die Tür hinter ihr zu.

Als sie sich umdrehte, begegnete sie Annas Blick, und sie zuckte erschrocken zurück. »Oh, Anna, ich habe dich gar nicht gesehen, ich ...« Aber sie konnte nicht weitersprechen, denn Anna hatte sich in ihre Arme geworfen und begann an ihrer Schulter hemmungslos zu schluchzen.

Die Evers stand einen Moment wie versteinert da, angesichts des plötzlichen Körperkontakts. Dann legte sie die Arme um die zitternde Anna und strich ihr sanft über den Kopf. »Scht, scht, Kind. Das wird schon. Von so einer lassen wir uns doch nicht kleinkriegen. Scht, jetzt mal ganz ruhig. Ich weiß, ich weiß, das war nicht leicht in letzter Zeit. Aber wir schaffen das, du wirst sehen, wir schaffen das!«

Sie hielt Anna so lange im Arm und murmelte beruhigend auf sie ein, bis die verzweifelten und zuletzt erschöpften Schluchzer aus Annas Brust versiegten und sie nur noch schniefte. Dann führte die Evers Anna nach hinten in den Laden und setzte sie behutsam in einen der Sessel. »So, ich mache dir jetzt einen schönen, starken Cappuccino, den trinkst du und bleibst hier sitzen, bis ich keine einzige Träne mehr sehe. Und dann nimmst du deinen Hund und fährst nach Hause. Ich schmeiße heute den Laden. Mach dir keine Gedanken, auf mich kannst du dich verlassen.«

Anna nickte stumm, dann brach sie erneut in Tränen aus. Es dauerte lange, bis sie ihren Trostcappuccino getrunken hatte und die Evers ihren Zustand für stabil genug ansah, um sie gehen zu lassen. Aber als sie dann auf dem Rad saß und gen Bruijnshof fuhr, war ihr ein wenig leichter ums Herz. Sie hatte vielleicht den größten Teil der Insulaner als Kunden verloren, aber dafür hatte sie eine Verbündete gewonnen. Und die hatte es augenscheinlich in sich.

51

»Viola, was machst du denn hier?«

Oles Mutter sah sich mit einem strahlenden Lächeln um. »Hallo Anna! Wie bezaubernd du den Laden eingerichtet hast!« Viola nahm Anna in den Arm und gab ihr einen Kuss auf die Wange. Anna roch ihr warmes Parfum und fühlte sich, wie immer in ihrer Gegenwart, ein wenig so, als wäre eine Elfe zu Besuch. Oles Mutter hatte eine einzigartige Ausstrahlung, Kraft und Ruhe gingen von ihr aus, aber auch eine jugendliche Unbekümmertheit, die zusammen mit ihrem weißblonden Haar und ihren hellen Augen eine fast magische Wirkung erzielten.

Hinter ihr stand eine dunkelhaarige Frau, die sich auch neugierig umsah. Sie war etwas jünger als Viola und ebenfalls attraktiv, aber wie alle Menschen verblasste sie gegen die nordische Schönheit.

»Margarete und ich sind vorbeigekommen, um ein wenig zu plaudern«, erklärte Viola. »Hast du Kuchen da?«

Anna nickte überrascht. »Sicher!« Viola kam jede Woche vorbei, um bei ihr Blumen zu kaufen, aber sie war noch nie zum Kuchenessen gekommen.

»Und, was macht das Geschäft?«, fragte sie und sah sich im Laden um.

»Ach, na ja …« In Wahrheit lief es furchtbar. Als sie am Morgen gekommen war, hatte jemand rohe Eier gegen die Eingangstür geworfen, und Karin und sie hatten eine halbe Stunde damit verbracht, sie wegzuputzen. »Es wird«, sagte sie tapfer und lächelte.

»Sehr gut! Kennt ihr euch schon?« Die junge Frau streckte Anna lächelnd die Hand entgegen. »Margareta ist eine gute Freundin von mir. Sie ist die Frau vom Bürgermeister!«

Anna zuckte zusammen. Als sie der Frau die Hand schüttelte, schoss es ihr durch den Kopf, ob sie erzählen sollte, dass sie angeblich gerade mit ihrem Ehemann eine heiße Affäre hatte. Dann dachte sie, dass das vielleicht nicht der ideale Gesprächseinstieg wäre.

»Wie schön! Es freut mich, dass ihr vorbeikommt. Sucht euch doch draußen einen Tisch aus, und ich komme dann sofort zu euch!«

»Weißt du …« Viola sah sich mit blitzenden Augen

um. »Ich habe mir gedacht, wir könnten doch vielleicht zwei Stühle nehmen und uns ein bisschen auf die Gasse setzen. Ich mag es, die Menschen zu beobachten.«

Anna stockte überrumpelt. »Na sicher, das dürfte kein Problem sein! Solange das Ordnungsamt nicht vorbeikommt...«

»Ach, die überlass ruhig mir!« Margareta lächelte schelmisch.

Viola sah durch die Scheibe. »Vielleicht hier, vor dem Schild? Da haben wir die beste... Sicht.«

Und plötzlich verstand Anna, was Oles Mutter vorhatte. Sie wollte den Bürgern der Stadt zeigen, dass sie zu Anna stand. Und sie hatte als Unterstützung den wichtigsten Menschen mitgebracht, den sie hatte finden können.

Viola zwinkerte ihr zu. »Ich halte das für eine ausgezeichnete Idee. Du nicht auch, Margareta?«

Die Frau des Bürgermeisters nickte. »Ja, da draußen können wir alles sehen!«

Was sie sagte, war, dass dort draußen alle *sie* sehen konnten. Wie sie in Annas Laden Kuchen aßen und sich nicht von den Gerüchten stören ließen, die der Artikel heraufbeschworen hatte.

Anna war vor Rührung ganz verstört. »Ich, also das ist... seid ihr sicher... ich meine...«

»Natürlich, das wird ganz wunderbar«, unterbrach Viola sie heiter und zwinkerte ihr zu. »Mach du uns doch schon mal zwei Affogato, und wir holen die Stühle.«

Anna beobachtete durch die Scheibe, wie die beiden

gut gelaunt einen kleinen Tisch nach draußen schlepp-
ten und so arrangierten, dass jeder, der vorbeiging,
unausweichlich auf sie aufmerksam werden musste.
Dann setzten sie sich mit den Rücken zum Schaufenster und plauderten gelassen vor sich hin. Als Evelyn
aus ihrer Mittagpause kam, gesellte sie sich dazu. Sie
blieben mehrere Stunden, aßen Kuchen und tranken
Kaffee, und alle paar Minuten grüßte jemand oder
hielt bei ihnen an, um zu plaudern. Oft sah Anna, wie
die Blicke der Menschen bei den Gesprächen misstrauisch über ihren Laden glitten. Manche winkten ver-
zagt durch die Scheibe, manche gingen einfach weiter.
Aber mehrfach passierte es, dass Menschen, mit denen
die beiden redeten, danach hereinkamen und etwas
kauften, und auch sonst hatte sie das Gefühl, dass die
Ladenkasse wieder häufiger klingelte. Und als sie am
Ende des Tages ihre Einnahmen zählte, stellte sie überrascht fest, dass sie mehr als doppelt so viel verkauft
hatte wie am Vortag.

52

Ole hatte Wort gehalten und sich bei Luuk entschuldigt, was ihm mehr als schwergefallen war. Er hatte
es alleine machen wollen und war eines Abends mit
angespanntem Gesicht und einem Sixpack unter dem
Arm zu Luuk rübergegangen. Anna und Britt hatten
am Fenster auf seine Rückkehr gewartet und nicht viel

gesprochen. Er war lange drüben geblieben, und Anna begann bereits, sich das Schlimmste auszumalen, und überlegte, ob sie mal rübergehen und durch den Türgucker spähen sollte, da tauchte seine kräftige Gestalt plötzlich am Zaun auf. Er sprang über die Holzlatten und war wenige Sekunden später auf der Veranda, wo er eine Grimasse schnitt, als er die beiden am Fenster stehen sah.

»Schnüfflerinnen«, sagte er lächelnd, als er hereinkam.

»Und, was ist passiert?«

»Was hat er gesagt?«

»Habt ihr euch wieder geprügelt?«

»Hat er dich rausgeworfen?«

»Wird er dich anzeigen?«

Ole ignorierte die vielen Fragen, die auf ihn einprasselten, streifte die Schuhe ab und ging zum Kühlschrank. Dort nahm er sich ein Bier, ließ sich auf den Küchenstuhl fallen und legte die Beine hoch.

»Es ist alles klar!«, sagte er nur und nahm einen tiefen Schluck.

»Kannst du diese detaillierte Erklärung vielleicht noch ein ganz klein wenig vertiefen?«, knurrte Britt genervt. Sie packte seine Füße an den Zehen und ließ sie auf den Boden fallen, dann setzte sie sich auf den frei gewordenen Stuhl und sah ihn eindringlich an. »Was hat er gesagt? Was hast du gesagt? Was ist dabei rausgekommen? Wie seid ihr verblieben?«

Ole kratzte sich am Kopf. »Ja, so genau weiß ich das auch nicht mehr. Aber wie gesagt, es ist alles klar!«, er zuckte mit den Schultern und leerte die Flasche. »Wann gibt's Abendessen?«

Anna verdrehte die Augen, aber sie wusste bereits, dass sie nicht mehr aus ihm herauskriegen würden. Ole konnte verstockt sein wie ein Fisch, und diese schien eine der Gelegenheiten, über die er nicht mehr Worte als unbedingt notwendig verlieren wollte. »Gib's auf, das Ganze ist ihm peinlich, er wird nicht mehr drüber reden!«, sagte sie zu Britt und ging zum Herd, um einen Blick auf die Ofenkartoffeln zu werfen. »Brauchen noch!«, verkündete sie und holte Quark aus dem Kühlschrank.

»Es ist mir keineswegs peinlich. Es gibt nur eben Dinge, von denen ihr Frauen nichts versteht«, verkündete Ole grinsend und unterdrückte einen Rülpser.

Jetzt war es an Britt, die Augen zu verdrehen. » *Wir Frauen*«, äffte sie ihn nach. »Klar, das ist zu hoch für uns. Versuch erst gar nicht, es uns zu erklären!« Sie machte eine wegwerfende Handbewegung und tat dann so, als hätte sie einen Schwächeanfall. »Wir sind einfach zu zartbesaitet.«

»Du weißt genau, was ich meine!« Ole wuschelte ihr durch die Haare. »Ich geh mal duschen, ruft mich, wenn die Kartoffeln durch sind!«, sagte er, stand auf und ging aus der Küche.

Anna sah ihm kopfschüttelnd nach.

»Kannst du das glauben?«, schnaubte Britt empört.

Aber Anna dachte, dass es vielleicht tatsächlich Dinge zwischen Menschen gab, die man nicht so richtig mit Worten erklären konnte. Sie hatte das schon gespürt, als sie Luuk nach der Prügelei hinterhergeeilt war. Die beiden schienen irgendwo zwischen Faustschlägen und gebrochenen Nasen zu einer stillschweigenden Übereinkunft gekommen zu sein, die Anna nicht so ganz durchschaute, von der sie aber spürte, dass man sie vielleicht nicht zu sehr mit Nachfragen auf die Probe stellen sollte.

»Ach, du weißt doch, wie er ist. Er ist einfach zu faul, es groß zu erklären«, sagte sie. »Außerdem schämt er sich für seinen Ausraster und hätte am liebsten, dass wir das alle so schnell wie möglich vergessen. Ich hole mal Kräuter aus dem Garten, magst du den Tisch decken?«

»Schön. Aber so leicht kommt er mir nicht davon«, brummelte Britt, stand auf und nahm die Teller aus dem Schrank.

Anna wusste, dass auch seine Schwester nicht mehr aus Ole herausbekommen würde. Aber sie konnte es ja versuchen.

Wenn sie geglaubt hatte, dass das Problem zwischen Luuk und Ole mit der Aussprache aus der Welt geschafft war, hatte sie sich gründlich geirrt. Ein paar Tage später kam Luuk morgens überraschend in die Küche, um frische Eier zu bringen.

Ole stand gerade am Herd und trank Espresso, er kam soeben aus der Dusche und hatte nur ein Handtuch um die Hüften gewickelt. Britt, die neben Karin am Tisch saß und Weetabix aß, hatte bei seinem Anblick das Gesicht verzogen. »Muss das sein? Es ist schlimm genug, dass die Wände in diesem Haus so dünn sind, dass ich sogar bis hier unten alles aus eurem Schlafzimmer höre, aber so viel Haut ist mir am frühen Morgen doch etwas zu viel.«

»Vorsicht, dieses Handtuch kann ganz schnell runterfallen!« Ole schlürfte seelenruhig seinen Kaffee, kreiste einmal herausfordernd die Hüften und grinste auf seine Schwester herab. Karin musste so sehr lachen, dass ihr der Organgensaft in die Nase stieg und sie erstickt hustete.

Anna kratzte gerade den letzten Rest Smoothie aus ihrem Glas, als es an der Tür klopfte.

»Herein!«, rief sie überrascht.

Luuk steckte den Kopf zur Tür hinein. Er hatte noch immer einen scheußlichen dunkellila Fleck mitten im Gesicht, der von seiner gerichteten Nase stammte. »Hey. Ich hab Eier!« Als er Ole sah, zuckte er zurück, aber er lächelte tapfer weiter. Dann kam er herein und legte einen Karton mit grünen Eiern auf den Tisch. »Es sind so viele diese Woche, dachte, ihr könnt vielleicht welche brauchen.«

Oles Miene war bei Luuks Anblick versteinert. Er lehnte immer noch an der Spüle, hatte die Kaffeetasse auf halben Weg zum Mund und beobachtete ihn aus schmalen Augen.

»Hey!«, sagte Luuk in seine Richtung, und er nickte kaum merklich als Antwort und rang sich ein schmales Lächeln ab.

»Danke, das ist lieb!«, sagte Anna. Sie hatte es immer noch nicht übers Herz gebracht, Luuk zu sagen, dass seine Eier, die aufgrund des Futters, das er seinen Hühnern gab, einen stark fischigen Beigeschmack hatten, immer sofort in Harrys Napf landeten. »Magst du …«, sie warf einen prüfenden Blick in Richtung Ole, »…vielleicht einen Kaffee trinken?«

Um Oles Augen zuckte es, aber er lächelte immer noch.

Luuk warf ebenfalls einen Blick in Richtung Ole. »Oh, äh, danke. Du weißt doch… Koffein«, sagte er rasch.

»Ach ja, richtig, sorry!«

»Wi abn auch Wiibix«, sagte Karin mit vollem Mund und zeigte auf die Packung.

»Danke, aber ich hab schon gefrühstückt. Ich geh lieber wieder! Schönen Tag euch!« Und schon war er verschwunden.

Ole stand noch einen Moment unbeweglich da, dann hob er die Tasse, die er die ganze Zeit über in der Luft gehalten hatte, an den Mund und trank.

»Kommt der eigentlich öfter mal einfach so rüber?«, fragte er beiläufig.

Anna horchte auf. Seine Stimme war ruhig, hatte aber einen angespannten Unterton.

Sie zuckte mit den Schultern. »Eigentlich nicht. Wieso? Ich dachte, zwischen euch ist alles geklärt.«

Ole nickte. »Ist es auch. Ich wusste nur nicht, dass er hier ständig ein und aus spaziert, als wäre das sein Zuhause.«

Anna seufzte leise. »Also ich geh jetzt auch mal duschen!«, sagte sie und stand auf. Langsam wurden ihr diese Eifersüchteleien wirklich zu viel. Sie musste sie im Keim ersticken, bevor sie noch mehr Raum einnahmen. Und das, beschloss sie, ging am besten, indem man sie komplett ignorierte.

53

Ole verstaute sein Surfboard auf dem Dach des Jeeps und knallte den Kofferraumdeckel zu. Wie immer in letzter Zeit war er zu lange draußen geblieben, seine Beine brannten, und er spürte eine Erschöpfung hinter den Augenlidern, die ihm klarmachte, dass er es diesmal wirklich übertrieben hatte. Immer, wenn er zu viel surfte und sich gar nicht mehr vom Meer lösen konnte, bedeutete das, dass er vor Problemen davonlief. So viel zumindest konnte er sich eingestehen, auch wenn er über das, was diese Probleme beinhalteten, lieber nicht so direkt nachdenken wollte.

Er zog sich um, schleuderte den Neoprenanzug auf den Rücksitz und setzte sich hinter das Steuer. Doch als er den Schlüssel rumdrehen wollte, sank seine Hand plötzlich wieder nach unten, und er blieb einfach sitzen und starrte mit leerem Blick durch die Windschutzscheibe.

Die Insel war sein Zuhause. Hier war das Meer. Hier war der Wind. Hier war alles, was er liebte. Aber wenn Anna nicht bei ihm war, reichte das nicht mehr. Das hatte er besonders deutlich gemerkt, als sie über Weihnachten nach Hause gefahren war. Es waren nur knapp zwei Wochen gewesen, aber sie hatten gereicht, um ihn an den Rand einer Depression zu treiben. Vor ihr hatte er sich nichts anmerken lassen, hatte so getan, als wäre die Zeit ihrer Abwesenheit wie im Fluge vergangen. Das stimmte nicht. Er hatte die Minuten gezählt. Vielleicht war er zu abhängig von ihr, das hatte er in letzter Zeit öfter gedacht. Seit damals war er nicht mehr so sehr an jemand anderen gebunden gewesen. Seit Sally ... Wie immer, wenn er ihren Namen nur dachte, durchzuckte ihn jener vertraute Schmerz, aber er war mittlerweile nicht mehr als ein alter Feind, der ihm vom Horizont der Erinnerungen aus zuwinkte.

Ole fuhr zum Stormvogel und schaffte es, mithilfe des bis zum Anschlag aufgedrehten Radios, seine dunklen Gedanken zu verdrängen. Als er ins Haus kam und sein Handtuch auf den Boden warf, fiel sein Blick auf den Küchentisch. Dort stand noch das Frühstücksgeschirr von heute Morgen. Anna hatte hier übernachtet. Sie hatten sich die ganze Nacht geliebt in seinem Bett unter dem Glasdach und am Morgen lange gefrühstückt, zusammen die Zeitung gelesen. Es war schön gewesen, wie es immer war mit ihr, vertraut und friedlich.

Alles, was er wollte.

Ole sah den kleinen runden Kaffeefleck auf dem Holztisch neben Annas Tasse, und mit einem Mal überkam ihn ein seltsames Gefühl. Er setzte sich hin, und seine Schultern sackten nach vorn. In seinem Magen fühlte er ein Ziehen. Lange saß er so da und starrte vor sich hin, strich mit dem Daumen über den braunen Fleck, viele Male, bis er ihn ganz tief in das Holz hineingerieben hatte. Er hatte sich geschworen, sein Glück niemals wieder in die Hände eines anderen Menschen zu legen. Und nun war es doch passiert.

Er saß da, bis die Dämmerung über die Wiesen an das Haus herangekrochen war und der lila Schimmer des Heidekrauts mit dem schwarzen Himmel verschmolz. Dann stand er auf, nahm sich ein Bier aus dem Kühlschrank und ging in seinen Bus. Die Heckklappe ließ er offen. Es war kühl draußen, aber er wollte die Gänse hören und die Wiesen riechen, die schon ein klein wenig nach Sommer dufteten.

54

»Wie meinst du das, zu dir ziehen?« Anna blickte Ole mit großen Augen an, die Sprudelflasche, aus der sie gerade Wasser einschenkte, in der Luft erstarrt.

»Genau wie ich es sage.« Ole sah auf seine Hände. »Es wäre perfekt, oder nicht? Britt bekommt Roos' Haus, wenn der Prozess erst mal gewonnen ist, und du ziehst zu mir. Ich habe genug Platz, und du magst den Stormvogel doch.«

Anna ließ die Flasche sinken. »Es ist wegen Luuk, oder?«, fragte sie tonlos.

Ole zögerte einen Moment zu lange.

Sie saßen auf der Hintertreppe des Hofes und genossen die Sonne, die damit drohte, jede Sekunde hinter einer dunklen Wolkenwand zu verschwinden, die sich über die Insel schob. Harry hatte Bobby im Garten aufgespürt und hechelte um ihn herum, während der Igel ihn ignorierte und sich seelenruhig und schmatzend über das Futter hermachte, das Anna ihm hingestellt hatte, obwohl er, wie Ole und Luuk vorausgesagt hatten, tatsächlich nicht besonders mager wirkte.

»Das hat mit ihm überhaupt nichts zu tun«, wehrte Ole ab, aber er sah Anna dabei nicht an.

»Und woher kommt das jetzt so plötzlich, aus dem Nichts heraus?«

»Es kommt gar nicht plötzlich, ich denke schon lange darüber nach.«

»Du hast es aber noch nie gesagt.«

»Ich rede eben nicht viel über meine Gedanken, das heißt nicht, dass ich mir keine mache.«

Anna zupfte an einem Grashalm herum, der sich durch das verwitterte Holz der Veranda geschoben hatte.

»Also, was meinst du?«, fragte er, als sie nicht antwortete und strich ihr liebevoll mit der Hand übers Knie.

Anna sah ihn kopfschüttelnd an. »Das kann ich doch jetzt nicht so schnell entscheiden.«

»Warum nicht? Was ist denn falsch daran?«

»Es ist gar nichts falsch daran. Ich weiß nur nicht, ob…«

»Was?«, fragte Ole scharf.

»Nichts. Jetzt setzt mich doch nicht so unter Druck.

Ich habe doch erst vor zwei Sekunden von diesem Plan erfahren, darf ich nicht mal drüber nachdenken?«

»Ich setze dich doch gar nicht unter Druck«, entrüstete er sich.

»Doch, tust du! Ich muss jetzt los, ich will noch Yoga machen, bevor es dunkel wird.«

»Aber wir reden gerade!«, rief er ihr hinterher.

Sie blieb stehen und seufzte. »Ich muss da erst drüber nachdenken, okay?«

Er nickte und sah wohl mit einem Mal so traurig aus, dass sie zu ihm zurück ging und ihm einen Kuss aufs Haar drückte.

»Essen wir zusammen zu Abend?«

»Klar. Ich koche was«, sagte er tonlos und versuchte, den Kloß zu verdrängen, der ihm in der Kehle saß.

»Super!« Sie küsste ihn erneut und ging ins Haus. Ole blieb sitzen und starrte mit leerem Blick vor sich hin.

Am nächsten Tag saß Anna am Küchentisch, die Beine hochgelegt, den Laptop aufgeklappt. Sie starrte vor sich hin, während sie mit der Hand gedankenverloren einen Kaffeefleck nachfuhr, der sich tief in das alte Holz gefressen hatte. Ihr gefiel der Gedanke, dass sie irgendwann ihre Kaffeeflecken woanders hinterlassen würde. Auf Oles großem Holztisch zum Beispiel, den er aus Strandgut zusammengezimmert hatte und an dem sie jedes Mal schnuppern musste, wenn sie bei ihm war, weil die Mischung aus altem Holz und Öl so gut roch. Oder vielleicht auch auf dem staubigen Armaturenbrett des roten Campingbusses.

Seit sie zusammen waren, eigentlich seit jener ersten Nacht, die sie im Stormvogel verbracht hatte, als sie am Feuer saßen und sich von ihren jeweiligen Leben erzählten, träumten Ole und Anna von einer gemeinsamen Reise in den Norden. Vielleicht würden sie bald in Schweden Kaffee trinken, an einem wilden Feuer, umgeben von Elchen, die durch die dunklen Wälder streiften, wie sie es damals im Traum gesehen hatte. Es war okay für sie, irgendwann mit dem Hof ihrer Großeltern abzuschließen, da war sie fast sicher. Und wenn sie ihn an Luuk verkaufte, wäre er nicht ganz für sie verloren. Ihr war immer klar gewesen, dass sie ihn nicht behalten würde. Sie brauchte etwas Eigenes, wollte nicht für immer in einem Haus leben, in dem die Vergangenheit und die Gegenwart sich vermischten, überlagerten und zuweilen nicht zu unterscheiden waren. Immer, wenn sie das Beet sah, dachte sie an jenen heißen Sommertag, an dem sie die Nachricht von Anouks Tod erhalten hatte. Immer, wenn sie die Haustür aufschloss und ihr der Geruch von altem Kalk und Schafwolle entgegenströmte, zog sich ihr Herz ein klein wenig zusammen. In der Wohnstube sah sie manchmal im Vorbeigehen den Schatten ihres Großvaters, und wenn sie in der Küche Kartoffeln abgoss, war ihre Großmutter dabei, sah ihr über die Schulter und verschwand, sobald sie sich umdrehte. Es war seltener geworden, sicher. Aber aufhören würde es nie. Außerdem war der Hof zu groß für zwei und wäre bei Luuk in wesentlich besseren Händen.

Doch wo sie einmal Wurzeln schlagen wollte, das wusste sie noch nicht. Sie hatte natürlich schon darüber nachgesonnen, wie es sein musste, eine Familie zu haben und ein Haus zu kaufen. Ab einem bestimmten Alter blieben solche Gedanken nicht aus. Wenn sie durch schöne Wohngegenden fuhr, streiften ihre Gedanken öfter mal in diese Richtung. Sie hatte sich immer ein überwuchertes kleines Häuschen vorgestellt, mit knarzendem Boden und einem Dachboden voller Geschichten. Mit einer Wohnküche, in der es nach Tee und Kräutern roch, und einem Wohnzimmer, in dem abends Kerzen in den Fenstern flackerten und in dem sie mit ihrer imaginären Familie am Kamin saß und Spiele spielte. Einen großen Garten würde es geben, in dem im Sommer Lagerfeuer gemacht wurde und Glühwürmchen gezählt wurden und wo sie ein buntes Durcheinander von Blumen anpflanzen konnte. Oft schon waren solche Bilder in ihren Gedanken aufgeblitzt.

Der Stormvogel war Oles Haus, sein Reich. Sie konnte sich vorstellen, dort im Winter mit ihm am Kamin zu sitzen, wenn die Gräser auf der Heide von einem Pelz aus Raureif überzogen waren. Zu lesen, Tee zu trinken, dem Knistern der Flammen zuzuhören, Ole zuzusehen, wie er mit gerunzelter Stirn eine seiner Fachzeitschriften las, in denen es darum ging, wie man Hundeohren reinigte oder Eichhörnchenbeine bandagierte.

Aber irgendwann einmal. Nicht jetzt.

Jetzt war einfach zu früh. Ihr Bauchgefühl stimmte dabei nicht. Und sie hatte gelernt, auf dieses Gefühl zu hören. Und obwohl sie wusste, dass er den Stormvogel nur zu gerne mit ihr teilen und ihr gewiss niemals das Gefühl geben würde, in sein Revier einzudringen, war sie nicht sicher, ob sie sich dort jemals wirklich zu Hause fühlen könnte. Vielleicht muss ich mal probewohnen, dachte sie. Einfach mal ausprobieren, wie es sich anfühlt, morgens mitten in der Heide aufzuwachen und nichts zu sehen als Dünen, Wildgänse und Wassergräben. Harry würde es lieben, das wusste sie. Obwohl er wahrscheinlich auch seine Enie und die Hühnersippe von nebenan vermissen würde. Wann immer Anna nicht aufpasste, schlüpfte er aus der Katzenklappe, suhlte sich mit den goldenen Wollschweinen im Schlamm oder spielte Fangen mit den Hühnern – wobei sie nicht ganz sicher war, ob diese wussten, dass es sich dabei nur um ein Spiel handelte. Aber sie hatte schon öfter gesehen, wie er mit Enie zusammen Mittagsschlaf in der Sonne hielt. Manchmal kam aber doch der Jagdinstinkt in Harry durch, und dann konnte man nur hoffen, dass die Hühnerbeine schnell genug flitzen konnten.

Anna seufzte. Harry fühlte sich hier pudelwohl. Außerdem hatte Oles Frage vom Vortag einen mehr als bitteren Beigeschmack. Sie wollte mit ihm zusammenwohnen, auf jeden Fall. Aber nicht, weil er eifersüchtig war. Außerdem war es einfach zu früh. Sie mochte ihr WG-Leben mit Britt und nun auch Karin, die Abende am Kamin, die gemeinsamen Ausflüge zum Wochenmarkt, die Frühstücke auf der Veranda. Klar konnten sie nicht für immer so wohnen. Britt traf sich seit Kurzem mit einem Makler aus Den Burg, den sie im Laden kennengelernt hatte, als er Blumen für seine Großmutter kaufte und Britt ihn sehr ausführlich beriet, obwohl sie nicht die geringste Ahnung vom Blumen hatte. Bisher war alles noch ganz unverbindlich, aber sie hatte blitzende Augen, wenn sie von ihm erzählte, und wer wusste schon, was sich daraus entwickeln würde. Und Karin würde früher oder später nach Hamburg zurückkehren. Sie war schon viel länger hier, als sie alle jemals gedacht hätten. Zwar sprach sie nie davon, aber es war klar, dass es nur eine Frage der Zeit war, bis sie ihren Rucksack packen und ihr altes Leben wieder aufnehmen würde.

Noch einmal seufzte Anna. Irgendwann würde sie den Hof ein letztes Mal hinter sich abschließen und die Geister, die dort wohnten, für immer zurücklassen.

Aber jetzt noch nicht.

»Es ist zu früh«, sagte sie leise, als Ole eine halbe Stunde später hereinkam, und sah zu ihm hoch.

Er wusste sofort, was sie meinte. Sein Gesicht verlor jeden Ausdruck, und sie hatte das Gefühl, dass seine Schultern nach unten sackten. Er stand einfach nur da, seine Augen bohrten sich in ihre, und irgendwann senkte sie den Blick auf ihre Finger.

»Ich gehe surfen!«, sagte er schließlich. Ohne ein weiteres Wort nahm er seinen Norwegerpulli vom Haken und warf die Tür hinter sich zu.

Anna sah aus dem Fenster. Der Himmel war dunkelgrau, es regnete, und die Baumwipfel bogen sich im Wind. Ole würde trotzdem an den Strand gehen. Er sagte immer, dass das Wetter beim Kitesurfen nebensächlich war. Warm wurde einem so oder so, und ob es nun regnete oder nicht, machte auch nicht viel aus, schließlich war man schon im Wasser. Außerdem war es ihm lieber, wenn der Strand leer war. Er brauchte das Meer, und er war gerne alleine mit ihm.

Sie wartete drei Stunden. Als er dann nicht zurück war, kochte sie Tee, gab Kandis und Sahne hinein und füllte ihn in eine Thermoskanne. Sie nahm ihre Jacke und einen Schal und fuhr an den Strand. Drei Parkplätze musste sie abklappern, bis sie den Jeep sah. Er war das einzige Auto weit und breit. Sie parkte Giovanni daneben und ging im Nieselregen in Richtung Wasser.

Sie sah ihn fast sofort, der rote Schirm war ein kleiner Strich, der wenige Hundert Meter entfernt über dem Meer hin und her glitt. Er war der einzige Mensch, nur eine Möwenkolonie watete am Ufer entlang und stritt sich um Krebschen. Anna setzte sich auf eine alte Holzbank und zog die Beine an. Der Regeln prasselte leise auf ihre Kapuze, sie zog den Schal über den Mund und wartete.

Nach einer Weile lenkte Ole das Brett an Land und ließ den Drachen zu Boden sinken. Er kam auf sie zu und ließ sich schwer neben sie auf die Bank fallen. Anna öffnete wortlos die Thermoskanne und schenkte Tee ein. Er nahm ihn ebenso wortlos entgegen und trank.

Dann reicht er ihr den Becher zurück. Die Wärme tat gut, sie hatte gar nicht gemerkt, wie sehr sie in der kurzen Zeit schon ausgekühlt war. Ole hingegen schien zu glühen. Er atmete schwer, sein Haar war salzverkrustet und nass, aber er schien den Regen gar nicht zu bemerken.

»Es ist einfach zu früh«, sagte Anna leise. »Aber das ist kein Nein.«

Ole erwiderte nichts.

»Tut mir leid«, flüsterte sie.

Er nickte.

»Tut mir wirklich leid.«

Er nickte wieder, trank noch einen Schluck Tee, sah sie aber nicht an. Seine hellblauen Augen waren auf einen Punkt weit hinten im Meer fixiert und wirkten im Dämmerlicht beinahe grau. Er hatte Wassertropfen in den Haaren und in den Wimpern.

»War vielleicht auch nicht die beste Idee, dich damit so plötzlich zu überfallen«, sagte er dann leise.

Stumm saßen sie nebeneinander. Dann rückte Anna an ihn heran, und nach kurzem Zögern löste sich die Starre in seinem Körper, und er seufzte. Dann legte er den Arm um sie, zog sie an sich und vergrub das Gesicht in ihren Haaren.

Anna schlang die Arme um ihn, und sie saßen einen Moment stumm da und blickten aufs Meer.

»Du bist nass.«

»Ja, ziemlich.«

»Und du tropfst.«

»Wahrscheinlich.«

»Mein Hintern weicht durch.«

Er nickte. »Nach Hause?«

»Ja«, sagte sie. »Nach Hause.«

»Deins oder meins?«

»Ist doch egal, oder?«

Er antwortete nicht, aber als sie aufstanden, nahm er ihre Hand.

55

»Das Ganze gefällt mir nicht. Diese Sache mit dem Artikel … Es kommen nicht viele Leute infrage, die dahinterstecken könnten.« Neeson trank einen Schluck Kaffee und schielte zu Tom hinüber, der am Tresen stand und keinen Hehl daraus machte, dass er sie genau beobachtete. »Immer aufmerksam, deine Leibwache.«

Anna schluckte ihren Kuchen hinunter und nickte beschämt. »Er tut nur seine Pflicht«, lachte sie.

»Sehr beschützend, dein Freund, was?« Neeson warf ihr einen Blick zu. »Habe von der Schlägerei gehört.«

Anna fragte sich, wie es sein konnte, dass er davon erfahren hatte. Er musste überall auf der Insel Spitzel haben.

»Er dachte, dass Luuk dafür verantwortlich sei. Für den Artikel, meine ich. Und er mag ihn nicht besonders. Dann gab es ein Missverständnis und na ja … Es ist ihm sehr peinlich. Luuk und ich, wir waren mal … wir hatten mal … also bevor Ole und ich zusammen waren …«

440

Neeson winkte ab. »Verstehe schon. Und du bist dir sicher, dass dieser Luuk nichts damit zu tun hat? Mit dem Artikel? Das ist alles auf dem Mist seiner Frau gewachsen?«

Anna nickte. »Ganz sicher!«, sagte sie.

Neeson seufzte. »Ich konnte nicht herausfinden, ob das mit dem anonymen Tipp und der Spende stimmt. Sie schweigen wie die Gräber, diese Journalisten, wenn wir sie nicht vor Gericht zerren, ist aus denen nichts rauszukriegen. Nicht, dass ich das im Ernstfall nicht tun würde, aber damit sollten wir vielleicht noch ein wenig warten. Verständlich ist es natürlich, wenn sie tatsächlich Geld angenommen haben, um so eine Schmierenkampagne zu starten, dann haben sie damit einiges riskiert. Nicht dass Vergleichbares nicht jeden Tag vorkommt. Aber eigentlich eher bei Stars und Politikern. Wer sollte Geld dafür zahlen, dass du öffentlich verleumdet wirst?«

»Na, es kommt nur einer infrage, oder?« Anna trank ihren letzten Schluck Kaffee.

Neeson nickte. »Eigentlich schon. Aber es macht trotzdem keinen Sinn. Was hat er vor, was will er damit erreichen?«

Anna zuckte mit den Schultern. »Die ganze Sache ist mir ein vollkommenes Rätsel, nichts ergibt Sinn!«, sagte sie. »Bist du eigentlich mit den Tagebüchern durch?«, fragte sie dann. Anna hatte sie Neeson schon vor einer Weile übergeben, und er hatte die letzte Woche damit verbracht, sie durchzuarbeiten.

»Noch nicht ganz, es sind so viele, und die Schrift ist

so klein und teilweise schwer zu entziffern. Die wichtigsten Jahre habe ich natürlich durch, aber ich muss alles lesen, es kann überall ein Hinweis versteckt sein.

»Du hast wahrscheinlich nicht viel rausgefunden?«, hakte Anna nach, aber ihr war schon klar, dass er nichts von Bedeutung gefunden haben konnte, sonst hätte er sie längst informiert.

Neeson schüttelte den Kopf. »Nicht wirklich. Aber es gibt tatsächlich ein paar Eintragungen, auf die ich mir keinen Reim machen kann. Dass der Rest des entscheidenden Jahres fehlt, ist natürlich wahnsinnig ärgerlich.«

»Ja!« Traurig schob Anna die letzten Krümel auf ihrem Teller mit der Gabel zusammen. »Ich habe das ganze Haus auf den Kopf gestellt, aber die fehlenden Seiten nirgends gefunden. Wer weiß, was da drinstand.«

Er nickte. »Na, wenn man sie schon rausreißt, wird man sie sicher auch nicht einfach irgendwo liegen lassen. Ich habe etwas geplant, eine kleine, harmlose List, könnte man sagen.« Neeson blickte nachdenklich aufs Meer hinaus. »Wir erzählen Theodor, dass wir die Tagebücher gefunden haben.«

»Was?« Anna ließ die Gabel fallen. »Aber warum?«

Er nickte nachdenklich. »Wir sagen ihm, dass wir sie gefunden haben, aber was wir ihm nicht sagen … ist, dass die entscheidenden Seiten fehlen. Wenn er sie rausgerissen hat, kann ich es vermutlich an seinem Gesicht ablesen. Wenn nicht, kriegt er vielleicht Angst, dass etwas Verfängliches drinstehen könnte.«

Anna war verwirrt. »Was soll das bringen?«, fragte sie.

Neeson blickte sie an, dann trank er seinen letzten Schluck Kaffee und stellte die Tasse etwas lauter als nötig auf dem Tisch ab. »Eine Reaktion«, sagte er, und stand auf. »Wir brauchen eine Reaktion!«

56

Nach der Schlägerei mit Luuk veränderte sich die Beziehung zwischen ihr und Ole kaum merklich. Es war immer noch gut, immer noch schön, immer noch leidenschaftlich. Aber die Untertöne hatten eine neue Färbung angenommen.

Oder bildete sie sich das ein? Vielleicht war es nur ihre Unsicherheit, die sie genauer hinhören, aufmerksamer beobachten, empfindlicher reagieren ließ.

Manchmal war sie sicher, dass das Band zwischen ihnen, das doch noch so neu und zerbrechlich war, diese Probe nicht aushalten konnte. Dann wieder war alles so vertraut wie immer, und sie fragte sich, wie sie jemals an ihren Gefühlen füreinander hatte zweifeln können. Manchmal vergaß sie, wie kurz sie sich erst kannten. Von dem schrecklichen Tag in Femkes Küche an hatten sie zusammengehört. Es hatte keine Dates gegeben, kein Kennenlernen, kein Hin und Her. Für beide war es selbstverständlich gewesen. Nur fehlte ihnen jetzt manchmal die Sicherheit, die andere Paare hatten und die darauf basierte, dass man den anderen wirklich genau kannte oder ihn zumindest zu kennen meinte. Ihre Zurückweisung war die erste ernsthafte Hürde, die sie und Ole zu nehmen hatten. Sie hoffte nur, dass er verstand, dass sie nicht *ihn* zurückwies, sondern die vorschnelle Entscheidung, aufgrund von Eifersucht und Misstrauen zusammenzuziehen. Tat man etwas aus Liebe oder aus Angst? Eigentlich, so dachte sie, musste er doch den Unterschied begreifen. Meistens war sie sicher, dass dem auch so war. Dann wieder, an anderen Tagen, hatte sie das Gefühl, dass er wütend auf sie war, dass plötzlich unterschwellig Nuancen zwischen ihnen lagen, die vorher nicht da gewesen waren. Oft lag sie nachts wach in jener Zeit und starrte an die Decke.

Sie liebte Ole, das stand fest.

Und er liebte sie, das wusste sie.

Aber würde das reichen?

Zwei Wochen später bekam sie am späten Nachmittag eine SMS von einer unbekannten Nummer. Sie stellte gerade eine kleine, mit Blüten verzierte Käsetorte in die Vitrine. Als es an ihrem Po vibrierte, zog sie ihr Handy aus der Jeanstasche und runzelte die Stirn. Sie klickte auf *Öffnen* und war sich sicher, dass es Werbung sein würde, vielleicht eine Benachrichtigung, dass ihr Guthaben abgelaufen war.

Weißt du, wo Karin gerade ist?

Ein Prickeln schien plötzlich die Luft zu erfüllen.

Anna hob den Blick. Vorne an der Ladentheke stand Evelyn und bediente einen Kunden, der einen Strauß Päonien für seine Freundin kaufte. Bis auf den schüchtern wirkenden jungen Mann war der Laden leer, nur im Hof saßen ein paar Gäste.

Mit klopfendem Herzen schrieb sie: *Wer bist du?*, und drückte auf *Senden*.

Die Antwort kam beinahe sofort. Es war eine Adresse in De Koog, einem Ort in der Nähe.

Anna schüttelte kaum merklich den Kopf, dann schrieb sie erneut.

Wer bist du???

Tut mir leid. Ich dachte, du solltest es wissen.

»Was?« Anna starrte auf das Handy. »Was soll das?«, murmelte sie und steckte es wieder in die Jeans. Sie räumte draußen ab, spülte Teller und wechselte ein bekleckertes Stuhlkissen aus. Als sie sich in den Kühlschrank beugte, um zu sehen, ob sie neuen Eiskaffee machen sollte, vibrierte es erneut in ihrer Tasche.

Bist du gar nicht neugierig?

»Okay, das reicht!« Anna stand einen Moment unschlüssig da. An den Kühlschrank gelehnt, wählte sie schließlich Neesons Nummer, der sofort abnahm.

»Anna, alles gut?«, fragte er hastig, und wie so oft hatte sie das unbehagliche Gefühl, dass er das Gegenteil erwartete.

»Kannst du eine Handynummer überprüfen?«, fragte sie ohne Begrüßung.

Er zögerte eine Sekunde. »Ich nicht, aber mein Kumpel Daan beim Zeugenschutz.«

»Gut. Ich schick sie dir.«

»Okay, kann aber 'ne Weile dauern. Was ist denn l...«

Anna legte auf. Sie leitete die Nummer weiter, dann ging sie in den Laden zu Evelyn. »Ich muss kurz weg, kannst du heute zuschließen?«

»Natürlich! Das mache ich doch dauernd.« Genau genommen waren es zwei Mal gewesen, aber wie immer, wenn sie das Gefühl hatte, dass Anna ihre Kompetenzen infrage stellte, reagierte Evelyn etwas beleidigt, und weil Anna das irgendwie verstehen konnte, verzichtete sie darauf, die Behauptung richtigzustellen.

»Stimmt, danke!« Sie schnappte sich ihre Jacke. »Du bist die Beste!«

Evelyn wurde rot. »Ach!« Sie winkte ab, lächelte aber in sich hinein, als sie den Eukalyptus sortierte und Anna aus dem Laden sprang.

Anna wusste nicht, wann sie entschieden hatte, zu der Adresse aus der SMS zu fahren. Aber sie tat es. Weil es mit dem Rad zu lange dauern würde, rief sie ein Taxi. Als sie einstieg, sah sie sich selbst zu, als würde sie in einem Film mitspielen. Es war der Moment, in dem die Hauptdarstellerin sich dafür entschied, im Alleingang loszuziehen und dabei in tödliche Gefahr geriet. Sie wusste es, und doch war sie hier.

»Dumm, Frau Fischer, ganz, ganz dumm!«, flüsterte

sie, als sie dem Fahrer die Adresse nannte und sich im Sitz zurücklehnte.

Sie ließ ihn eine Ecke vorher halten und stieg aus. »Können Sie kurz warten?«, fragte sie, und er nickte stumm. Angespannt ging sie die belebte Straße entlang, fühlte sich aber ein wenig sicherer als zuvor. Es waren so viele Menschen unterwegs, und die Adresse befand sich in der zentralen Einkaufsstraße des kleinen Ortes. Wenn nicht irgendwer mit einer Schusswaffe an einem Fenster lauerte und sie gezielt aufs Korn nahm, konnte ihr eigentlich nichts passieren. Trotzdem wusste sie, dass Neeson sie köpfen würde, würde er mitbekommen, was sie hier gerade tat.

Sie lief die Straße ab, den Blick suchend auf die Hausreihe gerichtet.

Plötzlich blieb sie stehen. Ein bitterer Geschmack breitete sich in ihrem Mund aus.

Das Restaurant gegenüber war hell erleuchtet, ein paar Lampions schwangen über der Tür, und es roch köstlich nach würzigen Speisen.

An einem kleinen Tisch am Fenster saßen Ole und Karin.

So eng saßen sie, dass sich ihre Schultern berührten, als sie sich gleichzeitig über etwas beugten, das auf dem Tisch lag. Anna nahm an, dass es die Speisekarte war. Gerade sagte Ole etwas, und Karin lachte auf, sie legte den Kopf in den Nacken, und ihre Zähne blitzten. Sie warf ihr rotes Haar nach hinten, und auch Ole lachte. Plötzlich hob er die Hand und entfernte etwas von Karins Wange.

Anna fühlte sich, als habe jemand sie mit eisigem Wasser übergossen.

Karin lachte wieder, und die beiden beugten sich erneut über den Tisch, verschwörerisch kichernd und offensichtlich bester Laune. Anna starrte und starrte, sog jedes Detail in sich auf, und doch wirkte alles verschwommen, wie aus einem Traum.

Plötzlich zuckte Anna zusammen. Sie hatte sich auf die Wange gebissen und schmeckte Blut im Mund. Verwirrt hob sie den Finger an die Lippen und zerrieb einen roten Tropfen mit den Händen. Sie wusste nicht, wie lange sie dort stand. Die beiden bemerkten sie nicht, sie waren so vertieft in ihr Gespräch, dass sie nicht einmal hochblickten.

Es wurde Essen an den Tisch gebracht, dann eine Flasche Wein. Ole scherzte mit dem Kellner, Karin überprüfte ihr Make-up in einem kleinen Handspiegel. Anna beobachtete alles. Irgendwann fiel ihr der Taxifahrer wieder ein, und sie riss sich los, blinzelte verwirrt, als sei sie gerade aufgewacht, und ging mit einem letzten Blick auf die beiden zurück. Als sie um die Ecke kam, war das Taxi verschwunden. Sie rief ein neues und wartete, auf einem großen Stein sitzend, am Rande eines Aldi-Parkplatzes, frierend, trotz der sommerlichen Temperaturen. Später wusste sie nicht mehr, wie sie nach Hause gekommen war, sie konnte sich an keine einzige Sekunde der Rückfahrt erinnern.

Es wurde eine der schlimmsten Nächte ihres Lebens. Sie wollte keine voreiligen Schlüsse ziehen. Es war ein

Schock gewesen, die beiden so zu sehen, aber sie war im Grunde vollkommen überzeugt, dass es eine einfache Erklärung gab. Doch die Simon-Flashbacks brachten sie vollkommen durcheinander. Kurz war ihr durch den Kopf geschossen, ob sie vielleicht eine Überraschung für sie planten. Aber sowohl ihr richtiger als auch ihr Hüftgeburtstag lagen in weiter Ferne, und außerdem musste man für so was wohl kaum chic essen gehen. Und sich auch nicht nebeneinander auf die Bank im Restaurant quetschen… wie verliebte Teenager, fügte sie gedanklich zu ihrer Überlegung hinzu. Sie lag wach im Bett und wälzte sich hin und her. Sie hatte beiden eine Nachricht geschrieben. Ole hatte sie gefragt, ob sie bei den Seehunden voreikommen könnte, bei denen er eigentlich heute sein sollte. Er hatte irgendwann geantwortet, dass das nicht ging, weil sie eine ansteckende Krankheit auf der Station hatten.

Karin hatte nicht geantwortet. Gegen eins kam eine SMS, dass sie ins Kino in die Spätvorstellung gegangen und jetzt auf dem Nachhauseweg war. Anna rollte sich im Bett herum und googelte das Kinoprogramm. Es gab keine Spätvorstellung. Außerdem brauchte man nicht mal fünfzehn Minuten vom Kino bis zum Hof.

Sie hatten gelogen.

Beide.

Sie wollte es nicht glauben. Das konnte nicht sein. Ole würde so was nicht tun, niemals. Und Karin… Gut, Karin würde es tun, hatte es getan. Aber schon wieder? So grausam konnte doch niemand sein.

Anna wusste nicht, was sie denken sollte. Ole war

in letzter Zeit manchmal seltsam gewesen. Oft hatte er keine Zeit, traf sich ständig mit Kai und den anderen, nahm Karin mit zum Surfen, wenn genau klar war, dass Anna keine Zeit haben würde. Anna erinnerte sich mit einem kleinen Eisschock daran, wie interessiert er gleich zu Beginn an Karin gewesen war. Damals, als sie das erste Mal auf die Insel gekommen und Ole Single gewesen war, hatte er Anna gefragt, ob sie was dagegen hätte, wenn er Karin näherkommen würde. Sie hatte ihm geantwortet, dass sie ihn kaltmachen würde, sollte er es wagen, Karin anzufassen …

Sie lag da und spürte, wie sich die Wut und die Angst wie ein Feuerwurm durch ihre Eingeweide wühlten. Auch wenn alles ganz harmlos, wenn es nur ein Treffen unter Freunden war. Gelogen hatten sie, das stand fest.

Gegen zwei Uhr hörte sie den Schlüssel in der Haustür und anschließend Wasserrauschen im Bad. Sie lag mit geballten Fäusten da und überlegte, ob sie Karin gleich konfrontieren sollte. Aber etwas hielt sie zurück, sie konnte einfach nicht, sie wollte noch ein paar Stunden warten, bevor sie sich der bitteren Realität stellen musste, von der sie immer noch hoffte, dass sie ein Irrtum war.

Am nächsten Morgen radelte sie schon um sechs in den Laden. Sie hatte keine Minute geschlafen.

Als gegen neun eine Nachricht von Karin kam, wo sie denn sei, antwortete sie nur mit einem *Brauche dich heute nicht im Laden*, auf das Karin nicht reagierte.

Als Ole ihr wenig später schrieb, ob er zum Mittagessen rüberkommen könne, antwortete sie nur mit einem

Nein, auf das er eine halbe Stunde später mit einem *Okay* antwortete, hinter das er drei Pünktchen gesetzt hatte.

»Er fragt nicht mal, warum«, schnaubte Anna und warf ihr Handy wutentbrannt auf den Tresen.

»Wer hat dir denn den Tee versalzen?«, fragte Evelyn irgendwann erstaunt, weil Anna den ganzen Tag über kein Wort redete, sondern nur mit einer tiefen Zornesfalte über der Stirn herumlief. »Du siehst furchtbar aus, hast du nicht geschlafen?« Sie zupfte ein Blatt aus Annas Haaren und betrachtete missbilligend ihre zerzauste Frisur. Anna war genauso hergekommen, wie sie aufgestanden war.

Eine Stunde später klingelte die Ladenglocke, und Ole kam herein, zwei weiße Plastiktüten in der Hand. »Pause!«, verkündete er. »Ich habe Sandwiches geholt.« Er umarmte Evelyn, die ihn wie immer verliebt anlächelte, und küsste Anna auf die Wange, die versteinert einen Schritt zurückwich. »Alles klar?«, fragte er stirnrunzelnd, sprach dann aber sofort weiter. »Du siehst ja furchtbar aus, Anna, bist du krank? Ich habe dir Thunfisch mitgebracht, Evelyn. Den magst du doch, oder?«

»Sehr!«, sagte Evelyn vergnügt.

»Super. Setzen wir uns in die Sonne?«

»Ich habe gesagt, ich will kein Mittagessen!« Anna starrte ihn an.

Bei ihrem Ton schien er endlich zu verstehen, dass etwas nicht stimmte, denn er ließ verblüfft die Tüten sinken. »Ich dachte, das wäre ironisch gemeint.«

»War es nicht!«, fauchte Anna. Sie konnte nicht glauben, dass er so tat, als sei nichts gewesen.

»Was ist denn los?«, fragte er irritiert.

»Nichts.« Anna verschränkte die Arme, aber sie schaffte es, die Schärfe ein wenig aus ihrer Stimme zu verbannen. »Wie war die Arbeit gestern?« Jetzt klang sie wieder fast normal.

»Also, ich geh mal nach nebenan mit meinem Sandwich.« Evelyn verdrückte sich, und Ole sah Anna stirnrunzelnd an. Dann seufzte er. »War ganz okay. Der kleine Seehund fehlt mir. Ich war später noch mit Kai in der Kneipe und musste die ganze Zeit an das leere Becken denken.«

Anna fühlte einen scharfen Schmerz in der Brust.

Er log ihr einfach mitten ins Gesicht.

Also stimmte es. Bis zu diesem Moment war sie noch überzeugt gewesen, dass sie sich irrte. Das konnte doch nicht sein, so etwas konnte nicht schon wieder passieren.

»Hey, ist dir nicht gut? Du siehst schon die ganze Zeit so blass aus.« Ole fasste sie besorgt am Arm, aber sie riss sich los. Erstaunt hielt er inne. »Was ist denn mit dir?«, fragte er, und jetzt hatte auch seine Stimme einen gereizten Unterton.

Anna blickte ihn an, und sie fühlte sich plötzlich leer.

In diesem Moment klingelte die Ladenglocke, und zwei Kundinnen kamen herein. »Ich kann jetzt nicht reden«, sagte Anna. Mit einem Lächeln, an dem sie fast erstickte, wandte sie sich den beiden Frauen zu und ließ Ole stehen. Er ging mit einem verwirrten Blick zu Evelyn nach hinten, wo die beiden zusammen ihre Sandwiches aßen.

Zu Annas Glück hatten die beiden älteren Damen eine lange Einkaufsliste und wollten beide Sträuße gebunden haben. Und noch bevor sie fertig war, kam eine junge Mutter mit Kinderwagen herein, die ebenfalls Beratung brauchte. Irgendwann kam Ole nach vorne und warf die leere Tüte in den Papierkorb. Er wischte sich mit einer Serviette über den Mund und fragte: »Hast du eine Minute?«

Anna sah ihn nicht an. »Ich habe zu tun, siehst du doch!«, sagte sie, aber um der Kunden willen sagte sie es freundlich.

»Okay ... dann sehen wir uns heute Abend?«, fragte Ole, und obwohl sie ihn immer noch nicht ansah, konnte sie aus seiner Stimme seine Verwirrung hören.

»Klar.«

»Okay!« Er küsste sie auf die Stirn. »Dann bis später!«

Als er hinausging, warf er ihr noch einen letzten verwirrten Blick zu.

57

Als Anna abends nach Hause kam, war Karin in ihrem Zimmer, und der Rest des Hauses lag in Dunkel gehüllt. Auch bei Britt brannte kein Licht, und sie war froh drum, mit niemandem reden zu müssen. Einen

Moment blickte sie zu Karins Fenster hoch, dann ging sie hinein. Sie duschte lange und heiß und föhnte sich die Haare, bis sie schwarz glänzend über ihren Rücken fielen. Die ganze Zeit über fühlte sie sich, als hätte sie ein Schlafmittel genommen, irgendwie schien alles unschärfer als sonst, entrückt, als hätte sich die Realität ein Stück von ihr entfernt. Als sie nach unten kam, lag auf dem Küchentisch ein Zettel. *Gehe mit Harry spazieren und was essen, Ole meinte, ihr braucht mal einen freien Abend. Karin.* Neben ihren Namen hatte sie ein Herzchen gemalt.

»Na toll«, murmelte Anna. Sie ging wieder nach oben, um sich etwas anzuziehen, denn sie konnte dem Gespräch, das ihr nun wahrscheinlich bevorstand, nicht im Bademantel entgegentreten.

Als sie in ihre Jeans schlüpfte, hörte sie draußen den Jeep vorfahren. Ihr Herz fühlte sich an, als hielte es jemand mit der Faust umklammert.

Sie kam in dem Moment in die Küche, als Ole die Hintertür öffnete. Er lächelte sie an, aber sie lächelte nicht zurück. Die Schmerzen in ihrer Brust waren stärker geworden, die Faust klammerte sich um ihr Herz, als wollte sie den letzte Tropfen Glück aus ihm herauspressen.

»Du hast Karin gesagt, wir brauchen einen Abend für uns?«, fragte Anna, und er nickte und warf seine Jeansjacke über das Sofa.

»Ich hatte vorhin das Gefühl, dass du irgendwie angespannt bist, und dachte, es wäre gut, wenn wir zur Abwechslung mal wieder alleine wären.«

»Was soll das heißen, zur Abwechslung?«

»Na ja, ich meine ja nur, mit Britt, die jetzt hier wohnt, und Karin, die dir immer an den Hacken klebt, haben wir ja kaum...«

»...also ist es meine Schuld?«, unterbrach Anna ihn.

Ole riss verblüfft die Augen auf. »Was?«, fragte er dann unsicher. »Was ist deine Schuld?« Er sah aus, als würde er die Welt nicht mehr verstehen.

Anna setzte sich an den Tisch und stieß sofort mit dem Ellbogen den Krug Tee um, der noch dort stand. Fahrig sprang sie auf und nahm den Lappen.

»Ich mach das schon!«

Ole versuchte, ihr den Lappen zu entwenden, aber sie fauchte: »Du hast schon genug gemacht!«

Verdattert wich er zurück. »Was meinst du eigentlich?«, fragte er. »Was ist denn mit dir? Du benimmst dich ja wie eine Furie.«

Anna hätte ihm am liebsten den Lappen ins Gesicht geschlagen. »Ich habe euch zusammen gesehen!«, rief sie, und schleuderte den Lappen, statt in Oles Gesicht, ins Waschbecken, wo er gegen das Spülmittel prallte und es scheppernd umriss.

Ole sah sie verständnislos an. »Wen?«, fragte er.

Anna holte tief Luft. »Dich und Karin«, sagte sie und kämpfe gegen den Schwindel an, der sie mit einem Mal erfasst hatte.

Oles Miene versteinerte.

»Ich habe euch gesehen, gestern Abend. Du hast gesagt, du bist bei den Seehunden. Sie hat gesagt, sie geht ins Kino. Und dann sehe ich euch zusammen im

Restaurant. Ihr saßt *nebeneinander.* Ihr…« Anna fand keine Worte für das, was ihr durch den Kopf ging.

Ole sagte noch immer nichts, starrte sie nur weiter unbeweglich an.

»Und ich habe euch schon mal zusammen erwischt«, rief sie, als er nicht reagierte. »Im Stormvogel, als sie eigentlich beim Yoga sein sollte und du in der Arbeit. Und neulich ist sie an dein Handy gegangen!« Tatsächlich hatte sie vor einigen Tagen versucht, ihn zu erreichen, und Karin hatte abgenommen. Damals hatte sie sich nichts dabei gedacht. Im Licht der neuesten Ereignisse fragte sie sich jedoch, wie sie so blind hatte sein können. Sie war laut geworden bei den letzten Worten. »Was soll ich denn da denken?«, schloss sie, weil sie es nicht aussprechen konnte.

Ole stand da, mit verschränkten Armen, und sein Gesicht fiel in sich zusammen. Anna hatte das Gefühl, dass sie sich an irgendwas festhalten musste. Wenn er nicht gleich etwas sagte, das ihr klarmachte, dass sie sich geirrt hatte, dass das alles nur ein Missverständnis war, dass sie sich umsonst verrückt machte, dann würde sie zusammenklappen.

»Sag doch was«, rief sie, als er immer noch einfach nur dastand.

Er hob die Hände und rieb sich über das Gesicht. »Oh Anna«, sagte er, und ihr Herz machte einen Überschlag. »Anna, ich konnte es dir doch nicht sagen!«

Ihre Beine waren plötzlich taub, und sie hielt sich an der Spüle fest, um nicht umzukippen. »Also stimmt es?«, fragte sie tonlos. Plötzlich schien alles farblos, als habe sich ein Schwarz-Weiß-Filter über ihr Leben gesenkt. »Also habt ihr…«

Er ließ die Hände sinken und sah sie entsetzt an, sein Gesicht war grau. »Natürlich nicht!«, sagte er, und sie zuckte zusammen. »Anna. Hast du wirklich geglaubt…« Er brach ab und schüttelte fassungslos den Kopf.

Sie wusste plötzlich, dass sie gerade etwas kaputtgemacht hatte, das sie vielleicht nie wieder reparieren konnte. »Ich habe gar nichts geglaubt«, sagte sie leise. »Ich… hatte nur Angst. Ich dachte…«

Er ließ sich auf den Küchenstuhl fallen und rieb sich wieder mit den Händen über das Gesicht. Eine Weile saß er nur da und starrte vor sich hin. Anna traute sich kaum zu atmen.

Dann sah er sie an. Er räusperte sich. »Du hattest recht. Ich… habe mich mit Karin getroffen. Wir haben uns oft gesehen, in letzter Zeit. Heimlich.«

Anna wurde heiß, schrecklich, schrecklich heiß, und ihre Gedanken schwammen in alle Richtungen. Hilflos sah sie ihn an, und ihr entfuhr ein entsetzter Laut.

»Wir haben uns getroffen, weil ich etwas geplant habe und dazu ihre Hilfe brauche«, sagte Ole eindringlich, der genau zu verstehen schien, was sie dachte.

»Du hast etwas geplant?« Sie verstand überhaupt nichts mehr. »Aber was denn?«

»Ich… ich wollte mit dir wegfahren. In den Norden, nach Schweden, die Elche sehen. Mit dem Campingbus. Unsere große Reise, über die wir schon so lange reden. Es ist alles geplant. Ein paar Wochen, nur wir drei. Harry, du und ich. Deswegen war ich so oft nicht erreichbar, ich habe den Bus umgebaut. Der Schrank ist raus, und dafür ist die Liegefläche jetzt... na ist ja auch egal. Karin sollte... soll mit Evelyn den Laden übernehmen. Wir haben zusammen die Reise geplant, Vorräte gekauft, eine Campingausrüstung zusammengestellt. Sie hat alles organisiert und geplant, ich hatte ja mit den Seehunden so viel zu tun, ohne sie hätte ich das nie geschafft, verstehst du? Zum Dank habe ich sie zum Essen eingeladen.« Er sah sie so traurig an, dass Anna das Gefühl hatte, ihr Herz würde entzweibrechen. »Gerade jetzt ist sie drüben und schaut sich die Bücher an. Sie will hierbleiben für die Zeit und mit Evi zusammen alles managen. Dann musst du nicht schließen, kannst weiterhin Geld verdienen, und wir können so lange bleiben, wie wir möchten. In zwei Wochen sollte es losgehen.«

»In zwei Wochen...« Anna konnte es nicht fassen, vor ihren Augen flimmerte es. Plötzlich machte alles Sinn. Sie sah ihn an, er blickte traurig auf seine Hände. Wie hatte sie nur so falschliegen können? Sie wusste doch, dass er sie liebte. Wie hatte sie so sehr an ihm zweifeln können? Erst in diesem Moment verstand sie so richtig, wie tief sie Karins und Simons Betrug damals verletzt hatte. Er hatte ihr die Fähigkeit genommen, den Menschen, die sie liebte, zu vertrauen.

Er seufzte. »Anna, ich hätte wirklich nicht lügen dürfen. Gerade bei dir, mit deiner Vorgeschichte... Es war nur für die Überraschung, aber ich wollte dich damit doch nicht verletzen.«

Sie fühlte sich plötzlich seltsam schwach. »Ole, ich …
weiß nicht, was ich sagen soll, das war alles so merkwürdig. Ich bin einfach so unsicher geworden, seit damals«, erklärte sie verzweifelt. »Aber eigentlich habe ich
nie geglaubt, dass du mir so etwas antun würdest.« Das
stimmte. Ganz tief drinnen hatte sie immer gewusst, dass
er sie liebte und sie niemals mit Karin verraten würde.

Plötzlich stand er ruckartig auf, und Anna schrak
zusammen. Gerade wollte sie rufen »Geh nicht weg!«,
da trat er auf sie zu und schloss sie in die Arme. Eine
Weile standen sie einfach nur da, an die Spüle gelehnt,
und hielten einander fest. »Ich habe es wirklich nicht
geglaubt!«, schniefte Anna leise in seine Jacke. »Es lag
an mir, nicht an dir!«

Sie konnte spüren, dass er nickte. »Es geht mir ja
genauso!«, sagte er mit rauer Stimme, und sie hatte das
Gefühl, dass er mit den Tränen kämpfte. »Meine Eifersucht auf Luuk war so bescheuert. Und ich wusste
das auch die ganze Zeit und konnte es trotzdem nicht
abstellen. Aber es hat nichts mit dir zu tun. Ich vertraue dir, vollkommen. Es ist einfach dieses Gefühl …
ich kann es nicht erklären.«

Das musste er auch nicht, denn sie wusste genau, was
er meinte. Sie waren beschädigt, angeknackst, nicht
mehr ganz heile, würden wahrscheinlich ihr Leben lang
immer ein wenig misstrauisch sein, wenn andere noch
vertrauten.

Ole löste sich von ihr und strich sanft mit dem Daumen die Haare aus ihrem Gesicht und die Tränen von
ihren Wangen. Er lächelte traurig.

»Es tut mir leid, dass ich mich in letzter Zeit so aufgeführt habe. Dadurch hattest du das Gefühl, dass ich dir nicht vertraue.«

Anna schüttelte den Kopf. »Das stimmt doch nicht, ich ...«

»Doch, das stimmt«, sagte Ole ruhig, und nach einem Moment nickte sie.

Er holte tief Luft. »Hör mal. Es tut mir leid, dass ich nicht ehrlich war. Ich dachte irgendwie, wenn es um eine gute Sache geht, ist das okay, aber das ist dumm! Anna, es kann sein, dass sich einer von uns eines Tages in jemand anderen verliebt. Das kann niemand verhindern und niemand vorhersagen.« Nachdenklich sah er sie an. »Aber ich verspreche dir hiermit hoch und heilig, falls es passiert – und ich will nur betonen, dass ich es für äußerst unwahrscheinlich halte, weil ich dich nämlich mehr liebe, als ich jemals einen Menschen geliebt habe ...«, er grinste jetzt sanft und schwächte damit die Theatralik der Worte ein wenig ab. »Aber falls es durch eine unglückliche Fügung des Schicksals nun doch irgendwann passiert, dann werde ich es dir sagen. Anna. Okay? Das verspreche ich. Ich werde es dir einfach sagen. Und dann sehen wir weiter. Und ich werde ganz sicher nicht hinter deinem Rücken eine Affäre anfangen.«

Anna nickte und spürte, dass sie schon wieder weinte. Sie schniefte leise. »Ich auch nicht«, versprach sie.

»Gut!«, sagte er und zog sie wieder an sich, presste sie so fest in seine Jacke, dass es ihr für einen Moment den Atem nahm. »Dann wäre das geklärt, oder?«, fragte Ole dann, als hätten sie soeben darüber gesprochen, was es zum Abendessen geben sollte.

Anna spürte, dass er lächelte.

»Ja, das wäre geklärt!«, bestätigte sie, und auch sie musste lächeln. Dann stellte sie sich auf die Zehenspitzen und küsste ihn. Wie einfach die Dinge doch sein konnten, wenn man sie aussprach, darüber redete, ehrlich zueinander war. Wir müssen noch viel lernen, dachte sie. Aber zum Glück haben wir dafür Zeit.

In diesem Moment klingelte ihr Handy, und sie zuckte zusammen und löste sich von Ole. Sie hatte für die letzten Minuten vollkommen vergessen, dass überhaupt noch andere Menschen auf diesem Planeten existierten.

Auf dem Display leuchtete Neesons Name auf. Sie drückte den Anruf weg, aber noch bevor sie das Handy weglegen konnte, rief er erneut an. Ungeduldig wischte sie über den roten Hörer, und das Telefon verstummte.

»Geh ran, es ist offensichtlich dringend«, sagte Ole mit gerunzelter Stirn.

»Es ist gerade schlecht, kann ich dich…«, sagte Anna, als es schon wieder klingelte und sie ungeduldig über das Display wischte.

»Anna? Gott sei Dank!« Neeson klang hektisch, aufgelöst. »Anna, du bist da!«

»Ja, natürlich!« Sie lachte und blickte verwirrt zu Ole, der die Stirn runzelte. »Wo soll ich denn sein?«

Neeson wirkte wahnsinnig erleichtert. Er schnaubte. »Ich dachte schon…« Er brach ab. »Ich dachte…«

»Wovon redest du denn?« Sie warf einen Blick zu

Ole, der mit schief gelegtem Kopf zuhörte und nun die Schultern zuckte als Zeichen, dass er nicht gehört hatte, was Neeson sagte.

Es war sehr laut dort, wo Neeson sich befand, sie hörte eine Sirene, und aufgeregte Stimmen riefen durcheinander. Als er nicht direkt antwortete, wurde ihr schlagartig klar, dass er nach Worten suchte, und ihr Magen verkrampfte sich. »Oh Gott, Anna, ich weiß nicht, wie ich es dir sagen soll«, brachte er schließlich heraus. »Es hat eine Explosion gegeben. Im Laden. Er brennt lichterloh. Das ganze Haus steht in Flammen.«

58

Anna stand einen Moment stocksteif da. Ihr ganzer Körper prickelte, und sie hörte nur noch ein Rauschen, als alles um sie herum sich aufzulösen schien.

»Was?«, krächzte sie und ließ fast das Handy fallen. »Was hast du eben gesagt?«

»Es tut mir wirklich leid, Anna. Aber Hauptsache, niemandem ist etwas passiert. Wir können noch nicht rein, das komplette Haus steht in Flammen, sie können nichts mehr tun und lassen es ausbrennen. Es hat aber nicht auf die anderen Häuser übergegriffen, nur der Laden nebenan hat etwas abbekommen, aber da war zum Glück auch niemand mehr drin. Gott sei Dank geht es dir gut, ich hatte das Schlimmste befürchtet. Anna…? Anna, bist du noch da?«

»Ole!« Anna zitterte so sehr, dass sie das Handy mit beiden Händen festhalten musste. Sie sah ihn an und hatte das Gefühl, dass das Zimmer um sie herum wackelte, zerfloss. »Ole. Wo ist Karin?«, krächzte sie.

Er runzelte die Stirn, als er kurz überlegte. »Hab ich doch gesagt. Sie ist mit Harry im Laden. Sie wollte, glaube ich, die Gelegenheit nutzen und sich schon mal die Bücher angucken und die Rezepte, sie muss dann ja auch alleine backen und hat ordentlich Respekt davor. Warum, was ist los?«

Anna konnte gerade noch sehen, wie er erschrocken auf sie zustürzte, da verloren die Dinge um sie herum ihre Konturen.

Richtig kam sie erst wieder zu sich, als sie im Jeep auf dem Beifahrersitz saß und sie durch die Dunkelheit der Insel jagten. Wie sie ins Auto gekommen war, wusste sie nur noch verschwommen. Sie hörte, wie Ole über die Freisprechanlage hektisch telefonierte, irgendwem erklärte, dass Karin und der Hund im Laden gewesen waren. »Aber sie müssen doch irgendwo sein!«, rief er, und Anna krallte die Hand in den Sitz. Die Zeit schien ihr einen Streich zu spielen, es war doch ewig her, dass der Anruf gekommen war, Jahre, Jahrzehnte – und gleichzeitig nur Sekunden. Die Minuten schienen sich zu dehnen, es war, als würden sie seit Stunden durch die Dunkelheit fahren, dabei drückte Ole das Gaspedal so hart durch, dass er in den Kurven die Handbremse anziehen musste und sie herumgeschleudert und in die Sitze gepresst wurden. Auf den geraden Strecken schaute er immer wieder auf sein Handy, eine Hand am Lenkrad, die andere auf den Tasten. Er musste Karins Nummer schon hundert Mal gewählt haben. Sie nahm nicht ab. Ihr Handy war abgeschaltet.

Karins Handy war nie abgeschaltet.

Schweiß rann Annas Nacken hinab und lief ihr in den Ausschnitt. Vor ihrem inneren Auge sah sie schreckliche Bilder, grauenvolle, verstörende Bilder von geschmolzenem Plastik, Fell, das in Flammen aufging, von roten Haaren, die in der Hitze des Feuers verschmurgelten. Sie konnte nicht anders. Ihr war heiß und kalt gleichzeitig, und sie hatte sich vor dem Einsteigen auf den Gehweg übergeben.

»Das darf nicht sein, das darf nicht sein«, murmelte Ole immer wieder, als hinge er in einer Endlosschleife fest. »Der Laden ist klein, es gibt überall Fenster, man kann doch einfach raus, wenn ...«, weiter sprach er nicht.

59

Sie sahen die Flammen schon von Weitem. Wie der glühende Atem eines Drachens fraßen sie sich in den Nachthimmel.

Sie kamen nicht mal richtig in die Gasse hinein. Ole raste mit dem Jeep um die Ecke, da wurden sie auch schon von einem Absperrband und einer Menge von Schaulustigen aufgehalten, die alle versuchten, den besten Platz bei dem Spektakel zu erwischen. Sie ließen das Auto einfach stehen, wo es war, und rannten los, aber schon nach wenigen Metern wurden sie von einer Kette aus Feuerwehrleuten aufgehalten.

»Halt, Sie können hier nicht durch!« Als sie sich unter einem der Bänder durchgeduckt hatten, kam eine blonde Beamtin in Uniform mit ausgestrecktem Arm auf sie zu.

»Das ist mein Laden«, keuchte Anna, und sie sah, wie sich die Augen der Frau bei den Worten erst weiteten und dann mitleidig zusammenzogen.

»Oh«, sagte sie nur.

»Ich muss da hin, meine Freundin war dort drinnen und ... mein Hund!«, krächzte Anna. Sie fühlte, wie ihr bei diesen Worten schon wieder schwindelig wurde, und musste sich an Ole festhalten, der sofort einen Arm um sie legte und mit einer Hand fest ihren Nacken umfasste, als habe er Angst, sie könne jede Sekunde aufs Pflaster kippen.

»Wer ist hier zuständig?«, fragte er, und die Frau zeigte auf einen hochgewachsenen Mann in Uniform, der mit finsterer Miene neben einem Feuerwehwagen stand, in die Flammen blickte und in ein Handy sprach. Neben ihm stand Neeson. Sobald sie ihn erspähten, stürzten Anna und Ole auf die beiden zu, den Protest der Beamtin ignorierend, die hinter ihnen her rief, dass sie sofort stehen bleiben sollten.

»Neeson!« Keuchend kamen sie zu ihm.

»Oh, das ging aber schnell!« Er drehte sich erschrocken zu ihnen um.

»Habt ihr … habt ihr sie gefunden?«, fragte Anna.

Neeson wurde bei ihren Worten blass. »Anna … Wir können noch nichts sagen. Sie konnten noch nicht hinein. Du siehst ja selber …« Er deutete mit verzweifeltem Blick auf das brennende Haus, das umzingelt war von Feuerwehrleuten, die den Brand zwar nicht löschten, ihn aber mit ihren Schläuchen in Schach hielten und so verhinderten, dass er um sich griff.

»Wenn dort jemand drin war, dann …«

Neeson musste nicht weitersprechen. Wenn dort jemand drin war, dann war von ihm nichts mehr übrig. Anna konnte sogar bis dahin, wo sie stand, die Hitze der Flammen auf ihren Wangen spüren.

Plötzlich gaben ihre Knie nach. Ole reagierte ein paar Sekunden zu spät und konnte nur noch verhindern, dass auch ihr Oberkörper auf das Pflaster schlug. Dann saß sie da, auf dem kalten Boden, blickte auf die Flammen, und das ganze Entsetzen dieses Augenblicks wurde ihr klar. Sie vergrub das Gesicht in den Händen. Ole nahm sie in die Arme und drückte sein Gesicht in ihr Haar, und sie wusste, dass auch er weinte. Sie fühlte sich so leer und verzweifelt wie noch nie in ihrem Leben. Wie sollte sie weitermachen, ohne Harry, ohne ihre beste Freundin?

Plötzlich fühlte sie etwas Feuchtes an den Fingern.

Etwas leckte ihr über die Hände.

Wie in Zeitlupe ließ sie sie sinken.

Harry sprang ihr bellend in die Arme und schleckte ihr über den Hals und das Gesicht und hüllte sie in seinen fischigen Atem. Vollkommen entgeistert blickte sie zu Ole, der neben ihr kniete und den kleinen Hund mit offenem Mund anstarrte, der sich nun aus Annas Armen wand und zu ihm hinübersprang und auch ihn ableckte, als habe er ihn hundert Jahre nicht gesehen.

»Aber ...«, sagte er nur, und er war so blass, dass sein Gesicht fast die gleiche Farbe wie sein Haar hatte. »Aber ...«

Anna zitterte mit einem Mal so sehr, dass sie die Hand auf den Magen pressen musste, weil sie Angst hatte, sich gleich wieder übergeben zu müssen.

»Harry!«, krächzte sie und war sich immer noch nicht sicher, ob sie wach war oder träumte.

»Anna!«

Sie sah auf. Karin kam auf sie zu gerannt.

»Er hat sich losgemacht«, rief sie zu dem Beamten hinüber. »Tut mir leid, ich weiß, wir dürfen hier nicht durch! Anna, hier seid ihr. Geht es dir gut? Ich kann's nicht fassen, der Laden. Was ist nur passiert?«

»Karin«, flüsterte Anna. Mehr brachte sie nicht über die Lippen. Sie spürte, wie ihr Tränen über die Wangen liefen. Mit letzter Kraft stemmte sie sich hoch. »Du bist da! Wir dachten ... wir dachten ...«

Karin sah sie entgeistert an. Dann schien sie zu verstehen, und ihr Gesicht verzog sich zu einer entsetzten Grimasse. »Oh Gott, Anna! Nein!« Schnell fasste sie ihre Hände. »Wir waren bei Evelyn. Eben hat jemand angerufen und ihr von dem Brand erzählt, wir sind sofort rübergekommen. Ich ... oh, du zitterst ja! Komm her!« Sie nahm Anna in die Arme und drückte sie an sich. Und als sie Karins vertrauten Duft einatmete und ihr Haar an ihrer Wange spürte und über ihre Schulter sah, wie Ole Harry an sein Gesicht presste und ihn von oben bis unten abküsste, konnte sie endlich begreifen, was passiert war.

Eine Stunde später waren sie immer noch da und beobachteten wie in einem Film, der sich vor ihren Augen abspielte, die Löscharbeiten der Feuerwehr. Die Menschenmenge, die die ganze Zeit über die kleine Gasse bevölkert hatte, lichtete sich nach und nach, als klar wurde, dass nichts mehr passieren würde, und nun waren nur noch vereinzelte Grüppchen von Schaulustigen zu sehen. Es roch nach Rauch und verbranntem Holz, auch wenn die Flammen selbst schon lange besiegt waren. Zum Glück war Annas Laden zu drei Seiten hin frei stehend und nicht wie so viele in der Stadt in eine Reihe von Häusern eingebaut. So hatte sich der Schaden in Grenzen gehalten. Das Nachbarhaus war allerdings auch stark beschädigt worden. Anna dachte an die kleine grüne Tür in der Backstube, die nach nebenan geführt hatte. Sie war, wie alles andere, nur noch schwarze Asche.

Anna und Neeson standen etwas abseits von den anderen. Harry war auf ihrem Arm eingeschlafen, er roch schwach nach Rauch und leckte sich im Schlaf ab und zu die Schnauze, als habe er Durst. Anna drückte ihn immer wieder an sich und vergrub ihre Nase in seinem Fell, hörte sein kleines Herz pochen und dachte, dass sie noch nie in ihrem Leben so erleichtert gewesen war wie genau in diesem Moment.

Als sie ihn gerade erneut abküsste und er unwillig zappelte, kam ein uniformierter Feuerwehrmann auf sie zu. Er klappte seinen Helm nach oben. »Frau Fischer? Ich wollte Sie kurz informieren. Es steht natürlich nicht zu hundert Prozent fest, aber ich muss leider sagen, dass das Ganze ziemlich eindeutig nach Brandstiftung aussieht.«

Die Worte drangen erst nach einer Weile zu Anna durch. »Wie bitte?«, krächzte sie. »Was … wie meinen Sie das?«

Der Feuerwehrmann sah sie mitleidig an. »Sie sehen sehr blass aus, Sie sollten sich hinsetzen und etwas trinken. Ich meine, dass der Brand eventuell absichtlich gelegt wurde. So eine Explosion entsteht nicht von selber.«

»Aber … das kann doch nicht …« Anna wurde wieder schwindelig, und sie merkte gerade noch, wie Neeson fest nach ihrem Arm griff.

»Hoo, jetzt mal ganz ruhig«, sagte er, als wolle er ein wild gewordenes Pferd bändigen. Er führte sie zu der Vortreppe eines Hauses und setzte sie dort ab. Dann verschwand er und kam einige Zeit später mit einem Becher in der Hand wieder. »Trink das!«, befahl er, und Anna setzte an und trank mechanisch. Hinterher hätte sie nicht sagen könne, ob die Flüssigkeit in dem Becher heiß oder kalt gewesen war.

Neeson beobachtete sie noch eine Weile mit verkniffenem Gesicht, dann setzte er sich neben sie. »Nun, eine

Reaktion hatten wir jedenfalls«, sagt er dumpf. Er sah sie schuldbewusst von der Seite an. »Nur hätte ich doch nie mit so was gerechnet ... Anna, es tut mir so leid. Das ist alles meine Schuld.«

»Du glaubst?« Anna fiel aus allen Wolken. »Aber ... ich dachte, es wäre wegen dem Artikel«, stotterte sie.

Er winkte ab. »Unsinn. Meinst du, irgendwer hat was in der Zeitung gelesen und dann beschlossen, seine Freiheit und mehrere Menschenleben zu riskieren, um dich zu ruinieren?«

Als er es aussprach, merkte sie selbst, wie lächerlich das klang. »Nein, aber ...«

»Kein Aber. Ich kann es noch nicht beweisen, aber ich bin mir sicher, *ich weiß*, dass das kein Zufall war und ein Unfall schon gar nicht. Du hast doch gesagt, dass das Haus früher Roos und ihrer Familie gehört hat.«

Anna nickte wie betäubt.

Er starrte grimmig zu der Rauchsäule empor, die immer noch in den Himmel stieg und den Mond verdunkelte. »Irgendetwas war in diesem Haus. Und irgendwer hatte Angst, dass wir es finden. Und ich weiß auch, wer.«

Anna stand eine Weile stumm neben ihm und versuchte, seine Worte zu begreifen.

Plötzlich machte sich ein seltsames Gefühl in ihr breit: Es war ihr egal. Alles war ihr egal, das Haus, der Laden, sogar Anouk und Neeson. Hauptsache, Harry und Karin lebten. Hauptsache, keinem war etwas passiert. Hauptsache, sie konnte heute Abend einschlafen und ihre Nase gegen Harrys Bauch pressen und ihn atmen hören. Mit allem anderen konnte sie fertig werden.

»Ich glaube, mir ist das nicht mehr wichtig«, sagte sie langsam, und Neeson schaute sie erstaunt an. »Das ist es nicht wert, verstehst du. Ja, ich will wissen, was damals passiert ist, aber nicht um den Preis, dass jemand verletzt oder gar getötet wird. Wir sollten die Ermittlungen einstellen.«

»Was? Aber Anna, wir sind so kurz davor…«

Sie unterbrach ihn und schüttelte den Kopf. »Sind wir nicht. Wir wissen gar nichts. Und heute Abend wäre beinahe ein großes, schreckliches Unglück passiert. Ich will das nicht mehr. Wir hören auf.«

Neeson verzog das Gesicht. »Ich fürchte, das liegt nicht in deiner Entscheidungsgewalt.«

Anna starrte ihn einen Moment an, dann zuckte sie mit den Schultern. »Schön, dann macht weiter. Aber ohne mich.« Und damit stand sie auf, ließ Neeson auf der Treppe sitzen, der ihr mit einem seltsamen Ausdruck in den Augen nachstarrte, und ging davon, dahin, wo Karin, die in der Eile genau wie Anna ohne ihre Jacke aus dem Haus geeilt war, in eine reflektierende Wärmedecke gewickelt, hinten auf dem Feuerwehrwagen saß. Karin hob den Arm, sodass Anna auch unter die Decke passte. Dann saßen sie aneinander gelehnt da und blickten stumm in den Himmel, wo der Rauch sich kräuselte, und auf den kahlen, dampfenden Fleck, wo früher einmal ihr Laden gewesen war.

Anna verfolgte wie in Trance die wirbelnden Schwaden. Das, was da in den Himmel stieg, waren ihre Blumen, ihre alte Ladenkasse, ihre blaue Theke, die Tische, die sie mühevoll restauriert und verziert hatte, ihr Schild mit Harry und den Blumen. All das war nun grauer Rauch, der sich ganz oben, wo die Luft nur noch leicht flimmerte, in Nichts auflöste. Es war schrecklich. Aber neben dem Schock und dem Entsetzen über den Verlust spürte sie immer noch eine Erleichterung, die so tief war, dass aller Schmerz sich darin auflöste.

Anna sah sich um. Neben ihnen standen die Nachbarn in einer kleinen Traube versammelt, Leentje und Anton unterhielten sich flüsternd, daneben Luuk, Britt, Mario, Tom und Kai, alle mit dampfenden Bechern in der Hand, die die Feuerwehr ausgeteilt hatte. Auf der anderen Seite standen Evelyn und Ole. Er hatte einen Arm um die weinende Frau gelegt und sprach beruhigend auf sie ein, sie war beim Anblick des brennenden Ladens regelrecht zusammengebrochen. Ein Stück weiter waren gerade Henk und Viola mit entsetzten Mienen aus dem Auto gestiegen und kamen auf sie zugeeilt.

Anna schloss für einen Moment die Augen. Wie sich in einer Sekunde ein ganzes Leben verändern konnte, dachte sie. Wie ein kleiner Funke alles zerstören konnte. Es war unbegreiflich, welterschütternd. Und gleichzeitig waren in diesem Moment alle Menschen, die sie zum Glücklichsein brauchte, genau hier.

Bei ihr.

Lebendig und wohlauf.

Und das war alles, was zählte.

Ende

Ist Annas Traum von einem eigenen Laden
nun geplatzt?

Wird es Neeson gelingen, den Tod von Annas
Schwester aufzuklären?

Wird Annas und Oles Liebe das Misstrauen
überstehen?

Die Inselblumen-Serie geht weiter ...

Das große Finale
ab Frühjahr 2023 im Handel
und als E-Book erhältlich.

LESEPROBE

Der Auftakt
der wundervollen Inselblumen-Serie

Als Anna vor den Trümmern ihres Liebeslebens steht, will sie
nur eins: weg aus Hamburg. Kurzerhand zieht sie mit ihrem
geliebten Zwergdackel Prince Harry auf die Nordseeinsel
Texel. Dort möchte sie den Traum von einem eigenen
Blumenladen verwirklichen, in dem sie ihre Kunden mit
bunten Sträußen und duftendem Kaffee verwöhnen kann.
Doch der Neubeginn fällt Anna schwerer als gedacht,
denn die sturen Insulaner boykottieren ihren Laden. Und als
wäre das nicht schon genug, wird sie mit einem dunklen
Geheimnis aus ihrer Kindheit konfrontiert, vor dem sie
immer geflohen ist und das sie nun nicht mehr loslässt. Aber
zum Glück bekommt Anna Hilfe von dem charmanten
Biobauern Luuk, der ihr Herz höher schlagen lässt. Und dann
lernt sie ihre bezaubernde alte Nachbarin Roos kennen –
und gemeinsam haben sie eine Idee, wie sie den Laden
retten können …

Schneeglöckchen

1

Als Erstes bestellte Anna immer einen Kaffee. Das war ihr Ritual. Erst wenn sie die dampfende Tasse auf dem Tablett zu einem Tisch am Fenster trug und die Fähre sich langsam in Bewegung setzte, konnte sie aufatmen.

Heute lag neben der Tasse Kaffee auch noch ein Zimtbrötchen. Der Zuckerguss lief glitzernd zu beiden Seiten hinunter und vermischte sich mit der Butter und den braunen Körnern. Eigentlich hatte sie mit dem Essen warten wollen, bis sie auf der Insel war, aber es sah zu verführerisch aus, und ihre Widerstandskraft war in sich zusammengefallen.

Der Duft, der von dem Gebäckstück ausströmte, ließ Annas Magen leise rumpeln, und schnell schälte sie sich aus ihrer Jacke. Sie war fünf Stunden durchgefahren und ausgehungert, ihre Vorräte hatte sie schon lange aufgebraucht. Bis auf das klein geschnittene Gemüse. Aber das schmeckte schon nach Tupperdose und war bereits trocken und schrumpelig geworden. Sie nahm immer viel zu viel davon mit, in der festen Absicht, sich auch unterwegs gesund zu ernähren, und dann kippte sie es meistens auf einem Rastplatz in den Mülleimer und holte sich doch einen Schokoriegel und ein belegtes Brötchen. Heute hatte sie sich keine Pause erlaubt, und das Gemüse faulte weiter in der Dose auf dem Beifahrersitz vor sich hin. Aber dafür hatte sie auch wie geplant die Nachmittagsfähre geschafft und würde auf Texel ankommen, bevor es dunkel war. Und deshalb gönnte sie sich nun diese dicke, zuckerbeschmierte Sünde. Wenigstens ihre Absicht war gut gewesen.

Sie biss ein so großes Stück ab, dass sie es unauffällig mit der Hand hinterherschieben musste, um es ganz in den Mund zu bekommen. Es schmeckte köstlich, der Hefeteig war noch warm.

Zwei bettelnde braune Augen trafen ihren Blick, und eine winzige Pfote legte sich zaghaft auf ihr Knie.

»Du darfst keinen Zucker, das weißt du genau!« Anna schubste Harry sanft auf den Boden zurück.

Der kleine Dackel winselte enttäuscht, rollte sich dann aber ergeben auf ihren Schuhen ein und legte seinen Kopf auf die Vorderpfoten. Er wusste, dass sie bei Süßigkeiten hart blieb, und hatte gelernt, nicht unnötig lange Zeit mit Betteln zu verschwenden. Seine Augen folgten dennoch stetig dem Zimtbrötchen, und wann immer sie es zum Mund beförderte, wanderten sie mit und verharrten für die Sekunde, die sie zum Abbeißen brauchte, sehnsuchtsvoll auf der Stelle, bevor sie sich wieder in Richtung Teller senkten.

Der Sitz unter ihr vibrierte, das Schiff hatte abgelegt. Anna hob den Blick und sah die Möwen. Die erste hatte sie bereits vor über einer Stunde auf dem Fahnenmast einer Autobahnraststätte erspäht. Bei jeder Fahrt wartete sie auf den Moment, in dem sie die erste Möwe auf den weiten flachen Wiesen oder in den kleinen Wassergräben entdecken würde. Dann wusste sie, dass es nicht mehr weit war. Die Möwen waren die Vorboten des Meeres, immer kam es ihr so vor, als würden sie nur auf sie warten, sie beobachten, einander zurufen, dass Anna auf dem Weg war. Jetzt wurde ihr Kreischen vom Dröhnen des Motors und dem Klirren und Stimmengewirr in der Cafeteria überdeckt, aber sie wusste, dass es da war, laut und schrill und beständig wie das Meer selbst. Durch das angelaufene Fensterglas wirkte es, als wären die Vögel in einem Aquarium gefangen. Sie folgten der Fähre in eleganten Schwingungen, umkreisten das Oberdeck in der Hoffnung auf Brotstückchen, die sie dann gekonnt im Flug auffingen und in einem Stück runterwürgten, während sie schon den nächsten Happen im Visier ihrer kleinen harten Augen hatten. Wie immer erinnerte Anna der Anblick der weißen Körper im Wind an früher, an die Überfahrten ihrer Kindheit, als sie die ganze Fahrt ans Geländer gepresst dagestanden und alle getrockneten Brotvorräte der letzten Wochen in den Wind geschleudert hatte. Stets hatte die beschützende Gestalt ihres Großvaters hinter ihr gewacht, sie an der Kapuze festgehalten, wenn sie sich zu weit nach vorne lehnte, und ihr neue Munition zugesteckt, wann ihre kleinen Hände es verlangten. Es war immer ihr Ziel gewesen, dass eines der Brotstückchen es zur Wasseroberfläche schaffte. Sie wollte sehen, wie es dort aufschlug, wollte sehen, wie die Wellen es erfassten und es in den Schaumkronen trieb. Aber die Möwen waren zu schnell. Sobald sie merkten, dass eine neue Futterquelle an Bord war, umkreisten sie Anna in wilden Scharen, schrien sich gegenseitig schrille Verwünschungen zu und fingen alles, was sie ihnen zuwarf, in Sekundenschnelle auf, noch bevor es überhaupt den Fall gen Wasser begonnen hatte.

Als sie nun an jenes kleine Mädchen dachte, das in einen roten Regenanzug gehüllt und mit einem Stoffhasen unter dem Arm dort gestanden hatte, und sie sich das geduldige, liebevolle Lächeln ihres Großvaters ins Gedächtnis rief, durchströmte sie jene traurige Sehnsucht nach ihrer Kindheit, die sie in den letzten Jahren so oft verspürte. Erst heute wusste sie zu schätzen, dass ihr Großvater jedes Mal mit der Fähre übergesetzt war, um sie auf dem Festland zu empfangen und mit ihnen zusammen die Überfahrt zur Insel anzutreten.

»Es ist vollkommen unnötig!«, hatte ihre Mutter immer gesagt.

»Es macht mir Freude«, hatte er mit ruhiger Stimme geantwortet, und sie konnte sich an kein einziges Mal erinnern, an dem er nicht auf dem Anlegesteg gewartet hatte, wenn sie mit dem Auto vorfuhren. Anna und Anouk hatten immer schon von Weitem nach seiner dunklen Gestalt Ausschau gehalten und hektisch zu winken begonnen, wenn sie ihn erspähten. Groß und unbeugsam wie eine Tanne im Wind, immer in die gleiche dunkle Wachsjacke gehüllt, hatte er wartend aufs Meer geblickt. Und erst wenn ihr Vater hupte, hatte er sich umgedreht, langsam, fast überrascht die Hand zum Gruß gehoben, und ein freudiges Lächeln hatte sein wettergegerbtes Gesicht in unzählige Falten gezogen.

Es war wirklich vollkommen unnötig, dachte auch sie nun jedes Mal, wenn sie sich dem Schiff näherte, und dann spürte sie einen seltsamen Druck auf dem Herzen. Erst nachdem es passiert war, hatte er nicht mehr auf sie gewartet. Von da an war der Steg leer gewesen. Aber sie wusste nicht mehr, ob es ihr damals überhaupt aufgefallen war. Sie waren danach ohnehin nicht mehr oft gekommen, und in ihrer Erinnerung hatten diese Besuche auch nichts mehr mit der Insel, ihrer Kindheit und ihrem alten Leben zu tun. Es waren Besuche in einem anderen Land, einer anderen Wirklichkeit. Immer wenn sie jetzt mit dem Auto auf den Steg fuhr, vermied sie den Blick zu der kleinen Plattform für Fußgänger. Sie wusste genau, dass sie den Geist eines großen, alten Mannes in einer dunklen Wachsjacke dort stehen sehen würde, der für immer hinaus aufs Meer blickte und auf zwei kleine Mädchen wartete, die niemals wiederkommen würden.

Sie fuhr ihren knatternden Ford von der Fähre, es donnerte zweimal laut, als die Stahlplanken des beweglichen Anlegestegs unter den Rädern nachgaben, und dann war sie auf der Insel.

Ein seltsames Gefühl kroch in ihr hoch. Es war die ganze Zeit schon da gewesen, irgendwo im Hintergrund, und jetzt ballte es sich in ihrem Magen zu einem Knoten zusammen. Harry hatte sich auf dem Beifahrersitz aufgestellt und sah aufmerksam aus dem Fenster, als wüsste auch er, dass sie gerade im Begriff waren, etwas Ungewöhnliches zu tun. Seine Ohren waren gespitzt, und er beobachtete mit wachsamem Blick die Polder und Wassergräben, die vor dem Fenster vorbeizogen. Er kam nicht zum ersten Mal auf die Insel, Anna hatte ihn oft mitgenommen in den letzten Jahren, wenn sie ihre Großmutter besuchte, aber er spürte wohl, dass diesmal alles ein bisschen anders war.

Es hatte zu nieseln begonnen, und der Himmel hing schwer über den winzigen Häusern. Ein schönes Willkommen, dachte Anna, lehnte sich am Steuer nach vorne, um besser sehen zu können, und machte die Scheibenwischer an. Sie bemühte sich, die düstere Wolkenbank, die sich am Horizont zusammenballte, nicht als ungutes Vorzeichen zu empfinden.

Bevor sie zum Hof fuhr, wollte sie einkaufen und nahm deshalb die Straße nach Den Burg. Es war der größte Ort hier, der Ort, in dem sie auch ihren Laden aufmachen würde. Auf der Insel gab es mehrere große Lebensmittelgeschäfte, sogar ein paar deutsche Discounter verschandelten das Bild, aber sie mochte diesen Supermarkt am liebsten, weil sie hier früher nicht oft eingekauft hatten. Sie wollte keine Erinnerungen. Jetzt noch nicht. Gedankenversunken schob sie den Einkaufswagen durch die Regale und warf alles hinein, was ihr nützlich erschien.

Hoffentlich funktioniert der Strom, dachte sie und warf Toilettenpapier in den Wagen. Und… o Gott, das Licht! Entsetzt stellte sie sich vor, dass sie ganz alleine in einem verlassenen alten Bauernhaus schlafen sollte, in dem sie kein Licht machen konnte, um die Geister in ihrem Kopf zu vertreiben, und entschlossen nahm sie zwei große Packungen mit Teelichtern, eine Zehnerpackung Streichhölzer, und dann wuchtete sie noch zwei große, überteuerte Säcke Brennholz in den Wagen, die es hier in jedem Supermarkt gab, weil die Feriengäste sich gerne nach ihren langen Strandspaziergängen am Kaminfeuer wärmten. Gerne hätte sie auch eine Taschenlampe mitgenommen, aber sie fand keine.

Sie kaufte Kaffee, Schokolade, eine Zeitung und ein paar Lebensmittel und rannte dann noch einmal zurück, um zwei große Wasserflaschen und Apfelsaft zu holen. Gedankenversunken starrte sie in den Wagen, sondierte den kleinen Haufen und fragte sich, was sie wohl alles vergessen hatte. Harry war jedenfalls versorgt, für ihn hatte sie für die ersten Tage alles aus Deutschland mitgebracht. Er war so sehr an sein extrazartes Futter gewöhnt, dass es seinen kleinen Hundemagen zu sehr durcheinanderbringen würde, wenn sie es plötzlich umstellte. Die Gerüche, die er absonderte, wenn sie von seinem Essensplan abwich, hatten einen so grauenvollen Verwesungscharakter, dass sie da lieber kein Risiko einging. Vorsorglich hatte sie eine ganze Palette Dosen bestellt und im Kofferraum mitgebracht. Sie selbst hatte keinen Hunger mehr und würde wahrscheinlich bis morgen früh gar nichts mehr brauchen, aber die Vorstellung eines leeren Kühlschranks behagte ihr nicht. Anna kaufte immer lieber zu viel Essen als zu wenig.

Als alles im Kofferraum verstaut war, knallte sie die Klappe zu und stand dann einen Moment ratlos auf dem Parkplatz. Es war fast dunkel inzwischen, der Regen hatte nachgelassen. Menschen strömten geschäftig neben ihr auf und ab, schoben überfüllte Einkaufswagen durch die Pfützen auf dem Asphalt, plauderten fröhlich durcheinander. Sie wickelte ihre Jacke fester um sich und fühlte sich plötzlich allein. Sogar um diese Jahreszeit Ende Februar waren viele Feriengäste auf der Insel, die dem schlechten Wetter trotzten. Familien, Freunde, die zusammen eine schöne Zeit verbrachten, gerade fürs Abendessen einkauften und bald in ihre warmen, hell erleuchteten Häuser zurückkehren und gemeinsam kochen würden. Sie fühlte sich mit einem Mal ausgegrenzt, unsichtbar fast, als wäre sie ein Gespenst, das blass und durchsichtig zwischen den Menschen stand und nirgends dazugehörte, alles wahrnahm, aber selbst nicht gesehen wurde. Einen Moment lang spielte sie mit der Vorstellung, wie es wäre, mit einer dieser Familien ins Auto zu steigen, mit ihnen mitzufahren und Teil ihrer kleinen Einheit zu werden.

Sie rief ihre Mutter an und gab Bescheid, dass sie gut angekommen war.

»Wie ist es?«, fragte Gloria, und ihre Stimme klang angespannt.

»Komisch«, sagte Anna. »Anders.«

»Das war ja zu erwarten.«

»Ja.«

»Es wird schon werden. Wenn du dich einsam fühlst, ruf mich an, Annakind.«

Anna versprach es und legte auf. Dann konnte sie es nicht länger aufschieben. Das ungute Gefühl in ihrem Magen wurde stärker, und kurz entschlossen öffnete sie den Kofferraum wieder und holte die Schokolade hervor, die sie gerade gekauft hatte. Wenn sie was auf das Gefühl drauf aß, würde es vielleicht verschwinden, dachte sie und biss ein großes Stück ab, bevor sie sich ächzend wieder hinters Steuer setzte. Sie machte die Scheinwerfer an und massierte einen Moment lang ihre Hüfte. Die lange Fahrt hatte sie mitgenommen, ihr Bein fühlte sich hart und steif an, und ein unangenehmer, stechender Schmerz bohrte sich schon seit einer Weile in ihren Oberschenkel und kroch langsam den Rücken hinauf. Es wurde Zeit, dass sie sich ein wenig bewegte, sonst würde sie die nächsten Tage gar nicht laufen können. Aber auch so würde die Hüfte ihr Probleme machen, das fühlte sie. So lange in derselben Position zu sitzen, war noch immer ein Risiko, obwohl die OP nun über sechs Monate her war. Es war dumm von ihr gewesen, auf der Fahrt keine Pause zu machen.

Harry betrachtete die Tropfen, die am Fenster hinab-liefen, und eine Weile waren die einzigen Geräusche im Wagen das Prasseln des Regens und das Rascheln von Annas Schokoladenpapier.

Dann fuhr sie los. Den Schlüssel für den Hof hatte die Femke, eine alte Bekannte ihrer Großmutter, die nur eine Straße weiter wohnte. Anna kannte sie noch aus Kindertagen, in den letzten Jahren hatte sie sie aber nur selten gesehen. Wenn sie an sie dachte, sah sie rote kurze Haare und weiße Clogs vor sich. Eigentlich hieß sie natürlich nur Femke, aber sie hatten schon immer ein »die« vor ihren Namen gequetscht.

Sie stand bereits vor dem Haus, als Anna zehn Minuten später in die Einfahrt holperte. Anna wurde klar, dass sie am Küchenfenster gewartet haben musste, bis sie ihr Auto die Dorfstraße hinaufkommen sah. »Ich hätte ihr sagen sollen, dass ich erst noch einkaufen gehe«, murmelte sie.

»Anna! Ich habe mir schon Sorgen gemacht, wo warst du denn so lange? Deine Mutter hat auch schon angerufen. Sie hat mir gesagt, dass du die Sechs-Uhr-Fähre genommen hast.«

»Ich war noch kurz einkaufen. Ich hoffe, du hast nicht auf mich gewartet.«

»Sicherlich habe ich gewartet.« Die Lippen der Femke waren ein bisschen gespitzt, und Anna entschuldigte sich noch einmal.

Die Femke sah aus, als wolle sie Anna noch einen Moment schmoren lassen, aber dann gab sie sich einen Ruck. »Ach, ist ja nicht schlimm. Aber nächstes Mal sagst du Bescheid.« Sie lächelte, und als sie weitersprach, war ihre Stimme freundlicher. »Egal, jetzt bist du ja da.« Bewundernd griff sie nach einer Strähne von Annas dunklen Haaren und fuhr mit den Fingern daran entlang. »Deine Haare sind ja sogar noch länger als früher.« Dann zog sie sie am Ärmel in Richtung Haustür. »Komm rein, komm rein!«

»Moment!« Anna befreite sich sanft aus ihrem

Klammergriff und ging zum Auto zurück. »Ich muss noch Harry holen.«

»Oh, na, wen haben wir denn da?« Sie klang immer noch freundlich, aber Anna bemerkte, dass die Femke nicht mehr ganz so strahlend lächelte wie zuvor. Sie öffnete Harry die Tür, der schon aufgeregt auf dem Beifahrersitz hin und her lief, weil er Angst hatte, alleine im Auto zurückgelassen zu werden.

»Das ist Prinz Harry«, stellte Anna ihn vor, und die Femke beugte sich hinunter, um ihn zu begrüßen. Harry schnupperte kurz an der ihm dargebotenen Hand, grunzte herablassend und lief dann in den Vorgarten, um sich zu erleichtern.

»Ups!« Anna wunderte sich über seine untypisch kühle Art und schämte sich gleichzeitig, dass er ihrer Nachbarin ins peinlich gepflegte Gartenbeet pinkelte. »Harry, doch nicht hier!«

»Ach, das macht doch nichts, Anna. Aber wir haben eine junge Katze. Vielleicht solltest du ihn an die Leine nehmen.«

»Das ist kein Problem. Harry ist da ein wenig ungewöhnlich, er liebt Katzen!«

»Na, so was! Dann hoffen wir mal, dass die Katze ihn auch mag!«

»Dieses Buch ist einfach perfekt!« *Julia Whelan*

Lass dein Herz los, wenn es fliegen will

Für Emmie ist Lucas die ganz große Liebe – seit dem Tag, als sie einen roten Luftballon mit einem Brief in den Himmel steigen ließ und Lucas ihr antwortete. Emmie weiß, dass er ihr Seelenverwandter ist, und doch hat sie es nie übers Herz gebracht, Lucas ihre Gefühle zu gestehen. Jedes Jahr treffen sich die beiden am selben Ort. Jedes Jahr hat er ein ganz besonderes Geschenk für sie. Und jedes Jahr hofft Emmie aufs Neue, dass Lucas sich auch in sie verlieben wird. Doch dieses Jahr ist alles anders. Denn was Lucas ihr verkündet, lässt Emmies Herz in tausend Stücke zerbrechen. Hat sie ihn damit für immer verloren?

🐧 **PENGUIN** VERLAG

Der Auftakt der großen Sehnsuchtstrilogie!

Leni sehnt sich dringend nach einer Auszeit: von ihrer Beziehung und ihrem Berliner Großstadtleben. Kurzerhand flüchtet sie nach Gut Schwansee, wo wunderschöne antike Möbel zum Verkauf stehen, die sie restaurieren möchte. Auf dem von blühenden Rapsfeldern umgebenen Gestüt an der Ostsee wird sie herzlich empfangen – nur Nathan, der attraktive Sohn des Gutsbesitzers, hält sie für ein verwöhntes Stadtmädchen. Als Leni überraschend die Chance bekommt, sich auf dem traumhaften Gut eine kleine Werkstatt einzurichten, kann sie ihr Glück kaum fassen. Dass Nathan sich ihr gegenüber so unverschämt verhält, ignoriert sie – genauso wie das warme Kribbeln, das sein Anblick jedes Mal in ihr auslöst …

 **PENGUIN** VERLAG

Die große neue Familiensaga –
so wundervoll wie frischer Flieder!

Oldenburg, 1891. In der Natur zu arbeiten und die
schönsten Blumen dieser Welt zu züchten, davon träumt
Marleene schon ihr ganzes Leben. Doch eine Gärtner-
lehre ist allein Männern vorbehalten. Aber Marleene
gibt nicht auf: Kurzerhand schneidet sie sich die Haare
ab und verkleidet sich als Junge – und bekommt eine
Anstellung in der angesehenen Hofgärtnerei. Doch die
anderen Arbeiter machen ihr den Einstieg nicht leicht,
und ihre Tarnung droht aufzufliegen. Als sie dann auch
noch die beiden charmanten Söhne der Hofgärtnerei
kennenlernt, werden ihre Gefühle vollends durchein-
andergewirbelt. Marleene muss sich entscheiden – folgt
sie ihrem Traum oder ihrem Herzen …